셰익스피어
4대 비극

셰익스피어
4대 비극

초판 1쇄 발행 | 2014년 12월 10일
초판 5쇄 발행 | 2022년 01월 10일

지은이 | 윌리엄 셰익스피어
옮긴이 | 엄인정

발행인 | 김선희 · 대 표 | 김종대
펴낸곳 | 도서출판 매월당
책임편집 | 박옥훈 · 디자인 | 윤정선 · 마케터 | 양진철 · 김용준

등록번호 | 388-2006-000018호
등록일 | 2005년 4월 7일
주소 | 경기도 부천시 소사구 중동로 71번길 39, 109동 1601호
      (송내동, 뉴서울아파트)
전화 | 032-666-1130 · 팩스 | 032-215-1130

ISBN 978-89-98702-21-2 (03840)

이 도서의 국립중앙도서관 출판시도서목록(CIP)은 서지정보유통지원시스템 홈페이지
(http://seoji.nl.go.kr)와 국가자료공동목록시스템(http://www.nl.go.kr/kolisnet)에서
이용하실 수 있습니다.(CIP제어번호 : CIP2014034565)

William Shakespeare

셰익스피어 4대 비극

윌리엄 셰익스피어 지음 ㅣ 엄인정 옮김

매월당
MAEWOLDANG

차 례

햄릿

그럴 필요 없네. 나는 전조 같은 건 신경 쓰지 않아. 죽을 때라는 건, 어차피 지금이면 나중에 오지 않을 것이고, 나중이면 지금 오지 않을 테니까. 그러니 가장 중요한 건 마음가짐이야. 언제 죽을지는 아무도 모르는 것인데, 좀 일찍 떠나면 어떤가? 하늘의 뜻에 따르는 수밖에.

— 햄릿

등장인물

햄릿 – 덴마크 왕자

클로디어스 – 덴마크 왕, 햄릿 숙부

유령 – 선왕 혼령

거트루드 – 덴마크 왕비, 햄릿 어머니이자 현재 클로디어스
　　　　　　 아내

폴로니어스 – 클로디어스 왕 고문관

레어티스 – 폴로니어스 아들

오필리아 – 폴로니어스 딸

호레이쇼 – 햄릿 친구

로젠크란츠 / 길든스턴 – 시종이자 햄릿 친구들

볼티맨드 / 코넬리어스 – 덴마크 신하

마셀러스 / 버나드 / 프란시스코 – 왕 호위병들

오즈릭 – 시종

레이넬도 – 폴로니어스 하인

포틴브라스 2세 – 노르웨이 왕자

그 밖의 무덤 파는 일꾼과 그의 친구, 부대장, 영국 사신들,
남녀 귀족들, 군인, 중신, 시종들

　　　　　장소 : 덴마크

제1막

제1장 엘시노아 성 위의 망대

보초를 서고 있는 프란시스코와 버나드 등장.

버나드 거기 누구요?

프란시스코 너는 누구냐? 게 섰거라. 네 이름을 말하라.

버나드 국왕 폐하 만세!

프란시스코 버나드?

버나드 그래.

프란시스코 제시간에 정확히 맞춰 왔군.

버나드 막 자정을 지났어. 가서 자, 프란시스코.

프란시스코 교대해 줘서 고마워. 정말 매서운 강추위군.

버나드 아무 일 없었지?

프란시스코 쥐 죽은 듯 조용했어.

버나드 그럼 어서 가서 자. 호레이쇼와 마셀러스를 만나면 빨리
나오라고 전해 줘. 오늘 보초 당번이거든.

호레이쇼와 마셀러스 등장.

프란시스코 멈춰라! 거기 누구냐!

호레이쇼 이 땅의 백성이요.

마셀러스 국왕 폐하의 충신이지.

프란시스코 그럼 무사히 보초 잘 서게. (퇴장)

호레이쇼 그래, 그게 오늘 밤에도 나타났어?

버나드 아직은 못 봤어.

마셀러스 호레이쇼는 우리가 본 게 환영幻影이라며 당최 믿질
    않네. 우리는 두 번씩이나 봤는데 말이지. 그래서 내가 오늘
    밤에 우리와 함께 망을 보자고 했다네.

호레이쇼 분명 아무것도 나타나지 않을 거야.

버나드 우린 이틀 밤이나 봤어. 바로 어젯밤에도 봤다고. 북극
    성 서쪽에 떠 있는 저 별이 하늘을 밝히고 있을 때, 마셀러
    스와 난……. 그때 1시를 알리는 종이 울렸는데…….

유령 등장.

마셀러스 쉿, 이제 그만해. 저기 좀 봐. 다시 나타났어.

버나드 승하하신 선왕의 모습과 너무도 닮았군.

호레이쇼 정말 똑같아. 심장이 얼어붙을 것 같아.

마셀러스 말 좀 걸어봐, 호레이쇼.

호레이쇼 너는 대체 누구이기에, 이 한밤중에 돌아가신 덴마크
    왕의 옷차림을 하고 나타났느냐? 명령이다, 어서 말하라.

마셀러스 화가 난 것 같아.

버나드 저기 좀 봐, 그냥 걸어가잖아.

호레이쇼 서라, 말하라! 명령이다! 말하라! (유령 퇴장)

마셀러스 가버렸어. 아무 말도 하지 않을 것 같아.

버나드 어때, 호레이쇼? 자네 몹시 떨고 있군. 얼굴도 하얗게 질려 있고. 아직도 환영이라고 생각하는가?

호레이쇼 내 눈으로 똑똑히 본 사실인데, 믿지 않을 수 없지.

마셀러스 선왕과 똑같지 않던가?

호레이쇼 탐욕스러운 노르웨이 왕과 결투하실 때 저 갑옷을 입으셨지. 또 협상을 하시다가 격노하셔서 폴란드 놈들을 빙판 위에 때려눕혔을 때에도 저렇게 인상을 쓰셨고. 참으로 이상한 일이군.

마셀러스 전에도 이런 일이 두 번이나 있었지.

호레이쇼 정확히 뭐라 말할 순 없지만, 나라에 큰일이 생기려는 징조가 아닐까.

마셀러스 자, 앉아서 얘기를 나눠보세. 왜 밤마다 백성들을 힘들게 하면서 이토록 철저하게 경비를 세우는 거지? 왜 날마다 대포를 만들고, 전쟁 물자를 외국에서 사들이는 걸까? 왜 이렇게 밤낮없이 조선공에게 일을 시키는지 혹시 이유를 알고 있다면 말들 좀 해보게.

호레이쇼 들리는 소문은 이렇더군. 다들 알다시피 포틴브라스 노르웨이 왕이 선왕께 먼저 도전장을 내밀지 않았던가. 용감하신 햄릿 왕은 포틴브라스 왕을 살해하였고, 그의 목숨과 더불어 기사도의 법칙에 따라 그가 소유했던 모든 영토를 빼앗았지. 그런데 충동적이고 혈기왕성한 포틴브라스 왕자가 제 아버지가 잃은 영토를 되찾기 위해 악당들을 끌어모았지. 아마도 이것이 우리가 이런저런 준비 태세를 갖추고 보초를 서는 이유일 거야.

버나드 내 생각도 그래.

호레이쇼 그 옛날 최고의 전성기를 맞이했던 로마 제국도 시저가 살해되기 직전에 무덤들이 텅텅 비고, 수의를 휘감은 시체들이 로마 거리로 몰려나와 끽끽대며 앙앙거렸지. 그리고 하늘의 별들은 화염의 꼬리를 매달고, 이슬은 핏빛을 머금었으며 태양은 빛을 잃었어. 또한 바다를 지배하는 달마저 월식으로 종말이 온 듯 병들어 사그라졌지. 그런 무서운 사건과 비슷한 현상을 하늘과 땅이 합심하여, 언제나 운명에 앞서 나타나는 전령이며 앞으로 닥쳐올 재앙의 서곡으로 이 나라 사람들에게 보여주는 게 아닌가.

유령 다시 등장.

쉿! 저것 봐, 다시 나타났어. 벼락을 맞더라도 맞서보자. (유령, 두 팔을 벌린다) 거기 서라, 이 유령아. 말을 할 수 있다면 어서 말해 보라. 네 원한을 풀어주고 나는 영예를 얻을 테니 어서 말을 해보라. 네가 이 나라의 불운에 대해 알고 있다면, 그것을 미리 피할 수 있도록 제발 말하라! 혹시 생전에 땅속에 파묻었던 재물 때문에 죽은 후에도 이렇게 떠돌아다니는 것이냐, 어서 말하라. 거기 서라, 말하라. (닭이 운다) 못 가게 좀 막아, 마셀러스!

마셀러스 이 창으로 내려칠까?

호레이쇼 서지 않으면 그렇게라도 해봐. (유령 퇴장)

마셀러스 사라졌어. 위엄 있는 유령에게 우리가 너무 폭력적으로 대한 것 같아. 우리가 아무리 공격을 해도 허공에 휘두르는 것처럼 아무 소용도 없는데 말이야.

버나드 그 유령이 무슨 말을 하려 했는데 때마침 닭이 울었어.

호레이쇼 닭이 울자 소환 받은 죄인처럼 몹시 놀라더군. 새벽의 나팔수인 닭은 날카로운 목소리로 태양을 깨우고, 그 소리에 떠돌던 영혼들은 서둘러 제자리로 돌아간다는 얘기를 들은 적이 있지. 이제 보니 그 말이 사실인가 보군.

마셀러스 닭이 울자마자 사라졌어. 맞아, 성탄절 즈음이면 항상 새벽을 알리는 닭이 밤새 울어댄다고 하지. 그래서 어떤 유령도 그날만큼은 얼씬도 못 하게 돼서 한밤중에도 안전하다고 하더군. 또한 마녀의 주문도 효력을 발휘하지 못하는 시기라, 그때만큼은 신성하고 거룩하다고들 하지.

호레이쇼 나도 그런 얘길 들어본 적이 있어. 저길 봐, 태양이 붉은 옷을 입고 이슬을 밟으며 동쪽 언덕으로 솟아오르고 있어. 이제 우리가 본 것을 햄릿 왕자님께 전하러 가세. 유령이 우리에겐 한 마디도 하지 않았지만, 왕자님께는 무슨 말이라도 할지 모르니 말이야. 이 모든 일들을 왕자님께 전하는 것이 우리의 우정이나 의무로 볼 때도 맞는 것 같은데,

자네들 생각은 어떤가?

마셀러스 그렇게 하세. 오늘 아침 왕자님이 계실만 한 곳을 내가 알고 있네. (모두 퇴장)

제2장 성 안의 회의실

나팔 소리. 클로디어스 왕, 거트루드 왕비, 볼티맨드와 코넬리어스,
폴로니어스와 그의 아들 레어티스, 검은 상복을 입은 햄릿 왕자,
그 밖의 중신들 등장.

왕 존경하는 형님 햄릿 왕이 승하하신 기억이 아직도 생생한 이때, 나라 전체가 비통에 잠겨 있는 것은 당연한 일이긴 하나, 이제 분별 있는 판단을 내려야 할 때가 왔소. 그래서 과인은 한때 형수님이었던 분을 왕비로 맞이하였소. 나는 슬픔에 얼룩진 기쁨으로 한 눈에는 웃음을, 다른 한 눈에는 눈물을 머금고, 장례식에선 축가를 부르고 결혼식에선 비탄의 노래를 들으며 때로는 기뻐하고 때로는 슬퍼하면서 아내를 맞이하였소. 이 일에 기꺼이 동의해 준 그대들에게 진심으로 감사의 마음을 전하겠소. 경들도 알고 있듯이 포틴브라스 2세가 우리를 얕보았는지, 아니면 선왕의 승하로 우리나라가 혼란에 빠졌다고 생각하는지, 그들은 자신들이 우세하

다고 착각하고 지속적으로 사신을 보내며 우리를 괴롭히고 있소. 이유인 즉, 과거에 그의 부왕이 우리 선왕한테 양도한 땅을 내놓으라는 것이오. 그래서 여기 모인 대신들께 이 말을 전하려고 하오. 여기 과인이 직접 쓴, 포틴브라스의 숙부인 노르웨이 국왕에게 보내는 칙서가 있소. 그는 지금 병상에 있어서 조카의 속셈을 잘 모르고 있을 것이오. 따라서 과인은 포틴브라스 2세가 왕의 백성을 마음대로 징병하려는 계획을 막고자 이 칙서를 쓴 것이오. 그리하여 코넬리어스와 볼티맨드 경을 사신으로 임명하여 노르웨이 왕에게 보내려 하오. 그러니 그대들은 서둘러 떠나시오. 가서 신하로서 의무를 다하고 충성을 보이길 바라오.

코넬리어스 / 볼티맨드 분부대로 충성을 다하겠습니다.

왕 경들만 믿겠소. (볼티맨드와 코넬리어스 퇴장) 자, 레어티스, 무슨 일이냐? 나에게 무슨 청이 있다고 한 것 같은데 무엇인지 말해 보라. 언제 덴마크 왕이 합당한 청을 들어주지 않은 적이 있더냐? 나와 네 부친의 관계는 머리와 심장보다 가깝고, 손과 입처럼 서로에게 필요한 사이니라. 네 소원이 무엇이냐, 레어티스?

레어티스 황공하옵니다만 폐하, 프랑스로 돌아가도록 허락해 주십시오. 제가 프랑스에서 이곳으로 온 것은 폐하의 대관식에 참석하기 위해서였습니다. 이제 그 의무를 다했으니 프랑스로 돌아가고 싶습니다. 허락해 주소서.

왕 부친께서 허락해 주었는가? 폴로니어스 경, 그대의 생각은 어떻소?

폴로니어스 네, 자식놈이 하도 애원하기에 어쩔 수 없이 허락해 주었습니다. 그러니 폐하께서도 부디 허락해 주소서.

왕 좋다, 레어티스. 가서 마음껏 시간을 즐기며 유익하게 보내라. 그런데 내 조카이자 아들인 햄릿은…….

햄릿 (방백) 같은 핏줄이지만 마음은 통하지 않는구나.

왕 무슨 일이 있는 것이냐, 요즘 네 얼굴이 너무 어둡구나.

햄릿 천만에요, 햇볕을 너무 많이 쪼여서 그런걸요.

왕비 애야, 이제 어두운 그림자는 거두고 폐하께 부드러운 눈길을 보여드려라. 계속 돌아가신 아버지 생각만 해서 되겠느냐. 살아 있는 것은 언젠가는 모두 죽게 된다는 것을 너도 잘 알지 않느냐.

햄릿 네, 물론 잘 알고 있습니다.

왕비 그렇다면 왜 너만 유독 특별하게 구는 것처럼 보이는 게냐?

햄릿 그렇게 보이는 게 아니라 사실이 그렇습니다. 다정하신 어머니, 이 시커먼 외투나 형식적인 검은 상복, 억지로 뱉는 과장된 한숨으로는 제 진심을 다 전할 수 없습니다. 흘러넘치는 눈물, 슬픔으로 일그러진 표정, 슬픔의 온갖 형태로도 다 드러낼 수 없는 것입니다. 이것들은 겉으로 보이는, 누구나 꾸며낼 수 있는 것이기 때문입니다. 제 마음속에 있는 것은 그런 보여주기 위한 것들과는 다릅니다.

왕 선왕을 그토록 애도하다니 참으로 기특하구나. 하지만 생각해 봐라. 네 부친도 역시 아버지를 여의셨고, 네 조부 또한 아버지를 여의셨다. 그래서 유족들은 자식 된 도리로서 얼마 동안 상복을 입는 것이지. 그러나 그것이 지나치면 오히려 신의에 어긋나는 것이며 사내답지 못한 것이다. 그것은 하늘을 배반하고 망자를 배반하는 것이며 자연의 섭리를 거스르는 것이니 말이다. 부탁이니 이제 그 부질없는 슬픔을 거두고 나를 아버지로 여겨다오. 이 자리에서 공언하건대 너는 장차 왕위를 계승할 몸이 아니더냐. 나는 너를 어버이의 마음으로 깊이 사랑하고 있다. 그런데도 넌 다시 비텐베르크로 돌아가려 하다니, 그건 내 생각과 너무도 다르구나. 제발 부탁이니 나의 신하로서, 내 핏줄로서, 내 아들로서 이곳에 남아다오.

왕비 이 어미도 부탁한다. 비텐베르크로 돌아가지 말고 제발 내 곁에 있어다오.

햄릿 최선을 다해 분부대로 따르겠습니다, 왕비 마마.

왕 오, 정말 흐뭇하구나. 이 덴마크 땅에서 나와 함께 살자꾸나. 어서 갑시다, 거트루드. 이렇게 햄릿이 온화하고 솔직하게 대답해 주니 내 마음도 한결 가벼워지는구려. 오늘은 기필코 축배를 들어야겠소. 내가 잔을 들 때마다 축포를 쏘아 올려 온 세상에 알리도록 하라. 자, 가자. (나팔 소리, 햄릿을 제외한 모든 사람들 퇴장)

햄릿 아아, 너무도 더러운 육체여, 차라리 녹아서 이슬이 돼라. 신의 율법이 허락한다면 이 한 목숨 버릴 수 있을 텐데. 오! 신이시여, 지긋지긋하고 무의미한 인생이여! 이곳은 잡초만 무성한 황폐한 뜰, 더러운 세상. 돌아가신 지 두 달도 안 되었는데. 그토록 훌륭하신 국왕이셨는데, 지금의 왕과 비교하면 태양과 짐승의 차이 같구나. 어머님을 그토록 사랑하시어 바람이 어머님의 얼굴에 닿는 것조차 걱정하셨는데. 어머님은 늘 아버님께 사랑을 애원하셨지. 그런데 한 달 새에…… 오, 생각조차 하기 싫구나. 약한 자여, 그대의 이름은 여자이더냐! 오, 신이시여, 이성이 없는 짐승도 아마 그보다는 오래 슬퍼했을 것이다. 부왕과 조금도 닮지 않은 자와 한 달 사이에, 마음에도 없는 눈물을 흘리고 그 소금기로 생긴 눈동자의 핏기가 사라지기도 전에 결혼하시다니. 오, 어쩌면 그렇게 끔찍하게도 서두르셨나요? 그토록 빨리 불륜의 동침을 하시다니. 하지만 이 가슴이 찢어질지라도 침묵해야겠지.

호레이쇼, 마셀러스 그리고 버나드 등장.

호레이쇼 안녕하십니까, 왕자님.

햄릿 오, 잘들 있었나. 앗, 호레이쇼 아닌가.

호레이쇼 맞습니다, 왕자님의 변함없는 신하지요.

햄릿 여보게, 우린 친구 아닌가. 그런 말 말게. 아, 마셀러스!

마셀러스 왕자님!

햄릿 만나서 반갑네. (버나드에게도 인사하며) 잘 지냈는가? 그런데 이곳엔 무슨 일로 왔나?

호레이쇼 수업을 빼먹고 빈둥거리고 싶어서 왔습니다.

햄릿 자네 원수가 그런 말을 한다 해도 난 믿을 수 없네. 자네는 절대 게으름뱅이가 아니니까. 그래, 이곳 엘시노아에 무슨 볼 일이 있는가?

호레이쇼 왕자님, 부왕의 장례식에 참석하러 왔습니다.

햄릿 여보게들, 농담은 그만하세. 어머님의 혼례식을 보러 왔겠지.

호레이쇼 하긴 연이은 행사니까요.

햄릿 그게 다 절약이지. 장례 음식이 채 식기도 전에 혼례 음식이 나왔으니 말이야. 그런 꼴을 볼 바에야 차라리 천당에서 원수를 만나는 게 낫겠어. 호레이쇼, 난 지금도 아버님의 모습이 생생하다네.

호레이쇼 왕자님, 저희가 어젯밤 그분을 뵌 듯합니다.

햄릿 나의 아버님, 폐하를?

호레이쇼 잠시 진정하시고 제 말씀을 들어주십시오. 두 사람의 증인을 앞에 두고 그간 있었던 일을 말씀드리겠습니다.

햄릿 제발, 어서 말해 보게.

호레이쇼 마셀러스와 버나드가 보초를 서다가 이틀 밤 동안 연달아 있었던 일입니다. 적막한 한밤중에 부왕과 똑같은 모습을 한 자를 이 두 사람이 만났답니다. 무장을 한 부왕께서 그들 앞을 세 번씩이나 지나가셨는데, 이 둘은 너무 무서워 말 한 마디 하지 못했답니다. 그래서 사흘째 되던 날 밤, 저도 이들과 함께 보초를 섰습니다. 그러자 이들의 말대로 똑같은 시각에, 똑같은 모습으로 유령이 나타난 것입니다. 분명 부왕의 모습이었습니다. 이 오른손과 왼손이 닮은 것처럼 정말 똑같았습니다.

햄릿 그래, 거기가 어디였나?

마셀러스 저희가 보초를 섰던 망대였습니다.

햄릿 말 한 마디 해보지 못한 것인가?

호레이쇼 제가 말을 걸어보았지만 아무 대답도 없었습니다. 하지만 무언가 할 말이 있는 듯한 모습이었는데, 때마침 새벽닭이 시끄럽게 울어대는 바람에 유령은 서둘러 사라져버렸습니다.

햄릿 심상치 않은 일이군.

호레이쇼 맹세코 분명한 사실입니다. 그래서 이 일을 왕자님께 전하는 것이 저희의 의무라고 생각했습니다.

햄릿 그렇고말고. 심란하구나. 너희들은 오늘 밤에도 보초를 서는가?

마셀러스 / 버나드 네, 왕자님.

햄릿 머리부터 발끝까지 무장을 하고 있었다고 했지?

마셀러스 / 버나드 그렇습니다, 왕자님.

햄릿 표정은 어떻던가?

호레이쇼 투구 안대를 올리고 있어서 볼 수 있었는데, 서글퍼 보였습니다.

햄릿 창백하던가, 불그레하던가?

호레이쇼 몹시 창백하셨습니다.

햄릿 자네들을 계속 쳐다보던가?

호레이쇼 네, 계속 보았습니다.

햄릿 나도 함께 있었으면 좋았을 것을. 오래 머물러 있던가?

호레이쇼 보통의 속도로 100을 셀 정도의 시간이었습니다.

마셀러스 / 버나드 아니에요, 더 길었어요. 훨씬 더 길었습니다.

햄릿 수염은 반백이던가?

호레이쇼 네, 생시에 뵈었던 그대로였습니다.

햄릿 오늘 밤엔 나도 보초를 서겠다. 다시 나타날 수도 있으니 말이야.

호레이쇼 분명 나타날 겁니다.

햄릿 거룩하신 선친의 모습 그대로라면, 설사 지옥이 아가리를 벌리고 내게 침묵하라 명할지라도 말을 걸어보겠다. 부탁이 있는데, 이 일을 비밀로 해다오. 또한 오늘 밤 어떤 일이 일어나더라도 절대 입 밖으로 꺼내지 마라. 내 언젠가 너희들의 호의에 보답할 테니까. 오늘 밤 11시와 12시 사이에 망대로 가마.

일동 왕자님을 위해 의무를 다하겠습니다.

햄릿 의무가 아니라 우정일세. 친구들이여, 잘 가게. (햄릿만 남고 모두 퇴장) 무장을 하신 아버님의 혼령이라니……. 이건 심상치 않은 일이야. 불길한 일이 일어나고 있다는 징조다. 어서 오라. 온 대지가 뒤덮어 악을 눈가림한다 해도 우리는 결국 그것을 보고 말 테니까. (퇴장)

제3장 폴로니어스의 저택

레어티스와 오필리아 등장.

레어티스 배에 짐을 다 실었으니 떠나야겠다. 오필리아, 배편이 있거든 잠만 자지 말고 소식도 좀 전하거라.

오필리아 걱정 마세요.

레어티스 그리고 햄릿 왕자에 관한 얘긴데, 그분께서 너에게 보이는 호의는 그저 젊은 한때의 바람기라는 걸 잊지 마라. 일찍 피지만 빨리 시들고, 아름답지만 그 향기는 오래 가지 않는다. 그저 한순간의 달콤한 향기이며 유희일 뿐이야.

오필리아 정말 그런 걸까요?

레어티스 그래, 그런 거야. 인간이 성장한다는 것은 육체만 자라는 것이 아니라, 정신과 영혼도 함께 자라는 법이지. 지금은 왕자님이 너를 사랑하시겠지. 또 지금은 고결한 그분의 뜻이 더러움이나 계략으로 물들진 않았어. 하지만 그분의 신분이 무엇이든 자신의 뜻대로 일을 처리할 수 있는 입장이 아니니까, 싸구려 인간처럼 자기 마음대로 할 수 없다고. 또한 이 나라의 안정과 번영이 그분의 선택에 따라 좌우되기 때문에 그분의 선택은 찬성과 동의에 얽매일 수밖에 없단 말이다. 마찬가지로 배우자를 선택하는 일에 있어서도 백성의 의사에 따라 제한을 받게 되지. 그러니 그분이 너를 사랑한다고 말씀하시더라도 온전히 다 믿지 않는 게 현명한 처사란다. 그분의 구애에 넋을 잃고 거기에 순응하여 소중한 정조를 바치는 일이 없도록 조심해라, 오필리아. 그러나 아무리 정숙한 여인도 세상의 험담을 완전히 비껴갈 순 없단다. 봄에 피어나는 봉오리는 활짝 피기도 전에 벌레가 갉아먹기 일쑤고, 이슬같이 찬란한 청춘은 무서운 독기에 쩔리기 쉬우니까. 그러니 주의해라. 그저 매사에 조심해야 한다.

오필리아 소중한 충고 명심하겠습니다. 하지만 오라버니, 근엄한 사제들처럼 저에게는 천당으로 가는 가시밭길을 알려주시고, 정작 오라버니는 쾌락의 꽃밭을 거니시느라 제게 하신 말씀을 잊으시면 안 돼요.

레어티스 내 걱정은 마라. 이런, 너무 지체했다.

폴로니어스 등장.

아버님이 오시는구나. 축복을 두 번 받으면 행복도 두 배라던데 운이 좋게도 작별 인사를 두 번이나 받게 되는구나.

폴로니어스 아직도 떠나지 않았느냐? 어서 배를 타거라! 다들 기다리고 있다. 자, 축복해 주마. 그리고 충고 몇 마디 할 테니 명심하거라. 아무 말이나 함부로 하지 말 것, 엉뚱한 생각은 실천하지 말 것, 너무 쉽게 친구를 사귀지 말 것, 허나 일단 사귄 친구들이 진실하다면 절대 놓치지 말 것, 싸움에 끼지 말 것, 그러나 일단 끼어들면 모두 쓰러뜨려 그들이 너를 두려워하게 만들 것, 남의 말을 잘 들어주고 네 말은 삼갈 것, 돈은 빌려주지도, 빌리지도 말 것, 돈을 빌려주면 돈과 친구를 모두 잃게 된다. 무엇보다 가장 중요한 것은 자기 자신에게 충실할 것. 그렇게 한다면 밤이 지나면 낮이 되듯이 다른 사람에게도 충실해지게 되지. 그럼 잘 가거라. 내 충고를 명심하도록 해라.

레어티스 네, 알겠습니다. 그럼 안녕히 계십시오. 잘 있어라, 오필리아. 내가 한 말을 절대 잊지 마라.

오필리아 마음을 단단히 잠가두었으니 열쇠는 오라버니가 가져가세요.

레어티스 아버지, 다녀오겠습니다. (퇴장)

폴로니어스 레어티스가 너에게 무슨 말을 했느냐?

오필리아 햄릿 왕자님에 관한 얘기를 했습니다.

폴로니어스 잘했구나. 들리는 소문에 의하면 왕자님께서 최근에 너와 단둘이 많은 시간을 보낸다고 하시던데 사실이냐? 넌 네 신분을 제대로 파악해야 한다. 그리고 넌 내 딸로서의 명예와 평판을 생각해야 돼. 그래, 왕자님과는 어떤 사이냐? 이 아비에게 사실대로 말해 봐라.

오필리아 요즘 왕자님께서 제게 여러 번 사랑을 고백하셨어요.

폴로니어스 사랑이라니? 이런! 참으로 순진하구나. 하긴 시련을 겪어봤어야 알지. 그래, 왕자님이 진심으로 그러는 것 같더냐?

오필리아 어떻게 받아들여야 할지 잘 모르겠습니다. 하지만 그분은 진심으로 사랑을 고백하셨어요.

폴로니어스 그게 바로 함정이라는 것이다. 혈기왕성한 때에 무슨 맹세인들 못 하겠니? 하지만 얘야, 맹세란 불길처럼 타오르지만 열기가 없는 것이란다. 그 불길을 진심이라고 믿었다가는 큰일 난다. 앞으로는 정숙한 처녀답게 그분과 만나는 일을 자제해라. 오필리아, 왕자님의 맹세를 믿지 마라. 그런 맹세는 겉과 속이 다르니까 말이다. 이제 단 한순간도 햄릿 왕자님과 함께 시간을 허비하지 말거라, 알겠느냐? 자, 이제 가자.

오필리아 아버님 말씀에 따르겠습니다. (두 사람 퇴장)

제4장 망대의 한 통로

햄릿, 호레이쇼, 마셀러스 등장.

햄릿 바람이 살을 에는 듯하구나. 몇 시나 되었느냐?

호레이쇼 아직 자정이 안 된 듯합니다.

마셀러스 아닙니다. 조금 전에 12시 종이 울렸습니다.

호레이쇼 그래? 난 못 들었는데. 그럼 유령이 나타날 시간이 됐군. (우렁찬 나팔 소리에 이어 두 발의 축포 소리가 들린다) 왕자님, 이게 무슨 소립니까?

햄릿 왕께서 밤새 연회를 베풀고 있다네. 왕이 독일산 포도주를

비울 때마다 그의 만수무강을 기원하는 북과 나팔 소리가
저렇게 시끄럽게 울린다네.

호레이쇼 그게 관례입니까?

햄릿 그래. 저런 풍습은 차라리 없는 게 낫지. 저렇게 술을 마셔
대니 우리가 세계 여러 나로부터 돼지 같은 주정뱅이라고
비난을 받는 거야. 참으로 망신스러운 일이지. 우리가 아무
리 훌륭한 업적을 쌓는다 해도 헛수고가 될 뿐이야. 아주 작
은 결점이라도 그걸로 인해 장점들까지도 오해와 비난을 면
치 못하는 법인데 말이야.

유령 등장.

호레이쇼 왕자님, 드디어 나타났습니다!

햄릿 신이시여, 우리를 지켜주소서! 그대는 천사냐, 악마냐? 오,
햄릿의 부왕이시며 덴마크의 왕이시여, 대답하라! 관 속에
묻힌 그대의 유해가 어찌하여 수의를 벗고 나타났는가. 어
찌하여 다시 갑옷을 걸치고 이 한밤중에 나타나 밤을 위협
하는가? 어찌하여 우리가 풀지 못할 의문을 던져주고, 두려
움에 떨게 하는가? 어서 그 이유를 말하라.

호레이쇼 함께 가자고 손짓하는군요. 왕자님께만 전할 것이 있
는 것 같습니다.

마셀러스 하지만 왕자님, 따라가지 마세요.

호레이쇼 그래요, 절대 가지 마세요.

햄릿 내가 무엇이 두렵겠는가. 내 목숨은 바늘 하나만큼의 가치
　도 없다. 내 영혼 역시 저 혼령처럼 절대로 사라지지 않는데
　무엇이 두렵겠느냐.

호레이쇼 바다로 데려가면 어떡합니까? 아니면 무서운 벼랑으로
　끌고 간 뒤 왕자님의 혼백을 빼버리면 어떡합니까? 이성을
　찾으십시오.

햄릿 여전히 나를 부르고 있구나. 그대를 따라가겠다.

마셀러스 왕자님, 제발 가지 마십시오.

호레이쇼 진정하십시오. 절대 가시면 안 됩니다.

햄릿 운명이 나를 부르고 있다. 나는 네메아 사자(그리스 신화에
　서 헤라클레스가 물리쳤다고 전해지는 불사신의 사자)의 힘줄처
　럼 온몸의 핏줄이 팽팽해지고 있다. 나를 막지 마라. 나를
　방해한다면 모두 귀신으로 만들어줄 테다. 비켜라! 혼령이
　여, 어서 가라. 네 뒤를 따르겠다. (유령과 햄릿 퇴장)

호레이쇼 유령에 홀려 넋이 나가신 것 같아. 어서 가보자. 모든
　걸 하늘의 뜻에 맡기는 수밖에.

마셀러스 어서 갑시다. (퇴장)

제5장 망대의 흉벽

유령과 햄릿 등장.

햄릿 어디로 가는 것이냐? 말하지 않으면 더 이상 가지 않겠다.

유령 잘 들어라. 타오르는 유황불에 이 몸을 맡겨야 하는 시간
이 왔다.

햄릿 오, 가련하여라!

유령 가련하게만 여기지 말고, 내 말을 듣고 복수를 해다오.

햄릿 뭐라고?

유령 나는 네 아비의 혼령이다. 밤이 되면 잠시 어둠 속을 돌아
다니다가, 낮이 되면 생전에 저지른 죄가 다 타서 없어질 때
까지 불길 속에 갇혀 고통을 받아야 한다. 만일 내가 저승의
계율을 어기고 비밀을 털어놓는다면 네 영혼은 상처를 입고
네 젊은 피는 얼어버릴 것이다. 또한 두 눈은 유성처럼 튀어
나오고, 곱슬곱슬한 머리칼은 뻣뻣하게 곤두설 것이다. 그
러니 이 세계의 비밀을 이승의 인간에게 털어놓을 순 없다.
허나 잘 들어라! 만일 네가 아버지를 조금이라도 사랑했었
다면, 네 아버지를 죽인 흉악한 살인자에게 복수하라.

햄릿 오, 신이시여! 살인이라니. 어서 말씀해 주세요. 상상하지
도 못할 만큼의 속도로, 사랑의 크기보다 더 빨리 날아가 살
인자를 해치우겠습니다.

유령 믿음직하구나. 내 말을 듣고도 분노하지 않는다면 넌 망각의 강변에 무성한 잡초보다도 못한 인간이겠지. 햄릿, 잘 들어라. 나는 정원에서 낮잠을 자다가 독사에게 물려 죽은 것으로 되어 있다. 이 나라 백성들은 모두 내 죽음에 대해 이렇게 속고 있다. 하지만 사실, 네 아비를 죽인 독사는 현재 왕관을 쓰고 있는 자다.

햄릿 오, 설마 했는데 숙부가!

유령 그렇다. 그놈은 짐승 같은 놈이다. 사악한 지능과 재주로 유혹하며 정숙한 척하던 왕비를 정욕의 품속으로 끌어들였지. 아아, 햄릿, 얼마나 천박한 배신이냐. 혼례식 때부터 지켜온 굳은 맹세를 어기고 나를 배신하며 형편없이 비열한 녀석에게 마음을 빼앗기다니! 진정으로 정숙한 여인이라면 비록 욕망이 천사의 모습을 하고 유혹할지라도 동요될 수 없는 법이거늘. 이런, 벌써 아침이 오고 있구나. 간단히 말하마. 나는 평소처럼 그날에도 정원에서 낮잠을 자고 있었다. 그때 네 숙부가 몰래 숨어들어 인체를 썩게 만드는 독약인 헤보나를 내 귓속에 부었지. 그리하여 난 잠든 사이에 동생에게 목숨과 왕관, 왕비마저도 한꺼번에 빼앗기고 말았단다. 또한 죄업이 한창일 때 목숨이 끊어진 탓에 성찬식도 못 하고, 최후의 참회 기도도 하지 못한 채 하느님의 심판을 받게 된 것이다. 오, 참으로 끔찍하도다! 만일 네게 아직 효심이 남아 있다면, 덴마크 왕실의 신성한 침소를 정욕과 불의 속에 버려두지 마라. 그러나 어머니를 위험에 빠뜨리진 마라.

네 어머니는 하늘의 심판에 맡겨둬라. 자, 반딧불이 흐릿해지는 걸 보니 새벽이 오고 있구나. 잘 있거라, 잘 있거라. 나를 잊지 말아다오. (퇴장)

햄릿 오, 하늘의 신이시여! 오, 땅이여! 그리고 지옥도 불러낼까? 내 근육들이여, 나를 튼튼히 받쳐다오. 그대를 잊지 말라고? 가엾은 혼령이여, 내 기억이 존재하는 한 절대 잊지 않으리. 내 기억 속에 있는 부질없는 기록들은 모두 지우고 오직 당신의 명령만을 기억의 수첩에 남겨두리라. 진심으로, 맹세하리다! 아, 악독한 여인이여! 아, 악당, 악당, 미소를 띠고 있는 뻔뻔스러운 악당 같으니! (적는다) 그래, 숙부여! 이번엔 내 좌우명을 적자. '잘 있거라, 나를 잊지 말아다오.' (무릎을 꿇고, 칼자루에 손을 얹으며) 자, 이제 맹세했다.

호레이쇼와 마셀러스 등장.

호레이쇼 / 마셀러스 왕자님, 왕자님! 하늘이여, 왕자님을 지켜주소서!

햄릿 이봐, 여기야, 여기! 이리로 오라.

마셀러스 왕자님, 괜찮으십니까?

호레이쇼 어떻게 됐습니까, 왕자님? 말씀해 주십시오.

햄릿 안 돼. 입 밖으로 꺼내면 절대로 안 될 일이야.

호레이쇼 왕자님, 맹세코 절대 발설하지 않겠습니다.

마셀러스 저도 맹세합니다.

햄릿 상상조차 할 수 없는 일이 벌어졌어. 비밀은 지킬 테지?

호레이쇼 / 마셀러스 왕자님, 하늘에 맹세합니다.

햄릿 덴마크의 악당은 죄다 극악무도한 놈들뿐이지.

호레이쇼 그런 말을 하려고 유령이 무덤에서 나오지는 않았겠
지요?

햄릿 그래, 네 말이 맞구나. 그러니 더 이상 설명할 필요 없이
악수나 하고 이쯤에서 헤어지자. 자네들도 해야 할 일이 있
을 테니. 그래, 나는 이제부터 기도를 드리러 가야겠네.

호레이쇼 무슨 말씀인지 전혀 모르겠습니다.

햄릿 미안하네. 그러나 오늘 본 유령은 믿을 만한 혼령이라네.
혼령과 무슨 얘기를 나눴는지 궁금할 테지만 제발 참아주
게. 그리고 자네들은 내 친구이고, 학자이며, 군인이니 내
부탁 하나만 들어주게.

호레이쇼 왕자님, 무엇이든 말씀만 하십시오. 들어드리겠습니다.

햄릿 오늘 밤 우리가 본 것을 절대로 발설하지 말게.

호레이쇼 / 마셀러스 왕자님, 절대 입 밖에 내지 않겠습니다.

햄릿 내 칼에 걸고 맹세해 주게.

호레이쇼 / 마셀러스 결코 말하지 않을 것을 맹세합니다.

유령 (지하에서) 그의 칼에 맹세하라!

햄릿 여보게들, 저 소리를 들었지?

호레이쇼 아, 참으로 괴이한 일이군.

햄릿 여보게, 호레이쇼. 이 세상에는 우리가 알고 있는 지식으
로 해결할 수 없는 일들이 너무도 많다네. 앞으로 내가 괴이

한 행동을 한다거나 가끔 제정신이 아닌 듯 보여도, 자네들은 마치 내 비밀을 알고 있다는 듯이 행동하면 안 되네. 내 말 이해하겠나? 자, 맹세하게. 그러면 만약 자네들에게 위험이 닥친다 해도 반드시 신의 은총이 함께할 것이네.

유령 (지하에서) 맹세하라. (그들이 맹세한다)

햄릿 그만 진정하시오! 자, 앞으로 잘 부탁하네. 지금은 아무 힘이 없는 이 햄릿도 언젠가는 신의 은총으로 그대들의 진심 어린 우정에 보답할 날이 올 것이다. 자, 이제 가세. 부디 그 일은 입 밖으로 꺼내지 말아주게. 혼란스러운 세상이다. 오, 이 저주받은 운명이여. 세상을 바로잡기 위해 내가 태어나다니. 자, 어서 가자. (모두 퇴장)

제2막

제1장 폴로니어스의 저택

폴로니어스와 레이넬도 등장.

폴로니어스 레어티스에게 이 돈과 편지를 전해 주어라, 레이넬도.

레이넬도 알겠습니다.

폴로니어스 너라면 감쪽같이 잘해 낼 것이다. 그리고 내 아들이 어떻게 살고 있는지, 그 애를 만나기 전에 미리 살펴보거라.

레이넬도 각하, 저도 그럴 생각이었습니다.

폴로니어스 잘 생각했군. 우선 파리에 도착하면 어떤 덴마크인들이 와 있는지 그것부터 탐색하도록 해. 누가 어디에 사는지, 또 어떤 생활을 하고 있는지, 누가 누구와 교제하며 얼마의 돈을 쓰고 있는지도 알아봐. 간접적으로 질문하다 보면 분명 레어티스를 아는 사람을 찾게 되겠지. 그러면 자네는 '레어티스를 조금은 알고 있습니다.' 라고 하면서 얘기를 꺼내는 거야. 알겠나? 그 애에 관해서 약간의 험담은 해도 괜찮아. 하지만 명예를 실추시키는 말을 하면 안 되네. 그 점에 특히 유의하게. 젊은 혈기에 으레 있을 수 있는 방탕이

나 난폭한 행동 같은 얘기는 괜찮다네.

레이넬도 도박 같은 것도요?

폴로니어스 그렇지. 그리고 음주, 결투, 욕설, 오입질 정도도 괜찮아.

레이넬도 각하, 그런 것은 명예와 관련된 일이지 않습니까.

폴로니어스 상관없어. 네가 어떻게 말하느냐에 따라 달라질 테니까. 어쨌든 그 녀석의 결점을 살짝 내보이는 정도로 교묘하게 해야 돼. 젊었을 때 흔히 일어나는 탈선 정도로 해둘 수 있는 것들 말이야.

레이넬도 그런데 저…….

폴로니어스 왜 그래야 하는지 알고 싶다는 거지?

레이넬도 네, 그 까닭을 알고 싶습니다.

폴로니어스 그래, 내 생각을 말해 주지. 나는 이것이 최선책이라고 믿고 있네. 자네가 먼저 내 아들의 험담을 하면서 슬쩍 얘기를 꺼내면 상대방은 자네의 말에 반응을 보이겠지. 그가 만일 불미스런 행위를 목격했다면 틀림없이 맞장구를 치며 온갖 험담을 늘어놓을 거야. 즉, 거짓말로 시작해서 커다란 진실을 얻어내는 거지. 지혜롭고 선견지명이 있는 사람일수록 간접적인 시도를 통해 직접적인 진실을 찾아낸다네. 이 방법으로 그간 내 아들의 행적을 알아봐 주게. 내 말 알아들었나?

레이넬도 네, 잘 알았습니다.

폴로니어스 좋아, 그러면 그 애의 행적을 살피고 오게. 눈치 못

채도록 조심해야 되네.

레이넬도 알겠습니다, 그럼 다녀오겠습니다. (레이넬도 퇴장)

오필리아 등장.

폴로니어스 오필리아, 대체 무슨 일이냐?

오필리아 아, 아버지, 너무 무서웠어요!

폴로니어스 도대체 무엇 때문에 그러는 것이냐?

오필리아 제가 방에서 바느질을 하고 있을 때 햄릿 왕자님께서
조끼 단추를 풀어헤치고 나타나셨어요. 모자도 쓰지 않고
더러운 양말을 신은 채 창백한 얼굴로, 마치 지옥에서 막 탈
출한 사람처럼 비통한 표정이었어요.

폴로니어스 상사병에 걸려 제정신이 아니신 게로구나. 그래, 무
슨 말씀을 하시더냐?

오필리아 제 손목을 꼭 붙잡으시더니 마치 제 모습이라도 그리
려는 듯 물끄러미 제 얼굴을 바라보셨어요. 한참을 그러신
후, 제 팔을 가볍게 흔드시고는 왕자님께서 고개를 세 번 흔
들고 나서 한숨을 쉬셨습니다. 그 한숨 소리 때문에 왕자님
의 온몸이 부서지고 숨이 끊어지는 것 같았어요. 그러더니
저를 놓아주시고는 시선을 제게 두시고 문 쪽을 향해 걸어
가셨어요. 앞을 보지 않아도 방향을 안다는 듯이 결코 제게
서 시선을 떼지 않으셨지요.

폴로니어스 자 이리 와라, 함께 가자. 국왕 폐하께 가야겠구나.

아무래도 상사병에 걸리신 듯하구나. 사랑에 마음을 빼앗기면 패가망신하기 일쑤지. 인간을 괴롭히는 것은 수없이 많지만 사랑만큼 우리를 망가뜨리는 것도 없으니 말이다. 요즘 왕자님께 냉담하게 대했느냐?

오필리아 아니에요, 아버지. 그저 아버지 말씀대로 편지를 모두 돌려보내고 더 이상 만나지 말자고 했을 뿐이에요.

폴로니어스 그래서 정신을 잃으셨구나. 내가 좀 더 주의해서 왕자님을 잘 살폈어야 했는데. 난 그분이 순간적인 감정으로 너를 농락하려는 줄로 알았다. 이런 젠장, 의심을 한 게 잘못이지. 늙으면 걱정도 사서 한다니깐. 반대로 젊은이들은 분별력이 너무 없고 말이야. 어서 폐하를 찾아가 말씀드려야겠구나.

제2장 성 안 알현실

나팔 소리, 왕과 왕비, 로젠크란츠, 길든스턴, 시종들 등장.

왕 어서 오게, 로젠크란츠와 길든스턴. 그대들이 많이 그리웠다네. 자네들에게 부탁이 있어서 급히 불렀네. 소문을 들어 알고 있겠지만 햄릿이 변했다네. 겉으로 보나 정신적으로 보나 예전과는 너무도 달라. 그렇게 된 이유는 아마도 부왕의 죽음 때문이겠지만 꼭 그것 때문만은 아닌 듯해서 말일세. 그러니 어린 시절을 함께 보냈던 그대들이 궁에 잠시 머물러주길 바라네. 그래서 그대들이 그 애의 말동무가 되어 과인이 모르는 그의 병이 무엇인지, 무엇 때문에 그리 괴로워하는지 알아봐 주게. 원인이 밝혀지면 치료 방법도 찾을 수 있을 테니까.

왕비 그 애는 그대들에 관한 얘기를 자주 했었지. 자네들만큼 햄릿과 마음이 잘 맞는 친구는 없을 거야. 그대들이 잠시 시간을 내어 우리의 부탁을 들어준다면, 이번 일과 관련하여 왕께서 적절한 보상을 내리실 것이네.

로젠크란츠 두 분께서 하시는 말씀은 명령입니다. 부탁이라고 말씀하시니 어찌할 바를 모르겠습니다.

길든스턴 충성을 다해 임무를 수행하겠습니다.

왕 고맙네, 로젠크란츠, 길든스턴.

왕비 고맙네. 변해 버린 내 아들을 어서 가서 만나보게. 여봐라, 이분들을 햄릿 왕자에게 모셔다 드려라. (로젠크란츠, 길든스턴, 시종들 퇴장)

폴로니어스 등장.

폴로니어스 폐하, 노르웨이에 파견했던 사신들이 만족스러운 얼굴로 돌아왔습니다.

왕 그대는 항상 좋은 소식만을 전해 주는구려.

폴로니어스 그렇습니까, 폐하? 그것은 제 임무니까요. 그리고 햄
릿 왕자님이 정신을 잃으신 이유를 찾은 것 같습니다.

왕 오, 어서 말해 보시오! 참으로 궁금하오.

폴로니어스 먼저 사신들을 들라 하십시오. 제 얘기는 성대한 식
사 후에 후식으로 말씀드리지요.

왕 그대가 사신들을 직접 접대하고 데려오시오. (폴로니어스 퇴
장) 여보 거트루드, 그가 햄릿이 미친 까닭을 알아냈다고 하
는구려.

왕비 아마도 부왕의 죽음과 우리들의 성급한 결혼 때문이겠죠.

폴로니어스, 볼티맨드, 코넬리어스 등장.

왕 잘들 오셨소, 경들. 그래, 노르웨이 왕께서는 뭐라 하셨소?

볼티맨드 아주 정중한 답신입니다. 칙서를 보신 후 노르웨이 왕
은 조카의 모병을 중지시켰다고 합니다. 노르웨이 왕은 그
일이 폴란드를 상대하기 위한 준비로 알고 있었던 것인데
포틴브라스가 병약한 자신을 속였음에 격노하시어 그를 질
책하셨습니다. 이에 포틴브라스는 다시는 무력행사를 시도
하지 않겠다며 숙부 앞에서 맹세하자 노르웨이 왕은 몹시
기뻐하며 연금 3천 크라운을 그에게 주었고, 징집한 군사들
은 폴란드를 상대할 때 동원하라고 허락했다고 합니다. 그
리고 더 자세한 내용은 여기에 있습니다. (칙서를 바친다) 그
는 우리의 안보를 조건으로 내세우며, 이번 원정을 위해 폐

하의 영토를 무사히 지나가게 해달라는 요청을 했습니다.

왕 잘 된 일이오. 이 문제에 대해선 시간을 두고 좀 더 고려해 보겠소. 그대들의 노고에 감사하오. 이제 경들은 물러가서 쉬시오. 밤에는 연회를 베풀 것이오. 그대들의 귀국을 환영 하오. (볼티맨드와 코넬리어스 퇴장)

폴로니어스 폐하, 그리고 왕비 마마, 대체 왕의 지위와 임무는 무엇이며, 왜 낮은 낮이고 밤은 밤이며, 시간은 시간인지 따 져보는 것은 그저 밤과 낮과 시간의 낭비일 뿐입니다. 그러 므로 지혜의 핵심은 간결함이며, 장황함은 겉치장일 뿐이니 간략히 말씀드리겠습니다. 왕자님은 미쳤습니다. 그런 상태 를 두고 미쳤다는 말 외에는 달리 설명할 수가 없기 때문입 니다.

왕비 말재주는 그만 부리고 요점을 말해 보세요.

폴로니어스 왕비 마마, 말재주를 부리는 게 아닙니다. 왕자님이 미친 것은 사실입니다. 그게 사실이란 것이 애석할 따름입 니다. 이러한 결함에는 분명 원인이 있을 것이니 그것을 찾 는 것이 남은 과제입니다. 소신에게는 딸이 하나 있습니다. 그 애는 효성이 매우 지극하여 제게 이것을 주었습니다. 자, 들으시고 판단해 보소서. (읽는다)

'내 영혼의 거룩한 우상이여, 최고로 잘 빠진 오필리아에 게─'

이건 점잖지 못한 말투입니다. '잘 빠진'이란 건 상스런 표 현입지요. 하지만 더 들어주십시오. 읽겠습니다.

'이 글, 그대의 하얀 가슴에 이 글을, 운운······.'

왕비 햄릿이 그녀에게 보낸 거요?

폴로니어스 잠시만 기다려주십시오, 마마. 거짓 없이 읽어드리겠습니다. (읽는다)

'별들이 반짝이는 걸 의심한다 해도,

태양이 움직이는 걸 의심한다 해도,

진실을 거짓이라 의심한다 해도,

내 사랑만은 절대 의심하지 마오.

오, 사랑하는 그대 오필리아! 나는 이런 글은 잘 쓰지 못한다오. 내 열정을 말로 다 표현할 재주는 없소. 하지만 당신을 이 세상에서 가장 사랑한다는 것만은 믿어주오. 안녕!

사랑하는 여인이여, 이 목숨이 붙어 있는 한

영원히 그대의 것인 햄릿으로부터.'

이것이 제 딸이 보여준 편지이며, 또한 햄릿 왕자가 구애한 시간과 장소까지 저에게 모두 다 말해 주었습니다.

왕 그렇다면 그 애는 햄릿의 사랑을 어떻게 받아들였소?

폴로니어스 저는 딸애가 이 사실을 말하기 전에 이미 눈치 채고 있었습니다. 만일 제가 이 사랑을 그저 방관했다면 폐하와 왕비 마마께서는 소신을 어떻게 생각하셨을까요? 하지만 저는 즉시 조치를 취했습니다. 딸애를 불러 말했지요. '햄릿 왕자는 너와 인연이 아니다. 이래서는 안 된다.' 라고 말이죠. 그리고 몇 가지 당부를 했습니다. 왕자님이 찾아와도 만나지 말고, 심부름 온 사람도 들이지 말 것이며, 절대 선물도 받지 말라고 말입니다. 딸애가 제 충고를 받아들였기 때문에 햄릿 왕자님께서는 실연을 당하신 셈이죠. 그래서 왕자님께서는 슬픔에 잠겨 금식하시고, 불면증에 시달리시다가 마침내 정신을 잃게 되신 겁니다. 저희는 그저 송구스러울 따름입니다.

왕 당신은 어떻게 생각하오?

왕비 그럴 수도 있을 것 같군요.

폴로니어스 제가 단호하게 말했던 것 중에서 한 번이라도 그렇지 않았던 적이 있었습니까? (자기 머리와 어깨를 가리키며) 만약 제 말이 틀렸다면, 여기에서 이것을 떼어버리십시오. 지구 한가운데에 진실을 감춰두었다 해도 반드시 증거를 찾아내고야 말겠습니다.

왕 어떻게 찾아낸다는 것인가?

폴로니어스 아시다시피 왕자님께선 때때로 이 복도를 여러 시간 동안 거니시죠.

왕비 그래, 그렇소.

폴로니어스 그때 제 딸애를 왕자님 눈에 띄도록 하겠습니다. 폐하와 소신은 커튼 뒤에 숨어서 두 사람이 만나는 장면을 지켜보다가, 만일 왕자님께서 제 딸을 사랑해서 병이 나신 게 아니라면 저는 농사나 지으러 시골로 내려가겠습니다.

왕 그럼 해봅시다.

햄릿, 책을 읽으며 등장.

왕비 저길 보세요, 불쌍한 햄릿, 슬픈 표정으로 책을 읽고 있네요.

폴로니어스 이제 두 분께서는 자리를 이동해 주시고 저한테 모
든 걸 맡겨주십시오. (왕과 왕비, 시종들 퇴장) 왕자님, 잘 지
내고 계십니까?

햄릿 그래, 덕분에 잘 지내고 있네.

폴로니어스 저를 알아보시겠습니까, 왕자님?

햄릿 알지. 자넨 생선장수 아닌가.

폴로니어스 아닙니다, 왕자님.

햄릿 나는 자네가 정직한 사람이길 바라네.

폴로니어스 정직한 사람이라뇨?

햄릿 요즘 세상에 정직한 사람이 만에 하나라도 있을까?

폴로니어스 맞습니다, 왕자님.

햄릿 그런데 자네 딸이 있던가?

폴로니어스 네, 있습니다.

햄릿 태양 아래를 거닐지 못하도록 하게. 머릿속의 착상은 축복
이지만, 자네 딸 몸속에 착상이 되면 큰일이니까 조심하게.

폴로니어스 (방백) 이것 봐. 역시나 내 딸 얘기를 하고 있군. 그런
데 나를 생선장수라고 하다니, 확실히 제정신이 아니야. 나
도 젊었을 때 이와 비슷한 사랑의 열병을 크게 앓았었지. 다
시 한 번 시도해 봐야겠군. 무엇을 읽고 계십니까, 왕자님?

햄릿 말, 말, 말.

폴로니어스 어떤 내용입니까, 왕자님?

햄릿 험담이지. 어느 비꼬기 좋아하는 놈이 말하기를, 늙은이들
은 허연 수염을 달고, 얼굴은 주름투성이에 눈에는 송진 같
은 끈적한 것들이 끼고, 정신은 온전치 못하며, 다리를 덜덜
떤다는군. 물론 나도 그렇게 생각하고 있지만 굳이 그걸 적
어놓을 필요까진 없다고 생각해. 왜냐하면 자네도 나처럼
늙을 테니까 말이야. 만일 자네가 게처럼 뒷걸음을 걸을 수
있다면 말이야.

폴로니어스 (방백) 미치긴 했어도 아주 틀린 말은 아니군. (햄릿
에게) 안으로 들어가시죠, 왕자님.

햄릿 내 무덤 안으로?

폴로니어스 (방백) 제정신이 아니어도 가끔은 의미심장한 말을
한단 말이야. 이제 딸애와 만날 방법을 생각해 봐야겠다. (햄
릿에게) 왕자님, 소신 이만 물러가도 되겠습니까?

햄릿 자네가 물러간다는 것만큼 내가 기꺼이 허락할 것은 없어.
이 목숨만, 이 목숨만 제외하고 말이야.

폴로니어스 그럼 안녕히 계십시오, 왕자님.

햄릿 지긋지긋한 늙은이 같으니라고.

로젠크란츠와 길든스턴 등장.

로젠크란츠 / 길든스턴 왕자님!

햄릿 내 소중한 친구들이여. 잘들 지내고 있는가?

로젠크란츠 그럭저럭 지내고 있습니다.

길든스턴 지나치게 행복하지 않기에 행복합니다. 행운의 여신이 쓴 모자 위의 단추는 아니지요.

햄릿 그렇다고 그녀의 발밑에 있는 것도 아니겠지?

로젠크란츠 어느 쪽도 아닙니다, 왕자님.

햄릿 그럼 여신의 허리쯤이나 한가운데쯤의 호의를 받는 것인가?

길든스턴 실은 허리 아래쪽이지요.

햄릿 여신의 은밀한 곳이라고? 아, 여신은 정말 창녀라니까. 그런데 새로운 소식이라도?

로젠크란츠 세상이 점점 부정직해진다는 것 말고는 없습니다, 왕자님.

햄릿 말세로구나. 여보게 친구들, 자네들은 무슨 죄를 지었기에 행운의 여신이 감옥 같은 이곳으로 보낸 것인가?

로젠크란츠 감옥이라뇨? 그렇다면 이 세상도 감옥이겠군요.

햄릿 훌륭한 감옥이지. 독방도 있고 감방도 있고 지하감옥도 있지만, 그중에서도 덴마크가 최악의 감옥이지. 내겐 이곳이 감옥이야.

로젠크란츠 그건 왕자님의 야망 때문일 겁니다.

햄릿 오, 신이시여! 내가 만약 호두 속에 갇혀 있다 해도, 나는 내 자신을 무한한 우주의 왕이라 말할 수 있다네. 악몽이 날 괴롭히지 않는다면 말이야.

길든스턴 그 꿈이 바로 왕자님의 야망입니다.

햄릿 꿈이라는 것 자체가 그림자일 뿐이야. 그럼 이제 궁으로 가볼까?

로젠크란츠 / 길든스턴 저희들이 모시겠습니다.

햄릿 무슨 말인가. 나는 자네들을 시종처럼 부리진 않을 거야. 친구로서 하나 묻겠네. 여기 엘시노아에는 무슨 일로 왔는가?

로젠크란츠 왕자님을 뵈러 왔을 뿐입니다.

햄릿 내 신세가 이 모양이라 감사의 인사도 조촐하지만 어쨌든 고맙네. 누군가에게 불려온 것인가, 자발적으로 온 것인가?

길든스턴 무슨 말씀을 드려야 할지 모르겠습니다, 왕자님.

햄릿 자네들 얼굴에 끌려왔다고 써 있군. 자네들은 그걸 숨길 수 있을 만큼 교활하지 못해. 폐하와 왕비께서 부르신 걸 알고 있다네.

로젠크란츠 (길든스턴에게 방백) 뭐라고 얘기하지?

햄릿 (방백) 나도 알고 있네. 자네들이 진정 나를 생각한다면 솔직히 말해 주게.

길든스턴 왕자님, 실은 불려왔습니다.

햄릿 내가 그 이유를 말해야겠군. 그래야 자네들에게 폐가 되지 않을 것이고 왕과 왕비의 비밀이 누설되지 않을 테니. 나는 요즘 사는 재미를 잃었다네. 모든 수련활동에서도 손을 떼 버렸지. 내 마음이 이러하니 이 아름다운 지구도 내게는 불모지처럼 느껴지고, 찬란한 저 하늘도 내게는 더러운 균이 모인 증기처럼 보인다네. 또한 대단한 걸작인 인간의 모습은 그저 흙먼지로 보일 뿐이네. 난 인간이 우스워 보여, 여자도 마찬가지네. 웃는 걸 보니 자네들은 그렇지 않은가 보군.

로젠크란츠 왕자님, 그렇지 않습니다.

햄릿 그럼 내가 인간이 우습다 했을 때 왜 웃었나?

로젠크란츠 인간이 우습다고 생각하신다면, 배우들은 얼마나 형편없는 대우를 받을까 싶어서 그랬습니다. 오는 길에 배우들을 만났는데, 왕자님께 연극을 보여드리려고 그들이 이곳으로 오고 있습니다.

햄릿 왕의 역할을 맡은 자라면 더 환영하네. 나는 폐하께 감사 인사를 드릴 것이고, 기사들에게는 창과 방패를 쓰게 할 것이네. 또 광대에게는 웃기 좋아하는 사람들을 더욱 즐겁게 해주도록 할 것이며, 부인들은 마음껏 수다를 떨도록 내버려두겠네. 그런데 그들은 어떤 배우들인가?

로젠크란츠 왕자님께서 매우 좋아하시던 그 도시의 배우들입니다.

햄릿 그들은 여전히 인기가 많은가?

로젠크란츠 아닙니다. 예전처럼 열심히 하고 있지만 요즘은 어린 배우들이 소리를 꽥꽥 질러대야만 관객들의 박수갈채를 받거든요. 그게 요즘 유행이죠. 그래서 흔히 하는 평범한 연극들은 기가 죽었어요. 칼을 찬 수많은 신사들은 가시 돋친 그들의 풍자가 두려워 그쪽엔 얼씬도 하지 않는답니다.

햄릿 뭐라고? 어린 배우들이라고? 누가 그들을 보호하며 재정적인 후원을 하는 것이냐? 그럼 그 배우들은 고운 목소리가 나올 때까지만 배우 노릇을 할 수 있단 얘긴가? 그 애들이 자라 성인 배우가 되면, 그들이 자신들의 직업을 비난하게 만들었다며 지금의 작가들을 원망하지 않겠나?

로젠크란츠 실은 양쪽 다 시끄럽게 싸우고 있습니다. 한때는 작가와 배우들의 싸움을 소재로 다루지 않은 연극은 상연도 되지 않을 정도였습니다.

햄릿 사실인가? 하긴 별로 이상할 것도 없지. 부왕이 살아계셨을 때 숙부를 헐뜯던 자들이 이제는 숙부의 초상화를 한 점에 스물, 혹은 백 냥까지도 내며 서로 사가려고 아우성이니 말이야. 이 상황은 어떤 연구로도 밝혀내기 힘들 것이야. (나팔 소리 요란하게 들린다)

길든스턴 저기 배우들이 왔습니다.

햄릿 여보게들, 이곳에 와줘서 정말 고맙네. 자, 그럼 악수하세. 환영 인사에도 격식과 예의가 있지 않은가. 이것이 최상의 예의요 격식이니까 나는 이렇게 예의를 갖추겠네.

폴로니어스 등장.

폴로니어스 다들 잘 오셨소.

햄릿 여보게, 길든스턴, 귀 좀 빌려주게. 저기 저 커다란 아기는 아직도 기저귀를 차고 있다네.

로젠크란츠 아마 두 번째로 기저귀를 찬 모양입니다, 노인은 다시 어린아이로 돌아간다고 하니까요.

햄릿 예언컨대, 배우들 일로 내게 말해 주러 왔어. 잘 보게나. (큰 소리로) 맞습니다, 월요일 아침, 바로 그때였습니다.

폴로니어스 왕자님, 전할 말씀이 있습니다. 배우들이 이곳에 도착했습니다. 지금 도착한 그들은 세계 최고의 배우들입니다. 비극, 희극, 역사극, 목가극, 희극적 목가극, 역사적 목가극 등 무엇이든 상관없이 연기할 수 있습니다. 무거운 세네카의 비극도, 또 가벼운 플로터스의 희극도 모두 잘 해내는 배우들입니다.

햄릿 이스라엘의 재판관인 젭사(자기가 전쟁에서 승리하고 돌아오면 첫 번째로 눈에 띄는 생명을 제물로 바치겠다고 맹세한 그가 처음 본 것은 바로 자기 딸이었고, 결국 자신의 딸을 전쟁의 제물로 바친 재판관 - 옮긴이)여, 그대는 얼마나 귀한 보물을 갖고 있는가!

폴로니어스 무슨 보물을 말씀하시는 것입니까, 왕자님?

햄릿 '단 하나뿐인 딸이라 그 애를 몹시도 사랑했네.'

폴로니어스 (방백) 여전히 내 딸 얘기군.

햄릿 내 말이 틀렸소, 젭사 영감?

폴로니어스 저를 젭사라고 부르신다면 왕자님, 제게도 몹시 사랑스런 딸이 하나 있습니다.

햄릿 그 노래의 다음은 이러하지.

'예감하고 있었지만,

운명에 따라 일이 벌어졌지.'

내 노래를 끊으려는 자들이 오고 있군.

배우들 등장.

자, 다들 어서 오게. 모두들 잘 왔네. 아, 나의 옛 친구여. 자네는 이제 턱수염이 자랐군. 아, 아가씨도 오셨네. 지난번보다 구두 굽 높이만큼 하늘에 가까워졌군요. 아가씨의 목소리가 쓸모없이 갈라진 금화처럼 되지 않기를 바랍니다. 다들 환영하네, 프랑스의 매사냥꾼들처럼 당장 매를 날려보세. 자네들의 솜씨를 보여줘. 어서 한 대목만 보여주게.

배우1 어떤 대목을 할까요, 왕자님?

햄릿 언젠가 내게 들려줬던 그것 말이야. 헌데 그건 상연되지 않았어. 그 작품은 모든 사람들을 만족시키진 못했으니까. 하지만 내 생각에 그 작품은 아주 훌륭했어. 구성도 좋고, 내용도 절제된 정말 멋진 작품이었지. 그 작품에서 내가 특히나 좋아했던 구절이 있었지. 아에네이스와 디도가 대화를 나누는 대목이었어. 특히 프리암(트로이의 왕 – 옮긴이)을 살해하는 부분이 마음에 들었지. 아직도 기억하고 있다네. 그러니 이 대목부터 시작해 보게. '히르카니아의 호랑이처럼 험상궂은 피러스(아킬레스의 아들 – 옮긴이)가…….' 아냐, 그게 아니었어. 피러스로 시작하는데.

'험상궂은 피러스가 칠흑 같은 밤에 갑옷을 입고 불길한 목마 속에 몸을 숨겼도다. 지금 그 무서운 모습은 머리부터 발끝까지 시뻘건 피로 물들어 더욱더 불길해 보이는구나. 분노의 불길 속에서 악마 같은 피러스는 트로이의 노왕 프리암을 찾았다오.'

자네가 이어서 계속하게.

폴로니어스 정말 잘하셨습니다, 왕자님. 발성도 좋으시고 내용 전달도 좋습니다.

배우1 '그가 찾아낸 노왕은 그리스군을 물리치려 칼을 휘둘렀으나 늙은 팔에 힘이 빠져 뜻대로 되지 않고 땅에 떨어졌고, 상대가 되지 않는 노왕에게 피러스가 돌진하여 칼을 내리쳤지만 빗나갔소. 하지만 사나운 칼바람에 노왕은 힘없이 쓰러졌고 잠시 멈췄던 복수심이 되살아난 피러스는 무자비하게 프리암을 내려쳤소. 썩 물러가라, 창녀 같은 운명의 여신아! 제신들이여, 여신의 힘을 빼앗고 수레바퀴를 다 깨부숴 지옥의 악마들에게 굴러가도록 하소서.'

폴로니어스 이건 너무 길군요.

햄릿 당신 수염과 함께 이발사에게 보내주지. (배우에게) 자, 계속하게. 이 노인은 흥겨운 춤이나 음탕한 얘기가 아니면 잠에 곯아떨어진다네. 자, 이제 헤쿠바로 넘어가게.

배우1 '아, 슬프도다! 얼굴을 가린 왕비의 모습을 봤다면, 맨발로 이리저리 뛰어다니며 하염없이 흐르는 눈물에 타오르는 불꽃도 위협하고, 최근까지 왕관을 썼던 그 머리엔 천 조각을 얹어 놓고, 다산으로 여윈 허리엔 겨우 건진 담요 한 장을 둘렀네. 이 모습을 본 자들이라면, 운명의 여신에게 독설을 퍼부으며 반역하리. 피러스가 자신의 남편을 도륙하는 광경을 본 그녀는 통곡하며 절규한다. 만일 이 모습을 봤다면 하늘의 별들도 눈물을 흘리고 제신들은 모두 분노를 금치 못할 것이니.'

폴로니어스 보십시오, 그의 안색이 변하고 눈물까지 흘리는군요. 제발, 그만두게.

햄릿 잘했네. 경께서 배우들을 잘 보살펴주시오. 그들은 이 시대의 축소판이자 연대기니까 말이야. 살아생전 배우들의 혹평을 듣는 것보단 죽은 후 당신의 묘비명이 나쁜 것이 나을 거요.

폴로니어스 자, 다들 갑시다.

햄릿 (배우1에게) 여보게 친구, 내일 밤에도 공연을 해주게. 내가 몇 줄 써서 넣어줄 테니 외울 수 있겠나?

배우1 물론입니다, 왕자님.

햄릿 좋아. 다들 저 영감을 따라가게. 허나 그를 놀리지는 말게. (폴로니어스와 배우들 퇴장), (로젠크란츠와 길든스턴에게) 여보게들, 저녁 때 다시 만나세.

로젠크란츠 / 길든스턴 네, 왕자님. (로젠크란츠와 길든스턴 퇴장)

햄릿 그래, 잘 가게나. 이제 나 혼자 남았구나. 아, 난 왜 이 모양일까! 단지 꾸며낸 이야기에 불과한 것에 모든 감정을 이입하여 표출하는 배우들의 모습은 참으로 놀랍지 않은가! 만일 나만큼의 분노를 가진 자라면 어떻게 표현했을까? 그는 무대를 눈물로 채우고, 무시무시한 대사로 관객들의 귀를 찢으며, 죄인은 미치게 만들었겠지. 또한 죄 없는 자는 공포에 떨게 하고, 무지한 자는 혼란스럽게 만들며 사람들의 눈과 귀를 어지럽혔겠지. 그런데 이 둔하고 어리석은 나란 인간은 한 마디도 못 하고 허송세월만 보내고 있다니. 나를 악한이라 부르며 머리통을 깨부수고, 내 수염을 뽑아 내 얼굴에 불어 날린다 해도 누가 그를 욕할 수 있겠는가? 부친을 잃고 마땅히 복수해야 할 처지이면서도 나는 그저 창녀처럼 입으로만 저주를 퍼붓고 있다니! 역겹도다! 그래, 이제 생각을 좀 해보자. 죄인들이 연극을 보다가 너무 몰입한 나머지 자신의 죄를 자백했다는 얘기를 들은 적이 있지. 좋다, 배우들에게 아버님의 살해 장면과 비슷한 연기를 숙부 앞에서 해보라고 하는 거야. 그때 안색을 살피고 핵심을 찔러봐야겠다. 만일 움찔하는 모습을 보인다면 나도 더 이상 가만히 있지는 않겠어. 하지만 사실이 아니라면, 내가 본 유령은 악마일지도 몰라. 내 기가 허약해지고 우울해진 틈을 타서 나를 파멸시키려고 하는 건지도. 그러니 좀 더 확실한 증거를 찾아야 해. 이 연극이 아마도 왕의 본심을 알아낼 가장 좋은 수단이 될 것이다. (퇴장)

제3막

제1장 엘시노아 성 안

왕과 왕비, 폴로니어스, 로젠크란츠, 길든스턴, 오필리아 등장.

왕 대화를 해봐도 그가 왜 정신이상 증세를 보이며 평온한 날들을 시끄럽게 만드는지 알아내지 못한 것인가?

로젠크란츠 본인도 제정신이 아님을 인정하고 있으나, 그 이유에 대해서는 절대 말하지 않았습니다.

길든스턴 또한 저희들이 진심을 실토하도록 유도해 보았지만 광기를 부리며 교묘하게 비껴갔습니다.

왕비 그대들을 잘 맞이해 주던가?

로젠크란츠 정중히 대해 주셨습니다. 저희에게 먼저 질문하진 않으셨으나 저희들의 물음엔 흔쾌히 답해 주셨습니다. 그리고 저희들이 오던 길에 배우들을 만난 일을 말씀드렸더니 즐거워하시는 듯했습니다. 배우들은 지금 이 궁전에 와 있으며, 오늘 저녁에 공연을 하라는 왕자님의 지시가 있었습니다.

폴로니어스 맞습니다. 그리고 두 분께서 꼭 이 공연을 관람하러 오시라는 왕자님의 간청이 있었습니다.

왕 기꺼이 그렇게 하리다. 그대들은 왕자가 이런 일에 더 즐거움을 갖도록 유도해 보게.

로젠크란츠 네, 폐하. (로젠크란츠와 길든스턴 퇴장)

왕 여보 거트루드, 당신도 이만 나가주오. 실은 햄릿을 은밀히 이곳으로 불러, 여기서 오필리아와 우연히 마주치도록 해놓았다오. 폴로니어스와 나는 함께 몸을 숨기고 그들을 살피면서, 햄릿이 상사병 때문에 병을 앓고 있는 것인지 알아보려 하오.

왕비 말씀대로 따르겠습니다. 그런데 오필리아, 나는 햄릿이 너의 아름다움 때문에 상사병에 걸린 거라면 좋겠구나. 그러면 너의 아름다운 마음으로 햄릿을 제자리에 돌려놓을 수 있을 테니까.

오필리아 마마, 저도 그러기를 바랍니다. (왕비 퇴장)

폴로니어스 오필리아, 이곳을 거닐어라. 폐하, 몸을 숨기시지요. 그리고 이 책을 읽으며 신앙심이 깊은 모습을 보여라. 이렇듯 경건하고 신성한 모습으로 악마의 본성에 사탕발림하는 것은 세상에 흔히 있는 일이니라.

왕 (방백) 아, 맞는 말이다. 저 말이 내 양심을 찌르는구나. 화장한 창녀의 얼굴도 내 행실만큼 추하진 않으리라. 아, 이 무거운 짐이여!

폴로니어스 소리가 들립니다. 몸을 숨기시지요, 폐하. (왕과 폴로니어스 퇴장)

햄릿 등장.

햄릿 사느냐 죽느냐, 그것이 문제로다. 가혹한 운명이 던진 돌과 화살을 맞아야 하는 것인가, 아니면 무기를 들고 성난 파도에 대항하며 싸워야 하는 것인가. 죽는 건 그저 잠드는 것일 뿐. 잠이 들면 이 마음의 고통과 육체에 따라붙는 수많은 고통은 사라지고 말지. 그야말로 죽음이란 우리가 간절히 바라는 결말인 것이다. 잠이 들면 꿈을 꾸겠지. 아, 그것이 걸림돌이구나. 삶의 고통에서 벗어나 죽음의 잠 속에서 어떤 꿈이 나타날지 생각하면 우린 주저할 수밖에 없지. 그것이 이 불행한 삶을 계속 유지하는 이유니라. 그렇지 않다면 누가 이 세상의 채찍과 경멸을 견디겠는가. 단 한 자루의 칼로도 이 모든 것을 청산할 수 있을 텐데. 미지의 사후 세계에 대한 두려움이 우리를 이 세상에 살아남아 고통을 견디게 만드는구나. 가만 있자, 아름다운 오필리아! 아름다운 여인이여, 기도를 올리면서 나의 죄도 함께 빌어주시오.

오필리아 왕자님, 그동안 어떻게 지내셨습니까?

햄릿 정말 고맙소, 나는 잘 지내고 있소.

오필리아 왕자님, 오래전부터 돌려드리려 했던 선물들이 있습니다. 받아주십시오.

햄릿 아니, 받지 않겠소. 나는 아무것도 준 게 없으니.

오필리아 왕자님은 잘 알고 계십니다. 제게 그것들을 주시면서 달콤한 말씀도 함께 해주셨잖아요. 하지만 주는 이의 마음이 변해 버렸을 땐 아무리 값진 선물이라도 초라해 보일 뿐입니다. 여기 있습니다, 왕자님.

햄릿 하하! 당신은 순결한 여인이오? 당신은 아름답소?

오필리아 무슨 말씀이신지요, 왕자님?

햄릿 당신이 순결하고 아름답다면, 그 순결과 아름다움이 친해지지 않도록 하시오.

오필리아 왕자님, 순결함과 아름다움이 긴밀한 관계를 유지하는 것만큼 더 좋은 게 어디 있습니까?

햄릿 물론 있소. 아름다움이 순결을 타락시키는 것이, 순결이 아름다움을 변화시키는 것보다 더 빠르니까. 이 세상이 그걸 증명하고 있잖소. 나는 한때 당신을 사랑했었소.

오필리아 왕자님, 저도 그렇게 믿었습니다.

햄릿 날 믿지 말았어야 했소. 나는 당신을 사랑하지 않았소.

오필리아 제가 속은 것이군요.

햄릿 죄인들을 낳고 싶지 않으면 수녀원으로 가시오. 나는 죄가 많소. 차라리 어머니께서 날 낳지 않았으면 좋았을 것이오. 나는 오만하고 복수심에 가득 차 있으며 또 내가 저지를 수 있는 죄를 생각해 보기도 하지. 도대체 왜 나 같은 녀석이 이 세상에 있는 것이오? 우린 모두 악당들이니 아무도 믿지 말고 수녀원으로 가시오. 당신 아버지는 어디 있소?

오필리아 집에 계십니다.

햄릿 문을 걸어 잠그고 절대 밖으로 나와 미친 짓을 못 하도록 하시오. 그럼 잘 가시오.

오필리아 오, 하늘이시여! 저분을 도와주소서.

햄릿 당신이 결혼한다면 지참금으로 내 저주를 보내리다. 당신이 눈송이처럼 순결할지라도 세상의 험담은 면치 못할 테니까. 수녀원으로 가시오. 그래도 결혼을 하겠다면 바보하고 하시오. 지혜로운 자들은 여자들이 자신을 어떤 멍청이로 만들지 알고 있으니까.

오필리아 하느님이시여, 이분께서 제정신을 찾도록 해주소서.

햄릿 이런 젠장. 더 이상 결혼 같은 건 없어. 이미 결혼한 사람들은, 한 사람만 빼고는 그대로 두고 나머지 미혼자들은 지금처럼 살게 될 거야. 어서 수녀원으로 가! (퇴장)

오필리아 아, 그토록 고귀하신 분이 이렇게 되시다니! 조신의 눈이며 군인의 칼, 학자의 혀와 같았던, 아름다운 이 나라의 희망이자 꽃이며 모든 인물들이 존경하던 분인데! 활짝 핀 청춘의 꽃과 같았던 용모가 광기로 시들어버리다니! 아, 불행한 신세여, 그때의 아름다움을 보던 눈으로 이런 못 볼 것을 봐야 하다니! (엎드려 흐느낀다)

왕과 폴로니어스 등장.

왕 사랑이라고? 그것 때문이 아니었소. 그의 말은 두서가 없었으나 미친 사람 같진 않았소. 그가 마음속에 무언가를 품고 있기에 우울증이 생긴 것이오. 그게 본색을 드러내면 몹시 위험할 것 같으니 그걸 막기 위해, 지금 막 떠오른 생각인데 이렇게 하는 게 좋겠소. 그간 소홀했던 조공을 요구한다는 명분으로 햄릿을 영국으로 보내는 것이오. 아마 바다와 다른 나라의 다양한 풍경들이 그의 가슴속에 맺힌 무언가를 사라지게 하지 않겠소. 어떻게 생각하오?

폴로니어스 뜻대로 되실 겁니다. 하지만 폐하, 연극이 끝난 후 왕비께서 왕자님을 만나 문제가 무엇인지 실토하도록 하는 것은 어떻습니까? 만약 왕비께서도 알아내지 못하신다면, 그때 영국으로 보내시든지 아니면 마땅한 장소에 가두시지요.

왕 그럼 그렇게 하지. 높은 자들의 광기는 방치하면 안 되니까.

(퇴장)

제2장 성 안의 홀

햄릿과 세 명의 배우 등장.

햄릿 그 대사를, 내가 자네에게 보여준 것처럼 자연스럽게 읊어 주게. 대다수의 배우들이 그러하듯 그저 소리만 크게 지르지 말고. 가발을 쓴 난폭한 녀석이 격정에 휩싸여 고함을 지른다면 난 몹시 불쾌해질 테니까. 그런 녀석들은 채찍을 맞아야 돼. 난폭한 타마칸트나 폭군 헤롯보다 더한 놈들이니까. 그러니 제발 그러진 말게.

배우1 그런 일은 결코 없을 겁니다, 왕자님.

햄릿 너무 기운 없이 축 처져도 안 돼. 넘치거나 모자라면 분별 없는 자들을 웃길 수는 있겠지만, 식견이 있는 자들은 아마 통탄할 걸세. 아무리 전자들이 많다고 해도, 후자들의 평가에 더 귀를 기울여야 하네. 내가 아는 배우들 중에 다른 사람들이 극찬하는 배우들이 있었지. 하지만 그들은 기독교인의 말씨를 쓰고 이방인, 아니, 인간이 걷는 모습조차 보여주지 못하면서 어찌나 과격한 행동을 보이며 고함을 질러대던지. 그 모습을 보며 나는 하느님의 조수 몇 명이 사람을 잘못 만들었다고 생각했지.

배우1 저희들이 그 점에 대해서는 개선해 보겠습니다.

햄릿 완전히 바로잡아야 해. 또한 어리석은 관객을 웃기려고 정해진 대사보다 더 많이 말하는 배우가 있는데 참으로 한심한 일이지. 그건 자신의 야심이 뻔히 들여다보이는 일이야. 자, 가서 준비하게. (배우들 퇴장)

폴로니어스, 로젠크란츠, 길든스턴 등장.

폴로니어스 왕비님께서도 연극을 보신답니다. 곧 오실 겁니다. (폴로니어스 퇴장)

햄릿 배우들에게 서두르라고 하게. 자네들도 돕게나.

로젠크란츠 / 길든스턴 네, 왕자님. (로젠크란츠와 길든스턴 퇴장)

호레이쇼 등장.

호레이쇼 왕자님, 부르셨습니까?

햄릿 호레이쇼, 자네는 내가 아는 사람 중에 가장 믿음직스럽다네.

호레이쇼 오, 왕자님.

햄릿 아첨이 아니네. 가진 것은 훌륭한 기품밖에 없는 자네에게 내가 무엇을 바라겠나? 사람을 분별할 수 있는 판단력이 생긴 후로 나는 자네를 내 사람으로 정했다네. 자네는 수많은 시련과 고난을 겪으면서도 그것을 감사하게 받아들이는 사람이니까. 자네는 결코 격정에 휩싸이지 않는 그런 사람이라네. 나는 자네를 내 마음 한가운데에 품고 있을 것이네. 좀 지나쳤나. 어쨌든, 오늘 밤 어전에서 연극이 있을 것이네. 그중 한 장면은 내가 자네에게 말했던 선친의 살해 장면과 비슷하다네. 그래서 부탁인데, 그 대목에서 모든 정신을 집중하여 숙부를 살펴봐 주게. 그 장면에서 숙부의 죄가 드러나지 않는다면, 우리가 본 유령은 악귀였고 내 추측도 불의 신 불칸의 대장간처럼 시커먼 것이 되고 말겠지. 나도 계속해서 시선을 떼지 않고 그를 지켜볼 테니 자네도 유심히 지켜봐 주게. 그 후에 우리의 생각을 합쳐보세.

호레이쇼 알겠습니다, 왕자님. 만일 그가 어떤 반응을 보였음에도 제가 감지하지 못했다면, 그 대가를 치르겠습니다. (나팔 소리와 북소리가 들린다)

햄릿 연극을 보러오는군. 난 미친 척해야 돼. 자네는 자릴 잡게.

왕과 왕비, 폴로니어스, 오필리아, 로젠크란츠, 길든스턴,
그 밖의 신하들과 횃불 든 호위병들 등장.

왕 햄릿, 요즘은 어떻게 지내고 있느냐?

햄릿 아주 잘 지냅니다. 카멜레온을 먹으면서 약속으로 꽉 찬 공기만 마시죠. 영계라도 이렇게 기를 순 없을 거예요.

왕 무슨 소린지 알 수가 없구나, 햄릿. 그건 나를 위한 게 아니다.

햄릿 네, 하지만 이미 입 밖으로 나왔으니 이젠 제 말도 아닙니다. (폴로니어스에게) 나리께서도 대학시절에 연극을 하셨다지요? 무슨 역할을 했소?

폴로니어스 카피톨 신전에서 브루터스에게 살해당한 줄리어스 시저 역을 했습니다.

햄릿 거기서 그렇게 어리석은 자를 살해하다니, 브루터스란 놈도 참으로 잔인한 놈이었군요. 배우들은 다 준비되었는가?

로젠크란츠 네, 왕자님의 분부를 기다리고 있습니다.

왕비 햄릿, 이리 와서 내 곁에 앉거라.

햄릿 아닙니다, 어머님. 이쪽에 더 끌리는 자리가 있습니다.

폴로니어스 (왕에게) 오! 저 소리를 들으셨습니까?

햄릿 (오필리아의 발 앞에 누우며) 아가씨, 당신의 무릎 사이로 들어가도 될까요?

오필리아 이러시면 안 됩니다, 왕자님.

햄릿 내 말은 무릎 위에 머리를 좀 얹겠다는 얘기요.

오필리아 네, 왕자님.

햄릿 처녀 다리 사이에 눕는다는 건 참으로 즐거운 일이지.

오필리아 네, 왕자님? 오늘은 왠지 즐거워 보이십니다.

햄릿 오, 나는 원래 유희를 즐기는 사람이니까. 우리 어머니가 얼마나 유쾌해 보이는지 좀 보시오. 아버지가 돌아가신 지 두 시간 만에.

오필리아 아니에요. 두 달의 두 배입니다, 왕자님.

햄릿 벌써 그렇게 됐나? 그럼 검은 상복은 악마에게 입으라 하고, 나는 가죽 상복을 입어야겠군. 오 세상에, 두 달 전에 돌아가셨는데도 아직 안 잊히다니! 그런 걸 보면 위인의 기억은 죽어도 반 년 이상은 유지되겠군.

나팔 소리와 함께 무언극이 시작된다.

'왕과 왕비가 등장하며 포옹한다. 왕비는 무릎을 꿇고 왕에게 사랑을 맹세한다. 왕이 왕비를 일으켜 그녀를 안는다. 왕은 꽃이 핀 언덕 위에 눕고, 왕비는 그가 잠든 것을 보고 자리를 떠난다. 얼마 후 한 남자가 들어와 그의 왕관을 벗기고 그 왕관에 키스한 뒤, 잠들어 있는 왕의 귀에 독약을 붓고 나간다. 왕비가 돌아와서 왕이 죽은 것을 알고는 비통해한다. 독살자가 서너 명의 시종과 함께 다시 들어온다. 그리고 그들은 왕비와 함께 슬퍼하는 척한다. 시체가 옮겨지고, 독살자는 선물을 가지고 왕비에게 구애한

다. 왕비는 한동안 냉담하게 대하다가 마침내 그의 사랑을 받아들인다.' (모두 퇴장)

해설을 맡은 배우 등장.

해설 여러분, 저희들이 준비한 이 비극을 끝까지 관람해 주시길 바랍니다. (퇴장)

왕과 왕비의 역을 맡은 배우들 등장.

극중 왕 우리의 신성한 결혼식이 진행된 이후로 태양신의 불마차가 바다신의 바닷길과 대지 여신의 땅을 서른 번이나 돌았소. 열두 번씩 서른 번의 빛을 빌린 달님도 그 시간만큼 이 세상을 비춰주었다오.

극중 왕비 지나온 시간만큼 앞으로도 우리 사랑 계속 이어지게 해주소서. 하지만 요즘 당신께서 평소와 달리 편찮으시니 걱정이 많습니다. 하지만 제 이런 근심을 불편해하지 마세요. 사랑이 깊을수록 두려움도 커지는 것이니까요.

극중 왕 여보, 나는 곧 떠나야 하오. 내 몸은 이제 제 역할을 못하고 있소. 하지만 그대는 아름다운 이 세상에서 사랑과 존경을 받으며 사시오. 또 새로운 남편을 만나…….

극중 왕비 오, 그만하세요. 그런 사랑은 내 사랑에 대한 반역일 뿐이에요. 두 번째 남편을 얻게 된다면 저주받게 해주소서.

햄릿 (방백) 씁쓸할 것이다.

극중 왕비 재혼하는 것은 그저 탐욕일 뿐 참사랑이 아닙니다. 다른 남자와 동침하며 입을 맞추는 것은 죽은 남편을 한 번 더 죽이는 일입니다.

극중 왕 나는 당신의 말이 진심이라 믿고 있소. 하지만 우리는 우리의 결심을 자주 깨뜨린다오. 우리의 결심은 그저 기억의 노예일 뿐이오. 우리 스스로가 격정에 사로잡혀 한 결심도 격정이 사라지고 나면 무너져버린다오. 그러므로 우리의 사랑도 운에 따라 바뀔 수 있으며 그것은 전혀 이상할 것이 없다오. 운명과 사랑, 둘 중에 어느 것이 먼저인지 아직 밝혀지지 않았기에 문제라면 그게 문제인 것이오. 권세가가 몰락하면 그 측근들도 떠나가고, 가난한 자가 출세하면 그들의 적도 친구가 되오. 이렇듯 우리들의 계획은 수없이 변하는 것이오. 그러니 지금은 두 번째 남편을 맞을 생각이 없다지만, 내가 죽고 나면 그 생각도 사라지고 말 것이오.

극중 왕비 땅이 식량을 주지 않고 하늘이 빛을 주지 않으며 밤낮의 즐거움과 휴식이 사라진다 해도, 내 믿음과 희망이 절망으로 바뀌고 감옥에 갇혀 은둔자로 살아간다 해도 내 어찌 다른 남자의 아내가 되겠습니까.

극중 왕 깊은 맹세 고맙구려. 나는 잠시 여기 있겠소. 내 기력이 없으니 한숨 자고 나면 괜찮아질 것 같소. (잠이 든다)

극중 왕비 그대 잠이 들면 우리에게 불행은 절대 찾아오지 마소서. (퇴장)

햄릿 어머니, 이 연극이 마음에 드십니까?

왕비 저 맹세는 너무 지나친 것 같구나.

햄릿 아, 하지만 그 약속을 꼭 지킬 겁니다.

왕 줄거리를 들었느냐? 거기에 악한 내용은 없느냐?

햄릿 네, 그저 농담일 뿐입니다. 악한 장면은 없습니다.

왕 연극의 제목은 무엇이냐?

햄릿 '쥐덫' 입니다. 이 연극은 비엔나에서 있었던 살인 사건을 따온 것입니다. 하지만 폐하와 죄 없는 우리들과는 아무 상관없는 일이죠. 양심에 찔리는 자만이 움찔할 것입니다.

루시아너스 역을 맡은 배우 등장.

이자는 루시아너스인데 영주의 조카죠. (무대를 향해서) 시작해 봐 살인자야. 인상만 찌푸리지 말고 시작하라고. 자, 까마귀는 깍깍대며 복수하라고 울부짖고 있다.

루시아너스 시커먼 속마음, 날렵한 손, 효과 빠른 독약, 적절한 시기, 다행히 보는 사람도 없구나. 한밤중에 캐낸 독초에 헤카트의 저주를 세 번 받아 무서운 독약이 되었으니, 저 건강한 생명을 지금 당장 **빼앗아라**. (독약을 자고 있는 왕의 귀에 붓는다)

햄릿 지위를 빼앗기 위해 정원에서 그를 독살하고 있습니다. 그의 이름은 곤자고. 저 살인자가 어떻게 곤자고의 부인에게 구애하는지 보십시오.

오필리아 폐하께서 일어나십니다.

햄릿 무슨 일이시지?

왕비 폐하, 왜 그러십니까?

폴로니어스 연극을 중단하라.

왕 등불을 가져오너라. 어서 가자.

폴로니어스 등불, 등불, 등불. (햄릿과 호레이쇼만 남고 모두 퇴장)

햄릿 '상처 입은 사슴이여, 울어라.

　　　　안 다친 수사슴은 놀고 있을 테니.

　　　　누구는 깨어 있고 또 누구는 잠들어 있지.

　　　　세상은 그렇게 돌아가니까.'

　　　　여보게, 나중에 내 운세가 안 풀리면 나도 배우들 무리에 낄

　　　　수 있겠지?

호레이쇼 반 자리 정도는 차지할 수 있겠죠.

햄릿 나도 한 자리 차지할 수 있다고. 여보게, 호레이쇼. 유령의

　　　　말이 백 번 옳았어. 자네도 눈치 챘지? 독살하는 장면에서

　　　　말이야.

호레이쇼 네, 아주 자세히 보았습니다.

햄릿 자, 피리꾼들을 부르게. 왕께서 연극이 싫으시다면 그래,

　　　　정말로 싫으신 거겠지. 자, 악사를 불러라!

로젠크란츠와 길든스턴 등장.

길든스턴 왕자님, 한 말씀 드리겠습니다. 폐하께서……

햄릿 그래, 어떻다는 것이냐?

길든스턴 몹시 언짢아하십니다.

햄릿 술 때문인가?

길든스턴 아닙니다, 왕자님. 몹시 노하셨습니다.

햄릿 그럼 전의한테 알리는 게 더 지혜롭지 않겠는가.

길든스턴 왕자님, 제발 말씀을 회피하지 마십시오. 왕비님께서도 무척 심기가 불편하셔서 소신을 보내신 것입니다.

햄릿 그래, 반갑군.

길든스턴 왕자님, 제발 진지하게 말씀해 주십시오. 제게 정확히 답변을 해주신다면, 왕비님의 명령을 전해 드리겠습니다. 그렇지 않으신다면 저는 이만 돌아가겠습니다.

햄릿 난 못 해.

로젠크란츠 무엇을 말입니까, 왕자님?

햄릿 진지하게 대답하는 것 말이야. 난 미쳤거든. 하지만 내가 할 수 있는 대답이라면 해볼 테니 어서 말해 보게.

로젠크란츠 왕비님께선 왕자님의 행동 때문에 몹시 놀라셨습니다. 그리고 주무시기 전에 왕비님의 내실로 들라 하셨습니다.

햄릿 알겠네. 또 무슨 볼일이 있는가?

로젠크란츠 왕자님께서 정신을 잃은 이유가 무엇인지 알고 싶습니다.

햄릿 난 출세를 못 하고 있어.

로젠크란츠 무슨 말씀이십니까? 왕자님께서 덴마크의 왕위를 계승할 것이라는 국왕 폐하의 말씀이 있으셨는데요.

햄릿 그래, 하지만 옛말에 '풀이 자라기를 기다리다 말은 굶어
　　　죽는다.'란 속담이 있지.

폴로니어스 등장.

폴로니어스 왕자님, 왕비님께서 하실 말씀이 있으시니 곧 오시
　　　랍니다.

햄릿 저기 저 구름이 낙타 같지 않은가?

폴로니어스 아, 정말로 낙타 같군요.

햄릿 족제비 같기도 한데.

폴로니어스 등은 족제비같이 생겼군요.

햄릿 고래 같기도 한데 말이야.

폴로니어스 네, 정말 고래 같습니다.

햄릿 그럼, 곧장 어머님께 가겠네. (방백) 내가 원하는 대로 바보
　　　짓을 하고 있구나. (폴로니어스에게) 곧 가겠다고 전하시오.

폴로니어스 그렇게 하겠습니다.

햄릿 '곧'이라는 말은 쉽지. 여보게, 다들 물러가게. (햄릿만 남
　　　고 모두 퇴장) 지금은 한밤중, 마법의 시간. 무덤이 입을 벌리
　　　고 지옥이 세상으로 독기를 내뿜는 때. 나도 지금은 사람의
　　　뜨거운 피를 마시고, 무시무시한 짓을 저지를 수 있을 것 같
　　　다. 하지만 지금은 어머님께 가야 할 때. 마음이여, 효심을
　　　잃지 마라. 칼끝처럼 말할지라도 진짜 칼을 쓰진 않을 테다.
　　　아, 내 혀와 마음은 이렇듯 위선자로구나. (퇴장)

제3장 같은 장소

왕, 로젠크란츠, 길든스턴 등장.

왕 난 그 애가 정말 꼴도 보기 싫다. 그 애의 광기를 이렇게 방치하는 건 너무 불안해. 그러니 너희들은 곧 준비하라. 내 서둘러 임명장을 써줄 테니 그 애와 함께 영국으로 가라.

길든스턴 곧 준비하겠습니다. 폐하께 의지하며 목숨을 부지하는 수많은 사람들의 안전을 위해 참으로 신성한 배려라 생각합니다.

로젠크란츠 우리 개개인의 목숨도 해를 입지 않기 위해 전력을 다해 자신을 지켜야 하거늘, 하물며 수많은 사람들의 생명이 달린 국왕의 안위는 더더욱 조심해야 하는 것 아닙니까?

왕 서둘러 떠날 준비를 하게. 이 근심덩어리를 쇠사슬로 묶어야 하니까.

로젠크란츠 / 길든스턴 알겠습니다. (로젠크란츠, 길든스턴 퇴장)

폴로니어스 등장.

폴로니어스 폐하, 왕자님께서 왕비님의 내실로 가고 있습니다. 저는 커튼 뒤에 숨어 이야기를 듣겠습니다. 그리고 침소에 드시기 전에 들러 들은 바를 아뢰겠습니다.

왕 고맙소, 폴로니어스. (폴로니어스 퇴장) 아, 내 죄의 썩은 냄새 가 하늘까지 닿는구나. 나는 인류 최초로 형제를 죽인 카인 의 저주를 받고 있다. 기도를 드리고 싶지만 죄의식이 너무 깊어 기도조차 할 수 없구나. 저주받은 이 손에 하늘이 비를 내려 눈처럼 하얗게 씻어줄 순 없는가? 이 왕관과 야망, 그리 고 왕비를 소유한 채 이 죄를 용서해 달라고 할 순 없겠지. 부패한 이 세상에선 황금으로 덧칠한 손이 정의를 밀쳐내고 사악함이 법을 누를 수 있다. 하지만 저 하늘에서는 그럴 수 없지. 그곳에선 속임수란 없으며 우리의 모든 행위가 낱낱 이 밝혀지기에 모든 것을 드러내야 돼. 그럼 어떡해야 하나? 그래, 참회하자. 하지만 참회조차 할 수 없는 것은 어찌해야 하나? 오, 이 비참한 신세여! 천사들이여, 도와주소서! 굳은 무릎이여, 꿇어라. 철근 같은 심장이여, 갓난아기 근육처럼 부드러워져라. 만사가 잘 해결되기를. (무릎을 꿇는다)

햄릿 등장.

햄릿 지금 기도 중이니 딱 좋구나. 그래 지금 해치우자. (칼을 뺀 다) 지금 죽이면 놈은 천당에 가고 나는 복수를 하게 된다. 하지만 아버지를 죽인 악당을 천당으로 보내다니, 이건 복 수가 아니지. 저자가 영혼을 씻으며 이 세상을 떠날 준비를 하고 있을 때 목숨을 빼앗는 건 복수가 아니다. 멈춰라, 칼 이여, 끔찍한 때를 기다리자. 놈이 잠자거나 침대에서 불륜의 쾌락을 즐길 때, 도박을 하며 욕을 하거나 구원받을 수 없는 행동을 하고 있을 때 복수를 하자. 그리하여 그의 영혼이 지옥만큼 시커먼 저주를 받을 수 있도록. 어머니가 기다리시겠다. 네 고통을 연장시키기 위해 지금은 살려두겠다. (퇴장)

왕 내 기도는 하늘로 날아가고, 생각만 여기 남았구나. 생각 없는 빈 말은 절대 하늘로 못 올라가겠지.

제4장 왕비의 내실

왕비와 폴로니어스 등장.

폴로니어스 왕자님이 곧 오실 테니 엄하게 꾸짖어주십시오. 장난이 너무 지나쳤습니다. 저는 여기에 숨어 조용히 있겠습니다.

왕비 걱정 말고 숨으시오. 오는가 보오. (폴로니어스, 커튼 뒤에 숨는다)

햄릿 등장.

햄릿 어머니, 무슨 일이십니까?

왕비 햄릿, 너 때문에 아버지가 몹시 화나셨다.

햄릿 어머니는 제 아버지를 몹시 화나게 하셨죠.

왕비 저런, 경박한 소릴 하는구나.

햄릿 이런, 어머닌 사악하게 말씀하시는군요.

왕비 넌 나를 잊은 것이냐?

햄릿 아뇨, 천만에요. 어머닌 왕비 마마시고, 시동생의 아내이시며, 아니라면 좋겠지만 제 어머니이십니다.

왕비 아, 너를 상대할 사람을 데려와야겠다.

햄릿 자, 여기 앉으세요. 제가 거울로 어머니의 내면을 보여드릴 테니까요.

왕비 무슨 짓을 하려는 것이냐? 죽일 셈이냐? 사람 살려!

폴로니어스 (커튼 뒤에서) 누구 없느냐! 사람 살려!

햄릿 너는 뭐냐? 쥐새끼냐? 죽어라, 죽어! (커튼 속으로 칼을 찔러 넣는다)

폴로니어스 (커튼 뒤에서 쓰러지며) 오, 나는 살해됐다.

왕비 세상에, 이 무슨 성급하고 잔인한 짓이냐?

햄릿 왕을 죽이고 그 동생과 결혼한 것만큼 잔인한 짓이죠.

왕비 왕을 죽였다니?

햄릿 그렇습니다, 어머니. (커튼을 들추자 폴로니어스의 시체가 드러난다) 한심하고 주제넘은 멍청한 녀석 같으니. 아무 데나 끼어드는 어릿광대. 잘 가라, 너보다 더 높은 놈인 줄 알았는데. 운명을 받아들여. (왕비를 향해서) 어머니, 손만 쥐어뜯지 마시고 가만히 계세요. 제가 어머니의 심장을 쥐어짤 테니까요.

왕비 내가 뭘 어쨌기에 네가 이 어미에게 이토록 무엄하게 구는 것이냐?

햄릿 여기 이 두 형제의 초상화를 보세요. 이분의 고귀한 모습을 보시라고요. 태양신의 머리카락, 주피터의 훤칠한 이마, 마르스처럼 위엄 있는 눈, 신의 전령 머큐리가 막 내려앉은 듯한 자태를요. 모든 신들이 참사람이라 여겼던 어머니의 전 남편을 보시라고요. 그럼, 이제 그 다음을 보세요. 건강한 형을 병든 이삭처럼 썩게 한 현재의 남편을요. 눈이 있으면 보시라고요. 저 아름다운 산을 버리고 이 더러운 늪에서 먹고 살다니. 과연 어머니한텐 눈이 있는 겁니까? 그걸 사랑이라고 하진 마세요. 왜냐하면 어머니 나이가 되면 정욕의 불꽃도 사그라져 유순하게 분별의 소리에 귀를 기울이게 마련이지요. 어머니에게도 분명 감각은 있을 겁니다. 다만, 어머니의 감각은 마비되었어요. 아무리 미쳤어도 이런 실수는 하지 않을 겁니다. 그리고 아무리 감각을 잃었어도 이 정도는 구분했어야죠. 악마가 어머니의 눈을 가렸나요? 아, 수치심이여! 당신의 부끄러움은 어디로 갔단 말인가? 저주받은 욕정이여, 분별 있는 여인의 뼛속까지 자극하여 욕정을 그토록 불태웠으니 청춘 앞에서의 미덕은 초같이 녹아 흐르리라. 충동적인 열기에 온몸이 타버린다 해도 부끄러워 말아라. 늙은이의 차가운 피도 타올라 이성이 정욕의 포로가 되는 마당에.

왕비 햄릿, 이제 그만해라. 네 말은 마치 비수처럼 내 가슴을 찌르는구나.

햄릿 살인자, 악당, 선왕의 털끝만도 못 한 놈. 왕관을 가로채 제 주머니에 집어 처넣은 천하의 도둑놈……

왕비 그만해라!

햄릿 쓰레기 누더기 같은 놈.

유령 등장.

하늘의 천사들이여, 이 몸을 그대들의 날개로 감싸 구원해 주소서! (유령에게) 망설이다 때를 놓치고, 열정이 식어 명령을 실행하지 못한 이 아들을 꾸짖으러 오셨습니까?

유령 잊지 마라. 나는 네 무디어진 결심의 날을 갈아주기 위해서 온 것이다. 헌데, 네 어미가 크게 겁을 먹고 있구나. 어머니께 말을 걸어봐라, 햄릿.

햄릿 괜찮으세요, 어머니?

왕비 넌 괜찮은 것이냐? 어째서 네 눈빛이 허공을 노려보며 공기와 얘기를 나누고 있느냐? 네 눈빛은 불타오르고, 머리칼은 깜짝 놀란 것처럼 쭈뼛 서 있지 않느냐? 오, 햄릿, 제발 마음을 진정시켜라. 누구와 말을 하고 있는 것이냐?

햄릿 저기, 아무것도 보이지 않습니까?

왕비 전혀 보이지 않는구나. 있는 건 다 보이는데 말이다.

햄릿 저길 보세요. 아버님이 살아 계셨을 때 그 복장으로, 지금

문 쪽으로 가고 계시잖아요. (유령 퇴장)

왕비 네가 제정신이 아니라 그런 것이다. 정신이 나가면 헛것을
보게 되지.

햄릿 미쳤다고요? 제 맥박은 어머니의 맥박처럼 건강해요. 제가
미쳐서 헛소리를 한 게 아니라고요. 어머니, 제발 본인에게
는 죄가 없는데 제가 미쳐서 헛소리를 한다는 둥, 양심에 그
런 아첨 같은 고약을 바르지 마세요. 어차피 속은 썩어버릴
테니까요. 하느님께 참회하시고 용서를 비세요. 그리고 제
행동을 용서하세요. 요즘 세상에서는 정의가 악덕에게 용서
를 구하고, 옳은 일을 하면서도 허락을 받아야 하니까요.

왕비 오, 햄릿. 너는 내 가슴을 두 동강 내는구나.

햄릿 오, 그렇다면 나쁜 쪽은 버리시고 나머지 반쪽으로 깨끗하
게 사세요. 그럼 안녕히 주무세요. 그러나 숙부의 침대로는
가지 마세요. 미덕이 없다면 있는 척하며 몸에 걸쳐보세요.
오늘 밤에 참으시면 다음번에는 좀 더 쉬워질 테니까요. 그
리고 이 늙은이를 죽인 것은 참회하겠습니다. 그러나 이 모
든 것은 하늘의 뜻으로, 신은 이 늙은이를 통해 저에게 벌을
내리고 또 이자에게 벌을 내리신 겁니다. 이자를 잘 처리하
고 죽음에 대해선 잘 해명하겠습니다. 참, 제가 영국으로 가
게 된 걸 알고 계시죠?

왕비 참, 잊고 있었구나. 그렇게 결정됐다.

햄릿 독사 같은 친구 두 놈이 왕명을 받들어 저를 악의 구렁텅
이로 내몰고 있어요. 그럴 테면 그러라지요. 그들이 폭탄을

스스로 터뜨리게 만들 테니까요. 어쨌든 이자 때문에 서둘
러야겠군요. 시체는 옆방으로 옮기겠습니다. 생전에는 멍청
한 수다쟁이였는데 지금은 조용하고 엄숙하군. 자, 우리 마
지막 대화를 나누세. 그럼 안녕히 주무세요, 어머니. (폴로니
어스를 끌고 퇴장, 왕비만 남는다)

제4막

제1장 같은 장소, 왕비의 내실

왕이 로젠크란츠, 길든스턴과 함께 왕비가 있는 방 안으로 들어온다.

왕 당신의 한숨과 깊은 탄식을 들으니 분명 무슨 일이 있는 것 같은데, 어서 말해 보시오. 햄릿은 어디 있소?

왕비 잠시 물러가 있게. (로젠크란츠와 길든스턴 퇴장) 폐하, 오늘 밤 참으로 끔찍한 장면을 보았습니다.

왕 저런, 햄릿이 일을 저질렀나보군.

왕비 파도와 바람이 힘을 겨루듯 광기를 부렸어요. 난폭하게 발작을 하다가 커튼 뒤에서 무슨 소리가 들리자 칼을 뽑아 '너는 뭐냐? 쥐새끼냐? 죽어라, 죽어!' 라고 외치며 숨어 있던 노인을 찔러 죽였어요.

왕 오, 참으로 끔찍한 일이로다! 짐도 그 자리에 있었다면 똑같이 당했을 것이오. 그 애를 더 이상 방치하면 모두가 위험해지겠소. 아아, 이 끔찍한 일을 어떻게 해명해야 한단 말인가? 과인이 그 애를 너무 사랑하다 보니 이런 일이 생겼구려. 그 애는 지금 어디 있소?

왕비 시체를 끌고 갔어요. 제정신이 아니긴 해도 돌 속에 있는

순금처럼 순수성이 보이더군요. 자신이 저지른 일에 대해
참회의 눈물을 흘렸습니다.

왕 오, 거트루드, 어서 갑시다. 날이 밝으면 즉시 그 애를 배에
태울 것이고, 이 끔찍한 참사는 내 권위로 묵인하고 변명해
야 할 것 같소. 여봐라, 길든스턴!

로젠크란츠와 길든스턴 등장.

자네들은 지금 가서 도움을 요청하라. 햄릿이 미쳐서 난동을
부리다가 폴로니어스를 죽이고 그를 끌고 나갔다고 하니, 햄
릿을 찾아 그를 잘 설득하여 시체를 교회로 옮겨라. 어서, 서
둘러라. (로젠크란츠와 길든스턴 퇴장) 여보, 지혜로운 자들을
불러 이 사태를 어떻게 해야 할지 의논해 봅시다. 그리하여
온갖 비난이 이 세상에 퍼져 수군대도 우리는 비껴가도록 합
시다. 자, 여기서 나갑시다. 내 영혼은 불화와 불안으로 가득
차 있다오. (모두 퇴장)

제2장 궁전 안

햄릿 등장.

햄릿 안전하게 치웠다. (안에서 부른다) 그런데 잠깐, 무슨 소리지? 누가 날 부르는 것 같은데 누굴까?

로젠크란츠와 길든스턴 등장.

로젠크란츠 왕자님, 시체를 어떻게 하셨습니까?

햄릿 흙과 합쳤지. 서로 친척이니까.

로젠크란츠 어디 있는지 말씀해 주십시오. 교회로 모셔야 합니다.

햄릿 저 스펀지 같은 인간들의 요구에 내가 뭐라 대답해야 할까?

로젠크란츠 저를 스펀지라고 생각하십니까, 왕자님?

햄릿 그럼. 국왕의 총애와 권세를 빨아들이는 것들이지. 허나 자네들 같은 하수인들이 왕에게는 꼭 필요하겠지. 자네들이 빨아들인 게 필요할 때면 왕은 언제든 자네들을 쥐어짜기만 하면 될 테니까.

로젠크란츠 왕자님, 시체 있는 곳을 말씀해 주십시오. 그리고 저희들과 함께 어전으로 가셔야 합니다.

햄릿 시체는 왕과 함께 있지만, 왕은 시체와 함께 있지 않다. 나를 어전으로 안내하라. (모두 퇴장)

제3장 궁전 안의 홀

왕과 두세 명의 신하 등장.

왕 햄릿을 찾아내고 시체를 찾아오라고 명령했소. 그 애를 방치하는 것은 매우 위험하오. 하지만 그 애가 어리석은 민중들의 사랑을 받고 있으니 엄벌을 내릴 수도 없다오. 민중들이란 이성보다는 그저 눈으로만 판단하니까. 그러니 이 모든 걸 원만하게 처리하려면 그 애를 즉시 외국으로 보내야 하오.

로젠크란츠와 길든스턴 외 몇 명 등장.

로젠크란츠 폐하, 시체를 어디에 숨겼는지 알아내지 못했습니다.
왕 그럼 햄릿은 어디 있느냐?
로젠크란츠 밖에 감시인과 함께 있습니다.
왕 이곳으로 데려오라.

호위병과 함께 햄릿 등장.

햄릿, 폴로니어스는 어디 있느냐?
햄릿 식사 중입니다.
왕 식사 중이라니? 어디에서?

햄릿 그가 먹고 있는 것이 아니라 먹히고 있는 중입니다. 그곳에 지금 구더기 같은 정치꾼들이 모여 그를 차지하고 있지요. 먹는 일에는 구더기가 제왕이니까요. 우리가 우리 몸을 살찌우기 위해 다른 짐승들을 살찌우며, 우리 자신은 구더기를 위해 살찌우는 것이죠. 살찐 왕이나 마른 거지나 둘 다 다른 종류의 식사일 뿐이지요.

왕 저런, 폴로니어스는 어디 있느냐?

햄릿 천당으로 사람을 보내서 찾아보세요. 거기서도 찾지 못한다면 다른 장소로 직접 찾아가 보세요. 이번 달 안으로 그를 찾지 못하면 복도로 가는 계단을 오를 때마다 냄새가 날 겁니다.

왕 (시종들에게) 거기 가서 찾아봐라. (시종들 퇴장) 햄릿, 네 신변의 안전을 위해 너를 서둘러 보내야겠으니 떠나거라. 배도 준비되었고 신하들도 대기하고 있으니 서둘러 영국으로 떠나라.

햄릿 영국이요?

왕 그렇다, 햄릿.

햄릿 좋습니다, 영국으로. 그럼 안녕히 계십시오, 어머니.

왕 네 아버지다, 햄릿.

햄릿 아버지와 어머니는 남편과 아내로서 한 몸인 부부이니 어머니라고 하겠어요. 자, 가자. 영국으로. (퇴장)

왕 뒤쫓아라. 지체하지 말고 서둘러 배에 태워라. 오늘 밤 출발할 것이다. (왕만 남고 모두 퇴장) 영국 왕이여, 그대의 몸에 덴마크군의 칼자국이 휩쓸고 간 상처가 아직 생생할 테니, 내 명령을 소홀히 다루지는 못할 것이다. 영국 왕이여, 편지에 적힌 대로 햄릿을 즉시 사형에 처하라. 그 애가 내 핏속에서 열병처럼 퍼져 있으니, 그대가 날 치료해 줘야 해. 일이 성사될 때까진 그 어떤 행운이 와도 기뻐할 수 없으리.
(퇴장)

제4장 엘시노아 근처의 해안

포틴브라스 2세가 군대를 이끌고 행진.

포틴브라스 2세 부대장, 덴마크 왕에게 가서 인사드려라. 그리고 우리 군대가 이 나라를 통과한다는 약속을 이행하러 왔다고 전하라.

부대장 네, 알겠습니다.

포틴브라스 2세 조용히 행군하라. (부대장만 남고 모두 퇴장)

햄릿, 로젠크란츠, 길든스턴 외 몇 사람 등장.

햄릿 여보게, 자네들은 어느 나라 군대인가?

부대장 노르웨이군입니다.

햄릿 무슨 목적으로 왔는가?

부대장 폴란드를 공격하러 왔습니다.

햄릿 폴란드의 중심인가, 아니면 변방을 공격하려는가?

부대장 사실대로 말씀드리면 작은 땅 한 덩어리를 놓고 벌이는 아무 소득도 없는, 오직 명분 때문에 일으키는 싸움입니다. 다섯 냥을 내라 해도 농사짓지 않을 땅입니다. 또 누가 그 땅을 판다 해도 더 비싸게 받을 순 없을 겁니다.

햄릿 그렇다면 폴란드 측에서는 아무런 방어도 하지 않겠군.

부대장 아닙니다. 이미 전투 태세가 완벽히 갖춰져 있습니다.

햄릿 2천의 인명과 2만의 금화로도 이런 하찮은 문제를 해결하지 못하는구나! 이것은 나라가 지나치게 번영하고 태평한 탓에 불쑥 튀어나온 종기 같은 것. 안으로 곪아터지면 겉으로는 그 이유를 알 수 없어도 사람이 목숨을 잃게 되는 경우로다. 어쨌든 고맙소.

부대장 그럼 안녕히 계십시오. (퇴장)

로젠크란츠 가시지요, 왕자님.

햄릿 곧 갈 테니 먼저들 가게. (로젠크란츠, 길든스턴 및 그 밖의 사람들 모두 퇴장) 모든 것들이 나를 꾸짖으며 내 무뎌진 복수심을 자극하는구나! 인간이란 대체 무엇인가? 인생이란 게 단지 먹고 자는 것뿐이라면 짐승과 다를 게 무엇이냐? 신은 인간에게 자신의 과거와 미래를 볼 수 있는 사고력을 주셨다. 그러니 그 능력을 썩혀서는 안 되는 것이다. 하지만 나는 짐승처럼 망각하고 있는 건지 아니면 두려움 때문인지 망설이고 있다. 저렇게 작은 땅덩어리 하나에도 모든 운명과 목숨을 걸며 싸우는데. 이렇듯 명예가 걸린 문제일 때는 지푸라기 하나를 놓고도 큰 싸움을 벌이며, 이것이 진정한 위대함인 것이지. 아, 내 마음이여, 잔인해져라. 그렇지 않으면 아무 소용없으리라. (퇴장)

제5장 궁전 안의 홀

왕비, 호레이쇼, 신사 한 명 등장.

왕비 그 애를 만나고 싶지 않소.

신사 하지만 꼭 만나 봬야 한다며 우기고 있습니다. 정말 정신이 나간 것 같아 걱정이 됩니다.

왕비 그 애가 원하는 것이 무엇이오?

신사 부친에 관한 얘기를 많이 합니다. 이 세상에는 흉악한 일이 많다며 가슴을 치며 화를 내고, 의미를 알 수 없는 말들을 합니다. 알아들을 수 없는 얘기들이지만 그녀의 행동을 추측해 보면 커다란 불행에 관한 얘기 같습니다.

호레이쇼 말씀을 나눠보시는 게 좋을 듯합니다. 사람들에게 위험한 억측을 퍼뜨릴지도 모르니까요.

왕비 데리고 오라. (신사 퇴장, 방백) 죄를 지은 자들은 이렇게 사소한 일들조차도 커다란 재앙의 전주곡처럼 들리는구나. 이렇듯 죄의식은 넘치는 걱정 때문에 스스로 겁을 먹고 드러나기 마련이다.

오필리아 등장.

오필리아 덴마크의 아름다운 왕비는 어디 있나요?

왕비 오필리아, 이게 무슨 일이냐?

오필리아 (노래한다)

　'당신의 진정한 사랑을

　어떻게 찾아낼 수 있을까?

　조가비 모자와 지팡이에

　가죽신을 신은 순례자이기 때문이라네.'

왕비 오, 이런, 그 노래는 대체 무슨 뜻이냐?

오필리아 뭐라고요? 끝까지 잘 들어보세요. (노래한다)

　'그분은 갔어요.

　이승을 떠났어요.

　머리맡엔 푸른 잔디가 깔려 있고

　발치에는 비석이 있어요.

　수의는 산중의 눈처럼 희구나.'

왕 등장.

왕비 아, 저 애를 보세요, 폐하.

오필리아 (노래한다)

　'향기로운 꽃마차를 타고

　사랑의 눈물을 흘리며

　차마 무덤으로 가진 못했네.'

왕 애야, 어찌 된 일이냐?

오필리아 고맙습니다. 부엉이는 원래 빵장수 딸이었대요. 우린
　오늘 일은 알지만 내일 일은 알 수 없지요.

왕 가여운 오필리아!

오필리아 아, 이제 정말 쓸데없는 얘긴 그만하고 노래를 끝내야
　겠어요. (노래한다)

　'내일은 발렌타인 명절,

　이른 아침에 일어나서

　이 소녀가 당신의 창가에 서면

　나는 당신의 연인.

　그대는 일어나 옷을 입고

　방문을 열고 소녀를 들여보내지만

　들어갔다 나오는 소녀는

　이미 처녀가 아니라네.

　아, 원통하고 억울하고,

　정말로 창피하구나.

　남자들은 다 그래.

　옷고름 풀기 전에

결혼을 약속하고서

나중에는 내가 먼저 다가왔다 말하네.'

왕 언제부터 저렇게 된 것이오?

오필리아 모든 일이 잘 되겠지요. 우린 참아야 해요. 그러나 그
분이 차가운 땅속에 묻힌 것을 생각하면 눈물을 참을 수가
없어요. 오빠도 이 일을 알게 되겠지요. 그럼 안녕히 주무세
요. 아름다운 숙녀들이여, 안녕. (퇴장)

왕 바싹 뒤쫓고 잘 감시하라. (호레이쇼 퇴장) 슬픔은 이렇게 한
꺼번에 몰려오는구나. 그 애의 아비는 살해되고, 당신 아들
햄릿은 떠나고, 폴로니어스의 죽음에 관해 온갖 망상과 억
측이 떠돌고 있으니 어떻게 해야 할지 모르겠소. 가엾은 오
필리아는 실성하여 짐승과 다를 바 없게 되었고, 그 애의 오
라비 레어티스는 프랑스에서 돌아와 무슨 계략을 꾸미고 있
는 것 같소. 오, 거트루드, 나를 향한 비난이 여기저기서 쏟
아질 것이오. (밖에서 요란한 소리)

왕 여봐라! 호위병들은 어디 있느냐? 문을 지키도록 하라. 대체
무슨 일이냐?

시종 등장.

시종 서둘러 몸을 피하소서, 전하! 레어티스가 폭도를 이끌고
쳐들어와 전하의 호위병들을 위협하고 있습니다. 폭도들은
그를 왕이라 부르며 마치 천지가 개벽한 듯 떠들어대고 있

습니다.

왕비 방향을 잘못 짚고 짖어대는구나. 어리석은 덴마크의 사냥
개들이여.

왕 문이 부서졌다.

레어티스와 그의 추종자들 함께 등장.

레어티스 왕은 어디 있느냐? 자, 다들 밖에 나가 있으시오.

추종자들 아닙니다. 저희도 함께 있겠습니다.

레어티스 제발, 내 말대로 하시오. (추종자들 퇴장) 오, 참으로 사
악한 왕이여, 내 아버지를 내놔라.

왕비 진정해라, 레어티스.

레어티스 차분할 수 있는 피가 단 한 방울이라도 남아 있다면 나
는 사생아, 내 아버진 창녀의 남편이고, 어머니의 순결한 이
마엔 창녀의 낙인이 찍혔을 것이오.

왕 그의 손을 놔주시오, 거트루드. 왕은 신의 보살핌을 받으니
네 아무리 역적이라 해도 뜻대로 움직이진 못할 것이다. 말
해 봐라, 레어티스. 도대체 왜 이렇게 격분한 것이냐?

레어티스 내 아버지는 어디 있소?

왕 돌아가셨다.

레어티스 왜 돌아가신 것이오? 나를 속일 생각은 마시오. 충성
따위도 바라지 마시오! 내 기필코 아버지의 원수를 갚고야
말겠소.

왕 네 원수가 누군지 알고 싶으냐? 네 부친의 죽음과 관련해 나
　　는 아무 죄가 없으며, 나도 몹시 마음 아파하고 있다. (안에
　　서 소란, 오필리아의 노랫소리 들려온다.) 그녀를 들라 하라.

레어티스 어찌 된 일이오, 왜 이리 소란스러운 것이오?

오필리아 등장.

오, 불의 열기여, 나의 뇌수를 말려다오. 일곱 배나 짠 눈물
이여, 내 시력을 없애다오. 내 기필코 너를 미치게 만든 원
수에게 무섭게 복수하리라. 오, 5월의 장미 같았던 귀한 아
가씨, 나의 다정한 누이, 아름다운 오필리아! 오, 하늘이시
여, 어찌하여 이 소녀의 맑은 정신이 노인의 목숨처럼 무너
져버린 것입니까?

오필리아 주인집 딸을 훔친 그 집사는 못된 사람이에요.

레어티스 저 헛된 소리가 더욱 마음을 아프게 하는구나.

오필리아 이것은 만수향이에요. 잊지 말라는 뜻이지요. 저를 꼭
　　　　기억해 주세요. 그리고 이건 상사꽃, 저를 생각해 달라는 뜻
　　　　이에요.

레어티스 실성했어도 의미 있는 말을 하고 있구나.

오필리아 (왕에게) 당신에겐 회향꽃(아첨을 의미)과 매발톱꽃(배
　　　　신을 의미)을, 그리고 (왕비에게) 당신에겐 운향꽃(슬픔과 참
　　　　회를 의미)을 드릴게요. 저도 하나 갖고요. 실은 당신에게 오
　　　　랑캐꽃(정절을 의미)을 드리고 싶은데, 아버님이 돌아가시고

나서 죄다 시들어버렸답니다.

레어티스 저 애는 슬픔과 번민, 그리고 지옥의 고통까지도 아름
다움으로 바꾸는구나.

오필리아 (노래한다)

'그분 다시 안 오실까?

그분 다시 안 오실까?

아냐, 아냐, 돌아가셨어.

무덤으로 가셨으니

절대 다시 오진 못하리.

그분 수염 흰 눈 같고,

그분 머리 새하얀 백발

가버렸네, 가버렸네.

우리 한탄 속절없네.

하늘이시여, 그분을 보살펴주소서.'

모든 이들의 영혼에도 신의 축복을. 그럼 안녕히 계세요.

(퇴장)

레어티스 오, 하늘이시여, 저 모습이 보이십니까?

왕 레어티스, 나도 너와 함께 슬픔을 나누고 싶구나. 내 말에
동참하겠다면 가서 현명한 자들을 불러라. 그리하여 그들이
우리 둘의 얘기를 듣고 판단을 내리게 하자. 만약 이 사건과
관련하여 내가 조금이라도 연루된 것이 밝혀지면 이 나라와
왕관, 내 목숨, 그리고 내 모든 것을 너에게 주겠다. 그러나

아닐 경우, 나는 너와 함께 네 한을 풀도록 도울 것이다.

레어티스 좋습니다. 부친의 사망과 관련된 의혹들을 세상에 낱낱이 고발할 것입니다.

왕 그렇게 하지. 죄가 있는 자는 반드시 응징을 해야지. 자, 같이 가세. (모두 퇴장)

제6장 같은 장소

호레이쇼와 시종 한 사람 등장.

호레이쇼 나와 만나고 싶어 하는 자가 누구요?

시종 선원들입니다. 나리께 전해 드릴 편지가 있답니다.

호레이쇼 들라 하라. (시종 퇴장) 내게 편지를 보낼 사람은 햄릿 왕자님뿐인데.

선원들 등장.

선원1 인사 여쭙겠습니다, 나리.

호레이쇼 그래, 어서 오게.

선원1 여기 나리께 드릴 편지가 있습니다. 나리 성함이 호레이쇼 맞으시죠? 그렇게 알고 있습니다만.

호레이쇼 (편지를 읽는다)

　'호레이쇼, 이 편지를 읽게 되면 이 선원들을 왕에게 보내주게. 왕에게 전할 편지를 갖고 있으니 말이야. 우리가 바다로 나간 지 이틀도 채 안 되어 무장한 해적선의 추격을 받았네. 그래서 우린 싸우게 되었고, 그들 배에 올라탄 순간 우리 배가 멀어져 나 혼자 포로가 되었네. 그러나 해적들은 나에게 관용을 베풀었네. 그들이 왜 그랬는지는 짐작이 가지만 이제 내가 그들에게 관용을 베풀어야 하네. 그러니 또 다른 편지를 왕에게 전해 주고 자넨 서둘러 내게로 와주게. 내 얘기를 들으면 자네는 아마 넋이 나갈지도 모르겠어. 이 선원들이 자네를 내가 있는 곳으로 데려다 줄 거야. 로젠크란츠와 길든스턴은 영국으로 가고 있는데, 그들에 관해서도 할 말이 많다네. 그럼 잘 있게.

자네의 친구 햄릿'

자, 자네들이 편지를 전할 수 있도록 서두르겠네. 그러니 자네들도 편지를 전해 받은 그분께 나를 빨리 안내해 주게.

(모두 퇴장)

제7장 같은 장소

왕과 레어티스 등장.

왕 넌 이제 내 무죄를 인정하고 내 일에 동참해야 할 것이다. 너는 현명하니까 네 부친을 살해한 그 녀석이 내 목숨도 노리고 있다는 사실을 잘 알아들었겠지.

레어티스 잘 알고 있습니다. 그런데 왜 그런 극악한 행위에 대해 즉각 조치를 하지 않으셨습니까? 폐하의 안위를 위협하는 극악무도한 중죄를 말입니다.

왕 두 가지 특별한 이유 때문이다. 네겐 하찮을지 몰라도 나에 겐 아주 중요한 이유지. 내 영혼이자 목숨과 같은 왕비, 즉 햄릿의 어미가 오로지 아들만 바라보며 살고 있으니까. 또 다른 이유는 백성들이 그 애를 몹시 사랑하기 때문이지. 그들은 그의 허물마저도 사랑으로 감싸고 있어. 그래서 내가 쏜 화살은 목표물을 향해 날아가지도 못하고, 다시 나에게 돌아오게 되겠지.

레어티스 그래서 저는 귀하신 부친을 잃고, 제 누이는 실성하게 되었군요. 그 애는 만인이 칭찬해 마지않던 훌륭한 아이였 습니다. 저는 반드시 복수하고 말겠습니다.

왕 그렇다고 해서 잠을 설치진 마라. 나도 수염이 뽑히는 심각한 상황이니 넋 놓고 가만히 있지는 않을 테니까. 곧 자세히 알게 되겠지만 난 네 선친을 몹시 아꼈다.

편지를 들고 사신 등장.

사신 폐하와 왕비 마마께 전하는 편지입니다. 햄릿 왕자님께서
보내셨습니다.

왕 햄릿이? 누가 갖고 왔느냐?

사신 저는 보지 못했지만 선원들이라고 합니다.

왕 레어티스, 들어봐라. 너는 그만 물러가라. (사신 퇴장, 편지를
읽는다) '국왕 폐하, 저는 맨몸으로 폐하의 땅에 도착했습니
다. 내일 폐하 뵙기를 청하오니, 허락해 주신다면 제가 이렇
게 급히 돌아온 사정을 말씀드리겠습니다.

햄릿'

이게 어찌 된 일인가? 다들 함께 온 것이냐? 무슨 속임수가
있는 건 아니겠지?

레어티스 필체를 아십니까?

왕 햄릿의 필체다. '맨몸으로'라고 적혀 있어. 어떻게 된 일 같
은가?

레어티스 잘 모르겠습니다만 올 테면 오라 하십시오! 그와 맞서
싸울 생각을 하니 속이 후련해지는 것 같습니다.

왕 그렇다면 레어티스, 너는 내 뜻에 따르겠느냐?

레어티스 네, 폐하. 화해를 청하라는 분부만 내리지 말아주십
시오.

왕 네 마음의 한을 풀어주기 위해서지. 예전부터 계획해 놓은 것이 있다. 거기에 그를 끌어들이기만 하면 무너지는 건 시간문제다. 그렇게 되면 그의 죽음에 대해 아무도 비난할 수 없을 것이다. 왕비 또한 사고라고 생각하겠지.

레어티스 폐하, 분부만 내려주십시오. 폐하의 계획을 성심껏 수행하겠습니다.

왕 좋다. 네가 떠난 후에도 너의 그 솜씨에 대해 한동안 얘기가 많았지. 그것도 햄릿이 듣는 데서 말이야. 네가 가진 능력은 그보다 훨씬 더 뛰어나다는 걸 알고 있다. 햄릿도 그 솜씨를 무척 부러워했지.

레어티스 그 솜씨가 무엇입니까, 폐하?

왕 두 달 전 한 신사가 노르망디에서 왔었지. 그가 너에 대해 얘기를 하더구나. 검술에 대해서는 누구도 따를 자가 없으며, 너와 대적할 만한 사람이 있다면 그 시합은 정말 대단한 구경거리가 될 거라고 말하더구나. 너에 대한 이런 찬사를 들은 햄릿은 몹시 샘이 나서 아무것도 못 하며, 네가 한시라도 빨리 돌아와 너와 겨루게 될 날만을 기다리고 있었지. 레어티스, 너는 네 부친을 사랑했느냐? 아니면 그저 그림 속의 슬픔처럼 겉치레로만 울고 있었던 것이냐?

레어티스 왜 그런 질문을 하십니까?

왕 네가 부친을 사랑하지 않았다고 생각하진 않는다. 그러나 사랑에도 시간이 중요한 것이다. 시간이 지나면 사랑의 불꽃과 그 열기도 약해지기 마련이니까. 그러니 말로만 보여주지 말고 행동으로 보여줘라. 곧 햄릿이 돌아오는데 네가 네 아버지의 아들이라는 것을 보여주기 위해 어떻게 할 것인지를 묻는 것이다.

레어티스 교회 안에서 그놈의 목을 치겠습니다.

왕 살인에 성역이 있어서는 안 되고, 복수에는 한계가 없는 것이다. 그러나 레어티스, 계획을 실행하려면 집 안에서 가만히 기다리고 있어라. 햄릿이 돌아오면 네가 귀국했다는 사실을 알려줄 테니. 그리고 네 솜씨를 칭찬해 줄 사람들을 시켜 네 명성을 더욱 빛나게 할 것이다. 그래서 햄릿과 네가 결투를 벌이도록 할 계획이다. 그 애는 남을 잘 믿고 낙관적이며 술수라는 걸 전혀 쓸 줄 모른다. 너는 그저 끝이 날카로운 칼을 들고 찌르기만 하면 돼. 그렇게 하면 부친의 원한을 갚을 수 있을 것이다.

레어티스 네, 그렇게 하겠습니다. 또한 칼에 독을 발라 놓겠습니다. 제가 약장수한테서 사둔 독약이 있는데 살짝 긁히기만 해도 목숨을 잃게 될 겁니다.

왕 그 일에 대해선 좀 더 생각해 보자. 언제, 어떤 방법으로 실행할지 말이야. 만약 이 계획이 실패하고 우리의 음모가 탄로 날 바에는 차라리 시도조차 않는 게 나을 것이다. 따라서 계획이 무산될 경우를 대비해 차선책을 준비해야 한다. 잠깐, 그래. 너희들이 맹렬하게 싸우다 보면 덥고 갈증이 나겠지. 그때 그가 마실 것을 찾으면 기회를 놓치지 않고 준비해 두었던 잔을 건네는 거지. 한 모금만 마시면, 운 좋게 독검을 피한다 해도 목적은 달성되는 것이다. 그런데 웬 소란이냐?

왕비 등장.

왕비 불행이 겹쳐 일어나는구나. 레어티스, 네 누이가 익사했다
는구나.

레어티스 익사라니요? 어디서요?

왕비 시냇가에 비스듬히 자란 버드나무가 있는 곳에서란다. 네
누이가 미나리아재비, 쐐기풀, 들국화, 그리고 야생 난을 섞
어 기이한 화환을 만들었다는구나. 그걸 버드나무 가지에
걸려고 올라갔다가 가지가 부러져 화환과 함께 개울로 빠지
고 말았다는구나. 그런데 그 애는 인어처럼 잠시 물 위에 뜬
채 찬송가를 몇 구절 불렀다지. 그러나 잠시 후, 물에 젖은
옷의 무게 때문에 가라앉아, 아름답게 노래하던 그 애는 가
엾게도 그만 죽고 말았다는구나.

레어티스 가엾은 오필리아, 물은 이제 지겨울 테니 더 이상 눈물
은 흘리지 않겠다. 그러나 인간이기에, 부끄러움에 앞서 흐
르는 눈물은 막을 수가 없다. 다 울고 나면, 이 여자 같은 마
음도 사라지겠지. 그럼 안녕히 계십시오, 전하. 드릴 말씀은
많으나 이 어리석은 눈물이 멈추질 않습니다. (퇴장)

왕 뒤따릅시다, 거트루드. 격분한 저 애를 달래느라 그리 애썼
건만. 이 일로 저 애가 다시 분노할까 걱정이 되는구려. 어
서 뒤를 따릅시다. (모두 퇴장)

제5막

제1장 묘지

두 명의 광대 등장.

광대1 그 여자를 이렇게 기독교식으로 묻어도 되는 건가? 멋대로 제 목숨을 끊었는데 말이야.

광대2 그렇다고 하는군. 그러니 어서 무덤을 파라고. 검시관이 조사한 후 그렇게 하라고 했어.

광대1 어떻게 그럴 수가 있어? 자기를 방어하기 위해 빠져 죽은 것도 아닌데 말이야.

광대2 어쨌든 그렇게 하라고 했어.

광대1 이건 정당한 행위인 게 틀림없어. 만약 일부러 빠진 거라면 그건 행동인 거지. 행동은 세 가지로 나눌 수 있지. 행하고, 움직이고, 실천하는 것. 그러니까 이 여자는 일부러 빠져 죽었어.

광대2 만일 이 여자가 귀한 가문의 딸이 아니었다면 기독교식으로 묻히진 못했을 거야.

광대1 그래, 대단한 가문의 조상 중에 정원사, 도랑치기, 무덤

파는 인부 같은 사람이 많지. 그들은 아담의 직업을 이어받은 거야. (무덤을 판다)

광대2 아담도 귀족이었나?

광대1 최초로 시종을 거느린 귀족이었지. 성경에 아담이 땅을 팠다고 되어 있는데, 시종들 없이 땅을 팔 수 있었겠나? 어쨌든 그건 그렇고 자네 혹시 석수장이나 목수, 조선공보다 더 튼튼한 걸 만들 수 있는 사람이 누군지 아는가?

광대2 교수대 만드는 사람이지. 그놈의 틀은 수만 명이 지나가도 끄떡없잖아.

광대1 역시 자네의 생각은 훌륭해. 그래도 교수대가 교회보다 더 튼튼하다고 말하면 안 되겠지. 자네도 언제든 교수형에 처해질 수 있으니까. 어쨌든 답은 '무덤 파는 인부들'이야. 우리가 짓는 이 집은 최후의 날까지 안전하니까. 자네 주막에 가서 술이나 한 통 받아오게. (광대2 퇴장, 광대1은 계속 땅을 파며 노래한다)

햄릿과 호레이쇼 등장.

'젊었을 땐 사랑하고 사랑했기에
이 세상 모든 것이 달콤했지.
모든 시간이 내 것 같았지.
그게 가장 큰 행복이었지.'

햄릿 저자는 무덤을 파면서도 노래하다니, 아무 느낌이 없나보군.

호레이쇼 습관이 되어 무심해진 것 같습니다.

햄릿 그래, 쓰지 않는 손이 더 예민한 법이니까.

광대1 (노래한다) '어느덧 백발이 도둑처럼 다가와,
　　　　이 몸을 휘어잡고 놓지를 않네.
　　　　과거의 기억은 흔적조차 사라지고,
　　　　끌려서 온 길은 북망산이네.' (해골을 들어올린다)

햄릿 한때는 저 해골에도 혀가 있어 노래를 할 수 있었겠지. 저
녀석은 마치 최초의 살인자 카인의 턱뼈라도 되듯이 저걸
마구 내동댕이치는군. 저 멍청한 녀석한테 저런 대우를 받
는 해골의 주인은 어느 모사꾼이었는지도 모르지.

호레이쇼 그랬을지도 모르죠, 왕자님.

햄릿 아니면 '폐하, 문안 인사드리옵니다. 안녕하시옵니까?'라
고 인사하던 신하의 것이었는지도. 혹은 누군가의 말이 탐
나서 갖고 싶은 마음에 그 말을 칭찬하던 대신일 수도. 그렇
지 않은가?

호레이쇼 네, 왕자님.

햄릿 그래. 하지만 지금은 땅에 떨어져 구더기의 밥이 되고, 무
덤 파는 인부들의 삽에 얻어맞고 있네. 세상 참 공평하지.

광대1 (노래한다) '곡괭이 한 자루에 삽 한 자루,
　　　　그리고 수의 한 벌.
　　　　어기영차, 구덩이를 하나 더
　　　　손님 모시기 편하게 어서 파세.' (또 하나의 해골을 던진다)

햄릿 저기 또 하나 나왔군. 저건 변호사의 해골일지도 모르겠네.

고상한 궤변과 사건, 변론, 그리고 속임수는 모두 어디로 갔는가? 저 멍청한 녀석한테 머리통을 맞고도 폭행죄로 고소할 수도 없겠어. 흠, 이자는 부동산 중개인이었는지도 모르지. 담보증서, 차용증서, 양도확인 같은 걸 하며 땅장사를 했겠지. 담보물만 가득했던 머릿속에 지금은 이렇게 진흙만 가득 차 있으니. 마지막에 남은 건 결국 이것 하나밖에 없는 것이다. 저자한테 말을 좀 걸어봐야겠다. 여봐라, 이건 누구의 무덤이냐?

광대1 제 것입니다요. (노래한다) '아, 구덩이를 파세, 어서 파세.'

햄릿 네가 그 안에 있으니 정말 네 것이구나.

광대1 나리께선 밖에 서 계시니 나리 것은 아니죠.

햄릿 그건 죽은 자를 위한 것이니 네 것도 아니지. 어떤 남자의 묘인가?

광대1 남자가 아닙니다. 또한 여자도 아닙니다. 생전엔 여자였으나 지금은 죽었으니까요.

햄릿 정말 깐깐한 녀석이군! 정확히 말하지 않으면 난처해지겠어. 호레이쇼, 지난 3년간 지켜본 바로는 세상이 참 많이 바뀌었어. 상하의 간격이 너무도 좁아졌단 말이야. 이봐, 무덤 파는 일은 얼마나 했느냐?

광대1 선대 햄릿 왕께서 포틴브라스를 무찌르던 날부터 시작했었죠.

햄릿 그게 언제지?

광대1 모르십니까? 바보들도 다 아는 날인데요. 바로 햄릿 왕자님께서 태어나신 날이지요. 지금은 미쳐서 영국으로 쫓겨난 분이지만요.

햄릿 그래, 그렇군. 헌데 어쩌다가 미쳤다던가?

광대1 참으로 이상하게 미쳤다고 합니다.

햄릿 어떻게 이상하단 말이냐?

광대1 제정신이 아니라는 말씀입죠.

햄릿 정신을 어디다 두었기에?

광대1 여기 덴마크 땅이겠지요. 저는 이 나라에서 30년 동안이나 이 일을 하고 있습니다.

햄릿 사람은 무덤 속에서 얼마나 있어야 썩는가?

광대1 음, 죽기 전부터 썩는 경우가 아니라면, 요즘엔 장례식까지 버티지 못하고 매장할 틈도 없이 썩는 매독환자가 많아서 다릅니다만 대부분은 8, 9년쯤 갈 겁니다. 무두장이 시체는 9년까지 가죠.

햄릿 왜 그는 더 오래가는가?

광대1 그자의 살가죽은 직업 때문에 무두질이 잘 돼서 물기를 막아주니까요. 물이라는 게 이 망할 시체를 썩게 하는데 그만입죠. 이 해골도 23년이나 땅 속에서 잠자고 있었던 겁니다.

햄릿 누구의 것인가?

광대1 미친놈이었죠. 염병에 걸릴 놈 같으니! 언젠가 제 머리에 포도주 한 병을 통째로 부었던 놈이죠. 바로 폐하의 광대 요릭의 해골입니다.

햄릿 이게 말이냐? 저런, 불쌍한 요릭. 호레이쇼, 이자는 대단한 재담꾼이었네. 수없이 나를 업어주었는데 지금 생각하니 소름이 끼치는구나. 내가 그토록 수없이 입맞춤했던 입술은 여기쯤 있었겠지. 사람들을 웃게 만들던 너의 익살과 노래는 다 어디로 갔느냐? 그래, 이제 마님들의 방에 가서 전해주거라. 아무리 분칠을 두껍게 해도 결국은 이런 얼굴이 될 거라고 말이다. 여보게, 호레이쇼, 알렉산더 대왕도 땅속에선 이런 모습이겠지?

호레이쇼 물론입니다.

햄릿 이렇게 냄새나고? 풰! (해골을 땅에 놓는다)

호레이쇼 물론입니다, 왕자님.

햄릿 우리는 죽어서 이렇게 천대를 받는구나, 호레이쇼! 알렉산더 대왕의 고귀하신 유해도 나중에는 술통을 막는 마개가 될 수도 있겠지?

호레이쇼 너무 깊이 들어가신 듯합니다.

햄릿 아니야, 전혀 아니라고. 그럴 가능성은 충분해. 알렉산더 대왕이 죽었고 땅에 묻혔다. 알렉산더는 가루가 되고, 그 가루는 흙이 된다. 그 흙으로 회반죽을 만들어 술통 마개를 만들 수 있다. 그러니 알렉산더 대왕이 결국엔 술통 마개가 된다는 얘기지. 시저 황제도 마찬가지로 벽의 구멍을 막는 바람막이가 될 수도 있겠지. 아, 세상을 진두지휘하던 그가 겨우 바람구멍이나 막고 있다니. 잠깐, 저기 왕과 왕비가 신하들과 함께 오고 있군.

오필리아의 관을 든 사람들, 왕, 왕비, 레어티스, 사제, 궁신들 등장.

누구의 장례식인데 저렇게 간단히 치르지? 제 손으로 목숨
을 끊은 게로군. 그래도 신분은 꽤 높았나 보지. 잠시 숨어
서 살펴보세.

레어티스 다른 의식은 없습니까?

사제 교회가 인가한 한도 내에서 최대한 예를 갖춰 치른 것입니
다. 관례를 따르지 않고 왕명을 받들었기에 가능했던 것이
죠. 그렇지 않았다면 시체는 신성하지 못한 땅에 매장되어
마지막 심판의 나팔이 울리는 시각까지 기다리지 않으면 안
되었을 것입니다. 또한 자비로운 기도 대신 사금파리나 돌
멩이를 맞았을 겁니다. 그러나 그녀는 처녀 화환에 조화, 그
리고 조종까지 허락되며 편히 잠들게 하였습니다.

레어티스 더 이상의 의식은 불가능하오?

사제 더 이상은 안 됩니다. 평화롭게 떠난 사람들처럼 그녀에게
진혼가를 부르며 안식을 기원한다면 그건 장례 의식을 모독
하는 것입니다.

레어티스 그 애를 묻어라. 아름답고 깨끗한 그 애의 몸에서 제비
꽃이 피어나리라. 무정한 사제여, 그대가 지옥에서 고통받
고 있을 때 내 누이는 하늘의 천사가 되리라.

햄릿 아, 아름답던 오필리아여!

왕비 (관 위에 꽃을 뿌리면서) 너만큼 아름다운 이 꽃을 건네니,
편히 잠들라. 난 널 햄릿의 아내로 맞이하여 이 꽃으로 신방

을 꾸며주고 싶었는데, 네 무덤 위에 뿌리고 있다니.

레어티스 아, 너의 총명함을 앗아간 저주받아 마땅한 그놈에게 이 슬픔의 30배가 되어 떨어져라. 잠시만 멈춰다오. 한 번만 더 안아보자. (무덤 속으로 뛰어든다) 이제 죽은 자와 산 자 위에 똑같이 흙을 덮어라. 필리온 산보다도 높게, 하늘 꼭대기에 닿은 푸른 올림포스 산보다 더 높게 쌓아 올려라.

햄릿 (앞으로 나선다) 그대는 누구이기에 그토록 비통해하는 것인가, 하늘의 별들도 모두 놀라 그대로 멈춰버릴 것 같구나. 나는 덴마크 왕자 햄릿이다.

레어티스 (햄릿의 멱살을 잡으며) 이 죽일 놈!

햄릿 무슨 짓이냐. 그 손 치워라. 내 비록 침착하고 신중하지만 나도 내가 무슨 일을 저지를지 모르니 조심하는 게 좋을 것이다. 어서 손을 치워라.

왕 둘을 떼어놓아라.

왕비 햄릿! 햄릿!

호레이쇼 왕자님, 진정하십시오.

햄릿 이 문제를 그냥 넘길 순 없다.

왕비 오, 햄릿, 문제라니?

햄릿 나는 오필리아를 사랑했다. 설사 그녀의 오빠가 4만 명이라 하고 그 사랑을 죄다 합친다 해도, 내 사랑만 못 할 것이다. 그녀를 위해 넌 무얼 할 수 있느냐?

왕 레어티스, 그는 제정신이 아니다.

왕비 제발 그냥 놔두게.

햄릿 젠장, 무얼 해줄 수 있냐 말이다. 울 것이냐, 싸울 것이냐, 굶어 죽을 것이냐. 오냐, 나도 그렇게 하겠다. 네놈이 산 채로 묻힌다면 나도 그렇게 하마.

왕비 지금 제정신이 아니라 저러는 것이다. 곧 진정이 되어 암 비둘기가 금빛 새끼를 깠을 때처럼 조용해질 것이다.

햄릿 날 이렇게 대하는 이유가 대체 무엇이냐? 난 너를 좋아했다. 이젠 다 소용없겠지만. (퇴장)

왕 호레이쇼, 그의 뒤를 따르거라. (호레이쇼 퇴장, 레어티스에게 속삭이며) 침착해야 한다. 지난밤에 했던 얘기 명심해라. 그 일을 곧 실행해야겠구나. 여보, 아들을 잘 감시하시오. 이 무덤에 기념비를 세우리다. 곧 평화가 찾아올 것이니 그때를 기다리며 일을 진행해야겠다. (모두 퇴장)

제2장 궁전 안

햄릿과 호레이쇼 등장.

햄릿 이 얘기는 이제 그만하고 다른 얘기를 좀 해보세. 자네 그 당시의 상황을 분명히 기억하고 있지?

호레이쇼 물론 기억하고 있습니다, 왕자님!

햄릿 가슴속에 온갖 감정들이 뒤엉켜 난 잠을 이룰 수가 없었지.

족쇄를 찬 폭도들보다 더 내 자신이 비참하게 느껴졌어. 그런데 그때 나는 정말 무모하게도 선실에서 일어나 선원의 옷을 걸치고 가서 그 꾸러미를 슬쩍 빼왔던 거야. 그리고 내 방에 돌아와 그 중요한 친서를 뜯어보았지. 거기엔 아, 호레이쇼! 왕의 흉계가 적혀 있었는데, 그 편지를 읽는 즉시 도끼로 내 머리를 내리치라는 내용이었네. 또한 내가 덴마크 왕과 영국 왕의 목숨을 위협하고 있다고도 써놨더군.

호레이쇼 어떻게 그럴 수가?

햄릿 이게 그 친서이니 틈날 때 읽어보게. 그 후 내가 어떤 행동을 했는지 알겠나? 난 자리에 앉아 새로운 계획을 구상하며 아주 반듯한 필체로 친서를 써내려갔지. 내가 뭐라고 썼는지 알고 싶은가?

호레이쇼 네, 왕자님.

햄릿 왕의 진심을 담아서 영국은 덴마크의 충실한 속국이며, 서로의 우정은 종려나무처럼 번성하고 있다는 둥 서로의 평화와 화합에 대해서 적었지. 그리고 이 글을 읽는 즉시, 이 친서를 갖고 온 자들을 참회할 시간도 주지 말고 처단하라 했네.

호레이쇼 어떻게 봉인하셨습니까?

햄릿 글쎄 그것 또한 하늘이 도우셨지. 덴마크 옥새인 선왕의 인감이 내 주머니에 들어 있었다네. 나는 그 편지를 똑같은 모양으로 접고, 서명을 하고 도장을 찍어 아무도 모르게 원래 있던 장소에 갖다 두었지. 그런데 그 다음 날 해전이 벌어졌고, 그 이후의 일은 자네가 알고 있는 그대로라네.

호레이쇼 그렇다면 길든스턴과 로젠크란츠는 죽게 되겠군요.

햄릿 그건 그들 스스로가 자초한 일이니 나는 조금도 양심의 가책을 느끼지 않아. 강한 자들이 서로 혈전을 벌이는 틈에 하찮은 자들이 끼어드는 건 위험한 일이지.

호레이쇼 한 나라의 왕이 어떻게 이럴 수가 있을까!

햄릿 선왕을 살해하고 내 어머닐 더럽혔으며 또한 내 목숨까지 노리던 놈이니 이제 내가 당당히 복수해도 되겠지? 그런 벌레만도 못 한 인간이 계속 악행을 저지르도록 내버려둘 순 없지. 그것이야말로 죄를 짓는 일이니까.

호레이쇼 일이 어떻게 진행되고 있는지 머지않아 영국에서 소식이 올 것입니다.

햄릿 조만간 소식이 있겠지. 인생이라는 건 정말 찰나의 순간만큼 짧은 것이라네. 여보게 호레이쇼, 내가 이성을 잃고 레어티스를 그렇게 대했으니 그에게 용서를 구해야겠네. 그 심정 누구보다 잘 아니까 말이야. 하지만 그가 그토록 과장되게 슬퍼하는 모습을 보니 갑자기 화가 치밀어 오르더군.

호레이쇼 잠깐만요, 저기 누가 오고 있습니다.

시종 오즈릭 등장.

오즈릭 왕자님의 귀국을 진심으로 환영합니다.

햄릿 고맙소. (호레이쇼에게 귓속말로) 자네, 이 똥파리 같은 놈을 알고 있는가?

호레이쇼 (햄릿에게 귓속말로) 모릅니다, 왕자님.

햄릿 (호레이쇼에게 귓속말로) 참으로 다행이군. 저 녀석을 안다는 것만으로도 죄를 짓는 일이니까. 저 녀석은 수많은 땅과 짐승을 소유하고 있지. 그렇게 많은 걸 갖고 있으니 아무리 천한 놈이라도 자기 여물통을 왕의 식탁에 올려놓을 수 있지.

오즈릭 왕자님, 시간이 괜찮으시면 폐하께서 명하신 말씀을 전해 드릴까 합니다.

햄릿 어디 말해 보시오. 그리고 모자는 용도에 맞게 머리에 쓰시오.

오즈릭 그러겠습니다, 하지만 너무 더워서요.

햄릿 아니, 지금은 너무도 춥소. 북풍이 불고 있으니 말이오.

오즈릭 사실은 정말 춥습니다.

햄릿 그런데 아주 후텁지근하고 더운 날씨라오.

오즈릭 정말 후텁지근합니다, 왕자님. 이제 폐하의 말씀을 전하겠습니다. 폐하께서 왕자님을 위해 큰 내기를 거셨습니다. 그리고 완벽한 신사이며 뛰어난 자질과 예를 갖춘, 용모 또한 매우 훌륭하신 레어티스 공이 돌아오셨습니다. 그분은 신사의 모범이라 할 수 있지요.

햄릿 진실을 말하자면 그는 정말 훌륭한 인물이지. 그와 견줄 만한 자는 그를 비추는 거울뿐이며, 그를 따를 자는 그의 그림자뿐이니까.

오즈릭 지당하신 말씀이십니다.

햄릿 헌데 그 말을 꺼내는 취지가 뭐요? 왜 그 신사를 조잡스러운 입에 올리게 만드는 것이오?

오즈릭 네? 레어티스를 말씀하시는 건가요?

호레이쇼 (햄릿에게 귓속말로) 저자의 주머니가 벌써 비었나 보군요. 황금 같은 미사여구를 다 써버린 듯합니다.

햄릿 그렇소.

오즈릭 왕자님께서도 잘 알고 계시겠지만 그분의 검술은 누구도 대적할 수 없다고 합니다.

햄릿 그래서?

오즈릭 폐하께서는 내기를 위해 바바리산 말 여섯 필을 거셨고, 그분은 프랑스제 세검과 단도 여섯 자루, 혁대, 칼 걸이 등 부속품을 함께 걸었습니다.

햄릿 이것이야말로 덴마크 대 프랑스식 내기로군. 헌데 왜 이런 물건을 내기에 건 것이오?

오즈릭 폐하께서는 두 분이 열두 번을 싸울 경우를 가정한다면, 아무리 그분이 대단하다 해도 왕자님을 상대로 세 번 이상 이길 수 없다고 생각하시고 내기를 거셨습니다.

햄릿 내가 못 하겠다고 한다면 어찌 되는가?

오즈릭 왕자님, 저는 왕자님께서 그 시합에 응해 주시길 바라고 있습니다.

햄릿 이보시오, 그 신사가 원하고 폐하께서도 원하신다면 폐하를 위해 나는 꼭 이기고 말 것이오. 그리고 마침 수련할 시간도 되었으니 검을 가져오라 하시오. 만일 내가 지게 된다 해도 좀 수치스러울 뿐이고, 또 몇 대 얻어맞기밖에 더 하겠소?

오즈릭 그렇게 전하면 되겠습니까?

햄릿 그렇게 하시오. 그대 취향에 따라 미사여구로 포장해도 상관은 없소.

오즈릭 왕자님께 충성을 다하겠습니다. (퇴장)

호레이쇼 저 풋내기 같은 놈. 햇병아리처럼 머리에 알껍데기를 쓴 채 달아났습니다.

햄릿 저 녀석은 어미젖을 빨기 전에 젖가슴에 인사부터 했겠어. 요즘 세상엔 저런 놈들이 많지. 최신 유행을 뒤따르며 허풍을 배워 올바른 주관을 가진 사람들을 속이며 살아가지. 하지만 저런 녀석들은 한 번 불면 거품처럼 날아가 버리고 만다네.

귀족 한 명 등장.

귀족 폐하께서 제게 왕자님께서 레어티스 공과 시합을 하실 것인지, 아니면 시간이 더 필요한지 알아보라고 하셨습니다.

햄릿 내 생각은 변함없으니 폐하의 뜻대로 하겠소. 나는 이미 다 준비되었소. 지금도 좋고, 언제든 좋소.

귀족 왕비 마마께서는 시합에 앞서, 왕자님께서 레어티스 공에게 한 말씀 건네시기를 바라고 계십니다.

햄릿 옳은 말씀이오. (귀족 퇴장)

호레이쇼 이기지 못할 것 같습니다, 왕자님.

햄릿 내 생각은 달라. 그가 프랑스로 떠난 후에도 나는 계속 연습을 해왔으니까. 마음이 좀 불안하긴 하지만 큰 문제가 되진 않아.

호레이쇼 마음에 걸리는 게 있으시면 하지 마십시오. 제가 가서 왕자님께서 몸 상태가 좋지 않다고 전하겠습니다.

햄릿 그럴 필요 없네. 나는 전조 같은 건 신경 쓰지 않아. 죽을 때라는 건, 어차피 지금이면 나중에 오지 않을 것이고, 나중이면 지금 오지 않을 테니까. 그러니 가장 중요한 건 마음가짐이야. 언제 죽을지는 아무도 모르는 것인데, 좀 일찍 떠나면 어떤가? 하늘의 뜻에 따르는 수밖에.

　　　탁자가 마련되어 있다. 나팔수, 고수, 관리들, 왕, 왕비,
　　　　　레어티스, 오즈릭, 귀족들, 시종들 등장.

왕 자, 햄릿, 서로 손을 맞잡아라. (레어티스의 손을 햄릿에게 쥐어준다)

햄릿 여보게, 용서해 주게. 내가 잘못했네. 내가 정신착란으로 고생하고 있다는 것은 자네도 알고 있겠지. 자네의 효성과 명예에 격한 감정을 불러일으킨 것은 내 광기 때문이었네. 그러니 레어티스에게 잘못을 저지른 건 햄릿이 아니었어. 그렇다면 누구의 짓인가? 그건 그의 광기라네. 그러니 생각해 보면 햄릿도 피해자인 셈이지. 여러분들 앞에서 내가 의도적으로 자네에게 악행을 저지른 것이 아니었음을 밝히는 바이니 자네는 너그럽게 이해해 주게. 내가 지붕 너머로 화

살을 쏘아 형제를 다치게 한 것이라 생각해 주게나.

레어티스 자식으로서 효성을 다해야 한다면 지금이 가장 복수심이 타오를 때겠지요. 하지만 이해하겠습니다. 그러나 명예에 관해서는 지체 높은 분들이 화해를 권하며 선례를 제시하실 때까진 결코 타협하지 않겠습니다. 허나 왕자님의 호의는 받아들이겠습니다.

햄릿 그 말을 들으니 마음이 편해지는군. 우리 형제처럼 정정당당하게 겨뤄보세. 검을 가져오너라.

레어티스 자, 나도 한 자루 주시오.

햄릿 레어티스, 내 실력이 부족하니 자네의 솜씨는 밤하늘의 별처럼 빛나게 될 거야.

레어티스 농담하지 마십시오.

햄릿 아냐, 맹세코 사실이야.

왕 오즈릭, 이들에게 검을 주어라. 햄릿, 이것이 내기라는 걸 알고 있겠지?

햄릿 물론입니다, 폐하.

왕 그동안 지켜봤으니 걱정은 하지 않겠다. 하지만 레어티스의 실력이 좋다고 하니, 네게 유리한 조건을 두었다.

레어티스 이건 너무 무겁구나. 다른 것을 좀 보겠소.

햄릿 난 이게 좋군. 검의 길이는 다 같겠지?

오즈릭 네, 왕자님.

두 사람, 경기를 준비한다. 포도주 잔을 들고 시종들 등장.

왕 그 포도주 잔을 탁자 위에 올려놓아라. 그리고 햄릿이 첫 번째나 두 번째로 득점하면, 혹은 3차전에서 비긴다면 모든 성벽의 대포를 발사하라. 과인이 햄릿의 사기를 증진시키기 위해 건배를 하고, 술잔에는 4대에 걸쳐 덴마크 왕의 왕관에 달려 있는 것보다 훨씬 더 귀한 진주를 넣겠다. 술잔을 달라. 그리고 고수는 북을 쳐서 나팔수에게 알리고, 나팔수는 포수에게 대포를 쏘아 올려 하늘에 알리고, 하늘은 땅에게 알려라. '지금 국왕이 햄릿을 위해 건배를 하고 있다.'라고. 자, 시작하라. 그리고 심판관들은 한시도 눈을 떼지 마라.

햄릿 자, 덤벼라.

레어티스 좋습니다, 왕자님. (경기가 시작된다)

햄릿 1점.

레어티스 아닙니다.

햄릿 판정하시오.

오즈릭 1점입니다. 아주 확실하게 얻으셨습니다. (북소리, 나팔 소리 울리며 대포 발사)

레어티스 그럼, 다시 시작합시다.

왕 잠시 멈춰라, 술을 다오. 햄릿, 이 진주는 네 것이다. 햄릿에게 이 잔을 건네라.

햄릿 이번 경기 먼저 치르고 마시겠습니다. 잔은 거기 두시오. 덤벼라. (다시 경기 시작) 또 1점 획득. 어떠냐?

레어티스 인정합니다.

왕 왕자가 이길 것 같군.

왕비 땀을 너무 많이 흘리고 숨을 헐떡이고 있어요. 햄릿, 손수건으로 이마를 닦아라. 내가 너의 행운을 위해 마시겠다.

햄릿 감사합니다.

왕 거트루드, 마시면 안 되오.

왕비 마시겠습니다, 폐하. (술을 마시고 잔을 햄릿에게 건넨다)

왕 (방백) 저 술잔에 독을 탔는데, 너무 늦었구나.

햄릿 저는 나중에 마시겠습니다, 어머니.

레어티스 (방백) 이건 양심에 걸리는군.

햄릿 3회전이다, 레어티스. 나를 계속 놀릴 것이냐? 한 번 세게 찔러보라고.

레어티스 그럼, 해봅시다. (두 사람, 경기한다)

오즈릭 두 사람 다 0점이오. (레어티스가 햄릿에게 상처를 입힌 후, 격투하는 동안 서로의 칼을 바꿔 쥔다)

왕 둘을 떼어놓아라. 너무 흥분했다.

햄릿 아니다, 다시 덤벼라. (햄릿이 레어티스에게 상처를 입히고, 왕비는 쓰러진다)

호레이쇼 두 사람 다 피를 흘리고 있다. 괜찮으십니까, 왕자님?

오즈릭 괜찮으시오, 레어티스?

레어티스 내가 친 덫에 내가 걸렸소, 오즈릭.

햄릿 왕비 마마는 어떠시냐?

왕 피를 보고 쓰러진 것이다.

왕비 아니다, 아냐. 저 술, 저 술! 오, 햄릿! 저 술, 저 술! 독을 탄 술이다. (죽는다)

햄릿 아, 이런 끔찍한 일이! 여봐라, 이 문을 잠가라. 반역이다! 범인을 찾아내라.

레어티스 여기 있습니다, 곧 왕자님도 죽을 것입니다. 이 세상의 어떤 약도 소용이 없으며 왕자님의 생명은 30분도 채 남지 않았습니다. 흉기는 왕자님이 쥐고 있는 그 칼입니다. 그 곧은 칼끝에 독이 묻어 있습니다. 이 흉악한 음모는 결국 제 자신에게 되돌아왔습니다. 저 또한 다시는 일어나지 못할 테니까요. 그리고 왕비 마마께선 독살되셨습니다. 이 모든 일을 꾸민 자는 바로 왕입니다.

햄릿 칼끝에 독이라고? 그렇다면 독이여 퍼져라. (왕을 찌른다)

일동 반역이다! 반역!

왕 여봐라, 나를 보호하라. 상처만 입었을 뿐이다.

햄릿 이 색마, 저주받을 살인마 덴마크 왕이여, 이 독배를 마셔라. 어머니를 따르라. (왕, 죽는다)

레어티스 죽어 마땅하오. 햄릿 왕자님, 우리 서로 용서합시다. 저와 부친의 죽음이 왕자님 탓이 아니고, 왕자님의 죽음 또한 제 탓이 아니길 바라며. (죽는다)

햄릿 하늘이 모든 걸 용서하기를. 호레이쇼, 내 목숨도 이젠 끝이다. 가엾은 어머니, 안녕히. 모두들 창백한 얼굴로 이 재앙을 보고 있구나. 냉혹한 죽음의 사자는 어김없이 나를 찾아오겠지. 호레이쇼, 자네는 살아남아서 우리의 일을 궁금하게 여기는 사람들에게 내 뜻을 분명히 전달해 주게.

호레이쇼 저를 믿지 마십시오. 저는 덴마크인으로 남기보단 차라리 고대 로마인으로 살겠습니다. 아직 독약이 남아 있군요.

햄릿 자네가 사내대장부라면 그 잔을 내게 주게. 놓으라니까! 호레이쇼, 이 사태에 대해서 확실히 밝히지 않는다면 난 커다란 오명을 남기게 될 거야. 나를 향한 자네의 마음이 진심이었다면, 괴롭겠지만 이 험한 세상에 살아남아 내 얘기를 전해 주게. (멀리서 행군 소리. 포성이 들린다) 저 소리는 무엇이냐?

오즈릭 포틴브라스 2세께서 폴란드를 정복하고 돌아오면서, 영국 사신들에게 축포를 쏘고 있습니다.

햄릿 나는 죽어간다, 호레이쇼. 강한 독기가 퍼지고 있구나. 영국의 소식을 전해 듣지는 못하겠지만, 난 포틴브라스 2세를 왕으로 선출하길 바라고 있다. 그에게 그간의 사건들과 내 뜻을 꼭 전해 주게. (죽는다)

호레이쇼 고귀한 정신이 사라져버렸구나. 편히 잠드소서, 왕자님. (안에서 행군 소리) 천사들의 노래를 들으며 안식처로 가소서. 고수들이 왜 이리로 오고 있지?

포틴브라스 2세와 영국 사신들, 고수, 기수, 군인들 등장.

포틴브라스 2세 참변이 일어난 곳이 어딘가?

호레이쇼 무엇을 보시겠습니까? 이렇게 슬프고 경악스러운 일은 어디에도 없을 것입니다.

포틴브라스 2세 이 시체들이 참혹한 현장을 말해 주는구나. 아,

오만한 죽음이여, 그 어둡고 영원한 곳에서 어떤 잔치를 벌이려고 이토록 많은 왕족들을 무참히 쓰러뜨린 것이냐!

사신1 참으로 끔찍하군요. 우리가 영국에서 소식을 너무 늦게 가져왔소. 당신의 분부대로 임무를 수행하였으나 로젠크란츠와 길든스턴이 죽었다는 소식을 들어줄 그분의 귀는 이미 감각을 잃었으니, 어디서 고맙다는 인사를 들을 수 있겠습니까?

호레이쇼 이런 상황에 맞춰 왕자님과 사신들이 영국에서 오셨으니, 이 유해들을 전망이 좋은 높은 단 위에 안치하시고, 왜 이런 참사가 벌어졌는지 알릴 수 있게 해주십시오. 그러면 이 흉악한 행위에 관한 얘기를, 우발적인 살인, 술수로 벌어진 죽음, 빗나간 흉계로 인해 음모를 꾸민 자들이 스스로 파멸한 얘기들을 들으실 수 있을 겁니다. 제가 이 모든 이야기를 한 치의 꾸밈없이 전달하겠습니다.

포틴브라스 2세 어서 들어봅시다. 중신들을 부르시오. 나로서는 슬픔을 금할 수 없지만 행운의 왕관을 받아들이지 않을 수는 없소. 내게도 이 왕국에 대한 권리가 있으니, 이번 일을 계기로 그 권리를 주장해야겠소.

호레이쇼 그 문제에 관해서도 말씀드릴 게 있습니다. 하지만 민심이 혼란스러운 때이니만큼 제가 방금 말씀드린 일을 먼저 실행하도록 허락해 주십시오.

포틴브라스 2세 햄릿 왕자님을 무사의 예를 갖춰 단상으로 운구하라. 만일 그분이 왕위에 올랐다면 진정으로 훌륭한 왕이 되셨을 것이다. 그리고 왕자님의 서거를 애도하는 군악과 군례를 소리 높여 울리도록 하라. 유해를 들어라. 이러한 광경은 전장에서나 어울리지 이곳과는 전혀 어울리지 않는구나. 어서 병사들에게 조포를 쏘게 하라. (병사들, 시신을 운구하며 퇴장. 조포가 울린다)

오셀로

저만 믿으세요. 가서 돈을 준비해 오세요. 당신이 그
놈의 아내를 빼앗는다면 당신은 쾌락을, 나는 오락을
즐기는 거죠. 자, 시간의 자궁 속에는 앞으로 태어날
수많은 사건들이 들어 있다고요. 어서 가서 돈을 준비
하세요.

– 이야고

등장인물

오셀로 – 베니스 정부에 고용된 무어인 장군
브라반시오 – 베니스 원로원 의원이며 데스데모나 아버지
데스데모나 – 브라반시오 딸, 오셀로 아내
에밀리아 – 이야고 아내
카시오 – 오셀로 부관
이야고 – 오셀로 기수
로데리고– 베니스 신사
몬타노 – 키프로스 전 총독
그라시아노 – 브라반시오 동생
로도비코 – 브라반시오 친척
광대 – 오셀로 하인
비앙카 – 매춘부

그 밖의 원로원 의원, 사자, 전령, 장교들, 신사들, 악사들
그리고 시종들

장소 : 베니스 및 키프로스

제1막

제1장 베니스의 거리

이야고와 로데리고 등장.

로데리고 정말 서운하군, 자네가 그걸 모른다니 말이 되는 소린가.

이야고 이런, 제 말 좀 들어보세요. 저는 꿈에도 그런 생각을 못했다고요.

로데리고 자네는 그자가 싫다고 하지 않았나.

이야고 제 말이 사실이 아니라면 저를 경멸하셔도 좋아요. 이 도시의 내로라하는 분들 세 명이 저를 그의 부관으로 천거했답니다. 물론 저도 그만한 자격은 충분하니까요. 그런데 그는 잘난 척에 자기 고집대로만 하고, 오만하게도 군대용어만 자꾸 늘어놓으며 허세를 부리다가 결국에는 부관을 이미 결정했다고 하더군요. 그런데 그 부관이란 자가 누구냐 하면 마이클 카시오라는 놈인데, 예쁜 마누라 만나서 신세를 망칠 녀석이죠. 그놈은 전쟁터에서 부대 배치를 해본 적도 없고 전술에 대해서도 무지한 녀석인데 말이죠. 실전 경험도 없이 그저 말로만 떠드는 놈인데 그런 녀석은 선택을 받고, 전장에서 직접 싸우며 실전 경험이 많은 저는 기수나 하고 있으니.

로데리고 나 같으면 절대로 그런 일은 하지 않겠네.

이야고 저도 생각이 있어서 그를 따르는 것이니 진정하세요. 우리라고 해서 모든 상전들에게 다 충성을 바치는 것은 아니니까요. 자랑삼아 내 안의 야망을 내보였다가는 소매 위에 심장을 드러내 놓고 비둘기에게 쪼아 먹으라는 꼴이 되고 말죠. 저는 보기와는 다르단 말씀입니다.

로데리고 그 일이 성공한다면 입술 두꺼운 그자는 운수 대통이겠군!

이야고 그녀의 아버지를 큰 소리로 깨우세요. 그가 즐거워하는 순간에 찬물을 끼얹자고요. 길거리에서 떠들어대며 사람들을 끌어모아 그를 짜증나게 만들자고요.

로데리고 여기가 그녀의 아버지 집인데, 큰 소리로 불러봐야겠다.

이야고 그래야죠, 사람 많은 도시에서 마치 불이라도 난 것처럼요.

로데리고 여보시오! 브라반시오, 브라반시오 나리!

이야고 일어나세요! 브라반시오 나리! 도둑이다, 도둑!

브라반시오, 창가에 나타난다.

브라반시오 이렇게 큰 소리로 불러대는 이유가 뭔가? 대체 무슨 일인가?

이야고 도둑이 들었습니다. 바로 지금 늙고 검은 숫양이 당신

댁의 흰 암양을 올라타고 있어요. 어서 일어나세요. 악마의 손자를 보게 될지도 모르니 서두르세요.

브라반시오 아니, 제정신이냐?

로데리고 존경하는 나리, 제 목소리를 기억하시겠습니까?

브라반시오 모르겠다, 누구냐?

로데리고 로데리고입니다.

브라반시오 내 근처에 얼씬대지도 말라고 명령했거늘, 내 딸은 절대 안 돼.

로데리고 저, 저, 나리…….

브라반시오 도둑이라니? 여긴 베니스다, 시골이 아니라고.

로데리고 나리, 저는 순수한 마음으로 온 것입니다.

이야고 저희는 그저 도와 드리러 왔는데 불한당 취급하시다니. 당신 따님과 무어인이 몸을 섞고 있으니 이제 조랑말이 당신 손자가 될 것입니다.

브라반시오 이 악당 같으니.

이야고 나리는 의원이시죠.

브라반시오 이 일은 네가 책임져라, 로데리고.

로데리고 물론 책임지겠습니다. 그러나 만약 나리께서 당신의 아름다운 따님을 음탕한 무어 놈의 품으로 가도 좋다고 허락하신 거라면, 저희들이 주제넘게 굴었습니다. 하지만 아니시라면 저희는 나리를 조롱한 것이 아니며 억울하게 혼이 난 것입니다. 즉시 확인해 보십시오. 나리의 허락도 없이 따님께서는 이곳저곳 떠도는 이방인에게 자신의 의무와 미모,

지성과 행운을 맡겼으니 말입니다. 만약 따님께서 지금 방안에 계시다면 저희들은 무례한 행동에 대해 달게 벌을 받을 것입니다.

브라반시오 여봐라! 불을 켜라, 하인들을 불러라! 어쩐지 꿈자리가 이상하더라니. 불을 가져와라, 불을! (이층에서 퇴장)

이야고 저는 이만 가보겠습니다. 그 무어 놈과 원수가 되면 저로서도 좋을 게 없거든요. 여기 있다간 틀림없이 그렇게 되기 십상일 테니까요. 이런 일로 그놈을 골탕 먹이려 해도 정부는 견책 정도로 그칠 뿐 그를 해고하진 못할 거예요. 지금 한창 벌어지고 있는 키프로스 전쟁에 그자 말고는 중책을 맡을 적임자가 없기 때문이죠. 그러니 그가 지옥의 고통처럼 밉긴 하지만 나도 살아야 하기에 어쩔 수가 없답니다. 비록 표면상일 뿐이지만, 사랑의 깃발을 내걸고 충성심을 보여야죠. 꼭 그놈을 잡고 싶거든 수색대와 함께 사지타 여관으로 가면 틀림없이 찾아낼 수 있을 거고, 저도 거기에 그놈과 함께 있겠습니다. 그럼, 안녕히. (퇴장)

잠옷을 걸친 브라반시오가 하인들과 함께 횃불을 들고 등장.

브라반시오 이건 진짜 몹쓸 짓이다. 내 딸이 보이지 않는구나. 이 비참한 인생에 남은 건 고통뿐이다. 로데리고, 어디서 내 딸을 봤는가? 오, 가엾은 것! 무어 놈하고 같이 있다고? 그 애라는 것을 어떻게 알았지? 그 애가 뭐라고 하던가? 그럼 그들이 이미 결혼식을 올린 것인가?

로데리고 그런 것 같습니다.

브라반시오 내 딸이 자네와 이루어졌으면 좋았을 것을! 몇몇은 이쪽 길로, 몇몇은 저쪽 길로 가서 찾아라. 그들을 어디서 찾아야 할지 알고 있나?

로데리고 저와 함께 가시죠. 그들을 찾아내겠습니다.

브라반시오 그럼 안내하게. 내 보답은 꼭 하겠네. (퇴장)

제2장 사지타 여관 앞

오셀로, 이야고, 횃불을 든 시종들 등장.

이야고 전장에서는 사람들을 죽이기도 했지만 계획적으로 살인을 하는 건 도저히 제 양심이 허락하지 않습니다. 저는 그렇게 독하지 못한 편이죠. 하루에도 수십 번씩 로데리고놈의 갈빗대를 부러뜨리고 싶었지만 꾹 참았습니다.

오셀로 그냥 놔둬.

이야고 하지만 그놈은 장군님에 대해 끝없이 험담을 하고 다닙니다. 그걸 참아내느라 아주 힘이 들었습니다. 헌데 장군님, 결혼식은 하셨겠죠? 그 나리께서는 수많은 사람들의 사랑을 받고 있으며 공작보다도 훨씬 더 영향력이 있는 분이거든

요. 그래서 하는 말인데 그분은 자신의 권력을 이용해서 장
군님을 이혼시킬 수도 있고, 장군님이 하시는 일을 방해할
수도 있습니다.

오셀로 할 테면 해보라지. 그런 것쯤은 내가 원로원에 기여한
공으로도 충분히 막을 수 있다네. 아무에게도 말한 적 없지
만 실은 나는 왕족이네. 그리고 이 행운쯤은 누려도 될 만큼
의 공적을 세웠지. 이야고, 나는 착한 데스데모나를 사랑하
고 있네. 그렇지 않다면 내가 이렇게 자유롭지 못한 삶을 살
이유가 없겠지. 바닷속의 온갖 보물을 다 준대도 자유와 바
꾸진 않을 테니까. 그런데 저기 불빛이 다가오는군.

이야고 그녀의 아버지와 그의 친척들이 오고 있는 듯합니다. 어
서 들어가십시오.

오셀로 아니, 나는 그들과 만날 것이다. 내 성품과 권리, 그리고
양심에 거리낌 없이 올바르게 행동할 테니까. 그들이 맞느냐?

이야고 아닙니다.

카시오, 장교들과 횃불을 든 사람들과 함께 등장.

오셀로 공작님의 하인과 내 부하들이로군. 한밤중에 무슨 일인가?

카시오 장군님, 공작님께서 지금 당장 모셔오라고 하셨습니다.

오셀로 무슨 일로 그러는가?

카시오 키프로스에서 급한 일이 벌어진 듯합니다. 오늘 밤에 열
두 명이나 되는 전령을 계속 보내고 있으니 말입니다. 의원

님들도 이미 공작님 댁에 모이셨습니다.

오셀로 안에 들어가서 얘기 좀 하고 함께 가도록 하세. (퇴장)

카시오 여보게, 장군님께서 이곳에서 뭘 하고 계셨나?

이야고 오늘 밤에 어마어마한 보물선 한 대를 얻으셨죠. 그게 만약 합법적인 것이라면 운수대통인 셈이죠.

카시오 무슨 소린가?

이야고 결혼하셨단 얘깁니다.

오셀로, 브라반시오, 로데리고, 횃불과 무기를 든 사람들 등장.

오셀로 여봐라, 멈춰라!

로데리고 나리, 무어인입니다.

브라반시오 저 도둑놈을 잡아라! (양쪽 모두가 칼을 뽑는다)

이야고 로데리고, 덤벼라, 내가 상대해 주지.

오셀로 칼을 거두어라. 밤이슬에 녹슬지도 모르니. 의원님, 그 연세라면 무기를 사용하기보다는 명을 내리시는 게 나을 듯합니다.

브라반시오 이 더러운 도둑놈 같으니. 내 딸은 어디 있느냐? 그 애가 마법에 걸리지 않고서야 이럴 순 없지. 그렇지 않다면 어째서 이 나라 부잣집 청년들을 죄다 거부하던 착하고 아름다운 처녀가 이 아비를 속이고 세상 사람들의 웃음거리가 되면서까지 너 같은 놈에게 갔겠느냐? 네놈이 더러운 마법을 부려 순진한 내 딸을 타락시킨 것이다. 너는 금지된 마술을 부려 세상을 더럽혔으니 체포하겠다. 만약 저항하면 어떻게 해서든 굴복시켜라.

오셀로 멈춰라, 싸워야 한다면 싸울 것이다. 하지만 그 전에 어디 가서 제 얘기를 좀 들어보십시오.

브라반시오 어디긴, 감옥으로 가야지. 법의 심판을 받을 때까지 거기에 있어라.

오셀로 공작님께서 저를 급히 부르셨는데, 어떻게 생각하실까요? 나라에 문제가 생겨 저를 데려가려고 지금 막 사람을 보냈는데 말입니다.

장교 나리, 사실입니다. 공작께서 회의 중이시며 나리께도 연락을 드렸을 겁니다.

브라반시오 뭐? 공작께서 회의 중이라고? 무슨 일이기에 이 밤중에 회의를? 어쨌든 그를 끌어내라. 내 문제도 사소한 일은 아니니까. 공작님도, 다른 의원들도 이 일을 남의 일로 생각하지는 않을 것이다. 이런 짓을 허용한다면 이 나라의 정치는 노예나 이교도들에게 맡기는 게 나을 테니까. (퇴장)

제3장 회의실

공작과 원로원 의원들, 시종들 등장.

공작 여기 일관성이 없는 이 소식들을 어떻게 받아들여야 할지
　　　모르겠소.

의원1 내 보고서에는 군함이 107척으로 되어 있군요.

공작 여기에는 140척으로 되어 있소.

의원2 여기에는 200척으로 되어 있어요. 숫자는 정확하지 않더
　　　라도 터키 함대가 키프로스를 향하고 있다는 건 분명하오.

공작 그렇소. 정확한 보고가 아니라 불안하긴 하지만 주된 내용
　　　은 사실인 것 같소.

선원 등장.

　　무슨 일이냐?

선원 터키 함대가 로도스 섬으로 이동하고 있다는 것을 보고하
　　　러 왔습니다.

공작 왜 방향을 바꾼 것이지?

의원1 상식적으로 절대 있을 수 없는 일이오. 이건 눈속임입니
　　　다. 터키에게는 키프로스가 로도스보다 더 중요할 뿐만 아
　　　니라 공략하기도 훨씬 쉬운 곳입니다. 그들이 그걸 알면서

도 위험을 자초할 만큼 분별력이 없진 않겠지요.

공작 그렇소. 분명 로도스로 가고 있는 것은 아니오.

장교 또 다른 소식이 왔습니다.

전령 등장.

전령 나리, 터키 함대가 로도스 섬으로 항해하던 중 뒤따르던 함대와 합류하였습니다.

의원1 그렇지. 그럴 줄 알았다. 몇 척으로 추정하고 있나?

전령 30척 가량이며 현재 터키 함대가 항로를 되돌려 키프로스 섬 쪽으로 접근하고 있습니다. 공작님의 가장 믿음직스럽고 용감한 충복 몬타노 총독께서 전해 드리라고 하셨습니다.

공작 그럼 확실하겠군. 마커스 루시코스는 어디에 있는가?

의원1 플로렌스에 있습니다.

공작 서두르라는 서신을 보내라.

의원2 저기 브라반시오와 무어 장군이 오는군요.

브라반시오, 오셀로, 카시오, 이야고, 로데리고, 그리고 장교들 등장.

공작 용맹한 오셀로 장군, 공동의 적인 터키놈들을 막기 위해선 지금 당장 당신이 필요하오. (브라반시오에게) 잘 오셨소, 의원의 조언을 듣고 싶었소.

브라반시오 저 역시 그렇습니다. 제가 이렇게 잠에서 깨어나 달려온 것은 제 지위나 나랏일 때문이 아닌 개인적인 슬픔 때문이니 용서하십시오.

공작 무슨 일이오?

브라반시오 제 딸이, 오, 제 딸이!

의원들 죽었소?

브라반시오 죽은 거나 다름없죠. 납치되어 더럽혀졌으니까요. 마법에 걸리지 않았다면 그렇게 분별력 있고 현명한 애가 어째서 그런 행동을 했겠습니까?

공작 그런 더러운 짓으로 당신 딸을 빼앗아간 자라면 그게 누구든 법에 따라 엄벌에 처하시오. 만약 그가 내 아들이라 해도 그리 할 것이오.

브라반시오 정말 감사합니다. 여기 나랏일로 공작님의 특명을 받고 온 이 무어인이 그놈입니다.

일동 유감스러운 일이군.

공작 (오셀로에게) 뭐라 할 말이 있소?

브라반시오 모든 게 사실인데 무슨 할 말이 있겠습니까?

오셀로 최고의 권위와 위엄을 갖추신 의원님들, 고귀하신 공작님, 제가 이분의 따님을 데려간 것은 사실입니다. 그리고 그녀와 결혼했습니다. 저에게 죄가 있다면 그것뿐입니다. 저는 제 팔에 힘이 생겼던 일곱 살 때부터 아홉 달 전까지, 전장에서 생활해 왔습니다. 그래서 전쟁과 관련된 일 외에는 세상살이에 관해 아무것도 아는 게 없지요. 그래서 제 자신에 대한 변명조차 과장할 수 없습니다. 하지만 여러분께서

넓은 마음으로 허락해 주신다면, 한 치의 거짓 없이 제가 결혼하게 된 과정을 설명해 드리겠습니다. 이분께서는 제가 마법의 약이나 주문 같은 것으로 따님을 꾀어냈다고 하셨는데 그것에 관해서도 말씀드리겠습니다.

브라반시오 그렇게 신중하고 조용한 아이였는데, 성품으로 보든 나이나 국적으로 보든 두려워하던 인간과 사랑에 빠지다니 그게 말이 됩니까? 흠잡을 데 없던 그 애가 순리를 거스르고 그렇게 엇나간 것은 분명 악마의 술책이 있었기 때문입니다. 그러니 이자는 분명 제 딸의 마음을 현혹시키는 마법의 약을 먹였을 것입니다.

공작 추측만으로 증명할 수는 없소. 그러니 좀 더 확실한 증거를 찾아야 하오.

의원1 오셀로, 당신은 비열하고 강압적인 방법으로 그 여자를 차지한 것이오? 아니면 진정한 마음을 주고받아 얻은 것이오?

오셀로 청컨대 사지타에 있는 그녀를 불러 아버지 앞에서 물어보십시오. 그녀가 저를 더러운 인간이라고 말한다면, 저에 대한 신뢰와 지위와 더불어 제 목숨까지 거두십시오.

공작 데스데모나를 이리로 데려오라.

오셀로 (이야고에게) 기수, 자네가 그곳을 잘 아니까 안내하게. (이야고와 시종들 퇴장) 그럼 저는 그녀가 도착할 때까지 하느님께 고하듯, 아름다운 그녀의 사랑을 어떻게 얻을 수 있었는지 솔직히 말씀드리겠습니다.

공작 얘기하시오, 오셀로.

오셀로 그녀의 부친이신 의원님께서는 저를 매우 사랑하셨고, 집으로 자주 초대하여 그동안 제가 겪어온 전투와 성을 공격한 이야기 등을 물으셨지요. 그래서 저는 제 어릴 적 이야기부터 현재까지의 일들을 모두 이야기했습니다. 위험을 무릅쓴 이야기들, 예를 들면 성벽이 무너져 가까스로 탈출했던 일, 적군에게 잡혀 노예로 팔려갔다가 구출된 일 등에 관해서 말입니다. 또한 서로를 잡아먹는 식인종에 관한 이야기도 들려드렸는데, 늘 집안일로 바빴던 데스데모나는 서둘러 일을 끝내고 제 이야기에 귀를 기울여주었습니다. 저는 그 사실을 알고 그녀가 제게 이야기를 계속해 달라고 간청하게 만들었죠. 역시나 그녀는 제게 이야기를 해달라고 부탁했고, 저는 그녀의 청을 받아들여 젊은 시절에 겪었던 시련에 대해 들려주어 그녀를 눈물짓게 했죠. 제 이야기가 끝나자 그녀는 한숨을 내쉬며 너무도 마음이 아프다고 말했습니다. 차라리 그 얘기를 듣지 않았으면 좋았을 거라고 하면서, 하늘이 자기를 그런 남자로 태어나게 해줬으면 얼마나 좋았겠냐고 하더군요. 그리고 그녀는 만약 자기를 사랑하는 제 친구가 있다면, 제가 들려준 그 얘기를 그가 하는 것만으로도 자신의 마음을 빼앗을 수 있을 거라 말했죠. 그 말에 용기를 내어 그녀에게 말을 건넸습니다. 그녀는 제가 겪은 고난들 때문에 저를 사랑해 주었고, 저는 그런 그녀의 마음을 사랑했던 것입니다. 이것이 제가 사용한 유일한 마법입니다. 그녀가 왔으니 이 사실을 증명할 겁니다.

데스데모나, 이야고, 시종들 등장.

공작 그 얘기를 들으면 내 딸이라도 마음을 빼앗길 것 같소. 브라반시오 의원, 이미 엎질러진 물이니 최선의 방법을 찾아봅시다. 맨주먹보다는 차라리 부러진 무기라도 있는 게 낫지 않겠소.

브라반시오 저 애의 말을 들어주십시오. 저 애도 원했다고 고백한다면 저자를 나무란 벌을 마땅히 받겠습니다. 착한 내 딸아, 여기 계신 귀하신 분들 중에 너는 누구에게 복종해야 한다고 생각하느냐?

데스데모나 아버님, 저에게는 두 가지 의무가 있습니다. 아버님은 저를 낳아주시고 길러주셨으며 저는 그런 아버님을 존경합니다. 하지만 여기 제 남편이 있습니다. 어머님이 외할아버지 앞에서 아버님을 택하셨듯이, 저 또한 무어인을 제 남편이자 주인이라고 생각합니다.

브라반시오 알겠다, 잘 살거라. 자식을 낳으니 차라리 입양하는 게 낫겠어. 이리 오게, 무어 장군, 결코 이 애를 주고 싶지 않지만 어쩔 수 없네. 자식이 더 없는 게 천만다행이군. 너 같은 자식이 또 있었다면 도망가지 못하게 평생 족쇄를 채웠을 테니까. 자, 이제 됐습니다, 각하.

공작 나도 의원으로서 한 마디만 하겠소. 이 말로 인해서 저 두 사람과 당신의 관계가 좋아지길 바라오. 최악의 경우를 생각하면 희망 뒤에 매달려 있던 슬픔들이 사라지듯이, 이미 지나간 불행을 슬퍼한다면 더 많은 불행이 닥쳐오게 돼 있소. 물건을 도둑맞고도 웃는다면 오히려 그 도둑이 손해를 보는 것이고, 끝없이 한탄하면 결국 자신만 손해 아니겠소.

브라반시오 그렇다면 터키인들에게 키프로스 섬을 빼앗기고도 웃을 수 있다면 잃어버린 게 아니란 말씀이군요. 그런 말씀은 위로를 받아들일 만한 여유가 있는 사람에게나 가능한 것이지, 견딜 수 없을 만큼 벅찬 슬픔을 지니고 있는 사람에게는 위로가 될 수 없지요. 말은 그저 말일 뿐, 상처 입은 가슴이 단지 위로의 말만으로 치유되었다는 얘기는 들어보지 못했습니다. 자, 이제 국사에 관한 이야기를 하시지요.

공작 터키 함대가 키프로스로 향하고 있소. 오셀로, 그쪽 군사력에 관해선 장군이 가장 잘 알고 있잖소. 물론 아주 훌륭한 대리인을 그곳에 주둔시켜 놓았지만, 모든 의원들의 의견에 따르면 당신이 가는 게 가장 안전할 것 같다는 결론을 내렸소. 막 결혼한 장군한테는 정말 미안하지만 힘겨운 이 원정을 같이 해주어야겠소.

오셀로 이제 저는 습관이 되어 전장의 차갑고 거친 잠자리가 오히려 안락합니다. 또한 시련이 닥쳤을 때 피하지 않고 맞서는 제 성격대로 터키와의 전쟁을 최선을 다해 치르겠습니다. 허나 간청이 있습니다. 제 아내의 신분에 어울리는 거처를 마련해 주시고 그녀가 편히 지낼 수 있도록 돌봐주십시오.

공작 그녀의 아버지께 부탁드리는 건 어떻겠소?

브라반시오 그러고 싶지 않습니다.

오셀로 저도 그러지 않겠습니다.

데스데모나 저도 싫습니다. 제가 아버님 댁에 머물며 아버님을 불편하게 해드리긴 싫습니다. 공작님, 제 말씀을 잘 들어주시고 허락해 주십시오.

공작 원하는 게 무엇이냐? 말해 보라.

데스데모나 저는 무어인을 사랑했고 그분과 함께 살 것임을 온 세상에 알렸습니다. 저는 그분의 명성과 용맹함에 제 모든 것을 맡겼습니다. 그런데 그가 전장에 나가 있는 동안 저 혼자 한가롭게 이곳에 머문다면 힘든 시간을 보내게 될 것입니다. 그러니 제발 그와 함께 가도록 허락해 주십시오.

오셀로 허락해 주십시오, 의원님들. 하지만 제가 이렇게 부탁드리는 것은 제 자신의 욕망을 채우기 위해서가 아닙니다. 다만 그녀의 마음을 편하게 해주려는 것입니다. 혹시라도 그녀와 함께 간다고 해서 제가 심각하고 중대한 임무를 소홀히 할 것이라는 걱정은 절대 하지 마십시오.

공작 아내를 남겨두든 데리고 가든 그 결정은 당신이 알아서 하시오. 다만 긴급한 사태이니 오늘 밤에 떠나시오.

데스데모나 오늘 밤에요?

오셀로 그렇게 하겠습니다.

공작 오셀로, 장교 한 명을 남겨두시오. 우리의 위임장과 그 밖의 그대와 관련된 권한들을 전달해야 하니까.

오셀로 정직하고 믿을 만한 기수를 남겨두겠습니다. 제 아내도 그에게 부탁하겠으니, 각하께서도 필요한 것이 있으시면 그에게 전해 주십시오.

공작 그러겠소. 다들 편히 쉬시오. 브라반시오 의원, 당신 사위는 피부만 검을 뿐 됨됨이는 하얗구려.

의원1 그럼 잘 가시오, 무어 장군. 아내도 잘 챙겨주시오.

브라반시오 이 애를 잘 지키게, 아비를 속였으니 남편은 못 속이겠나. (공작, 의원들, 장교들 퇴장)

오셀로 그녀의 정절은 제가 보증합니다. 정직한 이야고, 데스데모나를 부탁하네. 적절한 때가 오면 그녀를 데려오게. 자, 데스데모나! 내 그대와 함께 보낼 수 있는 시간은 단 한 시간뿐이라오. (오셀로와 데스데모나 퇴장)

로데리고 이야고, 난 어떻게 해야 좋을까?

이야고 뭘 하긴요, 가서 자야죠.

로데리고 지금 당장 물에 빠져 죽고 싶구나.

이야고 그렇게 하시겠다면 이제 당신을 따르지 않겠습니다. 어리석은 짓 하지 마세요!

로데리고 사는 게 고통스러울 땐 죽는 게 낫지.

이야고 참으로 이상한 소리를 하시는군요! 제가 이 세상을 스물하고도 여덟 해 동안 살아왔지만 자기를 아낄 줄 아는 사람은 한 명도 보지 못했습니다.

로데리고 난 어떻게 해야 하느냐? 이런 내 모습이 수치스럽다는 걸 안다. 하지만 이게 내 천성이니 어쩌겠는가.

이야고 천성이라고요? 우리가 어떤 인간이 되느냐는 우리 자신한테 달려 있는 거죠. 우리의 몸이 정원이라면 우리의 의지는 정원사와 같으니까요. 우리가 쐐기풀을 심거나 상추를 심거나, 한 가지 풀로만 심거나 여러 가지를 심거나, 또 게으름을 피워 불모지로 만들거나 거름을 부지런히 주거나 간에 이 모든 게 다 우리 의지에 달려 있다는 겁니다. 만일 우리 인생의 저울이 이성과 욕정의 균형을 맞추지 못한다면, 우리는 저급한 본능 때문에 참으로 곤란한 일들을 겪게 될 겁니다. 하지만 우리에게는 이성이 있기 때문에 충동과 욕망을 조절할 수 있는 거지요. 그러니 돈을 준비해서 전장으로 나갑시다. 수염을 붙여 변장을 하면 될 거예요. 데스데모나가 무어 놈을 계속 사랑할까요? 무어 놈도 그렇지 않을 거예요. 시작이 충동적이었던 만큼 헤어지는 것도 마찬가지일 거예요. 그러니 돈을 가지고 떠나자고요. 지금은 그토록 달콤한 것들도 머지않아 설익은 감처럼 떫은맛이 날 겁니다. 그녀가 그에게 싫증이 나면 자신의 선택을 후회하게 될 거예요.

로데리고 내 소원을 이뤄줄 수 있겠는가?

이야고 저만 믿으세요. 가서 돈을 준비해 오세요. 거듭 말하지만 나도 무어인을 싫어한다고요. 제게도 사연이 있으니 우리가 힘을 합쳐 그에게 복수합시다. 당신이 그놈의 아내를 빼앗는다면 당신은 쾌락을, 나는 오락을 즐기는 거죠. 자, 시간의 자궁 속에는 앞으로 태어날 수많은 사건들이 들어 있다고요. 어서 가서 돈을 준비하세요, 내일 아침에 더 얘기합시다.

로데리고 아침에 어디서 만날까?

이야고 제 숙소에서요.

로데리고 아침 일찍 가겠네.

이야고 자, 그럼 어서 가세요. 참, 제 얘기 알아들었죠, 로데리고?

로데리고 무슨 얘기?

이야고 물에 빠져 죽는 건 절대 안 돼요, 아시겠죠?

로데리고 난 마음을 바꿨다네. (퇴장)

이야고 잘 가요! (방백) 이렇게 해서 멍청한 녀석의 돈을 빼앗는 거지. 저런 멍청이와 시간을 보내는 건 내 즐거움과 이익을 위해서야. 그게 아니라면 내 지식과 경험에 대한 모욕이지. 난 무어 놈이 싫어. 들리는 소문에 의하면 그놈이 내 아내와 침대에서 무슨 짓을 했다던데. 확실하진 않지만 그런 얘기를 듣고도 가만히 있을 순 없지. 그놈은 나를 신뢰하니까 내 계획은 더 쉬워질 거야. 카시오의 자리를 빼앗고 내 계획도 성공시킬 겸 카시오가 그놈의 아내와 가깝다고 얘기해 볼까? 카시오는 몸집도 좋고 점잖으니 여자들이 반할 만하다고 생각하겠지. 무어 놈은 관대하고 솔직한 성격이라 쉽게 속을 거야. 그러니 당나귀를 끌고 다니듯 손쉽게 조종할 수 있어. 그래, 잘 짜였어. 지옥과 어둠이 이 끔찍한 재앙을 탄생시킬 것이다. (퇴장)

제2막

제1장 키프로스 섬 항구 부두 근처의 광장

몬타노와 두 신사 등장.

몬타노 바다 위에 무엇이 보이는가?

신사1 아무것도 안 보입니다. 거친 파도만 일렁일 뿐 하늘과 바다 사이에 돛대 하나 보이지 않습니다.

몬타노 이 성벽에 이토록 강한 폭풍이 몰아친 적은 없었지. 바다 위에도 그렇게 몰아쳤다면 참나무 배도 산산조각이 났겠지. 대체 무슨 일인지 모르겠군.

신사2 터키 함대도 여기저기 흩어졌을 겁니다. 파도치는 저 기슭에서 보니 거친 파도가 하늘을 찌르고, 바람에 일렁이는 물결은 무서운 갈기처럼 저 하늘로 솟구치면서 불타는 작은 곰자리에 물을 끼얹어 영원불멸의 북극성을 지키는 별들을 물거품으로 만들어버릴 기세입니다. 이렇게 사나운 파도는 지금껏 본 적이 없습니다.

몬타노 터키 함대가 항구로 피했다면 모를까 그렇지 않았다면 침몰했을 거야. 온전할 리가 없지.

신사3 등장.

신사3 속보요, 여러분! 전쟁은 끝났습니다. 거센 폭풍우가 터키 함대를 쳐부쉈답니다. 베니스에서 온 우리 쪽 함대가 그 비참한 광경을 목격했다고 합니다.

몬타노 그게 정말인가?

신사3 베로나에서 만든 우리 군함이 입항했습니다. 용감한 무어인 오셀로 장군의 부관 마이클 카시오가 상륙했습니다. 무어 장군께서는 아직 해상에 계시는데, 키프로스 섬 수비의 전권을 위임받으셨다고 합니다.

몬타노 잘 된 일이군. 그만한 장군도 없지.

신사3 그런데 카시오 부관은 터키 함대가 전멸한 것을 매우 기뻐하면서도 무어 장군의 안위에 대해 큰 걱정을 하고 있습니다. 두 사람은 사나운 폭풍 때문에 서로 헤어졌다고 합니다.

몬타노 아무 일 없어야 할 텐데. 나도 그분의 부하였던 적이 있었지. 참으로 용맹한 장군이셨어. 자, 바다로 가보세! 입항하는 배를 맞이하면서 수평선 저 멀리까지 내다보며 오셀로 장군을 기다리세.

신사3 네, 어서 가시죠. 배가 언제 들어올지 모릅니다.

카시오 등장.

카시오 이 요새를 지켜온 용감한 총독께서 무어 장군님을 칭찬해 주시니 정말 감사합니다. 신이시여, 이 풍파에서 장군을 보호해 주소서!

몬타노 장군의 배는 튼튼합니까?

카시오 배는 물론 튼튼합니다. 조타수도 능숙하고 경험이 많은 사람이니 안전하실 거라 믿습니다. 완전히 마음을 놓을 순 없지만요. (안에서 '배다, 배가 보인다'는 고함이 들린다) 무슨 소립니까? 틀림없이 총독이 탄 배겠지요? (예포 소리 들린다)

신사2 저렇게 예포를 쏘고 있으니 아군인 듯합니다.

카시오 제발 가서 누가 도착했는지 알려주면 좋겠군요.

신사2 네, 그렇게 하겠습니다. (퇴장)

몬타노 그런데 부관, 장군께서는 부인이 있으시오?

카시오 정말로 운이 좋으신 분입니다. 어떤 명문으로도 표현할 수 없고, 어떤 붓으로도 그려내지 못할 만큼 아름답고 우아한 분을 부인으로 맞이하셨지요.

신사2 등장.

그래 어떻게 됐소? 누가 입항했소?

신사2 장군의 기수인 이야고입니다.

카시오 다행이군. 거센 바람과 사나운 파도도, 아무 죄 없는 배를 침몰시키는 비겁한 암초도, 여울도, 아름다움을 알아보고 사나운 본성을 감추며 아름다운 데스데모나 부인을 안전하게 통과시켜주었군요.

몬타노 그 부인은 누구입니까?

카시오 방금 얘기한 오셀로 장군의 부인입니다. 용감한 이야고가 호위했는데 예상보다 일주일이나 먼저 도착했군요. 신이시여, 이제는 오셀로 장군을 보호해 주소서! 그리하여 침체된 우리의 사기를 새롭게 타오르게 해주시고, 키프로스 섬에 기쁨이 넘치도록 해주소서.

데스데모나, 에밀리아, 이야고, 로데리고, 시종들 등장.

데스데모나 카시오 부관, 장군 소식은 들으셨습니까?

카시오 아직 도착하지 않으셨습니다만 아무 일 없을 테니 걱정 마십시오.

데스데모나 아, 그렇지만…… 그런데 어떻게 헤어졌나요?

카시오 사나운 폭풍우 때문입니다. (안에서 '배다, 배가 보인다' 는 소리와 함께 예포 소리가 들린다)

신사2 성에다 예포를 쏘고 있습니다. 이번에도 우리의 함대입니다.

카시오 가서 살펴보고 오시오. (신사2 퇴장) 기수, 잘 왔소. (에밀리아에게) 어서 오십시오, 부인. 이야고, 이렇게 인사를 한다고 노하지 말게. 이것이 격식이니까. (에밀리아에게 키스한다)

이야고 저는 아내의 잔소리에 질렸습니다. 만약 제 아내의 입술이 부관님께도 그렇게 말한다면 아마 진저리를 치실 겁니다.

데스데모나 저런, 말수도 적은 부인이신데.

이야고 천만의 말씀이십니다. 하긴 부인 앞에서는 혓바닥을 입 안으로 말아 넣고 하고 싶은 말을 꾹 참으며 속으로 중얼거리겠죠.

에밀리아 이상한 소리 그만하세요.

이야고 여자들은 원래 밖에서는 그림처럼 얌전하지만 집에만 들어왔다 하면 종소리처럼 시끄럽고 부엌에선 꼭 살쾡이 같지. 나쁜 짓을 하고도 성인군자처럼 굴고 화가 났다 하면 사나운 마귀 같지. 바쁜 일은 죄다 미뤄놓고 게으름 피우면서, 정작 이불 속에선 부지런해진단 말이야.

데스데모나 어머, 저렇게 심한 말을 하다니!

이야고 사실입니다. 만약 거짓이라면 저는 터키인이나 마찬가지입니다. (아내에게) 당신은 일어나면 놀고, 잠자리에 들면 부지런해지는 여자잖아.

에밀리아 굳이 그렇게 칭찬 안 해도 돼요.

이야고 그러니까 그런 짓 그만하라고.

데스데모나 그럼, 나를 칭찬하라면 뭐라고 하시겠어요?

이야고 부인, 그러지 마십시오. 저는 일단 욕부터 먼저 나오는 사람이니까요.

데스데모나 그래도 해보세요. 그런데 누가 항구에 갔나요?

이야고 네, 갔습니다.

데스데모나 (방백) 하나도 재미없겠지만 한 번 들어보자. (큰 소리로) 어서 나를 칭찬해 보세요.

이야고 기가 막힌 표현들이 마치 끈끈이처럼 붙어 머릿속에서 떨어지지 않는군요. 자, 이제 시적 표현이 산고 끝에 나오고 있습니다. 여자가 예쁘고 현명하다면 미모와 기지일진대, 기지는 미모를 이용하고 미모는 쓸모 있지요.

데스데모나 멋지네요! 여자가 얼굴은 추하지만 현명하다면요?

이야고 얼굴이 추해도 지혜가 있다면, 그 얼굴에 어울리는 남편을 만나겠지요.

데스데모나 점점 나빠지는군요.

에밀리아 얼굴은 예쁜데 어리석으면 어쩌죠?

이야고 얼굴 예쁜 여자가 어리석을 리는 절대 없지. 바보짓을 해도 자식을 만들어내니까.

데스데모나 그런 얘긴 술집에서 바보들이나 웃기려고 하는 소리 같군요. 얼굴이 검은데다 지혜가 없는 여자에겐 얼마나 더 독설을 퍼부을까?

이야고 아무리 얼굴이 추한 멍청이라 해도 예쁘고 현명한 여자들이 하는 추잡한 짓은 다 한답니다.

데스데모나 이상한 소리만 하시는군요! 제일 나쁜 것을 가장 칭찬하다니. 그럼 정말 훌륭한 여자는 어떻게 칭찬을 하나요? 욕을 하고 싶지만 정말로 칭찬할 수밖에 없는 그런 여자 말이에요.

이야고 미인이지만 겸손하고, 말은 잘해도 수다스럽지 않고, 돈이 많지만 사치스럽지 않고, 하고픈 일도 참을 줄 알고, 수많은 남자들이 따라와도 눈길도 안 주는 여자, 그런 여자라면 ……

데스데모나 그런 여자라면요?

이야고 애들에게 젖이나 물리고 가계부나 적어야죠.

데스데모나 엉터리군요! 에밀리아, 아무리 남편이라도 그의 말을 그대로 믿진 말아요. 카시오 부관님? 저분은 원래 저렇게 무례한 사람인가요?

카시오 원래 입이 거친 사람입니다. 저자를 학자가 아닌 군인으로 봐주십시오.

이야고 (방백) 저놈이 부인의 손을 잡는군. 옳거니, 귓속말을 하고 있네. 이렇게 작은 거미줄로 카시오라는 큰 파리를 낚아보자. 웃고 있구나, 그래 잘한다. 그렇게 손가락에 키스하며 점잖은 척하지만 곧 네놈을 부관 자리에서 끌어낼 것이다. 그래, 멋진 키스구나! 훌륭한 인사야! 손가락에 또 입을 갖다 대고 있군! 차라리 그 손가락이 밑씻개라면 좋았을 텐데. (안에서 나팔 소리) 무어 장군입니다!

카시오 확실한 것 같습니다.

데스데모나 어서 마중을 나갑시다.

오셀로와 시종들 등장.

카시오 저기 오고 계십니다!

오셀로 아, 아름다운 내 전우여!

데스데모나 아, 그리운 오셀로!

오셀로 당신이 먼저 도착한 걸 보니 놀랍기도 하고 참으로 기쁘오. 폭풍우가 몰아친 뒤 항상 이런 평화가 온다면 송장을 깨울 만큼 바람이 불어도 괜찮소. 나는 지금 죽어도 여한이 없소. 이 기쁨을 뭐라 설명해야 할지, 다시는 느낄 수 없는 행복이오.

데스데모나 그런 말씀 마세요. 신이시여, 우리의 사랑과 기쁨이 나날이 깊어지게 해주소서!

오셀로 신이여, 저 또한 그렇게 바라고 있습니다! 이 넘쳐 오르는 기쁨을 뭐라 표현해야 할지 모르겠소. 그저 이렇게 표현할 수밖에. (키스한다)

이야고 (방백) 오, 아주 흥겨운 연주 같군. 하지만 두고 보라지, 내가 그 줄을 풀어 음악을 망쳐놓을 테니.

오셀로 자, 그럼 성으로 갑시다. 제군들이여, 이제 전쟁은 끝났소. 터키군은 모두 바다에 침몰했소. 이야고, 수고스럽겠지만 부두에 있는 내 짐을 가져다주게. 그리고 선장을 성으로 안내해 주게! 정말 좋은 사람이야. 오, 데스데모나, 이렇게 여기서 다시 만나니 참으로 기쁘오. (이야고와 로데리고만 남고 모두 퇴장)

이야고 (로데리고에게) 이봐요, 이리 와요, 당신도 이제 좀 용기를 내세요. 그리고 내 얘기 잘 들으세요. 오늘 밤에 부관은 보초를 설 거예요. 그래서 하는 말인데, 데스데모나는 분명 그 녀석을 좋아하고 있어요.

로데리고 그 녀석을? 그럴 리가!

이야고 그 여자가 무어 놈과 사랑에 빠진 것은 꿈같은 거짓말 때문이었죠. 하지만 시간이 지나면 모두 헛된 일이 되겠죠. 또한 그 무어 놈 얼굴을 보고 만족할 수 있겠어요? 이제 그녀는 속았다고 후회할 거예요. 그러면서 이제는 카시오 녀석이 행운을 잡게 되겠죠. 그 녀석은 머리도 좋고 말도 잘하죠. 또한 양심도 없는, 본능에만 충실한 놈이지요. 교활하고 기회만 엿보는 사악한 놈이라고요. 게다가 인물도 좋고, 나이 젊겠다, 순진한 계집들이 반할 만하죠. 그러니 그 여자도 그놈한테 눈독을 들이고 있는 거라고요.

로데리고 그 여자가 그렇다니, 믿을 수 없어.

이야고 그 여자도 우리처럼 포도주를 마신다고요. 순수한 여자가 무어 놈한테 반하겠어요? 어림없는 소리죠! 그 여자가 카시오의 손바닥을 만지작거리는 걸 못 보셨나요?

로데리고 그야 나도 봤지. 하지만 그건 인사였어.

이야고 그건 분명 음탕한 짓의 시작이죠. 둘은 입술이 맞닿을 만큼 가깝게 붙어서 서로의 숨결을 느끼고 있었다고요. 그러다 보면 머지않아 몸을 섞겠죠. 그러니 내 말 잘 들으세요. 당신도 오늘 밤 보초를 서는 거예요. 그래서 무슨 짓을 해서라도 카시오의 화를 돋우는 거죠. 큰 소리를 치든, 그를 헐뜯든, 아무거나 트집을 잡으시라고요.

로데리고 알겠네.

이야고 그놈은 불같은 성미라 당신을 한 대 치려고 할지도 몰라요. 그걸 빌미로 키프로스 전체가 술렁일 만큼 큰 소동으로 만드는 거예요. 카시오를 파면시키지 않으면 결코 진압되지 않을 정도로 말이죠. 그렇게 현명한 방법으로 당신의 소원도 이루고 방해물을 없애는 거죠. 그렇지 않으면 우리에게 좋은 날은 오지 않을 거예요.

로데리고 알겠네, 내게 기회가 온다면 그렇게 하겠네.

이야고 그건 저한테 맡기세요. 그럼 전 이만, 그 녀석의 짐을 가지러 가야 하니 좀 이따 성에서 만나요.

로데리고 잘 가게. (퇴장)

이야고 카시오는 분명 그녀를 사랑해. 그녀 역시 그를 사랑하고. 내가 무어 놈을 싫어하긴 하지만 그는 기품 있고 정이 많기 때문에 데스데모나에게는 정말 다정한 남편이 될 거야. 그런데 나 역시 데스데모나한테 마음이 있단 말이지. 단순히 욕정 때문만이 아니라 복수심 때문이야. 그 음탕한 무어 놈이 내 잠자리에 숨어들었다는 의혹이 있으니 그 생각만 하면 독약을 마신 것처럼 속이 뒤집혀. 마누라는 마누라로 되갚기 전까지는 내 속이 풀리지 않을 거 같아. 그러니 어떻게든 무어 놈이 이성을 잃을 만큼 강한 질투심을 불러일으켜야만 해. 그러기 위해선 그 가련한 베니스의 쓰레기 같은 녀석이 여기저기 뛰어다니며 들쑤시도록 해야 해. 내 뜻대로만 움직인다면 카시오를 마음대로 조종할 수 있어. 그 녀석 또한 내 잠자리를 파고들었다는 의혹이 있으니 말이야. 카시오가 얼마나 음탕한지, 무어 놈이 미칠 때까지 그 녀석의 험담을 하는 거야. 계략은 세웠지만 아직 확실한 건 없군. 악행은 범행을 저질러야 그 실체가 드러나는 법이니까. (퇴장)

제2장 같은 곳

신사가 포고문을 읽으면서 등장.

신사 '고귀하고 용맹하신 오셀로 장군께서 터키 함대가 전멸되었다는 통지를 받으시고 축하연을 벌이라고 하셨습니다. 모두들 춤을 추거나 각자 원하는 방식으로 이 기쁨을 함께 나누길 바라며, 아울러 이 연회는 장군님의 결혼을 축하하는 의미도 있습니다. 그러니 모든 창고를 개방하고, 5시부터 11시 종이 울릴 때까지 자유롭게 즐기십시오. 하늘이시여, 키프로스 섬과 오셀로 장군님께 축복을 내려주소서!' (퇴장)

제3장 성 안의 복도

오셀로, 데스데모나, 카시오 등장.

오셀로 카시오, 오늘 밤 잘 살펴주게. 마음껏 즐기되 무분별한 짓은 하지 않도록 주의시켜주게.

카시오 이야고에게 지시를 내렸습니다만, 저 또한 잘 살피겠습니다.

오셀로 이야고는 아주 성실하지. 그럼 수고하고, 될 수 있으면 아침 일찍 보세. (데스데모나에게) 여보, 이리 와요. 결혼식도 했으니 이제 결실을 맺어야지. (카시오에게) 그럼 먼저 가네. (오셀로, 데스데모나 퇴장)

이야고 등장.

카시오 어서 오게 이야고, 순찰하러 가세.

이야고 한 시간이나 남았어요, 아직 10시도 안 되었다고요 부관님. 장군님께서 데스데모나에 대한 사랑 때문에 우릴 이렇게도 일찍 놓아주셨군요. 그렇다고 그분을 탓하진 마세요. 아직도 그녀와 밤을 보내지 못하셨으니. 그녀는 조브 신도 탐낼 만한 여인이지요.

카시오 정말이지, 청순하고 우아한 여인이야.

이야고 그녀의 눈은 정말! 참으로 매혹적이죠.

카시오 매혹적이면서도 정숙한 눈이지.

이야고 그녀의 목소리는 사랑을 부르는 종소리 같아요.

카시오 정말 완벽하지.

이야고 그들의 잠자리에 행복이 넘치기를! 부관님, 밖에 키프로스의 한량 두 명이 검은 오셀로 장군의 건강을 위해 건배하고 싶다는군요. 여기 포도주가 있습니다.

카시오 오늘 밤은 안 되네. 나는 술에 약해서 마시면 실수를 하니까.

이아고 그들은 우리 친구들이니 딱 한 잔만……. 제가 부관님을
대신해 마시겠습니다.

카시오 오늘 딱 한 잔 마셨는데도 이렇다네. 그것도 요령을 좀
피워 물을 섞었는데 말이야. 그러니 더 이상은 안 될 것 같
은데.

이아고 오늘은 잔칫날이고, 친구들이 원하는데도 이러실 겁니까?

카시오 그들은 어디에 있나?

이아고 문 밖에 있어요. 들어오라 할까요?

카시오 그래, 썩 내키진 않지만. (퇴장)

이아고 놈에게 한 잔만 더 먹이면 귀한 집 아가씨의 버릇없는
개처럼 싸우려고 덤벼들 것이다. 그리고 사랑의 열병에 걸
린 멍청한 로데리고는 상사병 때문에 제정신이 아닌 상태로
보초를 서러 나갔다. 또한 명예를 중시하는 키프로스 귀족
들 세 명에게도 잔이 넘치도록 술을 퍼부어 놨고, 그들은 아
직 깨어 있다. 이제 난 이 취한 무리들 사이에서 섬 전체가
들썩일 만큼 카시오를 욕보일 것이다.

카시오, 몬타노, 그 외 몇몇 사람들 등장.

저기 그들이 오는구나. 내 계획이 맞아떨어진다면 내 배는
순풍에 돛을 단 듯이 흘러갈 것이다.

카시오 어이구, 전 이미 충분히 마셨습니다.

몬타노 겨우 그 정도 마시고서 뭘 그러나.

이야고 술을 가져와라! (노래한다)

  '쨍그랑 술잔을 부딪쳐라

  쨍그랑 술잔을 부딪쳐라

  군인도 인간이고

  인생은 짧으니

  어찌 아니 마시겠느냐.'

  모두들 술잔을 드세!

카시오 참으로 흥겹구나.

이야고 이 노래는 영국에서 배웠습니다. 술 마시는 데는 영국이
  최고죠. 덴마크 사람이나 독일 사람, 배불뚝이 네덜란드 사
  람도 영국 사람에 비할 수 없죠. 자, 마십시다!

카시오 영국 사람들이 그렇게 술을 잘 마시는가?

이야고 물론이죠, 덴마크 사람들이 쓰러질 때까지 마셔댄답니
  다. 독일 사람들을 쓰러뜨리는 데는 땀 한 방울 안 흘리죠.
  또한 다음 잔을 채우기도 전에 네덜란드 사람들을 토하게
  만들고요.

카시오 장군님을 위하여, 건배!

몬타노 나도 건배하지, 부관. 당신의 상대가 되어주지.

이야고 아, 멋진 영국이여! (노래한다)

  '훌륭하신 스티븐 왕

  바지를 맞추고 금화 한 닢 내면서

  그것도 비싸다고 생각하고

  양복쟁이더러 사기꾼이라 하셨지.

그분은 지체 높으시고
그대는 낮은 신분
사치 부리는 자들 때문에 나라가 망하니
당신도 헌 외투를 입으시게.'
포도주를 가져와라!

카시오 지난번 노래보다 더 멋지군.

이야고 다시 부를까요?

카시오 아냐. 그런 자는 왕이 될 자격이 없다고 생각해. 어쨌든 하느님께서 구원받을 자와 그렇지 않을 자를 가려내시겠지.

이야고 지당하신 말씀입니다, 부관님.

카시오 그런데 나는 구원받고 싶다네.

이야고 저도 마찬가집니다.

카시오 미안한 말이지만 그래도 나보다 먼저 받으면 안 돼. 기수보다는 부관이 먼저 구원받아야 되니까. 우리 이런 얘긴 그만두고 일이나 하세. 하느님, 우리의 죄를 용서해 주소서! 저는 취하지 않았습니다, 여러분. 이 사람은 제 기수, 이것은 제 오른손, 또 이건 왼손입니다. 난 아직 취하지 않았소. 제대로 걷고 말도 똑바로 할 수 있으니까 말이야. (퇴장)

몬타노 여러분, 보초를 서러 가세.

이야고 방금 나간 그 사람 보셨죠? 시저 옆에 있어도 잘 어울리는 군인이지만, 그의 장점만큼 큰 단점이 있으니 안타까울 뿐이죠. 오셀로 장군이 그를 절대적으로 신임하고 계신데, 소란이 일어나진 않았으면 좋겠군요.

몬타노 그가 자주 저러는가?

이야고 저러다가 금세 잠이 든답니다. 만취하지 않으면 하루 동안 보초를 서도 멀쩡하죠.

몬타노 장군께서도 그 사실을 아셔야 할 것 같군. 워낙 선량하신 분이라 그저 카시오의 장점만 보시고 단점은 보지 않으실 테지. 그렇지 않은가?

로데리고 등장.

이야고 (로데리고에게 방백) 이봐요, 어서 부관 뒤를 쫓아가요.
(로데리고 퇴장)

몬타노 고귀하신 무어 장군께서 저렇게 위험한 고질병이 있는 자에게 부관 자리를 맡겼다니 참으로 안타깝군. 장군께 말씀드리는 게 나을 것 같군.

이야고 전 그럴 수 없습니다, 이 섬을 다 준다 해도 말입니다. 저는 카시오 부관님을 정말 좋아합니다. 그러니 그의 고질병을 고치는데 온 힘을 다할 것입니다. 그런데 이게 무슨 소리죠? (안에서 '사람 살려!' 외치는 소리가 들린다)

카시오가 로데리고를 쫓아오면서 등장.

카시오 이런, 불한당! 깡패 같은 놈!

몬타노 부관, 무슨 일인가?

카시오 이놈이 건방지게도 내게 이래라 저래라 명령하지 뭡니까. 네놈이 나를 가르쳐? 네놈을 죽도록 패버릴 테다.

로데리고 나를 때리겠다고?

카시오 그래도 이 자식이 주둥아리를 놀려? (로데리고를 때린다)

몬타노 여보게, 부관. 그만두게.

카시오 놓으십시오. 안 그러면 당신 머리통을 부술 테니.

몬타노 자네, 많이 취했어.

카시오 취했다고요? (두 사람 싸운다)

이야고 (로데리고에게 방백) 얼른 나가서 큰일 났다고 외치라고요. (로데리고 퇴장) 부관님, 그만하십시오. 오, 세상에! 부관님, 몬타노 어르신, 사람 살려요! 정말 보초 한 번 제대로 서는군. (종이 울린다) 누가 경종을 울리느냐? 악마 같으니! 온 마을 사람들이 다 일어나고 있어요. 부관님, 제발 참으세요, 영원히 후회하실 겁니다.

오셀로와 무장한 신사들 등장.

오셀로 무슨 일인가?

몬타노 젠장, 피가 계속 흐르는군. 생각보다 심하게 다친 것 같아.

오셀로 멈춰라!

이야고 제발 멈추세요, 부관님, 몬타노 어르신. 지위와 사명감을 다 잊으신 겁니까? 멈추세요, 장군님 명령이에요. 제발 멈추세요!

오셀로 여봐라! 어찌 된 일이냐? 왜 이런 일이 벌어진 것이냐? 다들 터키놈으로 둔갑해서 하늘도 그들에게 금한 짓을 하려는 것이냐? 저 끔찍한 종소리를 멈추게 하라. 섬 주민들이 모두 놀라고 있다. 대체 이게 다 무슨 일인가? 정직한 이야고, 침통한 얼굴인데 어서 말해 보게. 누가 벌인 짓인가? 명령이니 어서 말을 하게.

이야고 잘 모르겠습니다. 방금 전까지만 해도 다들 신랑 신부처럼 사이가 좋았는데 갑자기 제정신을 잃고 칼을 빼어들어 서로의 가슴을 겨누며 덤벼들었죠. 갑작스레 일어난 일이라 어떻게 시작되었는지도 모르겠습니다. 저를 이 싸움판에 끼게 만든 이 두 다리를, 차라리 영광스러운 전투에서 잃었으면 좋을 뻔했습니다.

오셀로 카시오, 자네는 왜 이성을 잃고 싸운 것인가?

카시오 죄송하지만 드릴 말씀이 없습니다.

오셀로 몬타노, 그대는 늘 예의 바르고 젊었을 때부터 신중하고 차분해서, 항상 혹평을 일삼는 사람들 사이에서도 칭찬을 받고 있소. 그런데 찬사를 이렇게 내버리고 한밤중에 불한당 같은 짓을 저지르며 그대의 평판을 깎아내리다니 어떻게 된 일이오? 말씀해 보시오.

몬타노 오셀로 장군님, 저는 심한 부상을 입었습니다. 이 모든 사건의 전말은 장군님의 부하인 이야고가 알려줄 것입니다. 저는 오늘 밤, 잘못된 언동을 하지 않았습니다. 정당방위가 죄가 되지 않는다면 말입니다.

오셀로 이런, 분노가 이성을 지배하고 격정이 판단력을 흐리는구나. 이 불미스러운 싸움이 어떻게 시작된 것이냐? 죄가 있는 자에겐 그가 비록 내 쌍둥이라 할지라도 용서치 않을 것이다. 민심이 어수선한 이런 때에 사사로운 일로 같은 편끼리 싸우다니, 그것도 한밤중에 말이야. 참으로 어처구니없는 일이로다. 이야고, 누가 먼저 시작한 것이냐?

몬타노 자네가 편애나 동료애 때문에 거짓을 고한다면 군인이 아닐 것이네.

이야고 너무 다그치지 마십시오. 제 입으로 카시오 부관님에게 해를 입히느니 차라리 이 혓바닥을 뽑아버리겠습니다. 하지만 진실을 고한다 해도 그에게 해로울 것이 없을 것 같습니다. 장군님, 사실은 이러합니다. (귓속말로) 여기까지만 말씀드리겠습니다. 아무리 훌륭하신 분들도 때로는 실수를 합니다. 카시오 부관님께서는 분노를 조절 못 하시고 자기에게 호의를 베푼 사람을 치고 말았지만요. 하지만 카시오 부관님께선 분명 달아난 녀석에게 견딜 수 없는 모욕을 받았을 겁니다.

오셀로 알겠네, 이야고, 자네는 정직하고 정이 많아서 이 사건을 축소해 카시오를 감싸려고 하는군. 카시오, 나는 자네를 아껴왔네. 하지만 이제는 더 이상 내 장교가 아니네.

데스데모나, 시종과 함께 등장.

저런, 내 아내까지 일어났군! 자네를 본보기로 삼겠네.

데스데모나 무슨 일이에요?

오셀로 다 해결됐소. 어서 자러 갑시다. (몬타노에게) 당신의 부상은 내가 직접 돌보겠소. 이분을 모셔라. (몬타노를 부축하며 나간다) 이야고, 마을을 잘 살피고 이 고약한 소동으로 술렁이는 민심을 가라앉히게. 갑시다, 데스데모나. 군인은 때때로 싸움 때문에 단잠에서 깨곤 한다오. (이야고와 카시오만 남고 모두 퇴장)

이야고 부관님, 괜찮으십니까?

카시오 어떤 치료도 소용없네.

이야고 저런, 세상에나!

카시오 명예라고, 명예, 난 내 명예를 잃었네! 여보게, 난 내 안에 있는 가장 소중한 것을 잃었으니 이제 짐승과 다를 바 없게 되었다네. 난 내 명예를 잃었단 말일세!

이야고 저는 너무 정직한 놈이라 명예보다는 몸에 입은 상처가 더 아플 거라 생각되는데, 아닙니까? 명예라는 건 어리석고 헛된 것이라 금세 얻었다가 또 잃어버리는 것이지요. 잘 들어보십시오, 장군님의 신임을 되찾을 방법이 있습니다. 지금은 그분의 기분 탓으로 내쳐진 것인데, 부관님께 감정이 있어서라기보다는 정책상 내리신 처벌이지요. 마치 으스대는 사자를 겁주기 위해 죄 없는 개를 때리듯 말이죠. 장군님께 다시 간청해 보시면 꼭 들어주실 겁니다.

카시오 차라리 경멸해 달라는 간청을 하는 게 낫겠네, 이런 경솔한 주정뱅이가 그토록 훌륭한 지휘관을 속일 바에야. 술에 취해 실언을 하고, 싸워대고, 제 그림자를 보며 헛소리나 지껄이다니.

이야고 부관님께서 칼을 빼들고 따라가시던 그 사람은 누굽니까?

카시오 모르겠는데.

이야고 모르시다뇨?

카시오 수많은 일들이 스쳐가지만 선명한 건 하나도 없다네. 내가 왜 싸웠는지도 모르겠으니 말이야. 이것 참, 인간이란 우스워. 입 안에 원수 같은 술을 퍼붓고 정신을 홀랑 빼앗긴단 말이야. 흥에 겨워 기뻐하고 박수를 치다가 스스로 짐승으로 변신하다니!

이야고 그만하세요, 그건 너무 가혹한 자책이에요. 이런 사태가 벌어지지 않았더라면 좋았겠지만 어쩔 수 없게 되었으니 이제 바로잡아야겠죠.

카시오 다시 복직시켜 달라고 청한다면 그분은 나를 주정뱅이라 하시겠지. 만일 그렇게 말씀하신다면 내가 히드라처럼 수많은 입이 있다 해도 아무 말도 하지 못할 거야. 지각이 있는 멀쩡한 사람도 금세 바보가 되고 짐승이 되다니! 주제도 모르는 술잔은 저주받은 것이고 그 술은 악마라고!

이야고 부관님뿐만 아니라 살아 있는 사람이라면 누구나 취할 수 있는 겁니다. 이렇게 해보세요. 이제는 장군님 부인이 장군님이나 마찬가집니다. 장군님께선 부인의 아름다운 매력에 흠뻑 빠져 계시니까요. 그러니 부인에게 모든 걸 솔직하게 털어놓고 다시 복직시켜 달라고 말씀해 보세요. 부인은 관대하고 정이 많으니 기꺼이 부탁을 들어줄 것이고, 더 많이 도와주려고 하실 겁니다. 장군님과 부관님의 틀어진 관계를 다시 맞춰줄 사람은 부인뿐입니다. 그렇게만 된다면 장군님과 부관님의 관계는 전보다 더욱 돈독해질 거예요.

카시오 좋은 충고 고맙네. 내일 아침 일찍 부인을 찾아가 간청해 보겠네.

이야고 그럼 안녕히 주무십시오 부관님, 저는 이만 보초를 서러 가겠습니다.

카시오 그럼 수고하게, 정직한 이야고. (퇴장)

이야고 그 누가 내게 악한이라 할 수 있을까. 나는 관대한 마음으로 정직한 충고를 해주었을 뿐이야. 그것이야말로 옳은 생각이며 무어 녀석의 마음을 되찾는 길이지. 진심을 담은 간청으로 착한 데스데모나를 설득하는 건 정말 쉬운 일이야. 정직한 바보 녀석이 자신의 행운을 되찾으려 데스데모나에게 간청하고, 그녀가 무어 녀석에게 청하는 동안 계획을 실행해야겠다. 그녀가 카시오의 복직을 원하는 이유는 바로 카시오에 대한 욕정 때문이라고 넌지시 말을 꺼내보는 거야. 그래서 그녀가 카시오를 위해 노력하면 할수록 무어 녀석의 신뢰를 잃게 되는 것이지. 난 그녀의 아름다움을 더럽힐 것이다. 그리고 그녀 자신의 미덕이 모두를 옭아맬 그물을 만들고야 말겠다.

로데리고 등장.

　　　로데리고, 무슨 일입니까?

로데리고　난 이번 일에 사냥개 노릇도 못 하고 그저 머릿수나 채우려는 다른 개들과 같은 처지가 됐어. 게다가 돈도 다 써버렸고, 오늘 밤엔 실컷 얻어맞기까지 했지. 돈 한 푼 없는 빈털터리가 됐으니 이제 베니스로 돌아가야 된다고 생각해.

이야고　그렇게 참을성이 없어서 어떡하겠어요? 한 번에 치유되는 상처가 있겠어요? 우린 마술을 부리는 게 아니라 머리를 써서 일하는 거예요. 그런 일은 시간이 필요한 거고요. 카시오가 당신을 때려서 입힌 작은 상처 덕분에 카시오를 파면시켰으니 모든 일이 잘 되고 있는 거 아니겠어요? 이제 그만 숙소로 돌아가세요, 어서요. 앞으로 더 많은 것을 알려줄 테니까요. (로데리고 퇴장) 할 일이 몇 개 더 있지. 내 아내를 시켜 데스데모나와 카시오의 만남이 성사되도록 해야지. 그러는 동안 나는 무어 녀석을 불러내, 카시오가 자기 아내에게 간청하는 장면을 보게 하는 거야. 그래, 바로 이거다. 더 이상 지체해서 계획을 망치진 말자. (퇴장)

제3막

제1장 키프로스 성 앞

카시오, 악사들, 그리고 광대 등장

카시오 여기서 연주해 주게, 수고에 대한 보답은 꼭 할 테니. 짧은 곡으로 장군님께 아침 인사를 드리게. (악사들 연주한다)

광대 아니 악사님들, 악기가 나폴리에 갔다가 죄다 병들었습니까? 왜 그리 코맹맹이 소리가 납니까?

악사1 그게 무슨 말이오?

광대 그 악기는 바람으로 소리 내는 겁니까?

악사1 맞소.

광대 아, 고추가 달려 있는 게로군. 어쨌든 악사님들, 이 돈을 받으십쇼. 그리고 장군님께서는 그 음악이 너무 마음에 드셨는지 제발 잡소리 좀 그만 내라고 하십니다.

악사1 알겠소. 그만두지. (악사들 퇴장)

카시오 정직한 친구 말 좀 들어주게나.

광대 정직한 친구 말이 아니라 당신 말을 들어보겠소.

카시오 여기 적은 돈이지만 받아두게. 장군님 부인을 모시는 하

녀가 일어났으면, 카시오라는 자가 할 말이 있으니 뵙기를
청한다고 전해 주게. 그렇게 해줄 수 있나?

광대 하녀는 일어났겠죠. 이쪽으로 오면 그렇게 말해 보죠.

카시오 그래, 그렇게 해주게. (광대 퇴장)

이야고 등장.

이야고 한잠도 못 주무신 겁니까?

카시오 자네와 헤어지기도 전에 이미 날이 새버렸네. 이야고,
염치없지만 자네 부인을 부르러 보냈네. 데스데모나 부인과
만날 수 있게 주선해 달라는 부탁을 하려고 말일세.

이야고 곧 이곳으로 보내드리지요. 또한 부관님께서 무어 장군
의 방해를 받지 않고 자유롭게 대화하고 볼일을 볼 수 있는
방법을 생각해 보지요.

카시오 정말 고맙네. (이야고 퇴장) 플로렌스 출신 중에 저렇게
친절하고 정직한 사람은 못 봤어.

에밀리아 등장.

에밀리아 안녕하세요, 부관님. 신임을 잃으셔서 안타깝지만 너
무 걱정 마세요. 지금 부인과 장군께서 대화를 나누시며 부
인께서는 부관님을 변호하고 계시니까요. 그런데 무어 장군
께서는, 부관님께서 부상을 입히신 그분이 키프로스의 유명

한 인사들과 긴밀한 관계이기 때문에 당신을 파면시킬 수밖에 없다는 입장이십니다. 그러나 부관님을 누구보다 아끼시니, 굳이 누군가가 청탁하지 않아도 때가 되면 다시 부르겠다고 하셨습니다.

카시오 그래도 부탁인데, 데스데모나 부인과 잠시 단둘이서 얘기할 수 있도록 해주시오.

에밀리아 그럼 안으로 들어오세요. 속마음을 털어놓을 수 있는 장소로 모시겠습니다.

카시오 참으로 고맙소. (모두 퇴장)

제2장 같은 장소

오셀로, 이야고, 신사들 등장.

오셀로 이야고, 이 편지들을 선장에게 전하게. 난 성곽을 둘러보고 있을 테니 그곳으로 오게.

이야고 네, 장군님 알겠습니다. (퇴장)

오셀로 여러분, 요새를 한 번 둘러보겠습니까?

신사들 네, 그렇게 하시지요. (일동 퇴장)

제3장 같은 장소

데스데모나, 카시오, 에밀리아 등장.

데스데모나 걱정 마세요, 카시오 부관님. 당신을 위해 최선을 다할게요.

에밀리아 꼭 그렇게 해주세요, 부인. 제 남편도 이게 자신의 일인 것처럼 걱정하고 있답니다.

데스데모나 그는 정말 정직한 사람이야. 저를 믿으세요 카시오 부관님, 제가 꼭 남편과 당신 사이가 예전처럼 될 수 있도록 도와드릴 테니까요.

카시오 친절하신 부인, 앞으로 저 마이클 카시오가 어떻게 되든지 이 은혜는 결코 잊지 않겠습니다.

데스데모나 고마워요. 당신과 제 남편은 서로를 아끼고 오랫동안 알아왔죠. 그러니 그가 잠시 동안 당신을 멀리해도 정책상의 이유 때문일 테니 이해하세요.

카시오 네. 하지만 부인, 정책상의 이유 때문이라도 그 기간이 길어지면 장군님께선 제 충정을 잊으실 겁니다.

데스데모나 그런 걱정은 마세요. 에밀리아 앞에서 보증할 수 있어요. 저를 믿으세요. 당신의 청을 들어줄 때까지는 남편이 쉬지도 못하게 하고 잠도 못 자게 계속 재촉할 생각이니 기운 내요. 내 목숨을 걸고 당신의 부탁을 들어드릴 테니까요.

오셀로와 이야고 등장.

에밀리아 부인, 장군님께서 오십니다.

카시오 부인, 저는 이만 가보겠습니다.

데스데모나 왜요? 제 얘기를 더 들어보세요.

카시오 아닙니다 부인, 지금은 마음이 편치 않아 제대로 말씀을 못 드릴 것 같습니다.

데스데모나 그럼 그렇게 하세요. (카시오 퇴장)

이야고 아, 저건 안 좋은데.

오셀로 뭐라 했느냐? 방금 내 아내와 헤어진 자가 카시오 아닌가?

이야고 카시오라니요? 절대 아닙니다. 그분이라면 왜 장군님이 오시는 것을 보며 죄인처럼 몰래 도망쳤겠습니까.

오셀로 분명 카시오였어.

데스데모나 여보, 무슨 일이세요? 저는 당신의 미움을 사서 힘들어하는 사람과 얘기를 하고 있었어요.

오셀로 그게 누구요?

데스데모나 카시오 부관님이죠. 제가 당신을 설득시킬 만한 능력이 있다고 생각하신다면 그분을 용서해 주세요. 그분은 진정으로 당신을 위하고 있어요. 누구라도 그의 정직한 얼굴을 보면, 그분의 잘못은 고의가 아닌 실수라는 걸 알 수 있을 거예요. 제발 그분을 다시 부르세요.

오셀로 그가 방금 나갔소?

데스데모나 네, 너무 기운이 없어보여서 마음이 아프네요.

오셀로 지금은 안 되고, 당신 부탁이니 서두르겠소.

데스데모나 오늘 저녁 식사 때는 안 되나요?

오셀로 오늘 저녁은 안 되오.

데스데모나 내일 점심은요?

오셀로 내일은 성에서 장교들을 만나야 하오.

데스데모나 그럼 내일 저녁이나 화요일 아침, 혹은 그날 밤이나 수요일 아침에요. 제발 시간을 정해 주세요. 언제 그분을 부를까요? 말해 주세요, 오셀로. 만일 당신이 제게 이렇게 간청한다면 저는 절대 거절하지 못할 거예요. 당신이 저한테 구애를 할 때 함께 와서, 제가 수차례 당신에 대해 안 좋게 말했을 때도 항상 당신 편을 들었던 사람이 바로 카시오예요.

오셀로 이제 그만하시오. 언제든 부르시오. 당신 말인데 어떻게 거절하겠소.

데스데모나 이건 대단한 부탁이 아니에요.

오셀로 잠시 혼자 있게 해주시오.

데스데모나 알겠어요. 그럼 안녕히. 에밀리아, 가자. (오셀로에게) 당신 뜻대로 하세요. 저는 무조건 따르겠어요. (데스데모나, 에밀리아 퇴장)

오셀로 오, 귀여운 사람! 내가 당신을 사랑하지 않는다면 내 영혼은 파멸하리. 내가 당신을 사랑하지 않는 날이 온다면 온 세상은 혼돈에 빠지리.

이야고 장군님…….

오셀로 무슨 일인가, 이야고?

이야고 장군님께서 부인께 구애하실 때, 카시오님이 장군님의 마음을 알고 있었습니까?

오셀로 그렇고말고. 그건 왜 묻나?

이야고 카시오님과 부인께서 안면이 있는 줄은 몰랐습니다. 그는 정직한 사람입니까?

오셀로 그래, 정직하지. 자네 생각은 어떤가?

이야고 제 생각은…….

오셀로 마치 입 밖으로 꺼내면 안 되는 얘기처럼 자네 말에 무슨 의미가 있는 것 같군. 카시오가 방금 전 내 아내 곁을 떠났을 때도 자네는 안 좋다는 얘기를 했었지. 그러니 진정으로 날 위한다면 자네 생각을 솔직히 말해 보게.

이야고 장군님, 제가 장군님을 존경한다는 것을 알고 계시지요?

오셀로 그렇다네. 자네의 충성심과 정직함은 누구보다 잘 알고 있지. 또한 자네는 늘 신중하게 말한다는 것을 잘 알고 있기에, 주저하는 듯한 자네 모습에 더 놀란 것이네.

이야고 마이클 카시오님은 참으로 정직한 분입니다. 사람은 겉과 속이 같아야 하니까요.

오셀로 그야 물론이지.

이야고 그렇다면 카시오님은 정직한 분입니다.

오셀로 자네가 마음속으로 생각하고 있는 걸 말해 보게, 최악의 생각이라도 좋으니 말이야.

이야고 장군님, 용서해 주십시오. 직무와 관련된 일이라면 무엇이든 다 말씀드리겠지만 아무리 노예라 해도 생각을 말하지 않을 자유는 있지 않습니까?

오셀로 친구가 부당한 대우를 받은 걸 알면서도 그에게 아무 말
도 하지 않는 건 계략을 꾸미는 것과 다름없지.

이야고 간청드리옵니다. 저는 종종 남의 결점을 찾아내고, 그를
지나치게 경계하며 오해를 하곤 합니다. 그러니 제 생각을
말씀드린다면 장군님의 마음만 불안하게 만들 것이며 결코
아무 이익이 되지 않을 겁니다. 또한 제 자신의 정직성이나
분별력에도 좋지 않은 일이 될 것이고요.

오셀로 그러니 자네 생각을 더 듣고 싶군.

이야고 장군님께서 설사 제 심장을 쥐고 계신다 해도 그건 안
되는 일입니다. 오, 질투심을 조심하십시오. 질투심은 사람
을 농락하고 사로잡는 파란 눈을 가진 괴물이니까요. 의심
은 가지만 사랑에 푹 빠져 사랑의 정열을 불태우는 사람은
저주받은 시간이 얼마나 원망스럽겠습니까.

오셀로 오, 비참하구나!

이야고 가난해도 스스로 만족하는 사람은 억만장자나 마찬가지
지만, 아무리 재산이 많은 자라도 가난해질까 봐 두려워 떨
고 있다면 그는 한겨울만큼 가난한 것입니다. 신이시여, 질
투심으로부터 모든 이들을 지켜주소서!

오셀로 그게 무슨 소린가? 자네는 내가 질투심에 사로잡혀 달의
모양이 변할 때마다 새로운 의심을 하게 될 거라 믿는 것인
가? 아니다. 난 의혹이 생기는 일은 단번에 해결하고 만다.
또한 나는 내가 가진 것이 부족해서 아내가 배신하지 않을

까 하는 걱정도 하지 않을 것이다. 그녀는 확실히 나를 택했으니까 말이야. 그러니 이야고, 나는 의심하기 전에 미리 알아볼 것이고, 의심이 들면 그 증거를 찾을 것이다. 증거를 찾게 된다면 선택은 하나, 사랑을 버리든지 아니면 그 질투심을 버려야겠지.

이야고 좋습니다, 이제야 생각을 좀 더 솔직하게 말씀드릴 수 있을 것 같습니다. 아직 확실한 증거는 아닙니다. 하지만 부인과 카시오를 잘 살펴보십시오. 저는 마음이 너그러우신 장군님께서 기만당하시는 것을 보고만 있을 수는 없습니다. 베니스에서는 여자들이 이런 못된 짓을 안 하는 게 아니라 그저 들키지만 않으면 다행이라는 생각을 갖고 있습니다.

오셀로 그게 사실인가?

이야고 부인께서는 장군님과 결혼하기 위해 아버님을 속이셨습니다. 그리고 부인께서는 떨리고 무서운 듯한 장군님의 표정을 가장 좋아했습니다.

오셀로 그랬었지.

이야고 그렇게 젊은 여성이 아무렇지도 않게 자신의 아버지를 속였으니, 그분께서는 마술을 썼다고 생각하신 거겠지요. 말이 좀 지나쳤습니다.

오셀로 내 자네한테 큰 빚을 졌군.

이야고 실망이 크신 줄 압니다. 하지만 제가 드린 말씀은 오로지 장군님을 향한 제 충심에서 비롯된 것임을 알아주십시오. 그리고 제가 드린 말씀을 단정 지으시거나 확대해서 생각하진 말아주십시오.

오셀로 알겠네.

이야고 만일 그러시다면 제가 드린 말씀이 제 뜻과는 무관하게 엉뚱한 결과를 초래할 수도 있습니다. 카시오님은 제가 믿는 친구이거든요. 장군님, 아무래도 기분이 상하신 것 같습니다.

오셀로 아닐세. 난 데스데모나가 정숙한 여자라고 믿네.

이야고 저도 장군님께서 영원히 그렇게 믿으시길 바라고 있습니다.

오셀로 하지만 순리를 생각하면…….

이야고 네, 바로 그것이 문제입니다. 솔직히 말씀드리면 부인께서는 순리를 거스르며 같은 나라, 피부색, 신분 등 수많은 혼처를 모두 거절하셨지요. 흥, 우리는 그러한 사람들의 부패하고 추하게 일그러진 생각을 알 수 있습니다. 하지만 용서하십시오. 꼭 장군님의 부인만을 얘기하는 것은 아닙니다.

오셀로 이만 가보게. 더 알게 된 사실이 있으면 알려주고.

이야고 (퇴장하면서) 장군님, 그럼 이만 물러가겠습니다.

오셀로 나는 왜 결혼했을까? 저 정직한 녀석은 내게 말한 것보다 분명 감추고 있는 게 더 많아.

이야고 (다시 돌아오며) 장군님, 이 일은 더 이상 들춰내지 않는 게 좋을 것 같습니다. 카시오는 유능하고 그 일에 적임자니 다시 부르시는 게 맞다고 생각합니다. 하지만 잠시 그와 거리를 두신다면, 그의 본모습을 확실하게 알 수 있을 겁니다.

부인께서 그의 복직을 간청하지는 않는지 잘 살펴보십시오. 그전까지 제 얘기는 그저 걱정에서 비롯된 말들이라고 여겨주시고, 부인께서 결백하다고 믿어주십시오.

오셀로 내가 다 알아서 할 테니 걱정 말게.

이야고 그럼 이젠 정말 물러가겠습니다. (퇴장)

오셀로 저자는 정말 솔직하고 세상의 이치에 밝아 모든 일을 꿰뚫어보고 있다. 내가 검고 사교성이 부족해서일까, 아니면 나이가 많아서 그런 것일까. 그녀는 이미 떠났어. 난 속은 거야. 그녀에 대한 증오만이 유일한 위로가 될 뿐이다. 내가 사랑하는 사람을 다른 이와 나눠야 한다면 차라리 두꺼비로 변해 어둡고 깊은 동굴 속에서 이슬이나 먹고 사는 게 나을 것이다. 하지만 이것은 위인들만이 겪는 재앙이 아닌가. 죽음처럼 피할 수 없는 운명이다. 이마에 뿔이 돋는다는 이 재앙은 우리가 어머니 뱃속에서 생명이 꿈틀거릴 때부터 정해진 운명이다. 결코 피할 수 없는 것이다. 저기 데스데모나가 오는군. 만일 그녀가 부정한 짓을 저질렀다면 하늘은 스스로를 비웃는 셈이다. 난 절대 믿지 않겠다.

데스데모나와 에밀리아 등장.

데스데모나 왜 그렇게 기운이 없으세요? 어디 편찮으세요?

오셀로 여기, 이마가 좀 아프군.

데스데모나 제대로 못 주무셔서 그럴 거예요. 제가 머리를 동여매 드릴게요. 한 시간도 못 돼서 금방 좋아지실 거예요.

오셀로 이 손수건은 너무 작군. (손수건이 떨어진다) 그냥 놔두고 갑시다.

데스데모나 많이 편찮으신 것 같아 걱정이에요. (오셀로와 데스데 모나 함께 퇴장)

에밀리아 이 손수건을 얻게 되다니 잘 된 일이야. 이건 무어 장 군이 부인께 보내신 첫 번째 선물이지. 이걸 항상 간직하라 는 장군님 말씀 때문에 부인께선 이 손수건을 정말 아끼셨 지. 이것에 입을 맞추고 말을 건네기까지 하셨어. 이걸 어디 다 쓸진 모르겠지만 그이가 원하니 갖다 줘야겠다.

이야고 등장.

이야고 여기서 혼자 뭐하고 있어? 그건 또 뭐야?

에밀리아 손수건이요. 무어 장군이 부인에게 처음으로 선물한, 당신이 그렇게 훔쳐오라고 했던 거죠.

이야고 이리 줘. (손수건을 가로챈다)

에밀리아 별로 필요 없으면 도로 주세요. 그게 없어진 걸 아시면 가엾은 부인은 무척 속상해하실 거라고요.

이야고 모르는 척하고 있어. 그럼 가봐. (에밀리아 퇴장) 이 손수 건을 카시오 방에 떨어뜨려 놓고 그가 발견하도록 해야지. 질투심에 사로잡힌 자에게는 공기처럼 가볍고 별것 아닌 물 건도 성경 말씀만큼 확실한 증거가 되지. 무어 놈은 이미 위험한 상상을 하고 있어. 그 독약 같은 위험한 상상은 처음엔 그 쓴맛을 모르지. 그러나 조금씩 핏속으로 퍼지면서 유황불처럼 활활 타오르게 되지.

오셀로 등장.

저기 오고 있군. 그 어떤 아편이나 이 세상에 존재하는 온갖 수면제를 다 먹어도, 지난밤의 달콤했던 잠을 다시는 즐기지 못하겠지.

오셀로 하하, 나를 배신해?

이야고 장군님, 무슨 일이십니까? 그 얘기는 이제 그만하십시오.

오셀로 가, 썩 꺼져버려. 넌 나를 고문대에 올려놨어. 조금 아는 것보다 차라리 크게 속는 게 낫다고.

이야고 왜 그러시는 겁니까?

오셀로 그녀가 음탕한 짓을 저지른 것을 난 보지도 못했고 상상조차 하지 않았어. 밤에 잠도 잘 자고 마음이 편하고 즐거웠지. 도둑맞은 걸 당사자가 모르고 있을 때, 그걸 알려주지 않으면 그건 도둑맞은 게 아니란 말이야.

이야고 그런 말씀을 들으니 죄송스럽습니다.

오셀로 만약 모든 군인들이 내 아내와 즐겼다 해도 모르고 있었다면 나는 행복했을 것이다. 내 평온한 마음도, 깃털이 나부끼는 부대와 내 야망을 실현시켜주던 전쟁도 이제 다 끝이야. 나 오셀로의 직업은 사라진 거라고.

이야고 장군님, 무슨 말씀을 그렇게 하십니까.

오셀로 이놈, 내 아내가 창녀라는 것을 확실히 증명해라. 눈에 보이는 증거를 내놓으란 말이다. 만약 그러지 못한다면, 불멸의 영혼에 맹세코 내 분노에 답하느니 차라리 개로 태어나기를 바라게 해줄 테다.

이야고 장군님, 어쩌다가 이렇게 되신 겁니까?

오셀로 네 녀석이 아무런 증거도 없이 내 아내를 모함하고 나에게 고통을 준 것이라면, 아무리 기도를 해도 소용없을 것이다. 모든 동정심을 포기해라. 네놈을 기필코 지옥으로 보내 버릴 테니까.

이야고 오! 신이시여, 저를 지켜주소서! 장군님도 사내입니까? 분별력이 있으신 겁니까? 안녕히 계십시오. 저는 이제 이 일을 그만두겠습니다. 오, 나는 정직함이 죄가 되는 줄도 모르는 어리석은 인간이었구나. 장군님 덕분에 올바르고 정직하면 위험한 세상이라는 것을 배웠습니다.

오셀로 잠깐 멈춰라. 너는 정직해야 될 것이다.

이야고 현명한 자가 될 것입니다. 정직한 자는 어리석은 인간이죠.

오셀로 난 내 아내가 정숙하다고 믿다가도 아니라는 생각이 든다. 그리고 네 말이 옳다고 믿다가도 아닌 것 같은 생각이 들어. 그러니 증거를 찾아야겠다.

이야고 제가 이렇게 장군님을 혼란스럽게 만들다니 정말 후회가 됩니다. 어떤 증거를 보셔야 만족하시겠습니까? 장군님이 구경꾼처럼 입을 떡 벌리고, 그 녀석 밑에 있는 부인을 보셔야겠습니까?

오셀로 이런, 빌어먹을!

이야고 그런 장면을 보는 건 어려운 일이죠. 하지만 그 진실의 문턱까지는 안내해 드릴 수 있습니다. 여러 가지 정황을 추측해서 확실한 증거로 삼을 수 있다면 그렇게 하겠습니다.

오셀로 그녀가 부정하다는 생생한 증거를 대봐라.

이야고 이러고 싶진 않습니다만 제 정직한 충성심에서 비롯된 것이니 계속 말씀드리겠습니다. 최근에 저는 카시오와 함께 잤는데, 치통이 심해서 깨어 있었습니다. 그런데 카시오가 잠을 자면서 '아름다운 데스데모나, 우리 사랑을 들키지 말아요.' 라고 중얼거리더군요. 그런 다음 그는 제 손을 꼭 붙들고선 '사랑하는 당신!' 이라고 말하며, 제 입술을 뿌리째 뽑아낼 듯 온 힘을 다해 키스를 했습니다. 그리고는 자기 다리를 제 허벅지에 걸치고 한숨을 쉬며 또 키스했습니다. 그러고 나서 '잔인한 운명이여, 당신을 무어인에게 주다니!' 하고 외쳤습니다.

오셀로 오, 끔찍하도다! 내 그년을 당장 부숴버리겠다.

이야고 현명하게 처신하십시오. 아직 확실하게 본 것이 없으니 부인께선 여전히 결백할지도 모르니까요. 그런데 혹시 부인께서 딸기 무늬 손수건을 갖고 계신 걸 본 적이 있으십니까?

오셀로 그녀에게 준 첫 번째 선물이지.

이야고 그 사실은 몰랐군요. 오늘 카시오가 그와 비슷한 손수건으로 수염 닦는 것을 봤습니다. 혹시라도 그게 부인의 것이라면 앞서 말한 증거를 포함해서 부인의 좋지 못한 행실을 증명해 주는 것이겠죠.

오셀로 그놈의 모가지가 4천 개쯤 되었어야 하는데! 내 복수심을 채우기에는 너무 부족하구나. 이야고, 이제 내 어리석은 사랑을 허공으로 날려버릴 테다. 검은 복수여, 동굴 속에서 뛰쳐나와라! 오! 사랑이여, 그대의 왕관과 옥좌를 난폭한 증오심에게 넘겨라! 가슴이여, 독사의 혓바닥에서 뿜은 독으로 가득 차올라라! (무릎을 꿇는다)

이야고 진정하세요. 마음이 변할지도 모르니까요.

오셀로 그럴 리는 절대 없을 것이다. 한 번도 물러서는 일이 없는 폰토스의 바다처럼, 내 잔인한 생각도 만족할 만큼의 복수를 할 때까지 절대 돌아보지 않고 빠르게 달릴 것이다. 저 하늘에 맹세코 이 약속을 지키리라.

이야고 (무릎을 꿇는다) 영원히 빛나는 하늘의 별들과 우리를 감싸고 있는 대기여, 지켜보소서. 이야고는 지혜로운 머리와 손을 이용하고 온 마음을 다해 기만당한 오셀로 장군님을 모시겠습니다. 그분의 명령이라면 그 어떤 잔혹한 일이라도 양심에 거리낌 없이 복종하겠습니다. (두 사람 함께 일어선다)

오셀로 이야고, 자네의 충심을 진심으로 받아들이고 즉각 시험해 보겠네. 사흘 안으로 카시오가 죽었다는 소식을 듣게 해 주게.

이야고 분부대로 하겠습니다. 하지만 부인은 살리겠습니다.

오셀로 망할 년! 음탕한 년, 저주받을 년! 자, 그럼 헤어지세. 난

들어가서 그 아름다운 악마를 없앨 방법을 찾아야겠다.

이야고 저는 장군님의 영원한 부하입니다.

제4장 같은 장소

데스데모나, 에밀리아, 광대 등장.

데스데모나 여보게, 카시오 부관님이 어디 사시지?

광대 그건 말씀 못 드립니다. 어디 사시는지도 모르면서 알려드
리는 건 제 입으로 거짓말을 만들어내는 것이니까요.

데스데모나 수소문해서 알아볼 순 없겠는가?

광대 세상 사람들과 문답을 해야겠군요. 즉, 질문하고 나서 그
에 대한 대답을 한다는 것이죠.

데스데모나 그분을 찾아서 이리로 오시라 전하게. 장군님께 간
청했으니 모든 게 다 잘 되길 바란다는 말도 전하고.

광대 제 능력이 닿는 한 그렇게 해보겠습니다. (퇴장)

데스데모나 에밀리아, 내가 그 손수건을 어디서 잃어버렸을까?

에밀리아 부인, 저도 잘 모르겠네요.

데스데모나 차라리 금화가 가득한 지갑을 잃어버렸다면 나았을
것을. 고매하신 장군님께서 질투심 많은 저급한 성품이 아
니라서 천만다행이야. 안 그러면 그이가 나쁜 상상을 할지

도 모르니까 말이야.

에밀리아 장군님께서는 질투심이 없으세요?

데스데모나 누가, 그이가? 그분이 태어나신 곳의 태양이 그런 기운을 다 흡수한 것 같아.

에밀리아 저기 장군님이 오시네요.

오셀로 등장.

데스데모나 지금은 그이 곁을 떠나지 말아야지. 여보, 기분은 괜찮으세요?

오셀로 괜찮소. (방백) 아, 거짓을 말하기는 힘들군! 당신은 어떻소?

데스데모나 좋아요, 여보.

오셀로 손 좀 주시오. 손이 축축하구려.

데스데모나 세월도 슬픔도 겪지 않은 손이죠.

오셀로 이건 마음이 풍요롭고 너그럽다는 뜻이오. 아주 뜨겁고 축축한 이 손은 자유를 버리고 금식과 기도, 징계가 필요하며 경건한 마음으로 예배를 드려야 하오. 이 손은 친절하고 인정이 많지만 수시로 반기를 드는 다정한 악마가 숨어 있기 때문이오.

데스데모나 옳으신 말씀이세요. 제 마음도 이 손으로 드렸으니까요.

오셀로 관대한 손이지. 옛날에는 마음이 통해야 손을 주었지만, 요즘은 마음 없이 손을 준다더군.

데스데모나 그런 얘긴 그만하세요. 참, 그 약속은요?

오셀로 무슨 약속 말이오?

데스데모나 당신을 직접 뵙고 말씀드리라고 카시오를 불렀어요.

오셀로 콧물이 계속 흐르는군. 손수건 좀 주시오.

데스데모나 여기 있어요, 여보.

오셀로 내가 당신에게 선물했던 손수건 말이오.

데스데모나 지금은 가지고 있지 않아요.

오셀로 없다고? 그러면 안 되오. 그 손수건은 이집트의 어떤 여자 마술사가 어머니께 드린 것인데, 그 마술사가 이렇게 말했다더군. 그 손수건을 갖고 있는 동안 아내는 남편의 사랑을 온전히 차지할 수 있지만, 그걸 잃어버리거나 누군가에게 준다면 남편은 부인을 증오하고 새로운 사랑을 찾아간다고 말이오. 어머니께서 임종하실 때 그 손수건을 내게 주셨소. 결혼을 하게 되면 아내에게 주라고 하시면서 말이오. 그러니 그 손수건을 아껴주시오, 만일 잃어버리거나 누군가에게 준다면 큰 재앙이 닥칠 것이니. 그 손수건은 마법으로 만든 것이오. 태양이 2백 번이나 공전하는 동안 살았던 마녀가 예언자의 황홀경에 빠져 만든 손수건이란 말이오. 그 명주실을 뽑았던 누에들도 신성했고, 염색은 전문가가 처녀들의 심장을 달여서 만든 진액으로 했다오.

데스데모나 그게 정말이에요?

오셀로 분명한 사실이니 잘 간직하시오.

데스데모나 그걸 아예 보지 못했다면 좋았을걸!

오셀로 왜 그러시오? 잃어버렸소? 없어졌단 말이오? 그렇소?

데스데모나 잃어버린 건 아니지만, 만약 그랬다면…….

오셀로 가져와 보시오. 봐야겠소.

데스데모나 지금은 그러고 싶지 않아요. 제 간청을 들어주지 않기 위해 그러시는 거죠? 부탁이에요, 제발 카시오를 받아주세요.

오셀로 손수건을 갖고 와요. 불안한 기분이 드는군.

데스데모나 카시오 얘기를 해보세요. 그는 평생을 당신 밑에서 공을 쌓아왔고, 당신과 함께한 운명이잖아요.

오셀로 손수건!

데스데모나 정말로 다 당신 책임이라고요.

오셀로 제기랄! (퇴장)

에밀리아 장군님께서 질투심이 없으시다고요?

데스데모나 이런 적이 없으셨는데. 정말로 그 손수건에 마력이 있나봐. 그걸 잃어버렸으니 앞으로 어쩌면 좋을지.

에밀리아 한두 해 가지고는 남자들의 마음을 다 알 수 없죠. 남자들은 모두 다 뱃속이고 우리 여자들은 음식이니까요. 그들은 우릴 허겁지겁 먹어치운 다음 배가 부르면 다시 토해내죠. 저기, 카시오님과 제 남편이 오네요.

카시오와 이야고 등장.

이야고 다른 방법이 없어요. 부인만이 가능한 일이에요. 마침

저기 계시네요! 가서 부탁드려보세요.

데스데모나 잘 지내셨나요, 카시오 부관님? 무슨 소식이 있었나요?

카시오 부인, 일전에 부탁드린 일 때문에 왔습니다. 부인께서 잘 말씀드려서 제가 존경하는 그분의 사랑을 받을 수 있는 부하가 되도록 도와주십시오. 더 이상 지체되는 건 싫습니다. 제 죄가 너무 커서 다시는 그분의 사랑을 되돌릴 수 없다면, 그 사실이라도 알려주십시오. 그렇게 해주시면 억지로라도 만족해하며 제 길은 다른 길이라 생각하고 모든 걸 운명에 맡긴 채 살아가겠습니다.

데스데모나 이렇게 착한 성품을 지니셨다니. 하지만 카시오 부관님, 저도 열심히 부탁을 드렸지만 지금은 별 소용이 없어요. 예전의 그분이 아닌 것 같아요. 당신을 위해 애를 썼지만 왠지 그 말이 그분을 언짢게 만든 것 같아서 조금 더 기다려봐야겠어요. 저도 제가 할 수 있는 최선을 다하겠어요.

이야고 장군님께서 화가 나셨습니까? 그분도 화를 내는 분이셨던가요? 대포가 자신의 부하들을 공중 분해시키고 바로 옆에 있던 자신의 동생이 순식간에 비참하게 되셨을 때도 그러지 않으셨던 분인데 화가 나시다니. 그분께서 화가 나셨다면 정말 큰일이 난 겁니다. 제가 직접 찾아뵙겠습니다.

데스데모나 그렇게 하세요. (이야고 퇴장) 분명 베니스나 키프로스에서 어떤 음모가 발각되어 그이의 정신을 어지럽혀 놓았을 거야. 그럴 경우엔 보통 아랫사람에게 화풀이를 하곤 하지. 내 잘못이 커, 에밀리아.

에밀리아 부인 말씀대로 나랏일 때문에 기분이 안 좋으신 거라면 좋겠어요. 부인과 관련된 어떤 질투심 때문이 아니라요.

데스데모나 나는 절대 그런 일은 저지르지 않았어.

에밀리아 질투하는 이들은 어떤 이유가 있어서 그러는 게 아니에요. 그저 질투심이 있기 때문에 질투하는 것이죠. 그건 스스로 만들어지는 괴물 같은 거예요.

데스데모나 신이시여, 제발 장군님의 마음에 그 괴물이 들어오지 못하게 해주소서! 카시오 부관님, 남편을 만나볼 테니 이 근처에 계세요. 기회를 봐서 다시 간청을 해보고 최선을 다해 볼 테니까요.

카시오 진심으로 감사드립니다. (데스데모나와 에밀리아 퇴장)

비앙카 등장.

비앙카 잘 지내셨나요, 카시오 부관님?

카시오 웬일이야? 아름다운 비앙카, 잘 지냈어? 지금 막 당신에게 가려던 참이었어.

비앙카 저는 당신의 숙소로 가는 중이었죠. 어떻게 일주일이나 오시질 않아요?

카시오 미안해 비앙카, 그동안 생각할 게 좀 많았어. 때가 되면 그동안 못다 한 것들 다 보상해 줄게. 사랑스런 비앙카, (데스데모나의 손수건을 주면서) 이 무늬를 그대로 본떠주지 않겠어?

비앙카 카시오, 이건 어디서 난 거죠? 새로운 여자가 생긴 거군요. 그동안 왜 그리 뜸했는지 이제야 알겠군.

카시오 말도 안 되는 소리는 집어치워. 날 믿어, 비앙카.

비앙카 그럼 누구 거예요?

카시오 그건 모르겠지만 내 방에 떨어져 있었어. 단지 무늬가 마음에 들어 본을 뜨고 싶었을 뿐이야. 곧 장군님이 이곳으로 올 텐데 내가 여자와 함께 있는 걸 아시면 곤란하잖아. 내 위신도 서지 않을 뿐만 아니라 또 그러고 싶지도 않고. 당신을 사랑하지 않기 때문에 그러는 건 아니야. 내 곧 당신을 보러갈게.

비앙카 알겠어요. 기다릴게요. (퇴장)

제4막

제1장 같은 장소

오셀로와 이야고 등장.

이야고 어떻게 생각하세요?

오셀로 어떻게 생각하냐고?

이야고 몰래 키스했다면 말입니다.

오셀로 그건 절대 안 되지.

이야고 아무 짓도 안했다면 그 정도는 실수라고 봐야겠죠. 하지
만 제가 아내에게 손수건을 줬다면, 그 손수건은 그녀의 것
이죠. 그러니까 그것은 아내의 마음대로 다른 남자에게 줘
도 되는 것 아닙니까?

오셀로 아내는 정조를 지켜야 하는데 그걸 줄 수 있겠는가?

이야고 정조라는 건 눈에 보이지 않는 것이죠. 정조관념이 없으
면서도 마치 정조를 지키는 척하는 여자들이 득실대는 세상
입니다. 하지만 손수건은······.

오셀로 그 얘긴 잊고 싶었는데 또 떠오르다니, 그놈이 내 손수
건을 가졌다고 했겠다.

이야고 네, 그게 어떻다는 겁니까?

오셀로 좋은 일은 아니지.

이야고 만일 제가 그가 몹쓸 짓을 하는 걸 목격했거나 그가 한 얘기를 들었다면 어찌하시겠습니까?

오셀로 그놈이 무슨 얘길 하던가?

이야고 잤다고 했습니다.

오셀로 내 아내와?

이야고 '와' 나 '위' 좋으실 대로 생각하세요.

오셀로 내 아내와 잤다고? 아내 위에서 잤다고? 젠장, 더러운 놈! 손수건, 고백, 손수건! 그 녀석에게 자백을 듣고 바로 교수형에 처하라. 아니, 먼저 교수형에 처한 다음 자백하게 만들어. 온몸이 떨리는구나. 아무 근거도 없이 이렇게 내 마음이 요동치는 건 아니다. 그저 말만으로 이렇게 혼란스러울 리가 없지. 젠장! 둘이 코와 귀, 그리고 입술을…… 어떻게 그럴 수 있을까? 자백을 해? 손수건을? 이런 악마 같으니! (쓰러진다)

이야고 내 약이 효과가 있구나. 모든 걸 쉽게 믿는 멍청한 바보들은 결국 이렇게 당하고, 수많은 정숙한 부인들 역시 아무 죄도 없이 수모를 겪는 것이지. 장군님, 정신 차리세요! 오셀로 장군님!

카시오 등장.

카시오 무슨 일인가?

이야고 장군님께서 간질 증상을 보이셨어요. 어제도 한 번 쓰러졌는데 벌써 두 번째예요.

카시오 관자놀이를 문질러 드려.

이야고 아닙니다. 혼수상태에서는 그냥 둬야지 그렇지 않으면 게거품을 물고 더 심한 발작을 일으킵니다. 아, 움직이시는 군요. 잠시만 물러나 계십시오. 장군님이 깨어나시고 떠나시면 긴히 드릴 말씀이 있습니다. (카시오 퇴장) 장군님, 괜찮으십니까?

오셀로 나를 놀리는 것인가?

이야고 장군님을 놀리다니요? 천만에요. 그저 사내답게 불운을 견디시기 바랄 뿐입니다.

오셀로 그놈이 고백했단 얘기지?

이야고 장군님, 사내답게 처신하시길 바랍니다. 결혼이라는 멍에를 지고 있는 수염 난 남자들은 다 똑같은 일을 겪으니까요. 수많은 남자들은 남의 침대로 자러 가면서도 마치 자신의 것이라 장담하고 있답니다. 그래도 장군님의 경우는 그들보다 나은 편이죠. 아무 걱정 없이 잠자리에서 음탕한 여자와 입을 맞추고, 그 여자를 정숙하다고 생각하는 것이야말로 지옥의 저주이며 악마의 사악한 장난이죠.

오셀로 그래, 확실히 맞는 말이지.

이야고 잠시 물러나서서 참고 기다리세요. 방금 전 장군님께서 슬픔에 못 이겨 잠깐 기절하셨을 때 카시오가 왔습니다. 그래서 장군님께서 쓰러지신 이유는 제가 적당히 둘러대고 나중에 이곳으로 다시 오라고 했습니다. 그러니 몸을 숨기시고 잘 살펴보십시오. 그가 그 얘기를 다시 꺼내도록 제가 유도할 테니까 인내를 갖고 기다리세요. 그러지 않으시면 장군님이 사내답지 못하다고 생각할 겁니다.

오셀로 잘 견뎌 낼 테니 걱정 말게. 하지만 아주 잔인해질 수도 있으니 그렇게 알게.

이야고 인내를 갖고 절제하셔야 합니다. 그럼 물러나 계시지요. (오셀로 숨는다) 카시오에게 비앙카 얘기를 물어봐야겠다. 그 녀석이 비앙카 얘기를 들으면 웃음을 참지 못할 테지. 저기 오고 있구나.

카시오 등장.

그 녀석이 웃으면 오셀로는 미치광이처럼 될 테지. 그는 세상 경험이 부족하고 질투심에 차 있으니, 카시오의 웃음과 경박한 태도를 안 좋게 해석할 거라고. 부관님, 기분이 어떠십니까?

카시오 나를 그렇게 부르니 기분이 더욱 안 좋군. 그 직함이 없어진 후로 나는 죽을 것 같으니까.

이야고 데스데모나 부인께 청하면 틀림없이 되찾으실 겁니다. 그런데 그 부탁이 비앙카 손에 달렸다면 단숨에 해결되겠지요!

카시오 아, 가엾은 계집!

오셀로 저런, 저놈이 벌써 웃고 있네!

이야고 그렇게 남자를 좋아하는 여자는 처음이에요.

카시오 불쌍한 계집, 나를 사랑하는 것만은 확실하지만.

오셀로 이젠 그걸 부인하는 듯이 웃어넘기는군.

이야고 부관님께서 그녀와 결혼할 거라고 하던데 정말입니까?

카시오 하하하!

오셀로 승자의 웃음인 것이냐?

카시오 매춘부와 결혼을 한다고? 난 그렇게 어리석지 않네. 하하하!

오셀로 그래, 그래. 웃는 자가 승리하는 것이지.

이야고 하지만 결혼하신다는 소문이 돌고 있습니다.

카시오 그 원숭이 같은 계집이 제멋대로 떠든 모양이군. 저 혼자 좋아서 그러는 거지 나는 그런 약속한 적 없네.

오셀로 이야고가 신호를 보내는군. 드디어 저놈이 그 얘길 시작하는군.

카시오 그 계집이 방금 전에도 여기 왔었지. 어딜 가든 나를 쫓아온다니까. 한 번은 내가 해변에서 베니스 사람들과 얘기를 나누고 있는데 그 멍청한 계집이 따라와서 내 목을 이렇게 끌어안고는…….

오셀로 '오, 사랑하는 카시오!' 라고 외쳤겠지. 몸짓을 보니 그런 것 같군.

카시오 그렇게 매달려 울었지. 나를 끌어당기면서 말이야, 하하하!

오셀로 이제 저놈이 내 아내가 자기를 어떻게 침실로 끌고 갔는지 얘기하고 있구나. 내 저놈의 코를 개한테 던져줄 테다.

이야고 아이쿠! 그 여자가 왔어요.

카시오 저 여우같은 계집이! 향수 냄새가 진동하는군. 무슨 생각
으로 날 이렇게 따라다니는 거지?

비앙카 등장.

비앙카 당신 뒤는 악마나 쫓아다니라고 하지. 방금 내게 준 손
수건은 무슨 의미였죠? 그런 걸 받다니 나도 참 어리석지.
무늬를 본뜨라고? 방에서 발견했는데 누가 떨어뜨렸는지도
모른다고? 이건 분명 어떤 음탕한 년이 선물한 거야. 어서
가져가요. 그 몹쓸 년한테나 돌려주라고, 난 절대 그런 걸
본뜰 생각이 없으니까.

카시오 아름다운 비앙카, 대체 무슨 일이야?

오셀로 맙소사, 저건 분명 내 손수건이야!

비앙카 오늘 저녁에 식사하러 올 테면 오고, 안 그러면 다시는
올 생각하지 말아요. (퇴장)

이야고 따라가세요, 어서!

카시오 그래야겠군, 저대로 두면 길거리에서 악담을 퍼부을 테
니까.

이야고 거기서 저녁 식사를 드실 겁니까?

카시오 그럴 것 같아.

이야고 그럼 나중에 다시 만나죠, 긴히 드릴 말씀이 있거든요.

카시오 꼭 오게나. (퇴장)

오셀로 (나오면서) 이야고, 저놈을 어떻게 죽이지?

이야고 자신의 악행을 즐기고 있는 걸 보셨죠? 그리고 그 손수건도요.

오셀로 그게 내 것이 확실한가?

이야고 네, 맹세할 수 있습니다. 또한 그 녀석은 부인을 아주 무시하는군요! 부인께서 주신 손수건을 자기 창녀한테 줬으니 말입니다.

오셀로 그놈을 몇 년에 걸쳐 두고두고 괴롭히면서 죽이고 싶다. 우아하고, 아름답고, 감미로운 여자를 감히!

이야고 다 잊어버리세요.

오셀로 오늘 밤에 썩어 없어져 버려야 해. 지옥에나 떨어뜨릴 거야, 절대 살려두지 않겠어. 내 가슴은 이미 돌처럼 굳어버려 이렇게 내려치니 손이 아프구나. 오, 그토록 감미로운 여자가 세상에 또 있을까? 그녀는 제왕 곁에 누워서 그에게 명령할 수 있는 여자야.

이야고 더 이상 그렇게 생각하지 마십시오.

오셀로 난 사실대로 말했을 뿐이야. 그녀는 바느질 솜씨도 대단했고, 음악에도 뛰어났어. 그녀가 노래를 부르면 아마 곰도 얌전해질 거야! 재치 있고 창의력도 풍부했어!

이야고 그래서 더욱 나쁘지요.

오셀로 천만 배나 나쁘지. 그리고 성품은 얼마나 착한가!

이야고 지나치게 온순하셨죠.

오셀로 그래, 확실히 그랬지. 그래서 정말 안타깝구나, 이야고.

오, 이야고! 정말 안타깝구나!

이야고 그녀가 그렇게 몹쓸 짓을 해도 못 잊으시겠다면 면죄부를 주시지요.

오셀로 갈아먹어도 시원찮을 년…… 간통을 하다니! 그것도 내 부하와 말이야.

이야고 참으로 더러운 짓이죠.

오셀로 독약을 가져오게, 오늘 밤에 말야. 그녀의 아름다운 모습 때문에 내 결심이 흔들리면 안 되니까. 오늘 밤이네, 이야고.

이야고 독약을 쓰지 말고 침대에서 목을 조르세요. 그녀가 더럽힌 바로 그 침대에서 말입니다.

오셀로 그래, 좋아, 그게 더 좋겠군. 아주 좋아.

이야고 카시오는 제가 처단하겠습니다. 자정쯤 되면 소식을 전하겠습니다.

오셀로 그래, 최고의 방법이군. (안에서 나팔 소리) 저 나팔 소리는 뭐지?

로도비코, 데스데모나, 시종들 등장.

로도비코 장군께 신의 은총이 함께하기를 바랍니다.

오셀로 고맙습니다, 잘 오셨습니다.

로도비코 베니스의 공작과 의원들이 인사를 전합니다. (편지를 준다)

오셀로 감사히 읽겠습니다.

데스데모나 오라버니, 무슨 소식이 있나요?

이야고 어르신을 뵙게 되어 참으로 기쁩니다. 키프로스에 잘 오셨습니다.

로도비코 고맙네. 카시오 부관은 잘 지내고 있는가?

이야고 잘 계십니다.

데스데모나 그분과 저이의 사이가 안 좋아졌어요. 하지만 오라버니께서 잘 해결해 주시리라 믿어요.

오셀로 당신이 확신할 수 있소?

데스데모나 네?

오셀로 (편지를 읽는다) '이 일은 반드시 수행하시오, 그럼 이만……'

로도비코 장군과 카시오 사이가 나빠졌다는 것이냐?

데스데모나 두 사람을 화해시키기 위해 최선을 다하고 싶어요, 카시오 부관이 참 안됐어요.

오셀로 제기랄! 당신 제정신이오?

데스데모나 화난 거예요?

로도비코 편지 때문일 거야, 아마 편지는 모든 권한을 카시오에게 넘기고 장군은 귀국하라는 내용인 것 같아.

데스데모나 참으로 잘 된 일이군요.

오셀로 과연 그럴까?

데스데모나 네?

오셀로 당신은 미쳤어.

데스데모나 왜 그러세요?

오셀로 이 사악한 것! (데스데모나를 때린다)

데스데모나 대체 왜 이러시는 거예요!

로도비코 내가 확실히 보았다고 해도, 이와 같은 일이 벌어졌다는 걸 베니스에서는 아무도 믿지 못할 것이오. 어서 달래주시오, 울고 있잖소.

오셀로 오, 악마 같으니! 이 대지가 여자의 눈물로 잉태할 수 있다면, 저 여자의 눈물 한 방울 한 방울은 악어가 될 테지. 썩 꺼져라!

데스데모나 언짢게 했다면 물러가겠어요. (퇴장)

로도비코 저렇게 순종적인 부인을. 어서 가서 다시 부르시오.

오셀로 부인!

데스데모나 네?

오셀로 이제 어떻게 하실 겁니까?

로도비코 나 말이오, 장군?

오셀로 다시 불러 달라고 했잖소. 보시오. 저 여자는 돌고 돌다가, 또 가다가, 울다가, 또 울 수도 있지요! 그리고 말씀하신 대로 누구한테나 순종하죠. 참으로 순종을 잘하죠. 나는 명령에 복종하며 베니스로 돌아가겠소, 썩 꺼져! (데스데모나 퇴장) 카시오가 내 후임이 될 것이오. 그리고 로도비코, 저녁 식사를 함께하시죠. 키프로스에 잘 오셨소. 이런, 짐승 같은 것들! (퇴장)

로도비코 저 사람이 우리 의원들 모두가 훌륭하다고 칭찬하던

그 고결한 무어인인가? 예고 없이 날아드는 총알이나 화살도
그의 고매한 덕망을 해치지 못했다는 바로 그분이 맞는가?

이야고 많이 변하셨습니다.

로도비코 정신은 멀쩡한가? 머리가 어떻게 된 것 아닌가?

이야고 보시는 그대로지요. 앞으로 어떻게 될지 알 수 없습니다.

로도비코 아내를 때려?

이야고 이번 일로 더 이상 구타하진 말았으면 좋겠습니다.

로도비코 평소에도 저런다는 것인가? 아니면 편지 때문에 감정
이 격해져서 그런 것인가?

이야고 제가 굳이 말씀드리지 않아도 직접 살펴보시면 알 수 있
을 겁니다. 그분을 따라가셔서 살펴보세요.

로도비코 내가 사람을 잘못 봤네. 정말 실망스럽군. (두 사람 퇴장)

제2장 성 안의 방

오셀로와 에밀리아 등장.

오셀로 아무것도 못 봤다는 거지?

에밀리아 들은 것도 없고 수상한 일조차 없었습니다.

오셀로 내 아내와 카시오가 함께 있는 걸 보았겠지.

에밀리아 하지만 부정한 행실은 전혀 하지 않으셨어요. 그리고

두 분 사이에 오간 얘기는 전부 다 들었습니다.

오셀로 뭐야, 속삭인 적도 없어?

에밀리아 그런 일은 절대로 없었습니다.

오셀로 자네를 밖으로 내보낸 적은 없었는가? 부채나 가면, 장갑 같은 걸 가져오라면서 말이야.

에밀리아 결코 그런 적은 없습니다.

오셀로 이상한 일이군.

에밀리아 장군님, 부인께서 아무 죄가 없다는 것을 제 영혼을 걸고 맹세합니다. 그런 생각은 버리세요. 만일 어떤 녀석이 장군님 머릿속에 그런 의심을 넣어줬다면 하늘은 그놈에게 저주를 내릴 것입니다. 부인이 정숙하지도, 결백하지도, 또 진실하지도 않다면, 모든 남자들은 불행할 것이며 또 아무리 순수한 여자라도 더러운 취급을 받게 될 겁니다.

오셀로 가서 그녀를 오라고 하게. (에밀리아 퇴장) 말은 잘하는구나. 하지만 저 여자는 뚜쟁이니 진짜 중요한 사실은 말할 수 없겠지. 교활한 창녀 같으니, 단단히 자물쇠를 채워둔 비밀 금고나 마찬가지겠지.

데스데모나, 에밀리아 등장.

데스데모나 여보, 무슨 일이에요?

오셀로 이리 오시오. 당신 눈 좀 봅시다. 내 얼굴을 똑바로 쳐다보시오.

데스데모나 무슨 해괴한 망상이세요?

오셀로 (에밀리아에게) 자넨 가서 할 일을 하게. 그리고 누가 오거든 헛기침을 하게. 자, 어서 가보게. (에밀리아 퇴장)

데스데모나 제발 부탁이니 알려주세요. 당신의 말씀마다 분노가 서려 있는 건 알겠지만, 그 말씀이 뭘 뜻하는지는 전혀 모르겠어요.

오셀로 대체 넌 누구냐?

데스데모나 당신의 아내, 진실하고 충실한 아내요.

오셀로 그렇게 맹세하고 지옥에나 떨어져버려. 넌 천사처럼 보이니 악마들이 안 잡을지도 몰라. 그러니 정숙하다고 맹세하며 한 번 더 죄를 짓고 다시 지옥으로 떨어져라.

데스데모나 하늘만은 진실을 알고 계시겠죠.

오셀로 하늘은 그 진실을 알고 계시지, 네가 지옥 같은 부정을 저질렀다는 것을.

데스데모나 누구한테요, 여보? 누구와 어떻게 부정을 저질렀다는 거예요?

오셀로 오, 데스데모나! 저리 가! 저리 가버려!

데스데모나 아, 슬프구나. 왜 우시는 거예요? 여보, 저 때문에 그러시는 건가요? 혹시 당신을 소환하는 사람이 제 아버님일지라도 저를 원망하진 마세요. 당신이 그분과 연을 끊으신 거라면 저도 마찬가지니까요.

오셀로 설사 저 하늘이 나를 시험하기 위하여 내 머리 위에다 온갖 고통과 치욕을 쏟아 부으며 시련을 주신다 해도, 나를 가난의 구렁텅이 속으로 빠뜨리며 나와 내 희망을 포로로 넘겨줬다 하더라도, 난 내 영혼의 어딘가에서 인내심을 찾아냈을 것이다. 나에게 경멸하는 시간의 느린 손가락질을 시계판 숫자처럼 받으라는 것인가, 아아. 하지만 난 그것도 잘 견뎌 낼 것이다. 그러나 내 심장을 갈무리해 둔 곳, 생명수가 흐르는 그곳이 나를 버리다니! 그곳을 더러운 두꺼비가 짝을 짓고 알을 까는 웅덩이로 만들어버리다니! 낯빛을 바꾸어라, 앳된 장밋빛 입술을 가진 어린 천사 같은 인내심이여. 그래, 지옥처럼 험악한 얼굴을 내밀어라!

데스데모나 고귀한 당신은 저의 결백을 믿어주세요.

오셀로 오 그래, 금세 알을 까고 나오는 여름철 도살장의 파리처럼 넌 정숙하지. 오, 검은 독초여! 넌 왜 그리 아름답고 고운 것이냐? 그 냄새가 너무 달콤하여 코가 아프구나. 넌 태어나지 말았어야 했어.

데스데모나 아아, 대체 제가 무슨 죄를 저지른 건가요?

오셀로 이 깨끗하고 고운 종이는 '창녀' 라는 글씨를 적어 넣기 위해 만들어진 것인가? 뭐, 무슨 죄를 저질렀냐고? 저질렀지! 이 창녀 같은 것! 네 행실을 입에 올리는 것만으로도 내 뺨은 용광로처럼 달아오르고, 모든 예의범절을 다 태워버려야 할 것이다. 뻔뻔스러운 창녀 같으니!

데스데모나 맹세코 잘못 알고 계시는 겁니다.

오셀로 창녀가 아니라고?

데스데모나 네, 저는 기독교인입니다. 온갖 더럽고 추악한 것들과 접촉하지 않도록 제 남편을 위해 이 몸을 지켜왔는데 창녀라고 하시다니. 저는 절대 그런 여자가 아닙니다.

오셀로 뭐, 창녀가 아니라고?

데스데모나 네, 아닙니다. 전 구원받을 테니까요.

오셀로 정말인가?

에밀리아 등장.

데스데모나 오, 하느님 용서하소서!

오셀로 미안하게 됐소. 난 당신을 오셀로와 결혼한 베니스의 창녀인 줄 알았소. 여봐라, 성 베드로와는 정반대의 임무를 맡고 지옥문을 지키는 너, 바로 너, 너! 수고비를 줄 테니 문을 좀 열어주고 오늘 일은 비밀로 해주게. (퇴장)

에밀리아 아, 저분께서 도대체 무슨 생각을 하고 계시는 걸까? 부인, 괜찮으세요? 착한 부인, 괜찮으세요?

데스데모나 넋이 나간 것 같아.

에밀리아 장군님께 무슨 일이 있는 거예요?

데스데모나 누구 말이냐?

에밀리아 부인의 남편 되시는 분 말이에요.

데스데모나 나는 남편이 없단다. 나한테 얘기하지 마, 에밀리아. 나는 더 이상 할 말도 없고 그저 눈물만 흐르니까. 부탁이 있는데, 오늘 밤에는 결혼식 날 쓰던 이불을 좀 준비해 줘. 그리고 자네 남편을 좀 불러주게.

에밀리아 이렇게 변하시다니! (퇴장)

데스데모나 내가 이런 수모를 받는 것도 당연해. 아주 당연한 일
이지. 내 행실이 어떠했기에 티끌만한 일을 가지고 저렇게
화를 내시는 걸까?

이야고와 에밀리아 등장.

이야고 부르셨습니까, 부인? 기분은 괜찮으세요?

에밀리아 글쎄, 장군님께서 부인께 창녀라 욕하시면서 참을 수
없는 욕설을 퍼부으셨어요.

데스데모나 내가 정말 그런 여자인가요, 이야고?

이야고 대체 왜 그러셨을까요?

데스데모나 나도 모르겠어요. 난 절대 아니니까.

에밀리아 우리 부인께서 창녀라는 소리를 들으려고 그동안 좋은
혼처를 마다하고 아버지와 나라, 친구까지 버리셨겠어요?
이래도 울지 않을 수 있겠냐고요?

데스데모나 내 비참한 운명 때문이야.

이야고 왜 그런 오해를 하셨을까요?

에밀리아 어떤 사악한 놈이 한 자리 얻으려고 그런 험담을 꾸며
냈을 거예요. 내 말이 틀렸다면 내 목을 매달아도 좋아요.

이야고 바보 같은 소리! 그런 놈은 없어. 그건 불가능한 일이라고.

데스데모나 만약 그런 자가 있다 해도 하늘은 용서하시겠지!

에밀리아 지옥에나 떨어져 썩어버려라! 도대체 왜 부인을 창녀

라고 부른대요? 무슨 근거로 그러시는 거냐고요? 분명 무어 장군께서는 비열한 악당에게 속으신 거예요. 오, 하늘이시여, 그 불한당을 발가벗겨 이 세상 끝부터 저세상 끝까지 끌고 가 채찍질하게 해주소서!

이야고 조용히 좀 해.

에밀리아 오, 몹쓸 놈 같으니! 나와 무어 장군님 사이가 수상쩍다는 소문을 내서 당신을 혼란스럽게 만든 것도 분명 그놈일 거야.

데스데모나 오, 착한 이야고, 어떻게 해야 그분의 마음을 다시 얻을 수 있을까요? 그분께 가줘요, 난 무릎 꿇고 맹세할 수 있어요. 그이를 배신할 만한 행동은 결코 한 적이 없으며 생각조차 해본 적이 없으니까. 과거에도 사랑했고, 지금도, 그리고도 앞으로도 사랑할 거라고 굳게 맹세할 수 있어요. 차마 입에 올리기도 힘든 말, 어떻게 창녀라는 말을 하실 수 있을까?

이야고 제발 진정하세요. 나랏일 때문에 기분이 상하셔서 부인께 화를 내신 거예요.

데스데모나 제발 그 이유 때문이라면…….

이야고 분명 그럴 겁니다. (나팔 소리) 저녁 식사 시간을 알리는 나팔 소리가 들리네요. 베니스의 높으신 사신께서 기다리세요. 자, 이제 그만 우시고 들어가시지요. 다 잘 될 겁니다.

(데스데모나와 에밀리아 퇴장)

로데리고 등장.

로데리고 자네, 나를 놀리고 있는 건가?

이야고 뭐가 잘못됐습니까?

로데리고 자넨 매일 이런저런 핑계로 나를 따돌리고 있어. 내게 한 가닥의 희망이라도 줘야 할 판인데 오히려 뭔가를 감추고 있는 것 같아. 더 이상은 나도 참을 수 없네. 여태 멍청하게 당한 것들을 생각하면 가만히 있을 수가 없어.

이야고 로데리고, 내 말 좀 들어봐요.

로데리고 귀가 닳도록 들었지만 자네는 말과 행동이 일치하지 않아.

이야고 저는 비난받을 짓을 한 적이 없어요.

로데리고 사실이야. 난 이제 한 푼도 없어. 자네가 데스데모나에게 준다며 내게서 가지고 간 보석들만으로도 어떤 수녀라도 유혹할 수 있었을 거야. 그런데 아무 반응도 보지 못했잖아.

이야고 좋습니다, 아주 잘 될 거예요.

로데리고 잘 될 거라고? 난 아무것도 못했는데 뭐가 좋다는 거야. 자넨 나를 속였어.

이야고 좋은 일이 생길 거예요.

로데리고 좋은 일은 무슨! 데스데모나를 직접 만나 얘기해야겠어. 만약 그녀가 보석을 돌려준다면 나도 이 정당치 못한 구애를 그만둘 거야. 하지만 돌려주지 않는다면 자네에게 배상을 청구할 테니 그런 줄 알게.

이야고　이제야 사내답군요. 지금부터는 당신을 다르게 보겠습니다. 악수나 한 번 합시다, 로데리고. 당신이 나를 원망해도 이해합니다. 그러나 한 가지 분명한 것은, 나는 당신에 관한 일에 최선을 다했다는 겁니다.

로데리고　그렇게 안 보이니까 하는 말일세.

이야고　당신 말도 일리가 있습니다. 그러니 의심하는 것도 무리가 아니죠. 하지만 로데리고, 지금 당신이 보여준 목표와 용기를 오늘 밤에도 보여주세요. 만약 내일 밤에 당신이 데스데모나와 즐기지 못한다면 내 목숨을 앗아가도 좋습니다.

로데리고　글쎄, 그게 내 능력으로 가능한 일인가?

이야고　베니스에서 특명이 왔는데, 오셀로 후임으로 카시오가 임명되었어요.

로데리고　사실인가? 그럼 오셀로와 데스데모나는 베니스로 돌아가야겠군.

이야고　아닙니다. 그는 아름다운 데스데모나를 데리고 모리타니아로 갈 거예요. 만일 무슨 사고가 생겨 이곳에서의 체류가 연기되지 않는다면 말이에요. 그러니 카시오를 없애버리는 것보다 더 결정적인 사건은 없겠지요.

로데리고　없애버리다니, 무슨 뜻인가?

이야고　녀석이 오셀로의 자리를 차지하지 못하게 머리통을 박살내는 거지요.

로데리고　그 일을 나보고 하라는 말인가?

이야고　그렇습니다. 당신의 이득을 위해 옳은 일을 수행하시겠다면 말입니다. 그는 오늘 밤 창녀와 저녁을 먹을 건데, 나도 거기로 갈 거예요. 그놈이 돌아가는 것을 지켜보다가 12시에서 1시 사이에 처치해 버리세요. 저도 근처에 있다가 도와드릴 테니까요. 자, 이제 그만 정신 차리고 함께 갑시다. 그놈의 죽음이 당신께 얼마나 필요한지 그 이유를 말씀드릴게요. 어서 계획을 실행합시다.

로데리고 이유를 좀 더 들어봐야 할 것 같네.

이야고 자세히 설명해 드리겠습니다. (두 사람 퇴장)

제3장 성 안의 다른 방

오셀로, 로도비코, 데스데모나, 에밀리아, 시종들 등장.

로도비코 이제 그만 들어가시죠.

오셀로 아닙니다. 나는 좀 더 걷고 싶군요.

로도비코 데스데모나, 그럼 잘 있거라. 그동안 고마웠다.

데스데모나 오셔서 정말 기뻤어요.

오셀로 그럼, 가실까요? 참 데스데모나, 당신은 가서 먼저 자요. 내 곧 돌아오리다. 하녀도 물러가게 하시오, 알겠소?

데스데모나 네, 알겠어요. (오셀로, 로도비코, 시종들 퇴장)

에밀리아 뭐라 말씀하셨어요? 아까보다는 부드러워지셨네요.

데스데모나 곧 돌아오신다면서 나보고 먼저 자라고 하셨어. 그리고 자네도 물러가게 하라고 말야. 그러니 에밀리아, 내 잠옷을 좀 가져다주고 어서 가서 자요. 그의 기분을 상하게 하고 싶진 않아.

에밀리아 부인께서 그분을 만나지 않았으면 좋았을 것을!

데스데모나 난 그렇게 생각하지 않아. 나는 진심으로 그를 사랑하니까. 그러니 그이가 아무리 날 매몰차게 대해도, 질책을 하셔도, 불쾌한 얼굴을 보이셔도 나는 다 좋아.

에밀리아 좀 전에 말씀하신 그 이불은 침대에 깔아놨습니다.

데스데모나 에밀리아, 만일 내가 자네보다 먼저 죽게 되면 저 이불로 나를 감싸줘.

에밀리아 어머, 그게 무슨 말씀이세요?

데스데모나 우리 어머니에겐 바바라라는 하녀가 있었어. 어느 날 그녀가 사랑에 빠졌지. 그런데 그녀의 남자가 미쳐서 그녀를 버렸어. 그녀는 항상 '버드나무의 노래' 라는 곡을 불렀어. 그녀는 죽을 때도 그 노래를 불렀어. 오늘 밤에 왠지 그 노래가 생각이 나네. 그럼 이만 가봐요.

에밀리아 잠옷을 가져올까요?

데스데모나 아니, 이 핀을 좀 뽑아줘. 로도비코 오라버니는 참으로 훌륭한 분이셔.

에밀리아 참 잘생기셨어요. 그분과 입맞춤을 할 수 있다면 팔레스타인까지 맨발로 걸어갈 수도 있다는 여자가 베니스에 있었어요.

데스데모나 (노래한다)

　　'무화과나무 그늘 아래서

　　애처로운 그녀가 한숨지으며 노래하네

　　푸른 버들잎을 노래하네.

　　가슴에 손을 얹고 무릎에 얼굴을 묻고

　　버들, 버들, 노래를 부르네

　　맑은 시냇물도 그녀와 함께 울고 있네.

　　버들, 버들, 노래를 부르네

　　그녀의 눈물방울에 바위도 녹아버리네.'

　　이것 좀 치워줘.

　　'버들, 버들, 노래를 부르네.'

　　빨리 서둘러, 그분이 곧 오실 거야.

　　'버들가지는 나의 화환

　　푸른 버들잎을 노래하네

　　그를 원망 말아요, 그의 경멸은 당연한걸요.'

　　어, 가사가 틀렸네. 쉿! 누구지? 문을 두드리는 소리가 나는데.

에밀리아 바람이에요.

데스데모나 이제 그만 가서 자요. 눈이 가렵네, 눈물이 나오려는
건가? 에밀리아, 세상에 정말로 자기 남편을 기만하며 수치
스럽게 만드는 여자들이 있을까?

에밀리아 물론 있지요.

데스데모나 온 세상을 다 준다 해도 그런 짓을 할 수 있을까?

에밀리아 이 세상 전부라 하면 대단한 거잖아요. 그렇게 대단한

걸 얻을 수 있다면, 조금은 나쁜 짓을 해도 괜찮을 거 같아요.

데스데모나 아냐. 자네는 결코 그렇게 하지 못할 거야.

에밀리아 아니에요. 저는 분명 할 수 있어요. 흔적 없이 할 수 있지만 가락지나 옷, 모자나 용돈 따위를 얻기 위해 그러진 않을 거예요. 이 세상 전부를 준다니까 하는 거죠. 제 남편을 왕으로 만들어준다면 지옥에 떨어지더라도 해야겠지요.

데스데모나 나는 절대 못 해, 그리고 그런 여자는 이 세상에 없을 거야 아마.

에밀리아 아니, 분명 있어요. 그것도 아주 많아요. 하지만 여자가 나쁜 짓을 하는 건 모두 남편들 탓이에요. 남편의 본분을 다하지 않고, 우리에게 줄 돈을 다른 여자에게 갖다 바치기 때문이죠. 또 그들은 뜬금없는 질투심에 사로잡혀 우릴 가두고, 때리고, 용돈까지 줄이니까요. 그러니 여자들도 당연히 화가 나겠지요. 아무리 온순한 여자라도 복수심이 생길 수밖에요. 여자들도 남자와 본성이 다르지 않다는 걸 남편에게 가르쳐줘야 해요. 남자들은 왜 다른 여자와 바람을 피울까요? 기분 전환을 위해서? 아니면 본성이 그래서? 그럴 수도 있겠죠. 하지만 여자들 역시 남자들과 다르지 않아요. 그러니까 남자들도 우리를 위해줘야죠. 안 그러면 여자들의 부정한 행실은 죄다 남자들 때문이라고 가르쳐줘야 해요.

데스데모나 그만 가서 자요. (에밀리아 퇴장) 하느님, 제발 나쁜 짓을 보더라도 그것을 배우지 않게 해주시고, 그것을 통해 제 스스로가 반성하도록 해주소서. (퇴장)

제5막

제1장 키프로스의 거리

이야고와 로데리고 등장.

이야고 여기, 이 그늘에 서 계세요. 그놈이 곧 올 테니 칼을 빼
들고 있다가 찌르세요. 자, 용기를 내세요. 내가 가까이에 있
을 테니. 마음 단단히 먹고요.

로데리고 가까이 있게. 실패할지도 모르니.

이야고 아주 가까이에 있을게요. 겁먹지 말고 잘하세요. (그늘에
숨는다)

로데리고 썩 내키진 않지만 설명을 듣고 나니 이해가 가는군. 그
래봤자 사람 하나 없어지는 것뿐인데 뭐. 이제 칼을 뺐으니
그 녀석 목숨은 나한테 달린 거야.

이야고 저 풋내기 녀석을 심하게 자극했더니 단단히 독이 올랐
군. 저놈이 카시오를 없애든지 아니면 카시오가 저놈을 없
애든지, 그것도 아니면 같이 죽든지, 어쨌든 나에겐 이득이
니까. 하지만 로데리고가 살아남으면 보석을 돌려달라고 할
것이고, 카시오가 살게 되면 그놈이 워낙 대단한 놈이니 내

꼴만 우스워지겠지. 저기 오고 있구나.

카시오 등장.

로데리고 걸음걸이만 봐도 알 수 있지. 자, 이 칼을 받아라! (카시
오를 찌른다)

카시오 큰일 날 뻔했군. 내 옷이 보기보다는 두꺼워. 어디 네놈
의 옷은 어떤지 시험해 보자. (칼을 뽑아서 로데리고를 찌른다)

로데리고 아, 나 죽는다! (이야고가 뒤에서 카시오의 다리를 찌르고
퇴장)

카시오 아, 심각한 부상이다. 사람 살려! 살인이다! 살인! (쓰러진다)

오셀로 등장.

오셀로 카시오 목소리군. 이야고가 약속을 지켰구나.

로데리고 아, 나는 나쁜 놈이야!

오셀로 그래, 맞는 말이지.

카시오 아, 사람 살려! 불을 밝혀라! 의사는 없는가?

오셀로 그 녀석이다. 역시 이야고는 성실하고 정직해. 이렇게 친
구의 치욕을 갚아주다니! 나도 한 수 배웠다. 몹쓸 년, 네 애
인은 죽었다. 네년의 더러운 운명도 곧 끝날 것이니 창녀야,
기다려라. 음탕하게 더럽혀진 네 침대를 네 음탕한 피로 물
들여줄 테니. (오셀로 퇴장)

로도비코와 그라시아노 등장.

카시오 여기다, 여기! 보초도, 행인도 없는 것이냐? 살인이다!
살인!

그라시아노 큰일이 난 것 같은데. 몹시 다급하게 소리치고 있어.

카시오 여기, 사람 살려!

로데리고 아, 내가 정말 나쁜 놈이지!

로도비코 두세 사람이 신음하고 있군. 참으로 비참하구만. 뭔가
계략이 있는 것 같은데 우리끼리만 저쪽으로 간다면 위험할
것 같소.

로데리고 아무도 없는가? 이젠 끝이야. 출혈이 이렇게 심하니!

이야고가 횃불을 들고 등장.

그라시아노 누군가가 횃불과 칼을 들고, 잠옷 바람으로 오고 있군.

이야고 누구요? 살인이라고 소리친 자는?

로도비코 우리도 모르겠소.

이야고 외치는 소리 못 들었소?

카시오 여기요, 여기! 제발 도와주게!

이야고 어떻게 된 일이오?

그라시아노 저자는 오셀로 장군의 기수요, 확실하오.

로도비코 그렇군요, 용감한 사람이죠.

이야고 누가 이렇게 고함을 치는 것이냐?

카시오 이야고인가? 아, 나는 다쳤어! 괴한에게 당했어! 어서 좀 도와주게.

이야고 아, 부관님이시군요! 대체 어떤 괴한이 이런 짓을 했습니까?

카시오 그중 한 놈은 도망가지 못하고 이 근처에 있을 거야.

이야고 나쁜 놈들! (로도비코와 그라시아노에게) 이리 와서 좀 도와주시지요.

로데리고 사람 살려!

카시오 저놈이야. 그중 한 놈이라고.

이야고 이런 살인자! 죽일 놈! (로데리고를 찌른다)

로데리고 야, 이 못된 이야고 놈아! 개 같은 자식!

이야고 어둠 속에서 살인을 하다니! 살인자 강도는 어디로 도망간 거야? 살인이다! 살인! 당신들은 누구요? 어느 편이오?

로도비코 누군지 잘 보시오.

이야고 로도비코님 아니십니까?

로도비코 그렇소.

이야고 실례했습니다. 카시오 부관님께서 괴한에게 부상을 당하셨습니다. 괜찮으십니까, 부관님?

카시오 다리가 부러졌네.

이야고 이거 큰일이군요! 제 옷으로 동여매겠습니다.

비앙카 등장.

비앙카 무슨 일 있어요? 누가 이렇게 소리를 지르는 거예요?

이야고 소리를 지르는 사람이 누구냐고?

비앙카 아, 내 사랑 카시오! 소중한 카시오, 아아, 카시오, 카시오, 카시오!

이야고 유명한 창녀로군! 카시오님, 누가 부관님을 이렇게 만들었는지 집히는 사람이 있습니까?

카시오 전혀 모르겠어.

그라시아노 이런 끔찍한 일을 당하다니 유감이오. 그동안 나는 당신을 찾고 있었소.

비앙카 아, 정신을 잃으셨어! 오, 카시오, 카시오, 카시오!

이야고 여러분, 아무래도 이 일에 이 여자가 관련이 있는 것 같습니다. 카시오님, 조금만 참으세요. 자, 횃불을 이리 주시오. 이놈의 얼굴을 확인해 봐야겠소. 아니, 이자는 내 고향 친구 로데리고 아닌가? 아, 정말 로데리고가 맞군!

그라시아노 뭐라고? 베니스에 사는?

이야고 네, 맞습니다. 이자를 아십니까?

그라시아노 물론, 알고 있지!

이야고 그라시아노님, 실례가 많았습니다. 정신이 없었던 터라 무례를 범했습니다. 죄송합니다.

그라시아노 만나서 반갑소. 이자가 로데리고였다니!

이야고 네, 바로 그자입니다. (시종들, 의자를 들고 등장) 아, 의자를 가져왔군! 그럼 저는 장군님의 의사를 불러오겠습니다. 카시오님, 여기 쓰러져 있는 자는 내 친구인데 이 사람과 무슨 원한이라도 있습니까?

카시오 전혀 없네. 나는 그가 누군지도 몰라.

이야고 (비앙카에게) 안색이 변하고 있군. 자, 어서 안으로 옮겨요. (카시오와 로데리고 안으로 옮겨진다) 여러분, 여기 좀 보십시오. 이 여자가 노려보는군요. 그렇게 쏘아봐도 소용없어, 곧 자백하게 만들 테니까.

에밀리아 등장.

에밀리아 여보, 대체 무슨 일이에요? 무슨 일 있어요?

이야고 카시오님이 어둠 속에서 로데리고와 도망친 녀석들에게 습격을 당하셨어. 거의 죽을 뻔했어. 로데리고는 이미 죽었어.

에밀리아 아, 그분께서! 카시오님을 어쩌나!

이야고 이게 다 저 창녀 때문이야. 여보, 카시오님께 가서 어디에서 저녁 식사를 하셨는지 물어보고 와. (비앙카에게) 뭣 때문에 그렇게 떨지?

비앙카 우리 집에서 드셨어요. 하지만 그것 때문에 떨진 않아요.

이야고 아, 그래? 나와 함께 가야겠다.

에밀리아 흥, 더러운 창녀 같으니!

비앙카 나는 창녀가 아니라고. 당신만큼 정숙한 여자야.

에밀리아 나만큼? 흥, 웃기시네!

이야고 신사 여러분, 가엾은 카시오님이 치료받는 곳으로 가보시지요. 자 아가씨, 우리한테 솔직히 털어놔. 에밀리아, 어서 성으로 가서 장군님과 부인께 이 일에 대해 말씀드려. (방백) 성공이냐 실패냐, 확실히 오늘 밤에 판가름 나겠구나. (퇴장)

제2장 성 안의 침실

데스데모나, 침대에서 자고 있다. 오셀로, 촛불을 들고 등장.

오셀로 이 모든 일은 다 이유가 있다. 순결한 별들아, 굳이 입 밖으로 꺼내진 않겠지만 다 이유가 있는 것이다. 그러나 그녀에게 피를 흘리게 할 수는 없다. 또한 눈보다 희고 대리석만큼 매끄러운 그녀의 피부에 상처를 내고 싶진 않다. 하지만 그녀는 죽어야 해, 만약 살려두면 더 많은 남자들을 배신할 테니까. 먼저 등불을 끄고, 생명의 불을 끄자. 타오르는 등불아, 만일 내가 너를 꺼버린다 해도 너는 되살아날 수 있다. 하지만 조물주의 걸작인 아름다운 너는 한 번 꺼지면 다시 불을 붙여줄 프로메테우스의 불을 어디서 찾아야 한단 말인가. 장미를 꺾어버리면 되살릴 수 없지. 살아 있을 때 향기를 맡자. (키스한다) 향기로운 숨결이로구나. 이 향기에 정의의 여신도 칼을 부러뜨릴지 몰라. 한 번만 더. 그래, 한 번만 더. 이제 정말 마지막이다. 이 세상에 이토록 향기로운 여인은 아마 없을 것이다. 사랑의 대가로 그녀를 죽여야 하다니.

그녀가 일어나는구나.

데스데모나 누구세요? 오셀로 당신이세요?

오셀로 그렇소, 데스데모나.

데스데모나 여보, 어서 와서 주무세요.

오셀로 데스데모나, 오늘 밤 기도는 했소?

데스데모나 네, 여보.

오셀로 아직 하늘의 용서를 구하지 못한 죄가 있다면 지금 당장 기도를 드리시오.

데스데모나 여보, 대체 무슨 말씀이세요?

오셀로 하라는 대로 하시오. 준비도 되지 않은 영혼을 어떻게 죽이겠소? 당신의 영혼을 죽이고 싶진 않아.

데스데모나 죽인다고요?

오셀로 그렇소.

데스데모나 하늘이시여, 제게 자비를 베푸소서!

오셀로 제게도 자비를 베푸소서!

데스데모나 그렇게 말씀하시면서 저를 죽이진 않으시겠죠. 하지만 당신이 두 눈을 그렇게 굴리실 때면 겁이 나요. 살기가 느껴진다고요. 제가 왜 겁을 먹어야 하는지 모르겠어요. 저는 아무 죄도 없는데 말이에요.

오셀로 당신 죄가 무엇인지 생각해 보시오.

데스데모나 저는 당신을 사랑한 죄밖에 없어요.

오셀로 그래서 죽어야 하는 것이오.

데스데모나 사랑하기 때문에 죽어야 한다는 건 이상한 일이죠.

왜 그렇게 입술을 깨물고 계세요? 격노하신 듯 온몸을 떨고 계시네요. 하지만 저를 죽이기 위해 그러시는 건 아니라고 믿고 싶어요.

오셀로 내가 그렇게 아끼다가 당신한테 준 그 손수건을 당신은 카시오에게 주었소.

데스데모나 아니에요, 맹세코 절대로 그런 적 없어요.

오셀로 당신은 곧 죽게 될 테니 모든 걸 솔직히 털어놓으시오. 아무리 굳게 맹세를 하고 부인해도 내가 이렇게 괴로워하며 믿고 있는 사실은 변하지 않을 것이오. 당신은 죽게 될 것이오.

데스데모나 하느님 제게 자비를 베푸소서!

오셀로 아멘.

데스데모나 그리고 당신도 자비를 베푸세요. 한평생 당신을 배신한 적은 없어요. 절대 카시오님을 사랑한 적도 없고, 하늘이 허락하는 사랑만 했을 뿐이에요. 그에게 선물을 준 적도 없어요.

오셀로 그가 이미 고백했소.

데스데모나 정말이에요?

오셀로 당신을 가졌다더군.

데스데모나 어떻게요? 그런 말은 절대 하지 못할 거예요.

오셀로 그래, 못 하지. 입을 막았어. 정직한 이야고가 조치를 취했으니까.

데스데모나 그럼…… 죽었단 말이에요?

오셀로 그놈의 목숨이 머리털만큼 있다 해도 내 커다란 복수심은 성이 차지 않을 것이오.

데스데모나 아아, 그분은 음모에 휘말린 거예요. 나도 이젠 파멸하겠구나.

오셀로 이 창녀 같으니! 내 앞에서 그놈을 위해 울다니.

데스데모나 오 여보, 내쫓아도 좋으니 제발 저를 죽이진 마세요.

오셀로 꿇어라, 이 창녀야! (데스데모나의 목을 조른다)

데스데모나 오 주님, 주님, 주님!

에밀리아 (밖에서) 장군님, 장군님! 보세요, 말씀드릴 게 있습니다.

오셀로 에밀리아군. 곧 가겠다. 이제 죽었군. 아마 카시오의 죽음을 알리러 왔을 테지. 아! 움직이지 않는구나, 무덤처럼 조용하다. 오, 참을 수 없구나! 오, 슬프도다! 지금 당장이라도 거대한 일식과 월식이 일어나 지구를 깜짝 놀라게 만들 것 같구나.

에밀리아 (밖에서) 장군님, 한 말씀 드리게 해주십시오. 제발요, 장군님!

오셀로 잠깐 기다려라, 곧 갈 테니. 커튼을 쳐놔야겠다. (문을 연다)

에밀리아 등장.

에밀리아 오 장군님, 살인 사건이 일어났습니다!

오셀로 뭐, 지금? 그건 달이 궤도를 벗어났기 때문이지. 달이 보통 때보다도 지구 가까이에 내려오면 사람들은 미친다고 하던데.

에밀리아 장군님, 카시오님이 로데리고라는 젊은 베니스인을 죽였답니다.

오셀로 로데리고가 죽고 카시오도 죽었나?

에밀리아 카시오님은 살아계십니다.

오셀로 카시오는 안 죽었다고? 이런, 살인 계획이 빗나갔군, 복수는 허사가 돼버렸어.

데스데모나 오, 나는 억울하게 죽는구나!

에밀리아 장군님, 저게 무슨 소리죠? 아이고! 이건 부인의 목소리군요. 사람 살려, 사람 살려! 아, 부인! 다시 말씀해 보세요! 오, 누가 이런 짓을 했어요?

데스데모나 아무도 아니야. 내가 한 짓이야. 그럼 안녕. 장군님께 안부 전해 줘. 오, 잘 있게! (죽는다)

오셀로 스스로 그랬다는 얘길 들었지? 내가 그런 것 아니네.

에밀리아 그렇게 말씀하셨지요. 저는 사실대로 보고해야겠어요.

오셀로 이런 지옥에 떨어질 거짓말쟁이, 그녀를 죽인 사람은 바로 나다.

에밀리아 오! 그럼 부인은 더욱 천사고, 당신은 더욱더 사악한 악마예요!

오셀로 그녀는 물처럼 지조가 없었어.

에밀리아 그렇게 말하는 당신은 불길처럼 성급해요. 오, 부인은 하늘을 우러러 한 점 부끄럼 없는 분이셨어요!

오셀로 카시오와 놀아났어. 자네 남편에게 물어봐. 내가 아무 근거도 없이 이런 일을 저질렀다면 나는 지옥에 떨어져도 좋다. 자네 남편도 다 알고 있어.

에밀리아 제 남편이요?

오셀로 그래, 자네 남편.

에밀리아 부인이 부정한 짓을 저질렀다는 것을요?

오셀로 그래, 카시오와 그랬다고 했지.

에밀리아 제 남편이요?

오셀로 그래, 그가 제일 먼저 알려줬어.

에밀리아 제 남편이요?

오셀로 왜 자꾸 반복해? 자네 남편이라고 했잖아.

에밀리아 그이가 정말 그랬다면 그의 사악한 영혼은 날마다 조금씩 썩어버려라! 죄다 거짓말이야. 부인은 왜 이렇게 못된 남자를 그토록 좋아하셨을까.

오셀로 하!

에밀리아 마음대로 해보세요, 그녀가 당신에게 과분한 줄도 모르고 이런 짓을 저지르다니.

오셀로 입 다물어라.

에밀리아 나를 없애려거든 그렇게 해보세요. 이 멍청이! 얼간이! 무식쟁이 같으니! 칼을 쓸 테면 써보세요. 당신이 무슨 짓을 저질렀는지 세상에 알리고 말 테니. 사람 살려, 사람 살려! 무어인이 부인을 죽였어요, 살인이다, 살인!

몬타노, 그라시아노, 이야고, 그 밖의 다른 사람들 등장.

몬타노 무슨 일인가? 장군께선 어쩐 일이십니까?

에밀리아 이야고, 아주 잘됐군요. 살인죄를 혼자 뒤집어쓰게 되었으니.

일동 무슨 일인가?

에밀리아 당신이 사내라면 거짓말이라고 해요. 부인이 정숙하지 못하다고 했다던데 정말 그런 건 아니죠? 당신이 그렇게 악한은 아니니까.

이야고 근거 있는 사실과 내 생각을 말했을 뿐이야.

에밀리아 부인이 정숙하지 못하다고도 했어요?

이야고 그랬지.

에밀리아 거짓말이에요. 천벌을 받을 거짓말이라고요. 부인이 카시오와 그랬다고요?

이야고 그래, 카시오와. 당신은 입 다물고 있어.

에밀리아 아뇨, 말해야겠어요. 부인께서 저기 침대에서 살해당하셨어요.

일동 오, 세상에!

에밀리아 당신이 그런 말을 해서 벌어진 일이라고요.

오셀로 여러분 너무 놀라지 마시오, 모두 사실이니.

그라시아노 참으로 이상한 사실이군!

몬타노 흉악한 일이오!

에밀리아 이제 짐작이 가는군. 오, 사악한 짓이여! 오, 참으로 슬프구나.

이야고 당신 미쳤어? 어서 집으로 가!

에밀리아 여러분, 제 말을 좀 들어주세요. 지금은 집에 갈 수 없어요. 이야고, 난 영원히 집에 못 갈지도 몰라요.

오셀로 으아악, 아아아아! (침대에 쓰러진다)

에밀리아 그렇게 엎어져서 마음껏 우세요. 이 하늘 아래 가장 순결한 분을 죽였으니까.

오셀로 (일어나며) 오, 저 여인은 더러웠다. 처숙부님, 몰라뵈었습니다. 저기 당신의 조카가 쓰러져 있고 그녀의 숨통을 제 손으로 끊었습니다. 제가 이토록 끔찍하고 무서운 일을 저질렀습니다.

그라시아노 가엾은 데스데모나, 네 아버지가 돌아가셔서 차라리 다행이구나. 그는 네 결혼 때문에 깊은 슬픔에 잠겨 충격을 받고 쓰러지셨어. 그가 만일 살아서 이 광경을 보셨다면 절망에 빠져 천사마저 저주했을 것이다.

오셀로 유감스럽습니다. 하지만 데스데모나가 카시오와 부정한 짓을 저질렀다는 것을 이야고가 잘 알고 있습니다. 그것에 대해 카시오도 자백했습니다. 또한 제가 어머니께 물려받은 손수건을 그녀에게 정표로 주었는데, 그녀는 그것을 카시오에게 주었습니다.

에밀리아 오, 하느님, 하느님!

이야고 젠장, 입 다물어! 정신 차리고 집으로 가!

에밀리아 아뇨, 못 가요. 하늘과 인간이, 아니 악마들조차 나를 말려도 할 말은 해야겠어요. (이야고, 에밀리아를 찌르려고 한다)

그라시아노 저런, 여자에게 칼을 쓰려 하다니!

에밀리아 이 멍청한 무어인아! 그 손수건은 내가 주워서 남편에게 준 거야. 별것도 아닌 그 물건을 구해 달라고 해서 좀 이상하다 생각했지만 하도 사정사정해서 그랬던 거라고.

이야고 이 몹쓸 년! 거짓말 마!

에밀리아 하늘에 맹세코 거짓말이 아니에요. 이 멍청한 살인자!

오셀로 이 극악무도한 놈! 벼락을 맞아도 모자랄 놈! (이야고에게 달려든다. 이야고, 뒤에서 에밀리아를 찌른다)

그라시아노 여자가 쓰러졌다. 자기 아내를 찔렀어!

에밀리아 오, 저를 부인 곁에 뉘어주세요. (이야고 퇴장)

그라시아노 저놈이 아내를 죽이고 도망쳤어.

몬타노 사악한 악당 같으니. 자, 무어 장군이 나가지 못하게 문밖을 잘 지키시오. 만일 그가 도망치려 하면 죽여서라도 막으시오. 난 저 악당의 뒤를 쫓겠소. (몬타노와 그라시아노 퇴장)

오셀로 내 용기는 사라졌고 애송이 같은 녀석들이 내 칼을 빼앗아가네. 명예가 다 무슨 소용이 있겠는가? 이제 다 버리자.

에밀리아 부인의 노래는 무엇을 예언한 건가요? 제 목소리 들리시나요? 저는 백조처럼 노래하면서 죽을래요. (노래한다)
'버들, 버들, 노래를 부르네.'
무어 장군, 부인은 순결했고 당신을 정말로 사랑하셨어. 이 잔인한 무어 장군. 모든 진실을 밝혔으니 내 영혼은 천당으로 갈 수 있겠지. (죽는다)

오셀로 이 방에 얼음물로 담금질한 스페인 칼이 있을 거야. 오, 여기 있다. 처숙부님, 전 여기서 나가야 합니다.

그라시아노 (밖에서) 그렇게 하면 큰 대가를 치러야 할 것이네. 무기도 없지 않은가.

오셀로 들어오셔서 저와 말씀 좀 나누시죠. 그렇지 않으면 맨손으로라도 공격할 겁니다.

그라시아노 등장.

그라시아노 무슨 일인가?

오셀로 보십시오. 여기 무기가 있습니다. 이보다 더 나은 칼을 가진 군인은 아무도 없었지요. 이 팔뚝과 이 훌륭한 칼로써 당신이 막고 있는 것보다 스무 배나 더 두꺼운 장애물을 물리친 적도 있었습니다. 하지만 이제 다 소용없습니다. 제가 무기를 갖고 있다고 해서 두려워하진 마십시오. 제 목표는 여기서 끝입니다. 저는 이제 어디로 가야 합니까? (데스데모나가 누워 있는 침실로 간다) 자, 당신의 얼굴을 다시 한 번 봅시다. 오, 불행한 여인! 속옷처럼 창백하구나. 최후의 심판을 받는 날 우리가 다시 만난다면 내 영혼은 하늘에서 내동댕이쳐 지옥의 악마들이 데려갈 테지. 당신의 정조만큼이나 차디찬 내 님아! 오, 저주받은 노예 놈아! 악마들아, 나를 쫓아내라, 이 거룩한 모습을 간직하지 못하게. 나를 바람 속에 내던지고 유황불로 태워버려라! 불타는 심연 깊은 곳으로 처넣어라! 오, 데스데모나, 데스데모나가 죽었구나! 오, 오, 오!

로도비코, 몬타노, 이야고를 끌고 온 장교들과 들것에 앉은 카시오 등장.

로도비코 성급한 행동으로 지극히 불행해진 그 사람은 어디 있는가?

오셀로 그는 과거의 오셀로지요. 나는 여기 있습니다.

로도비코 그 독사 같은 놈은 어디 있느냐? 그놈을 끌고 와라.

오셀로 놈의 발을 쳐다봤자 거짓일 테고, 네놈이 악마라면 너를 죽일 수 없겠지. (이야고를 찌른다)

로도비코 칼을 빼앗아라.

이야고 피만 날 뿐 죽지는 않았소.

오셀로 다행이구나, 네놈을 살려놓고 싶으니. 죽는 게 오히려 행복하다는 생각이 들 것이다.

로도비코 한때는 그렇게 훌륭했던 오셀로 장군이 저주받을 놈의 흉계에 빠지다니, 당신에게 무슨 말을 해야 할지 모르겠소.

오셀로 뭐라 해도 상관없소. 명예로운 살인자라 하지요. 이 모든 일은 명예를 위한 것이니까.

로도비코 이놈은 이미 자신의 범행을 자백했소. 이놈과 함께 카시오를 죽이려 공모한 것이오?

오셀로 그렇소.

카시오 존경하는 장군님, 저 때문에 생긴 일이 아닙니다.

오셀로 자네 말을 믿네. 그러니 용서해 주게. 내 영혼과 육체를 덫에 걸리게 만든 이유가 무엇인지 저 악마놈에게 물어봐 주십시오.

이야고 아무것도 묻지 마십시오. 그 정도면 알 만큼 아는 것이
니까. 지금부터 한 마디도 하지 않겠습니다.

로도비코 뭐! 마지막 기도조차 안 하겠단 것이냐?

그라시아노 고문을 하면 입을 열 테지.

로도비코 살해당한 로데리고의 주머니에서 편지 두 통이 나왔는
데, 그중 한 통의 편지에는 로데리고에게 카시오를 살해하
라는 내용이 적혀 있었소.

오셀로 아, 이 사악한 놈!

카시오 극악무도한 놈!

로도비코 나머지 한 통은 로데리고가 불만이 가득 차 이 악당놈에
게 전하려던 편지인데, 중간에 저 녀석이 설득시킨 것 같소.

오셀로 오, 저 사악한 놈! 카시오, 내 아내의 손수건을 어떻게 갖
게 되었나?

카시오 제 방에서 주웠지요. 저놈의 자백에 의하면 그걸 일부러
제 방에 떨어뜨렸고 원하던 대로 목적을 이루었다고 합니다.

오셀로 아, 바보 같으니, 천하의 바보 같으니!

카시오 이 외에도 로데리고의 편지에는, 경계를 서던 그날에 로
데리고가 제게 시비를 걸었던 내용도 있었는데 그 또한 이
놈이 시킨 것이었으며, 그 일 때문에 이놈을 원망하고 있었
습니다. 그 일 때문에 저는 쫓겨났고요. 또한 죽은 줄로 알
았던 로데리고가 깨어나 이야고가 자기를 해쳤고, 이 모든
일을 사주했다고 말했습니다.

로도비코 오셀로, 당신은 우리와 함께 가셔야겠소. 당신의 통치

권을 박탈하겠소. 이제 카시오가 키프로스를 통치하시오. 이 악당 녀석은 오랫동안 심한 고문을 받게 될 것이며, 당신은 베니스 정부가 모든 진상을 알게 될 때까지 엄중한 감시를 받으며 감금될 것이오.

오셀로 잠깐, 한 말씀 드리겠소. 다들 알다시피 난 이 나라를 위해 충성을 다했소. 공치사를 하려는 건 아니오. 다만 당신이 불행한 사건을 보고할 때 있는 그대로 전해 주시오. 쉽게 질투하진 않지만 일단 질투심에 사로잡히면 극도로 혼란스러워했으며, 자신의 부족보다도 더 귀한 진주를 내던져버린 어리석은 인디언 같았다고 전해 주시오. 평소에는 눈물을 모르던 자가 아라비아고무나무가 수액을 흘리듯 눈물을 펑펑 쏟아냈다고, 또 사악한 터키놈이 베니스인을 때리면서 이 나라를 욕했을 때 그놈의 목덜미를 잡고 이렇게 찔렀다고 전하시오. (자기를 찌른다)

로도비코 오, 참으로 비참한 죽음이로다!

그라시아노 어떤 말로 표현할 수 있을까.

오셀로 당신을 죽이기 전에도 입을 맞추었지. 이 길밖에 없구나. 내 스스로 목숨을 끊고 당신에게 입을 맞추며 죽는 수밖에. (침대 위에 쓰러져 죽는다)

카시오 용맹하셨던 분이라 혹시라도 이렇게 되실까 염려했지만, 장군께서 무기를 갖고 있는 줄은 몰랐습니다.

로도비코 (이야고에게) 스파르타의 개 같은 놈아! 넌 고통이나 굶주림, 파도보다 더 잔인한 놈이다. 침대 위에 있는 저 처참한 모습을 보아라. 다 네놈의 짓이다. 차마 눈 뜨고 볼 수 없다, 어서 감추도록 하라. 그라시아노 어르신께서는 이 집을 지키고, 무어 장군의 재산을 압수하십시오. 어르신께서 상속받으셔야 하니까요. 그리고 카시오 총독에게 이 사악한 놈을 맡기겠습니다. 시간과 장소, 고문의 방법까지 모두 정해서 반드시 집행하십시오. 나는 곧 배에 올라 이 엄청난 행위를 무거운 마음으로 정부에 보고하겠소이다. (퇴장)

리어 왕

공주님, 정말 훌륭하십니다. 당신은 가난하기에 가장
풍요로우시고, 버림을 받았기에 가장 귀하시며, 경멸
을 당했기에 더욱 사랑스럽습니다. 당신과 당신의 아
름다운 가치를 놓치지 않겠습니다. 리어 왕이시여, 지
참금도 없이 버려진 당신의 따님, 코델리아 공주를 이
제부터 우리나라 국민의, 프랑스의 왕비로 삼겠습니다.

– 프랑스 왕

등장인물

리어 – 브리튼 왕
고네릴 / 리건 / 코델리아 – 리어 딸들
버건디 공작 – 코델리아 구혼자
알바니 공작 – 고네릴 남편
콘월 공작 – 리건 남편
프랑스 왕 – 코델리아 남편
켄트 백작 / 글로스터 백작 – 리어 신하
에드거 – 글로스터 아들
에드먼드 – 글로스터 서자
오스왈드 – 고네릴 하인
큐런 – 글로스터 하인
노인 – 글로스터 소작인
시종 – 코델리아 시종

그 밖의 의사, 광대, 전령관, 콘월의 하인들, 리어의 기사들,
부대장, 장교들, 사신들, 병사들, 시종들

장소 : 브리튼

제1막

제1장 리어 왕의 궁전 알현실

켄트, 글로스터, 에드먼드 등장.

켄트 제 생각에는 왕께서 콘월 공작보다 알바니 공작을 더 총애 하시는 것 같던데요.

글로스터 저도 그렇게 생각합니다만, 영토를 분배하려는 이 시점 에서는 어느 공작을 더 아끼시는지 잘 분간이 되지 않는군요.

켄트 (에드먼드를 보며) 이분이 아드님이신가요?

글로스터 내가 양육비를 부담하긴 해도 내 아이라 말할 때마다 얼굴이 붉어지는구려. 이젠 낯가죽이 두꺼워져 철면피가 다 되었습니다만. 글쎄, 이 아이 어미가 내 씨를 받았습니다. 이 애의 어미는 동침할 남편을 얻기도 전에 요람 속에 아들 하나를 낳았지 뭡니까. 제 실수를 눈치 채셨소?

켄트 실수였다 해도 이토록 훌륭한 아들을 두었으니, 꼭 나쁘다 고 할 순 없겠지요.

글로스터 저한텐 정식 절차를 밟고 얻은, 이 애보다 한 살 위인 아들이 하나 더 있죠. 하지만 그 애를 특별히 더 귀여워하진 않습니다. 이 아이의 어미는 무척 아름다웠습니다. 그리고 우린 꽤 즐거운 시간을 보냈었죠. 그러니 사생아이긴 해도 이 애를 내 자식으로 인정해야겠지요. 에드먼드, 너 이분을 알고 있느냐?

에드먼드 모르겠는데요.

글로스터 켄트 백작이시다. 내가 존경하는 분이니 잘 기억해 둬라.

에드먼드 잘 부탁드립니다.

켄트 앞으로 잘 지내세.

에드먼드 최선을 다해 백작님의 기대에 부응하겠습니다.

글로스터 이 아인 9년 동안 외국 생활을 했지요. 곧 다시 나갈 예정입니다. 저기 폐하께서 오시는군요.

나팔 소리. 왕관을 든 시종, 리어 왕, 콘월, 알바니,
고네릴, 리건, 코델리아, 시종들 등장.

리어 글로스터, 프랑스 왕과 버건디 공을 잘 접대해 주시오.

글로스터 알겠습니다, 폐하. (글로스터와 에드먼드 퇴장)

리어 지금부터 은밀하게 추진해 온 내 계획을 말하겠다. 거기 있는 지도를 가져오라. 다들 알다시피 나는 이미 왕국을 세 개로 분할해 놓았다. 이제 나는 노쇠한 몸이기에 근심은 다 떨쳐버리고 젊고 활기 넘치는 너희들에게 나랏일을 넘기고 싶구나. 자, 내 딸들아, 오늘 나는 통치권과 영토 소유권, 나라의 걱정거리들 모두를 너희들에게 양도할 생각이다. 너희

들 중에 누가 가장 나를 사랑하느냐? 너희들의 품성과 공로의 크기에 따라 재산을 분할해 주겠다. 고네릴, 맏딸인 네가 먼저 말해 보아라.

고네릴 아버님에 대한 사랑은 어떤 말로도 다 표현할 수 없습니다. 시력보다, 우주보다, 그리고 자유보다 더 사랑합니다. 또한 아버님은 제게 있어 아름답고 건강한 명예가 깃들어진 생명보다 더 귀하신 분입니다. 자식으로서 온 마음을 다해 아버님을 모시겠습니다.

코델리아 (방백) 난 뭐라고 해야 좋을까? 아버님을 사랑하지만 그냥 잠자코 있자.

리어 (지도를 가리키며) 이 경계선 안에서부터 여기까지, 수풀이 우거진 비옥한 들판, 그리고 수많은 물고기가 가득한 이 강과 그 주변의 넓은 목장을 너에게 주마. 자, 내 사랑하는 둘째 딸, 콘월의 아내인 리건도 하고 싶은 말을 하라.

리건 저도 언니와 같은 마음입니다. 허나 언니의 말에 덧붙여 말씀드린다면, 저에게 가장 큰 기쁨이 되는 일이라 할지라도 아버님이 원치 않으신다면 그것을 포기하고 오직 아버님께 사랑을 바치는 일에 몰두하며 거기서 행복을 찾겠습니다.

코델리아 (방백) 다음이 내 차례구나! 하지만 내 사랑이 부족한 건 아니야. 내 효성은 혀로 말할 수 없을 만큼 크단 말이야.

리어 이 훌륭한 왕국의 나머지 3분의 1을 너와 네 자손들에게 물려주마. 자, 이제 막내지만 언니들만큼 내게 큰 기쁨을 주는 코델리아. 포도밭을 많이 가진 프랑스 왕도, 기름진 목장

을 소유한 버건디 공도 너의 사랑을 구하기 위해 안간힘을
쓰고 있지만, 언니들이 가진 땅보다 더 큰 영토를 갖기 위해
너는 무슨 말을 하겠느냐?

코델리아 저는 할 말이 없습니다.

리어 없다고?

코델리아 네, 없습니다.

리어 할 말이 없다면 아무것도 받을 수 없다. 그러니 말해 봐라.

코델리아 불행히도 저는 진심을 말할 줄 모릅니다. 제가 할 수
있는 것은 그저 자식의 도리를 다하는 것이며, 그것이 효孝
라고 생각합니다. 그게 전부입니다.

리어 코델리아! 고작 그런 말밖에 못 하겠느냐? 다시 한 번 말해
보아라.

코델리아 아버님, 아버님은 저를 낳으시고 기르시며 많은 사랑
을 주셨습니다. 그에 보답하는 것이 제 의무입니다. 언니들
이 정말 아버님을 사랑한다면 어째서 남편을 얻었겠습니까?
제가 만약 결혼을 한다면, 아마도 남편에게 애정과 관심을
주게 되겠지요. 아버님께 효도를 다하기 위해서라도 절대
언니들처럼 결혼하진 않을 것입니다.

리어 진심으로 하는 말이냐? 그토록 어린 네가, 고집이 너무 세
구나.

코델리아 어리긴 해도 마음만은 진실합니다.

리어 그럼 네 마음대로 해라. 네 진심을 지참금으로 삼아라. 지
금부터 나는 너에게 아버지로서의 관심을 끊고 혈연관계를

부정할 것이며, 영원히 너를 타인으로 대할 것이다. 식욕을 채우기 위해 자기 혈육까지도 먹어치운다는 시디아의 야만인이 지금까지 나의 딸이었던 너보다도 더 가깝고 가엾기까지 하는구나.

켄트 폐하!

리어 입 다물라, 켄트! 딸과 내 분노 사이에 끼어들지 마라. 그동안 나는 저 아이를 가장 귀여워했으며 여생을 저 아이와 함께 보내고 싶었다. (코델리아를 향해) 썩 물러가라, 꼴 보기도 싫다! 코델리아 저 애는 자만심을 솔직함으로 착각하고 있다. 버건디 공을 부르라. 그리고 콘월 공작과 알바니 공작에게 나의 권력과 왕권에 따른 모든 혜택을 넘기겠다. 나는 그대들이 마련해 줄 100명의 기사를 거느리고, 매달 한 번씩 그대들의 성을 순회하며 차례로 머무를 것이다. 나는 국왕의 칭호와 자격만 보유할 것이며, 그 외의 통솔권과 집행권은 두 사위에게 넘길 것이다. 그 증거로 이 왕관을 줄 테니, 두 공작이 번갈아가며 사용하라. (왕관을 준다)

켄트 폐하, 제가 늘 부친처럼 온 마음을 바쳐 섬기던 왕이시여 제발⋯⋯.

리어 활시위는 이미 팽팽히 당겨졌다. 화살을 피해 서 있으라.

켄트 차라리 쏘십시오. 화살이 제 심장을 관통해도 상관없습니다. 폐하께서는 지금 제정신이 아니신데 저 하나쯤 무례하게 굴면 어떻습니까? (리어 왕이 격노하여 칼을 잡는다) 노왕이시여, 아첨하는 자에게 굴복하는 왕께 충신이 진언하기를 두려워하겠습니까? 왕권을 보존하십시오. 신중히 생각하시고 이 경솔한 처사를 거두어주십시오.

리어 켄트, 목숨을 부지하려거든 그만하라.

켄트 폐하의 안위를 위해서라면 이 한 목숨은 버려도 상관없습니다.

리어 썩 물러가라!

켄트 폐하, 똑똑히 보십시오. 저를 언제나 폐하의 눈동자 한가운데에 자리 잡게 해주십시오.

리어 못된 놈 같으니! 분수도 모르고! (칼에다 손을 가져다 댄다)

알바니 / 콘월 폐하, 고정하시옵소서.

리어 주제넘게 내 결정과 권위를 침범하려 하다니 도저히 참을 수 없다. 닷새 동안 여유를 줄 테니 이 나라를 떠나도록 해라. 만일 그 후에도 네놈이 이 나라에서 발견된다면 그땐 사형에 처할 것이다.

켄트 폐하, 안녕히 계십시오. 자유가 사라진 이 나라엔 결국 추방만이 남을 뿐이군요. (코델리아에게) 진심으로 공주님의 생각은 훌륭하셨습니다. 제신들이 공주님을 피난처로 이끌어주길 기원합니다. (고네릴과 리건에게) 과장된 말씀이 그대로 실행되어 좋은 결과가 있기를 바랍니다. (일동에게) 저는 이제 여러분에게 작별 인사를 드립니다. 새로운 나라에서도 지금처럼 제 소신대로 살아가겠습니다. (켄트 퇴장)

나팔 소리, 글로스터가 프랑스 왕과 버건디 공을 안내하며 다시 등장.

시종들이 뒤를 따른다.

글로스터 프랑스 왕과 버건디 공이 오셨습니다.

리어 버건디 공, 공은 내 딸을 얻기 위해 프랑스 왕과 경쟁하셨소. 딸의 지참금은 얼마로 생각하고 있으시오?

버건디 폐하, 폐하께서 하사하시는 대로 받겠습니다. 또한 폐하께서 적게 주실 거라 생각하지도 않습니다.

리어 그 애가 나에게 소중한 존재였을 때에는 그만큼의 재산을 줄 생각이었소. 하지만 지금 그 애는 예전만큼의 가치가 없소. 저 애와 함께하는 것은 내 노여움뿐이오. 저 애 자체만으로도 마음에 든다면 데려가도록 하시오.

버건디 무슨 말씀을 드려야 할지 모르겠습니다.

리어 저 애는 결점밖에 없소. 저 애를 옹호해 주는 사람도 없소. 짐에게 미움을 사고, 내 저주를 지참금으로 얻었을 뿐이오. 또한 나와 남남으로 살기로 맹세했소. 그래도 저 애를 아내로 삼겠소, 아니면 단념하겠소?

버건디 폐하, 정말 죄송합니다. 그런 조건으로 혼인할 순 없습니다.

리어 그럼 포기하시오. (프랑스 왕에게) 국왕이여, 나는 귀하가 베푼 그동안의 호의를 배신할 수 없소. 하여, 내가 미워하는 딸과 결혼해 달라고 청할 순 없소. 그러니 인정도 없는 창피스런 내 딸과 결혼하기보다는 더 가치 있는 여자를 찾는 게 나을 것이오.

프랑스 왕 참으로 이상한 일이군요. 지금껏 폐하께 최고의 존재였고, 늘 칭찬을 받으며 노왕에게 위로가 되었던 착하고 사랑스런 공주님이 대체 어떤 대역죄를 범하였기에 순식간에 이렇게 되었단 말입니까. 도저히 믿을 수가 없습니다.

코델리아 폐하, 제발 부탁드립니다. 마음에 없는 말을 하지 못하는 것이 제 결점입니다. 저는 일단 마음먹은 일은 말로 하기 전에 먼저 행동으로 보여줍니다. 제가 아버님의 눈 밖에 난 이유가 살인이나 부정한 행실, 불명예스러운 행동 때문이 아니라는 것을, 아첨할 줄 모르기 때문이라는 것을 말씀해 주십시오.

리어 마음에 들고 안 들고는 나중 문제다. 넌 태어나지도 말았어야 했어.

프랑스 왕 그게 전부입니까? 속마음을 표현하지 못하는 것, 그것뿐이라는 겁니까? 그럼 버건디 공, 공주님과 결혼하시겠소? 지참금은 오직 그녀 자신뿐이랍니다.

버건디 폐하, 그렇다면 처음에 제안하신 것만이라도 주십시오. 그렇게 해주신다면 코델리아 공주를 버건디 공작부인으로 삼겠습니다.

리어 아무것도 줄 수 없소. 나는 이미 맹세했고 내 결심은 변하지 않소.

버건디 (코델리아에게) 정말 죄송합니다. 부왕을 잃었으니 남편마저도 잃게 되었군요.

코델리아 버건디 공은 조용히 하세요! 재산이 탐나서 사랑을 하는 사람과는 저도 결혼하고 싶지 않으니까요.

프랑스 왕 공주님, 정말 훌륭하십니다. 당신은 가난하기에 가장 풍요로우시고, 버림을 받았기에 가장 귀하시며, 경멸을 당했기에 더욱 사랑스럽습니다. 당신과 당신의 아름다운 가치를 놓치지 않겠습니다. 리어 왕이시여, 지참금도 없이 버려진 당신의 따님, 코델리아 공주를 이제부터 우리나라 국민의, 프랑스의 왕비로 삼겠습니다.

리어 프랑스 왕이여, 이제 저 애는 당신 것이오. 나는 더 이상 그런 딸은 필요 없소. 또한 저 애를 다시는 만나지 않을 것이오. 그러니 어서 가주시오. 사랑이 담긴 축복의 말도 해줄 수 없소. 버건디 공, 그만 갑시다. (나팔 소리. 리어 왕, 버건디, 콘월, 알바니, 글로스터, 시종들 퇴장)

프랑스 왕 자, 갑시다. 코델리아 공주. (프랑스 왕과 코델리아 퇴장)

제2장 글로스터 백작의 성

에드먼드, 편지를 들고 등장.

에드먼드 자연이여, 나의 신이시여, 나는 그대의 법칙에 순종할 것이다. 왜 내가 관습의 희생양이 되어 권리를 빼앗겨야 하는가. 내가 형님보다 일 년 늦게 태어났기 때문이냐? 내가 사생아이기 때문이냐? 왜 나를 천하다고 하는 것이냐? 내 몸은 건장하고, 마음도 너그러우며, 외모 또한 정실부인의 아들처럼 아버지와 꼭 닮았다. 그럼에도 불구하고 세상 사람들은 왜 우리에게 낙인을 찍는 것이냐! 천하다고? 야비하다고? 사생아라고? 우린 아무 감정 없는 지긋지긋한 잠자리 속에서 생긴 세상의 멍청한 놈들과는 다르다. 은밀한 본능을 즐기는 가운데 생겨난 우리가 더 많은 생명력과 기운을 이어받았을 것이 아닌가. 그래 좋다, 정실 자식 에드거, 네 영토를 내가 차지해야겠다. '정실'이라는 단어, 참으로 훌륭하지! 만약 이 편지로 내 계획이 성공한다면, 사생아 에드먼드는 분명 정실 자식을 누르게 될 것이다. 나는 위대해질 것이며, 출세할 것이다. 오, 신이시여, 사생아들의 편이 되어주소서.

글로스터 등장.

글로스터 켄트가 추방되다니! 프랑스 왕은 화가 나 그렇게 떠났고! 폐하께서는 왕권을 이양하시고, 부양 받으시며 여생을 보내신다고! 헌데 이 모든 것이 눈 깜짝할 새에 일어났다니! 에드먼드! 무슨 일이 있느냐?

에드먼드 (편지를 숨기며) 아닙니다. 아무 일도 아닙니다.

글로스터 왜 편지를 숨기느냐?

에드먼드 아무 일도 아닙니다.

글로스터 그렇다면 그렇게 놀라 편지를 숨길 이유가 없지 않느냐? 어디 보자, 별일 아니라면 안경도 필요 없겠지.

에드먼드 제발, 용서하십시오. 이 편지는 형님이 보낸 것입니다. 아직 다 읽어보진 않았습니다만, 아버님께서는 읽지 않으시는 게 나을 듯합니다.

글로스터 그 편지를 이리 다오.

에드먼드 아마도 이 편지는 형님이 저의 효심을 시험하려고 쓴 것 같습니다.

글로스터 (읽는다) '노인을 존경해야 하는 이 세상의 관습 때문에 우리의 꽃 같은 청춘은 매우 괴롭고 힘들다. 우리가 재산을 물려받을 때가 되면 이미 우린 이 빠진 늙은이가 되어 여생을 마음껏 즐길 수 없을 것이다. 노인이 횡포를 부리는 것은 그들이 실력자이기 때문이 아니라 우리가 그들에게 복종하기 때문이다. 이 문제와 관련해서 더 많은 얘기를 나누고 싶으니, 이곳으로 와 다오. 만일 아버님께서 내가 깨울 때까지 잠들어 계신다면 너는 아버님 재산의 반을 영원히 차지할 수 있을 것이며, 또한 나에게 사랑을 받으며 살아갈 수 있을 것이다.

에드거로부터'

흠, 음모로구나! '만일 아버님께서 내가 깨울 때까지 잠들어 계신다면 너는 아버님 재산의 반을 영원히 차지할 수 있을 것이며, 또한…….' 내 아들 에드거가 이런 편지를 썼다고?

누가 갖고 온 것이냐?

에드먼드 누가 가져온 것이 아닙니다. 제 방 창문 앞에 던져져 있었습니다.

글로스터 네 형의 필체가 맞느냐?

에드먼드 좋은 내용이라면 형님의 필체라 하겠습니다. 허나 그렇지 않으니 형님의 필체라 하고 싶지 않습니다.

글로스터 전에도 이렇게 네 마음을 시험한 적이 있었느냐?

에드먼드 없었습니다. 하지만 가끔씩 이런 말을 했습니다. 아들이 장성하고 부친이 늙게 되면, 부친은 아들에게 신세를 지고, 아들은 부친의 재산을 처리하는 것이 마땅한 일이라고 말입니다.

글로스터 못된 놈! 짐승보다 못한 나쁜 놈 같으니! 그놈은 지금 어디 있느냐?

에드먼드 모르겠습니다. 허나 형님에 대한 노여움을 잠시 거두시고, 본인의 입으로 음모의 증거를 실토할 때까지 기다리시는 것이 최선인 듯싶습니다. 만약 형님의 진심을 오해하여 과격한 행동을 하신다면, 이것은 아버님의 명예를 위해서도 좋지 않으며 또한 형님의 효심을 무시하는 결과를 초래할 것입니다. 형님은 아마도 아버님을 향한 저의 효심을 시험하기 위해서 그랬을 것입니다. 그 외에 다른 의도가 있었던 것은 아닐 겁니다.

글로스터 그렇게 생각하느냐?

에드먼드 아버님께서 원하신다면, 저희 형제가 이 문제에 대해 서로 대화를 나눌 테니 그곳에 오셔서 직접 들으십시오. 그 후에 판단을 하셔도 늦지 않으실 겁니다. 오늘 밤에 같이 가시죠.

글로스터 에드거가 그 정도로 나쁜 놈은 아닐 텐데……. 이렇게 저를 사랑하는 아비에게! 에드먼드, 그놈을 찾아내라. 그놈의 속셈을 알아봐 다오.

에드먼드 갖은 수단을 다 동원해 진상을 파악하여 아버님께 알려드리겠습니다.

글로스터 최근에 있었던 일식과 월식이 모두 불길한 징조였구나. 천지에 이변이 생기면 민심은 들뜨기 마련이지. 사랑은 식고 우정은 변하며 형제들은 의가 상하고 궁중에서는 반란이 생기며 부자간의 유대도 끊어진다. 내 아들놈에게도 이 예언은 들어맞지 않느냐. 아들은 부모를 저버리고 왕은 자연의 섭리를 거스르며 부모는 아들과 반목하니, 이 세상이 어찌 돌아가는 건지. 에드먼드, 그 못된 놈을 찾아내라. 그래서 진실하고 고결한 켄트가 추방된 것이었군! 정직하다는 이유만으로! 이는 분명 범상치 않은 일이다. (글로스터 퇴장)

에드먼드 인간의 불행은 대부분 자업자득으로 생기는 것인데, 태양이나 달, 별의 탓으로만 돌리다니 참으로 어리석구나. 이 사생아가 세상에 나올 때 하늘에서 가장 밝은 별이 비추고 있었다 하더라도, 내 모습은 지금과 별반 다를 게 없었을 테지. 아, 에드거 형님이로군.

에드거 등장.

에드거 에드먼드, 무슨 생각을 그렇게 하느냐?

에드먼드 요즘에 일어난 일식, 월식에 이어 또 무슨 일이 일어날지에 관한 책을 읽고 있었는데, 그것에 대해 생각하고 있었어요.

에드거 설마 그런 것에 빠진 건 아니겠지?

에드먼드 거기에 나와 있는 예언이 계속 들어맞고 있어요. 자식과 부모 간의 불화, 기근, 나라의 내분, 모략, 중상, 군대 내의 반란, 부부의 이혼 등이 그 징조이지요. 도대체 어떻게 되어가고 있는 건지 모르겠어요.

에드거 언제부터 그런 점성술을 공부한 것이냐?

에드먼드 그것보다도, 형님께서 최근에 아버님을 뵌 것이 언제입니까?

에드거 지난밤이었지.

에드먼드 대화를 나누셨나요?

에드거 그럼, 두 시간 남짓 함께 있었지.

에드먼드 혹시 아버님을 불쾌하게 만든 일은 없었나요? 제 생각에는 아버님의 화가 누그러질 때까지 당분간은 뵙지 않는게 좋겠어요.

에드거 어떤 몹쓸 녀석이 내 험담을 했나 보군.

에드먼드 아버님의 노여움이 가라앉을 때까지 조금만 기다리세요. 일단 제 방에 들어가 계세요. 그리고 외출하실 때에는 무기를 꼭 지니고 나가세요.

에드거 무기라니?

에드먼드 형님, 진심으로 드리는 말입니다. 지금 형님에게 좋은 감정을 갖고 있는 사람은 아무도 없어요. 일단은 대략적인 것만 전하는 것이고, 지금 그 엄청난 진상에 대해 다 말씀드릴 수는 없습니다. 자, 저와 함께 가요.

에드거 조만간 소식을 전해 주겠지?

에드먼드 이 문제를 해결하기 위해 노력하겠습니다. (에드거 퇴장) 남을 잘 믿는 아버지와 고결한 형님은 천성적으로 남에게 해를 입힐 줄 모르니 의심할 줄도 모르지. 그 우직함이 내 계획을 순조롭게 만드는구나! 결과가 훤히 보인다. 혈연으로 영토를 얻지 못한다면 머리를 써서 얻어야겠지. (에드먼드 퇴장)

제3장 알바니 공작 저택의 어느 방

고네릴과 그녀의 집사 오스왈드 등장.

고네릴 멍청한 광대를 나무랐다고 해서 아버님이 우리 기사를 때리셨단 말인가?

오스왈드 그렇습니다.

고네릴 온종일 날 괴롭히며 이상한 짓만 하고 계시니 집안 전체가 말이 아니구나. 더 이상은 못 참겠어. 아버님의 기사들은 점점 더 과격해지고, 아버님은 별것도 아닌 일로 우리를 나무라신단 말이야. 인사드리기도 싫으니 사냥에서 돌아오시면 내가 아파서 앓아누웠다고 전해.

오스왈드 지금 오시는 것 같습니다. (안에서 뿔나팔 소리)

고네릴 최대한 게으름을 피워서 다들 왜 그러냐고 물으시도록 만들어. 그게 싫으시면 동생한테 가실 테지. 양도했으면 그만이지 왜 그렇게 권력을 휘두르는 건지! 늙으면 다시 어린애가 된다는 게 맞는 말인가 봐. 아버님의 기사들한테도 쌀쌀맞게 대해. 무슨 일이 생겨도 좋으니까. 아니, 그렇게 되도록 만들어야지. 그것을 빌미로 할 말을 다하는 거야. 동생한테는 곧 편지를 보내서 일이 순조롭게 진행되도록 입을 맞춰야겠어. 어서 저녁 식사를 준비하도록 하라. (두 사람 퇴장)

제4장 같은 집의 큰 방

켄트 백작, 변장을 하고서 등장.

켄트 여기에 목소리까지 바꾼다면 내 뜻을 이룰 수 있을 텐데. 아, 추방된 켄트여, 벌을 받으면서도 헌신하려는 네 충성심을 언젠가는 네가 존경하는 그분도 알아주시겠지.

뿔나팔 소리. 리어 왕, 많은 기사들과 시종들을 거느리고 등장.

리어　잠시도 기다릴 수 없구나. 자, 어서 식사를 준비하라. (시종 한 명 퇴장) 헌데, 너는 누구냐?

켄트　그저 한 사내입니다.

리어　뭘 하는 놈이냐? 내게 무슨 볼일이라도 있는 것이냐?

켄트　비록 제 행색이 이 모양이지만 저를 믿어주시는 분께는 정성을 다해 모시고 있습니다. 저는 정직한 분을 모시고, 지혜롭고 말수가 적은 사람과 교제하며, 하늘을 두려워하고, 어쩔 수 없는 경우에만 싸우는 진정한 애국자입니다.

리어　네 정체가 무엇이냐?

켄트　정직하고, 국왕처럼 가난한 사람이지요.

리어　신하인 너와 국왕인 내 처지가 똑같이 가난한 것이라면, 너는 정말로 가난한 자로구나. 무슨 일로 왔느냐?

켄트　당신을 모시고 싶습니다.

리어　무엇을 할 수 있느냐?

켄트　비밀을 잘 지킬 수 있습니다. 또한 말을 탈 수 있으며 심부름도 잘합니다. 일반적으로 사람이 할 수 있는 일이라면 뭐든지 합니다. 그중 저의 가장 큰 장점은 부지런하다는 것입니다.

리어　따라오너라. 너를 하인으로 삼으마. 저녁 식사 후에도 마음에 든다면, 내 너를 계속 곁에 둘 것이다. 저녁 식사를 가져와라! 시종은 어디 갔느냐? 광대는 또 어디 갔느냐?

오스왈드 등장.

여봐라, 내 딸은 어디 있느냐?

오스왈드 송구합니다만······. (오스왈드 퇴장)

리어 저 녀석이 지금 뭐라고 한 것이냐? 저 느림보를 불러와라. (기사 한 명 퇴장) 내 광대는 어디 있는 것이냐? 온 세상이 잠이 든 것 같구나.

오스왈드 다시 등장.

여봐라, 넌 내가 누구라고 생각하느냐?

오스왈드 주인아씨의 아버님이시죠.

리어 주인아씨의 아버님이라고! 이 주인의 종놈이, 이 몹쓸 놈! 노예 놈! 개 같은 놈!

오스왈드 송구합니다만 저는 그런 놈이 아닙니다.

리어 네놈이 지금 나를 노려보는 것이냐, 이 몹쓸 놈! (오스왈드를 때린다)

오스왈드 저도 그냥 있진 않을 겁니다.

켄트 (다리를 걸어 넘어뜨리며) 이 야비한 놈아! 이래도 꿈쩍 안 할 테냐?

리어 고맙구나, 내 이 일을 잊지 않겠다.

켄트 (오스왈드에게) 이놈아, 일어나라! 썩 꺼져! 상하의 구별을 알았으면 썩 꺼져버려! (그를 밀어낸다)

리어 고맙구나. (돈을 조금 주며) 급료를 선불하겠다.

광대 등장.

광대 그 사람 나도 좀 씁시다. (켄트에게 자기 모자를 내밀며) 자,
여기 닭털 모자가 있소.

리어 아니, 이놈이! 뭐하는 짓이냐?

광대 이 모자를 받는 것이 좋을 거요. 자, 이 닭털 모자를 받으
시오. (리어 왕 쪽을 향하여) 이 사람은 두 딸을 쫓아내고, 셋
째 딸에게는 마음에도 없는 행운을 빌어주었지. 이 사람을
따르려면 닭털 모자를 써야 돼.

리어 정신 차려라, 혼나기 전에.

광대 충실한 개는 얻어맞고 개집으로 쫓겨나고, 아첨 잘하는 사
냥개는 난롯가에서 냄새를 피우고 있지요.

리어 귀찮고 뻔뻔한 놈이로군!

광대 (켄트에게) 이봐, 좋은 교훈을 하나 알려주지.
가진 것을 다 내보이지 말고
아는 것을 다 말하지 말고
가진 것보다 더 많이 빌려주지 말고
터벅터벅 걷지 말고 말을 타고
들었다고 다 믿지 말고
단판에 승부를 걸지 말고
술과 계집을 멀리하고

집에 들어앉으면

스물의 이십 배보다

더 많은 걸 챙기리라.

켄트 말도 안 되는 소리 그만해라, 이 멍청한 녀석아.

광대 그렇다면 그건 무료 변론한 변호사의 말씀인 셈이네요. 아무 대가도 못 받았으니까. (리어 왕에게) 아저씨, 쓸데없는 건 아무 데도 못 쓰나요?

리어 못 쓰지. 쓸모없는 것에서는 아무것도 생기지 않으니까.

광대 (켄트에게) 제발 저분께 자기 땅 소작료도 그 꼴이 되었다고 전해 줘. 바보 광대의 말은 안 믿으니까.

리어 입버릇 나쁜 멍청한 광대 녀석 같으니!

광대 입버릇 나쁜 광대와 입버릇 좋은 광대가 어떻게 다른지 아세요?

리어 모르겠으니 말해 봐라.

광대 당신 땅을 내주라고 조언한 신하 불러

당신이 그자의 역할을 대신하면

입버릇 나쁜 광대와 입버릇 좋은 광대가 바로 드러나리라.

얼룩무늬 옷 바보는 여기에, 또 하나는 저기에 있어요.

리어 나를 그런 취급하는 것이냐?

광대 태어날 때 받은 모든 직함을 딸들에게 줘버렸으니까요.

켄트 이놈이 진짜 바보는 아닌 것 같습니다.

광대 양반님들이나 훌륭하신 분들은 나 혼자 바보 노릇을 하도록 내버려두질 않아요. 나 혼자 바보 광대를 독점하려고 하면, 양반들도 끼겠다고 난리를 치죠. 부인들도 마찬가지고요. 바보짓을 서로 차지하려고들 한다고요. 그래서 나는 바보 광대는 되고 싶지 않아요. 하지만 아저씨처럼 되기도 싫어요. 아저씨는 지혜의 양쪽 껍질을 다 벗겨냈기 때문에, 가운데에는 아무것도 남은 게 없어요. 저기 벗겨낸 껍질 하나가 오고 있네요.

고네릴 등장.

리어 무슨 일이 있느냐, 얼굴을 왜 그리 찌푸리고 있느냐!

광대 딸의 인상이 어떻든 신경 쓸 필요가 없었을 때가 가장 좋은 시절이었죠. 지금 당신의 모습은 아무 숫자도 없는 영零이나 마찬가지예요. (고네릴에게) 아무런 말도 하지 않아도, 표정만으로도 나는 당신 마음을 읽을 수 있죠. (리어 왕을 가리키며) 저자는 그저 껍데기일 뿐이야.

고네릴 아버님, 아무 생각 없이 말을 내뱉는 이 광대도 문제지만, 거느리고 계시는 기사들까지 하루가 멀다 하고 싸워대니 도저히 견딜 수가 없어요. 이젠 그냥 지켜볼 수만은 없어요. 설사 아버님께서 언짢아하실지라도 어쩔 수 없는 일이에요.

리어 네가 정녕 내 딸이 맞느냐?

고네릴 아버님, 현명한 처사를 내리세요. 이제 광기는 그만 부리시고요.

리어 여봐라, 너희들은 내가 누군지 아느냐? 나는 리어가 아니다. 도대체 내가 누구인지 누가 말해 줄 수 없겠느냐? 나는 한때 국왕이었고, 딸들이 있었다.

광대 그 딸들이 당신을 순한 양으로 만들 계획이래요.

리어 고매하신 부인이여, 당신의 이름은 무엇인가요?

고네릴 요즘 아버님께서 그렇게 자주 놀라시는 척하는 것도 망령이 났다는 증거예요. 현재 아버님께서는 100명의 기사와 시종들을 거느리고 계십니다. 그 기사들은 거칠고 방탕하며 무례한 짓을 일삼고 있죠. 그들 때문에 이 멋진 저택이 술집과 창녀들의 소굴이 되고 말았어요. 이 같은 불미스러운 일이 일어나고 있으니, 아버님께서는 그들의 숫자를 좀 줄여 주셔야겠습니다. 만약 그러지 않으시겠다면, 저희들 마음대로 줄이겠습니다.

리어 이 사악한 년, 말에 안장을 달고 시종들을 불러라. 나는 더 이상 네년 신세를 지지 않겠다. 나에겐 딸이 하나 더 있으니까.

고네릴 아버님은 저희 집 사람들을 때리고, 난폭한 저 사람들은 상전들을 하인처럼 부리고 있어요.

알바니 등장.

리어 때늦은 후회의 슬픔이여! (알바니에게) 아, 자네 왔는가. 이것이 자네의 뜻이었나? 말해 보게. (시종에게) 말을 준비하라. 배은망덕한 것들 같으니! 돌처럼 싸늘한 악마여, 네가 자식의 모습으로 나타나니 바다 괴물보다 더 무섭구나!

알바니 제발 진정하십시오.

리어 (고네릴에게) 몹쓸 년! 거짓말쟁이! 내 시종들은 특별히 선별된 우수한 기사들이다. 자신의 임무를 상세히 알고 있고, 자신들의 명성에 따른 품위를 떨어뜨리지 않기 위해 애쓰는 자들이다. 오, 그토록 작은 결점이 어째서 코델리아가 범했을 땐 그렇게 추악하게 보였는지! 그 작은 결점이 흉기가 되어 내 마음에서 인정을 몰아내고 가혹함만 심어 놓았구나. 오, 리어, 리어, 리어! 어리석음을 부르고, 소중한 분별력을 쫓아내버린 이 문을 때려부숴라! (자신의 머리를 때린다) 어서 가라, 시종들이여. (켄트, 기사들, 시종들 함께 퇴장)

알바니 저는 잘못이 없습니다. 헌데 무슨 일로 이렇게 노여워하시는지 모르겠군요.

리어 그럴지도 모르지. 들어라, 자연이여! 자연의 신이여! 저년에게 자손을 허락할 작정이면 그 계획을 멈추어라. 저년의 타락한 육체에서 저년을 명예롭게 해줄 아이는 절대 낳지 못하게 하라! 만약 아이를 낳게 될 경우에는 독 품은 씨앗으로 낳게 하여 그 자식이 살아남아 저년에게 가혹한 불효의 아픔을 주게 하라. 그것으로 말미암아 젊은 이마에 주름이 잡히고 쏟아지는 눈물이 뺨 위에 골을 파며 어미의 모든 수고와 사랑을 비웃음과 경멸로 바꾸어 은혜를 모르는 자식을 두는 게 독사의 이빨보다 얼마나 더 날카로운지 느끼게 해다오. 가자, 가자! (퇴장)

알바니 오, 도대체 무슨 일이오?

고네릴 이유를 알려고 애쓸 필요 없어요. 기분 내키는 대로 화를 내시니까요.

리어, 광대와 함께 다시 등장.

리어 무슨 짓이냐! 내 시종을 보름도 안 돼서 한꺼번에 50명이나 줄이다니!

알바니 무슨 말씀이십니까?

리어 설명해 주지. (고네릴에게) 사내대장부인 내가 너 때문에 몸을 떨며 뜨거운 눈물을 흘려야 하다니, 끔찍하고 수치스럽다! 너 같은 것은 폭풍과 안개 속에 갇혀버려야 한다. 네 아비의 저주로 너의 모든 감각은 병들게 될 것이다! 노쇠한 눈이여, 어리석은 눈이여, 이와 같은 일로 다시 한 번 눈물을 흘린다면, 네 눈동자를 도려내어 그 헛된 눈물과 함께 내동댕이쳐 대지를 적시리라. 아, 결국 이렇게 되고 마는 것인가! 하지만 걱정할 필요는 없다. 내겐 딸이 또 하나 있으니. 그 애는 분명 나에게 위안이 될 것이다. 만일 그 애가 네가 한 짓을 듣게 된다면, 이리 같은 네 얼굴을 할퀴어버릴 테지. 나는 내 본모습을 찾을 것이다. 두고 보자. (퇴장)

알바니 당신을 진심으로 사랑하오. 하지만 무조건 당신 편만 들 수는 없소.

고네릴 제발 좀 가만히 계세요. 이봐, 오스왈드! (광대에게) 바보라기보다는 악당 같은 녀석아, 네 주인을 따라가거라.

광대 리어 아저씨, 리어 아저씨, 기다리세요. 바보 광대와 같이
가요. (퇴장)

오스왈드 등장.

고네릴 오스왈드, 그래 어떻게 되었어? 동생에게 보낼 편지는
다 썼는가?

오스왈드 네, 다 썼습니다.

고네릴 수행원을 몇 명 데리고 어서 말을 타고 출발하도록 해.
(오스왈드 퇴장) 당신은 나를 비난할지 모르지만 당신의 친절
은 너무 지나쳐 오히려 바보스럽다고 비웃는 사람들이 많다
는 걸 알고 있나요?

알바니 좋소, 좋아. 결과를 기다려 봅시다. (두 사람 퇴장)

제5장 같은 저택의 앞뜰

리어, 켄트, 광대 등장.

리어 이 편지를 글로스터 공한테 전하거라. 딸애가 이 편지를
읽고 나서 질문하면 답을 해주고, 그 외에는 아무 말도 마라.

켄트 편지를 전할 때까지는 잠도 자지 않겠습니다. (퇴장)

광대 사람의 두뇌가 발뒤꿈치에 달려 있다면, 터져서 피가 나겠지요? 하지만 마음 놓으세요. 아저씨의 대단한 지혜는 발뒤꿈치에 없으니까요.

리어 하, 하, 하!

광대 또 다른 따님도 마찬가지일 거예요. 왜냐하면 두 따님은 능금과 사과처럼 너무도 닮았으니까요. 같은 맛이 난다고요. 왜 사람의 코가 얼굴 한가운데에 있는지 알아요?

리어 글쎄, 모르겠는데.

광대 코로 냄새를 맡을 수 없는 건 눈으로 보기 위해서죠.

리어 (코델리아를 생각하며 독백) 내가 그 애한테 잘못했어.

광대 굴이 어떻게 껍데기를 만드는지 아세요?

리어 모른다.

광대 저도 몰라요. 하지만 달팽이가 왜 집을 이고 다니는지는 알아요. 그건 자기 머리를 숨겨놓기 위해서죠. 딸들에게 다 준다면, 제 머리를 감출 곳이 없게 되니까요.

리어 한땐 나도 다정한 아버지였지!

광대 아저씨가 내 바보 광대였다면, 난 아저씨를 때렸을 거야. 아저씬 너무 빨리 늙어버렸으니까.

리어 그건 또 무슨 소리냐?

광대 현명해지기도 전에 늙어버리면 안 되니까요.

리어 오, 하느님! 제가 미치도록 내버려두진 마소서. 정신을 잃지 않게 도와주소서. 미쳐버리고 싶진 않습니다! (모두 퇴장)

제2막

제1장 글로스터 백작의 저택 뜰

에드먼드와 큐런 각각 등장, 서로 만난다.

에드먼드 잘 지냈어, 큐런?

큐런 도련님도요. 방금 주인님을 뵙고, 오늘 밤 콘월 공작과 리
건 공작부인께서 이곳에 오실 거라고 말씀드렸습니다.

에드먼드 무슨 일로 오시는 건데?

큐런 곧 전쟁이 일어날 거란 소문을 못 들으셨어요? 콘월 공작
과 알바니 공작 사이에 말입니다.

에드먼드 전혀 듣지 못했는데.

큐런 곧 듣게 되겠지요. 그럼 안녕히 계십시오. (퇴장)

에드먼드 공작이 오늘 밤 여기에 오신다고? 일이 순조롭게 돌아
가는군! 형님을 잡으려고 아버님께서는 사람을 보냈지. 우
선 골칫거리부터 처리해야겠다! 형님, 내려오세요. 형님께
드릴 말씀이 있어요.

에드거 등장.

어서요! 아버지가 감시하고 계시니 어서 도망치세요. 형님이 여기 있다는 걸 들켰어요. 이 컴컴한 밤을 이용해서 도망치세요. 혹시 콘월 공작의 험담을 한 적은 없으세요? 공작님이 리건 부인과 함께 이곳에 오신답니다. 그분들과 함께 알바니 공작의 험담을 하진 않으셨어요? 혹시라도 마음에 걸리는 것은 없으세요?

에드거 하늘에 맹세코 그런 적은 없어.

에드먼드 아버지께서 오시는 소리가 들려요. 용서하세요, 형님을 치는 척하지 않으면 안 되거든요. 형님도 칼을 뽑아 방어하세요. 자, 그럼 해봅시다. (큰 목소리로) 항복하는 것이냐? 아버님 앞으로 나와라. 불을 밝혀라. (작은 소리로) 안녕히 가세요. (에드거 퇴장) 피가 나면 (자신의 팔에 상처를 낸다) 내가 맹렬하게 결투를 벌였다고 생각하시겠지. (큰 소리로) 아버지! 아버지! 여기예요! 여기요! 살려주세요!

글로스터와 횃불을 든 하인들 등장.

글로스터 에드먼드, 도대체 그놈은 어디 있느냐?

에드먼드 보십시오, 여기에 피가 나고 있습니다.

글로스터 그 몹쓸 놈은 어디 있느냐니까?

에드먼드 이쪽 길로 달아났습니다. 아무리 해도 안 되니까…….

글로스터 어서 뒤쫓아라, 쫓아가! 아무리 해도 안 된다는 게 무슨 말이냐?

에드먼드 아버님을 살해하자고 저를 설득했지만 불가능했다는
　　　말씀입니다. 불효를 저지르는 형님의 뜻에 결사반대하는 모
　　　습을 보이자, 형님은 미리 준비한 칼로 무방비 상태인 저를
　　　찔러 팔에 상처를 입혔습니다. 그리고 나서 도망친 것입니다.
글로스터 지독한 놈, 몹쓸 놈 같으니! 그놈은 더 이상 내 자식이
　　　아니다.

　　　　　　　콘월, 리건, 그리고 시종들 등장.

콘월 어찌 된 일이오, 백작? 도착한 지 얼마 되지도 않아 이상한
　　　소문이 떠돌던데.
리건 그 소문이 사실이라면 죄인에게 어떠한 벌을 내려도 부족
　　　할 거예요. 어떻게 생각하세요, 백작님?
글로스터 오, 부인, 이 늙은이의 가슴은 답답해 미칠 것 같습니다.
리건 어떻게 된 일이죠? 아들이 백작님의 목숨을 노렸다니. 혹
　　　시 그 아들이 제 아버님의 난폭한 수행 기사들과 한패가 아
　　　닐까요?
에드먼드 맞습니다, 부인. 형님은 그놈들과 한패입니다.
리건 그렇다면 사악할 수밖에 없어요. 그놈들은 분명 백작의 재
　　　산을 노리고 살인을 지시했을 거예요. 그들에 관해서는 언
　　　니한테 편지로 자세히 들었어요. 혹시라도 그 기사들이 우
　　　리 집에 와서 머물지도 모르니, 저는 집에 있지 않는 게 좋
　　　을 거라고 알려주더군요.

콘월 나도 큰일 날 뻔했군, 리건. 에드먼드, 이번에 아버지께 효
자 노릇을 제대로 했다지?

에드먼드 제 할 일을 했을 뿐입니다.

글로스터 이 애가 에드거의 계략을 알려주었죠. 그놈을 잡으려
다가 부상까지 당했습니다.

콘월 그놈이 잡히기만 한다면 더 이상 아무 짓도 못 하게 할 테
니 걱정 마시오. 에드먼드, 네 효심에 감동받았다. 지금부터
너를 내 부하로 삼겠다. 내겐 너처럼 믿을 만한 사람이 필요
하다.

에드먼드 부족한 점이 있겠지만 성심을 다해 공작님을 모시겠습
니다.

글로스터 아들을 대신해 감사 인사를 올립니다. 그리고 이곳에
오신 두 분을 진심으로 환영합니다. (나팔 소리, 일동 퇴장)

제2장 글로스터 백작의 저택 앞

변장한 켄트와 오스왈드가 양쪽에서 따로 등장.

오스왈드 잘 잤소? 당신은 이 집 사람이오?

켄트 그렇소.

오스왈드 어디에 말을 묶어둘까?

켄트 진흙 속에.

오스왈드 부탁이니 좀 알려주시오.

켄트 나는 당신이 싫소. 내가 당신을 짐승 우리에 몰아넣기만 해도 당신은 나에게 관심을 갖게 될 텐데.

오스왈드 잘 알지도 못하는 사인데 왜 그런 악담을 하시오?

켄트 난 당신을 알아.

오스왈드 내가 누군데?

켄트 악한에다 불한당, 고기 찌꺼기나 얻어먹는 놈. 천하고 경박하고 거지같고, 일 년에 옷을 세 번 갈아입고, 1년 수입은 100파운드밖에 안 되며, 더러운 털양말을 신고 다니는 놈. 악한에 거지에 뚜쟁이에 잡종 암캐의 맏아들을 섞으면 바로 네놈이 되지.

오스왈드 이런 고약한 놈을 봤나. 잘 알지도 못하면서 욕을 퍼붓다니!

켄트 이 뻔뻔한 놈아, 나를 모른다니. 바로 이틀 전에 폐하 앞에서 내가 너를 넘어뜨리고 두들겨 패지 않았더냐? 이놈, 칼을 뽑아라. 밤이긴 해도 달이 떴으니 네놈의 살을 발라 달빛에 말릴 것이다. (칼을 빼면서) 자, 칼을 빼라. 이 비열한 놈아.

오스왈드 비켜라! 나는 너하고 아무 상관이 없다.

켄트 이놈, 어서 칼을 빼라. 네놈은 폐하께 불리한 편지를 전하고 왕권을 위협하고 있다. 뽑아라, 이 악한아! 그렇지 않으면 나는 네 정강이에서 살점을 발라내겠다. 이놈, 어서 칼을 빼 덤벼라!

오스왈드 살려주세요, 살인이다. 사람 살려!

켄트 어서 덤벼라, 이 노예 놈아! 자, 덤벼! (켄트가 오스왈드를 친다)

오스왈드 살려주세요, 아! 살인, 살인이다!

에드먼드가 가늘고 긴 칼을 들고 등장.

에드먼드 무슨 일이냐? 떨어져라!

켄트 애송이로군. 애야, 피 맛을 보고 싶다면 어서 덤벼라.

글로스터, 리건, 콘월, 하인들 등장.

글로스터 아니, 무기를! 칼을! 도대체 뭣들 하고 있는 것이냐?

리건 언니와 아버님께서 각각 보내신 사자使者들인 것 같군요.

콘월 왜 싸우는 것이냐? 말해 보라.

오스왈드 저는 숨쉬기조차 어렵습니다.

켄트 그럴 테지. 그렇게 용감하게 덤볐으니. 비겁한 악당 놈아, 너 같은 놈은 아마 재봉사가 만들었을 거야.

콘월 별 이상한 놈을 다 보겠군. 재봉사가 사람을 만들다니?

켄트 그래요, 재봉사가 만들었죠. 석공이든 화가든 두 시간만 투자했어도 이렇게 어설픈 작품을 만들진 않았을 겁니다.

콘월 말해 보라, 왜 싸운 것인가?

오스왈드 저 늙은 놈의 허연 수염이 불쌍해 목숨만은 살려주었더니, 글쎄……

켄트 알파벳 마지막 글자 제트(Z)처럼 쓸모없는 천한 놈아! 어
르신, 허락만 해주신다면 이 몹쓸 놈을 짓이겨 회반죽을 만
들어 화장실의 벽에 바르겠습니다. 흰 수염 때문에 나를 살
려줬다고? 비열한 놈!

콘월 입 다물라! 짐승 같은 놈들, 네놈들은 예의도 모르느냐?

켄트 알지요. 하지만 화가 치밀 때는 어쩔 수 없습니다.

콘월 왜 화가 났느냐?

켄트 노예 놈이 칼을 차고 있다니 말이나 되는 일입니까? 이렇
게 늘 실실 웃고 있는 악당 놈들은 쥐새끼처럼 부자간의 핏
줄도 물어뜯지요. 절대 풀 수 없도록 단단히 묶인 신성한 매
듭을 말입니다. 이런 놈들은 주인이 무엇을 하든 아첨을 하
고, 불에는 기름을 붓고, 차디찬 마음에 눈을 뿌리며, 주인
기분에 맞춰 입을 놀리고, 개처럼 그저 따라다니는 게 하는
일의 전부입니다. (오스왈드를 향해서) 간질 환자 같은 그런
표정은 그만 집어치워라!

콘월 이 늙은 놈이, 미친 것이냐?

글로스터 싸우게 된 이유를 말해 보라.

켄트 솔직히 말씀드리면, 저는 지금 이곳에 계신 분들보다 훨씬
더 훌륭한 얼굴을 본 적이 있습니다.

콘월 난 이런 부류의 악당을 잘 알고 있어. 솔직한 척 얘기를 하
면서 속으로는 아첨꾼들 못지않은 악의를 품고 있지.

켄트 저는 아첨할 줄 모릅니다. 솔직히 말해서, 공작님을 속이
면서까지 악당이 되고 싶진 않습니다. 공작님이 원하신다

해도 저는 절대 그런 놈은 될 수 없습니다.

콘월 (오스왈드에게) 왜 저 사람을 화나게 만들었느냐?

오스왈드 화나게 한 적 없습니다. 2, 3일 전에 저놈이 모시는 국왕께서 오해를 하시고 저를 때리셨습니다. 그때 저놈이 국왕 편을 들어 국왕의 비위를 맞추며 저에게 딴죽을 걸었습니다. 제가 넘어지니까 저놈은 만족스러워하며 저에게 욕을 퍼붓고, 마치 영웅이나 된 것처럼 우쭐댔습니다. 제가 일부러 져주었더니 국왕께 칭찬을 받았나 봅니다. 그 기분에 또 취하고 싶어, 칼을 들고 저에게 덤빈 것입니다.

켄트 비열한 놈들.

콘월 차꼬(죄수를 가두어둘 때 쓰던 기구로, 두 개의 기다란 나무토막을 맞대어 그 사이에 구멍을 파서 죄인의 두 발목을 넣고 자물쇠를 채우게 되어 있음 – 옮긴이)를 가져오너라! 이 난폭한 늙은이, 노망난 악당 놈에게 쓴맛을 보여줘야겠다.

켄트 전 나이가 많아서 무엇을 배울 수가 없습니다. 그러니 차꼬도 필요 없습니다. 저는 국왕 폐하의 심부름으로 이곳에 왔습니다. 폐하의 사자에게 차꼬를 채운다면, 폐하의 위엄과 인격을 모독하며 악의를 보이시는 일이 될 겁니다.

콘월 차꼬를 가져오라! 내 목숨과 명예를 걸고 저놈을 정오까지 거기에 가둬놔야겠다.

리건 정오라뇨? 밤새도록 앉혀둡시다.

켄트 마님, 제가 마님 아버지의 개라도 이렇게 학대하지는 못할 겁니다.

리건 아버님이 데리고 있는 악한이기에 이러는 것이다.

콘월 이놈은 당신 언니 편지에 적힌 놈들과 한패일 거야. 어서 차꼬를 가져오라!

시종들이 차꼬를 들고 들어온다.

글로스터 공작님, 고정하십시오. 저놈의 죄는 크지만, 그놈의 주인이신 국왕 폐하께서 분명 벌을 내리실 겁니다. 국왕께서 자신의 사자가 이렇게 수모를 당한 것을 아시면 많이 노여워하실 겁니다.

콘월 내가 책임질 것이다.

리건 자기 시종이 모욕을 당하고 공격당한 걸 알게 되면, 언닌 더 화를 낼 거예요. 저놈의 다리를 채워 놓아라. (켄트의 다리에 차꼬를 채운다)

콘월 자, 그만 갑시다. (글로스터와 켄트만 남고 일동 퇴장)

글로스터 미안하네. 공작님의 분부니 어쩔 수 없지만 내가 다시 간청해 보리다.

켄트 걱정 마십시오. 잠도 못 자고 먼 길을 왔으니 이젠 잠이나 좀 자야겠습니다. 아무리 착한 자라도 불운이 따를 때가 있지요. 안녕히 주무십시오.

글로스터 이 일은 분명 공작님의 잘못이다. 누가 봐도 잘못된 일이야. (글로스터 퇴장)

켄트 국왕 폐하, 폐하께서는 하늘이 내린 축복을 빼앗기고 따뜻한 햇볕을 찾아다닌다는 격언을 체험하셔야 될 듯싶습니다. 시련을 겪지 않고는 기적을 얘기할 수 없지. 코델리아 공주님의 편지가 여기 있군! 다행히 내가 신분을 숨기고 있는 것을 알고 계시는구나. 정말 피곤하다. 잠을 못 이뤄 무거워진 눈이여, 이 수치스러운 잠자리를 보지 못하니 다행이구나. 행운의 여신이여, 잘 지내라. 언젠가 너의 미소를 다시 보게 될 테니, 행운의 바퀴를 돌려라! (잠든다)

제3장 숲 속

에드거 등장.

에드거 나는 죄인이며 더 이상 빠져나갈 구멍도 없다. 항구란 항구는 모두 통제되고, 어딜 가도 사람들이 빽빽하게 보초를 서고 있다. 하지만 어떻게든 살아남아야 한다. 그러기 위해선 거지꼴로 변장해야겠다. 얼굴은 검게 칠하고, 허리에는 낡아빠진 담요 자락을 두르고, 머리칼은 헝클어뜨리고, 헐벗은 몸뚱이를 드러내며 비바람을 견딜 것이다. 이 나라에 있는 미친 거지들의 모습을 흉내 내자. 그 거지들은 바늘, 나무꼬챙이, 못, 들장미의 잔가지 등을 감각 없는 팔뚝에 꽂으며 신음한다. 그러면서 미친 듯이 고함을 치며 저주를 하고 기도를 하며 동냥을 하지. 나는 이제 가엾은 걸인이야! 비참한 톰일지도 모르지! 살아남기 위해선 어쩔 수 없지 않은가? 난 이제 더 이상 에드거가 아니다. (퇴장)

제4장 글로스터 백작의 저택

켄트가 차꼬를 차고 앉아 있다. 리어, 광대, 시종 등장.

리어 참으로 이상한 일이다. 그들이 갑자기 집을 비운 것도 그렇고, 내가 심부름 보낸 자를 아직도 돌려보내지 않으니 말이야.

시종 제가 듣기로는 어젯밤까지만 해도 집을 떠날 계획이 없었다고 합니다.

켄트 폐하, 안녕하십니까.

리어 아! 아니, 넌 이런 모욕을 당하면서도 재미있느냐?

켄트 아닙니다, 폐하.

광대 하! 하! 이 사람 좀 봐. 지독한 대님을 매고 있네. 말은 머리를, 개와 곰은 목을, 원숭이는 허리를, 그리고 인간은 다리를 잡아매는 법이지. 다리를 함부로 쓰는 놈은 나무 양말을 신게 되는 거야.

리어 네 신분을 무시하고 차꼬를 채운 놈이 누구냐?

켄트 폐하의 따님과 사위입니다.

리어 그럴 리가.

켄트 사실입니다.

리어 아니다. 그럴 리 없다.

켄트 보시다시피 사실입니다.

광대 기러기가 아직 저쪽으로 날아가니, 겨울이 끝나지 않았구나.
　　　아비가 누더기를 걸치면 자식들은 못 본 척하고
　　　아비가 돈주머니를 차고 있으면 자식들은 상냥하다지.
　　　운명의 여신은 매춘부라 가난한 사람에겐 문을 잠그지.
　　　하지만 당신은 딸들 때문에
　　　일 년 동안 세어도 못다 셀 슬픔을 얻게 될 거요.

리어 가슴속에 울분이 솟는구나! 울분이여 사라져라. 차오르는
　　　슬픔이여, 저 밑으로 내려가라. 내 딸은 어디에 있느냐?

켄트 글로스터 백작과 안에 계십니다.

리어 그냥 있으라. 따라오지 마라. (퇴장)

리어와 글로스터 함께 등장.

리어 면회가 안 된다고! 감히 나한테? 아프다고? 피곤하다고? 간
　　　밤에 밤새 여행을 했다고? 죄다 변명이다. 아비를 거부하고,
　　　아비를 버리려는 것 아니냐. 만족할 만한 대답을 가져오라.

글로스터 말씀드리기 송구합니다만, 공작님은 불같은 성미라서
　　　한 번 결심을 굳히면 절대 바꾸지 않습니다.

리어 몹쓸 놈 같으니! 병에 걸려 뒈져버려라! 성미가 불같다고? 여봐라, 글로스터, 콘월 공작 내외를 만나러 가야겠다.

글로스터 그렇게 전했습니다만⋯⋯.

리어 여보게, 자네 내 말뜻을 이해하고 있는가?

글로스터 네, 잘 알고 있습니다.

리어 국왕이 콘월과 얘기를 나누겠다는 것이다. 어버이가 사랑스런 딸에게 자식의 도리를 다하라는 것이다. 두 사람에게 이 뜻을 전했느냐? 숨이 막히고 피가 끓는구나! 불같은 성미라고? 성난 공작에게 전하라. 아니, 당장은 전하지 않아도 좋다. 몸과 마음이 지치면 때로는 제정신이 아닐 수도 있으니 참아야지. 내 급한 성질 때문에 더 화가 나는 거야. (켄트를 보며) 내 권위도 바닥에 떨어졌구나! 왜 너에게 차꼬를 채웠단 말이냐? 나와 만나는 것을 꺼리는 것을 보니 공작 내외가 무슨 계략을 꾸미는 것 같구나. 내가 그들을 만나고 싶어 한다고 어서 전하라. 만일 두 사람이 오지 않으면 그들의 침실 입구에서 북을 쳐 잠을 깨울 테다.

글로스터 일이 잘 해결되었으면 좋겠습니다. (퇴장)

리어 아, 나의, 나의 끓어오르는 가슴! 그러나 가라앉아라!

콘월, 리건, 하인들과 함께 글로스터 다시 등장.

잘들 지냈나?

콘월 폐하의 은혜 덕분입니다. (켄트를 풀어준다)

리건 폐하를 뵙게 되어 기쁩니다.

리어 그렇겠지, 리건. 만일 네가 기쁘지 않다고 하면 네 어미는 화냥년이 될 테니까. 그렇게 되면 나는 네 어미의 무덤을 파헤쳐서라도 이혼할 것이다. (켄트에게) 아, 드디어 풀려났구나. 이 일에 대해서는 나중에 얘기하자. 사랑하는 리건, 네 언니는 참으로 몹쓸 년이다. 독수리처럼 날카로운 이빨로 여기(자신의 가슴을 가리키며)를 물어뜯었다. 말로는 다 설명할 수가 없구나! 믿을 수 없겠지만. 오, 리건!

리건 진정하세요. 언니가 자식의 도리를 다하지 않았다니, 잘못 생각하고 계신 것 같아요.

리어 무슨 뜻이냐?

리건 언니가 도리를 다하지 않았다는 말은 절대 믿을 수 없어요. 만약 그랬다면 그만한 이유가 있었겠죠. 그러니 언니만 탓할 순 없는 일이에요.

리어 난 그년을 저주한다!

리건 아, 이런! 아버님도 이제 늙으셨어요. 이제 기력도 없으시니 아버님보다 나라 사정을 더 잘 파악하고 있는 젊은이의 판단에 도움을 받으시고, 그의 지도를 받으세요. 그리고 제발 언니한테 돌아가서서 사과하세요.

리어 나보고 사과를 하라니? 한 집안의 가장이 '딸아, 내가 늙어서 쓸모가 없구나. (무릎을 꿇는다) 이렇게 무릎 꿇고 애원하니, 옷가지와 먹을 것 그리고 이불을 좀 다오.' 하고 애걸하란 말이냐?

리건 그만하세요. 제발 언니한테 돌아가세요.

리어 (벌떡 일어서며) 리건, 난 절대 못 간다. 그년은 내 시종들을 반으로 줄였다. 그리고 인상을 찌푸리고 나를 노려보며 욕설을 퍼부었다. 독사 같은 그년의 혓바닥이 내 가슴을 휘감았어. 하늘에 있는 복수들이여, 배은망덕하고 뻔뻔한 그년의 낯짝 위에 쏟아져라! 온갖 질병들이여, 그년의 뱃속에 있는 자식들을 절름발이로 만들어라!

콘월 참으로 끔찍하군요, 폐하. 너무도 끔찍합니다!

리건 오, 하느님! 만일 저한테 화가 나신다면 저에게도 똑같은 저주를 퍼부으시겠군요?

리어 아니다, 리건. 너에게 저주를 퍼붓는 일은 결코 없을 것이다. 너는 덕을 갖춘 아이이기 때문에 그런 몹쓸 짓은 하지 않을 것이다. 고네릴의 눈은 매섭지만 네 눈은 온순하다. 너는 내 시종들을 줄이지도 않을 것이고, 내게 말대꾸를 하지도 않을 테지. 게다가 네가 내 생활비를 아까워하겠느냐. 또한 내가 오지 못하게 문을 걸어 잠그는 일도 없을 것 아니냐. 내가 너에게 왕국의 절반을 주었다는 것을 잊지 않았을 테니까.

리건 아버님, 간단히 하실 말씀만 하세요.

리어 누가 내 시종에게 차꼬를 채웠느냐? (안에서 나팔 소리)

콘월 저 나팔 소리는 뭐지?

리건 언니가 오나 봐요. 곧 오겠다고 편지에 쓰여 있었어요.

오스왈드 등장.

리어 이 하인 놈은 변덕스런 주인의 치마폭에 쌓여 거만을 떨고
있구나. 꼴 보기도 싫다. 내 눈앞에서 썩 꺼져라, 이놈아!
콘월 폐하, 왜 이러러십니까?
리어 누가 내 시종에게 차꼬를 채웠느냐? 리건, 설마 네가 그러
진 않았겠지. 저기 누가 오는 것이냐?

고네릴 등장.

오, 신이시여! 이 늙은이를 가엾게 여기신다면 천사를 보내
주셔서 제 편을 들어주십시오. (고네릴에게) 너는 아비의 수
염을 보고도 부끄러운 게 없느냐? 오, 리건! 설마 저년의 손
을 잡으려는 것이냐?
고네릴 왜 손을 잡으면 안 되는 거죠? 제가 무슨 잘못이라도 했
나요? 망령 난 노인이 죄라고 하는 모든 것들이 다 죄가 되
는 건 아닙니다.
리어 오만불손한 년 같으니! 내 시종에게 차꼬를 채운 자가 누
구냐?
콘월 제가 그랬습니다. 난동을 피운 저놈은 더 큰 벌을 받았어
야 합니다.
리어 자네가! 자네가 그랬단 말인가?
리건 아버님, 고정하세요. 언니한테 가셔서 한 달 동안 머무시

고, 시종을 반으로 줄이신 뒤에 저한테 오세요. 저는 현재 집을 떠나 있는 상태라 대접해 드릴 음식도 없으니까요.

리어 네 언니 집으로 돌아가라니? 시종을 절반으로 줄이고 고네릴한테 가느니 차라리 밤이슬을 맞으며 이리와 올빼미의 벗이 되고, 가난에 굶주리며, 재산 한 푼 없이 내 막내딸을 아내로 맞이한 프랑스 왕 밑에서 그의 기사로 충성하며 목숨을 부지하는 게 낫겠다. 고네릴한테 절대로 못 간다! (오스왈드를 가리키며) 차라리 저 몹쓸 놈의 종이나 말이 되라고 해라.

고네릴 마음대로 하세요.

리어 너희들을 더 이상 괴롭히고 싶진 않다. 다시는 만나지 말자. 그러나 너희는 여전히 내 살이고, 핏줄이며 내 딸이다. 어쩌면 내 살 속에 스민 병균일지도 모르지. 그러나 그것도 내 것이 아니냐. 너희는 내 피가 썩고 응어리져 생긴 종기고 부스럼이며, 부어올라 생긴 염증 같은 존재다. 그러나 나는 너희들을 원망하지 않는다. 때를 봐서 마음을 고쳐라. 그리고 틈이 날 때마다 착해지도록 노력하라. 나는 견뎌 낼 것이다. 리건, 나는 네 집에 머물 것이다. 100명의 기사와 함께 말이다.

리건 그건 안 됩니다. 저는 아버님께서 오실 거라곤 전혀 예상도 하지 못했고, 모실 준비도 제대로 못 했습니다.

리어 진심이냐?

리건 그렇습니다. 시종은 50명이면 충분하지 않나요? 그 이상은 무슨 필요가 있나요? 그것도 많아요. 비용도 많이 들고 위험도 크니까. 한 집에서 두 주인을 모시면서 그 많은 사람들이 어떻게 평화롭게 지내겠어요? 불가능한 일이에요.

고네릴 동생의 시종들이나 저희 집 시종들이 아버님을 보살펴 드려도 되잖아요.

리건 안 될 이유가 없죠. 만약 저희 집 하인이 아버님을 제대로 보필하지 못하면 제가 혼을 내겠어요. 그러니 제발 저희 집에 오시려거든 시종을 스물에 다섯만 데려오세요. 그 이상은 머물 방도 없고 돌봐줄 수도 없어요.

리어 난 너희들에게 모든 것을 다 주었는데…….

리건 적절한 시기에 잘 주신 거죠.

리어 너희들을 내 후견인으로 임명하고 내 모든 재산을 맡겼다. 그리고 그 대신 나는 시종 100명을 거느리겠다는 조건을 두었다. 그런데 시종을 25명만 데려오라니 말도 안 되는 소리 집어치워라. 리건, 진심이냐?

리건 다시 한 번 말씀드리지만 그 이상은 안 돼요.

리어 악한 옆에 그보다 더한 자가 있으면 그 악한이 선해 보이는 법이지. (고네릴에게) 네가 최악은 아니니 난 너와 함께 가겠다. 너는 50명이라고 말했으니 25명의 두 배 아니냐. 네 효심은 네 동생의 두 배인 셈이다.

고네릴 잠깐만요. 아버님의 시종이 25명이든 10명이든 무슨 상관이 있어요? 집에는 그보다 갑절이나 많은 시종들이 있는데요.

리건 한 사람이면 어떻겠어요?

리어 신이시여, 제게 인내를 주소서. 신들이시여, 이 가엾은 늙은이를 보십시오. 당신께서 제 딸들을 부추겨 아비를 배신하도록 만들었다면, 이는 너무도 가혹한 처사입니다. 이 꼴을 보고도 참도록 내버려두지 마소서. 울분이 솟아오르게 해주소서. 이 짐승 같은 년들, 나는 기필코 너희들에게 끔찍한 복수를 하겠다. 내가 눈물을 흘릴 거라 생각했다면 오산이다. 내가 울 이유는 충분하겠지만 말이다. (멀리서 폭풍우 소리 들린다) 정말 미쳐버릴 것 같구나. (리어, 글로스터, 켄트, 광대 퇴장)

콘월 어서 안으로 들어갑시다. 폭풍우가 몰아칠 것 같소.

리건 이 집은 좁아서 저 노인과 시종들이 머물 수가 없어요.

고네릴 늙어서 망령든 탓이지. 편한 자리를 본인이 거부했으니 얼마나 어리석은 행동이었는지 아셔야 해.

리건 아버지 혼자라면 괜찮지만 시종이 한 명이라도 따르면 불가능해요.

고네릴 내 생각도 그래. 글로스터 백작은 어디 계시지?

콘월 노인을 쫓아갔어. 아, 저기 오는군.

글로스터 다시 등장.

글로스터 폐하께서 매우 노여워하고 계십니다.

콘월 어디로 가신답니까?

글로스터 말을 타고 가시는데 어디로 가실지는 모르겠습니다.

콘월　마음대로 하시라고 내버려둡시다.

고네릴　백작, 절대 말리지 마세요.

글로스터　아아! 밤이 옵니다. 거센 바람이 붑니다. 이 부근 수마일 내에는 머물 만한 숲이 하나도 없는데.

리건　문을 잘 걸어 잠그세요. 시종들이 단단히 벼르고 있어요. 그들이 귀가 얇은 노인을 부추겨 무슨 일을 저지를지도 모르니까요.

콘월　백작, 문단속을 철저히 하시오. 무서운 밤이오. 폭풍우를 피합시다. (일동 퇴장)

제3막

제1장 황량한 들판

폭풍우, 번개, 천둥, 켄트와 코델리아의 기사가 따로 등장.

켄트 거기 누구요? 이런 날씨에 사람이라니.

기사 폭풍우처럼 마음이 불안한 사람이오.

켄트 누군지 짐작이 가는군. 폐하께서는 어디 계시오?

기사 거센 폭풍우에 맞서고 계십니다. 인간의 작은 몸뚱이 하나
만 믿고 비바람을 무시하고 계시더군요. 이런 밤에 폐하께
서는 모자도 쓰지 않고 밖에 나가셔서 소리치고 계십니다.

켄트 시종들을 거느리고 계시겠죠?

기사 광대만 함께 있습니다. 가슴 찢어지는 폐하의 고통을 달래
주려고 광대가 익살을 부리며 애를 쓰고 있습니다.

켄트 당신 성품에 대해선 익히 잘 알고 있소. 그래서 당신을 믿
고 한 가지 중대한 일을 부탁하고자 하오. 알바니 공작과 콘
월 공작은 겉보기와는 달리 서로 사이가 좋지 않소. 이 공작
들에게는 충신인 척하는 신하들이 있는데, 그들의 실체는 이
나라를 염탐하고 있는 프랑스의 첩자라오. 이 나라가 분열된

틈을 타 조만간 프랑스 군대가 쳐들어올 것이오. 그래서 하는 말인데, 급히 도버로 가서 폐하께서 지금 불만에 가득 차 있고, 딸들 때문에 큰 슬픔을 겪어 제정신이 아니라는 사실을 전해 주시오. 당신께 분명 사례할 자가 나타날 것이오.

기사 좀 더 생각해 보겠습니다.

켄트 그럴 것 없소. 이 지갑을 드릴 테니 코델리아 공주님을 만나게 되면 지갑 속에 있는 반지를 보여드리시오. 그러면 공주님께서 내가 누구인지 말씀해 주실 거요. 폭풍우는 왜 이리 사나운지! 나는 폐하를 찾으러 가야겠소.

기사 악수나 합시다. 더 하실 말씀은 없습니까?

켄트 한 마디만 더하겠소. 가장 중요한 얘기요. 당신은 저쪽으로, 나는 이쪽으로 가서 폐하를 찾다가 누구든 먼저 폐하를 찾은 사람이 큰 소리로 신호를 보내기로 합시다. (두 사람 따로따로 퇴장)

제2장 들판의 다른 쪽

폭풍우 계속, 리어 왕과 광대 등장.

리어 바람아 불어라. 폭풍우여 몰아쳐라.

광대 아저씨, 방 안에서 비를 피해 아첨하는 게 들판에서 비를 맞는 것보다 나아요. 아저씨, 돌아가요. 딸들에게 갑시다.

리어 비도, 바람도, 천둥도, 번개도 내 딸이 아니다. 나에게 불
친절한 너희들을 더 이상 비난하지 않겠다. 나는 너희들에
게 내 왕국을 양도하지 않았고, 너희들을 내 딸이라 부르지
도 않았으니, 너희들이 내게 복종할 의무는 없는 것이다. 그
러니 마음대로 해라. 나는 가엾고 힘없는, 멸시받는 늙은이
가 되어 여기 서 있다.

광대 머리를 처박을 집 한 칸이라도 있는 사람은 현명한 사람이죠.
머리 처박을 집은 없어도
불알 넣을 바지가 있다면
머리나 불알에 이가 꾀지.
이렇게 거지들은 장가가지.
마음속에 다짐할 분노를
발가락에 붙이고 다닌다면
발가락이 아파서 울며
뜬눈으로 밤을 새워야 하지.
제아무리 절세미인이라도 거울 앞에서는 입을 삐죽거리지.

켄트 등장.

켄트 누구냐?

광대 여기 왕관과 바지가 있다. 현명한 자와 바보가 있다는 얘
기지.

켄트 아! 여기 계셨군요. 밤을 좋아하는 동물이라도 이런 밤은 싫어할 겁니다. 이렇게 무시무시한 번개와 끔찍한 천둥, 비바람 소리는 처음입니다.

리어 하늘의 신들이 이토록 무서운 혼란을 우리에게 주었다면, 난 그들과 맞서 싸울 것이다. 악한들이여, 두려워하라. 살인자여, 위증을 한 자여, 간음을 하고도 덕으로 숨긴 자여, 모두 숨으라. 마음 깊숙이 숨어 있는 죄악이여, 뚜껑을 열어젖히고 심판자에게 자비를 구하라.

켄트 아, 왕관도 안 쓰고 계시다니! 폐하, 근처에 오두막이 있습니다. 그곳에 가면 아마도 비바람을 피할 수 있도록 호의를 베푸는 자가 있을 것입니다. 여기서 잠깐 쉬고 계십시오. 그동안 저는 그 몰인정한 집에 다녀오겠습니다. 그곳에 가서 억지로라도 못 다한 예의를 지키라고 강요해 보겠습니다.

리어 드디어 내가 미치기 시작하나 보다. (광대에게) 이봐, 넌 어떠냐? 추우냐? 나도 춥구나. (켄트에게) 여보게, 지푸라기는 어디 있는가? 더러운 것으로 귀중품을 만들어 내다니 참 신기한 일이로다. 자, 오두막으로 가자. 불쌍한 바보 광대 녀석아. (리어 왕과 켄트 퇴장)

광대 창녀의 욕정도 식힐 수 있는 좋은 밤이다. 가기 전에 예언이나 해두자.

사제의 말이 행동보다 앞설 때
술장수가 누룩에 물을 섞을 때
귀족이 재봉사의 스승이 될 때

창녀 찾는 배신자의 몸이 썩고

법정의 소송이 다 옳다고 판결날 때

빚진 기사 없고 가난한 기사 없을 때

험담이 사람 입에 오르지 않을 때

소매치기가 군중 속에 없을 때

뚜쟁이와 창녀들이 예배당을 세울 때

그때가 되면 알비온 왕국에 대혼란이 일어날 것이다.

그때까지 살아서 볼 수 있는 자들에겐

발로 걷는 시기가 오리라.

마술사 멀린은 이렇게 예언할 테지. 나는 그보다 앞서 살고

있으니까. (퇴장)

제3장 글로스터의 성 안, 어느 방

글로스터와 등불을 든 에드먼드 등장.

글로스터 아아! 에드먼드, 이렇게 몰인정한 처사를 견딜 수 없구
나. 가엾은 폐하를 도와드리려 했더니 공작 내외께서 내 저
택을 몰수했다. 또한 어떤 식으로든 국왕을 돕는 날에는 나
와 영원히 교류를 끊겠다고 경고하셨다.

에드먼드 참으로 무자비하군요!

글로스터 그래도 넌 아무 말 마라. 두 공작은 사이가 좋지 않아. 그러니 곧 불행한 일이 벌어질 것이다. 오늘 밤 밀서를 전달 받았다. 위험에 빠질 수도 있으니 절대 발설하지 마라. 지금 국왕이 겪고 계신 고난에 대한 복수극이 곧 펼쳐질 것이다. 이미 프랑스 군사들 일부가 이 나라에 들어와 있다. 우린 국왕의 편에 서야 해. 나는 국왕을 은밀히 찾아낼 테니 너는 공작에게 가서 말상대나 하고 있거라. 그리고 만일 내 소식을 묻거든 몸이 안 좋다고 전해라. 설사 내 목숨이 위태로워진다 해도 폐하께서는 내가 모시던 분이니 구해 드려야 한다. 에드먼드, 이상한 일이 벌어질지도 모르니 부디 몸조심해라. (글로스터 퇴장)

에드먼드 국왕에 대한 아버지의 충성을 공작에게 알리고 편지에 대해서도 알려야겠군. 그렇게 되면 내 공로를 인정받을 테고 아버지가 잃은 재산은 모두 내 것이 될 테지. 노인이 쓰러질 때 젊은이가 일어나는 법이지. (에드먼드 퇴장)

제4장 황량한 들판, 오두막 앞

리어, 켄트, 광대 등장.

켄트 여깁니다. 안으로 모시겠습니다. 칠흑같이 어두운 밤에 폭

풍우와 맞서는 것은 인간이 할 수 없는 일입니다. (폭풍우 소리 여전히 들린다)

리어 날 그냥 내버려두어라.

켄트 제발 안으로 들어가십시오.

리어 내 가슴을 찢어 놓으려는 것이냐?

켄트 차라리 제 가슴을 찢겠습니다. 제발 안으로 들어가십시오.

리어 이런 폭풍우에 젖는 것을 너는 큰일이라고 생각하는구나. 그럴 수도 있겠지. 하지만 큰 고통을 겪은 자에겐 사소한 고통은 느껴지지 않는 법이지. 마음의 고통이 없어야 육체가 고통을 쉽게 느낄 수 있지 않겠느냐. 마음에 이렇게 폭풍이 휘몰아치니 심장 박동 소리 외에는 아무런 감각이 없구나. 분하다. 이렇게 컴컴한 밤에 나를 들판으로 내쫓다니! 그러나 나는 폭우 속에서도 견뎌 낼 것이다. 오, 리건, 고네릴! 내 모든 걸 다 주었건만. 아아, 미칠 것 같구나. 이제 이런 생각은 하지 말자.

켄트 제발 들어가십시오.

리어 이 폭풍우 때문에 더 이상 쓸데없는 다른 생각은 안 해도 되겠구나. 나도 들어가야겠다. (광대에게) 얘야, 너 먼저 들어가거라. 집도 없는 가난뱅이야, 안으로 들어가거라. 나는 기도를 올리고 자야겠다. (광대, 안으로 들어간다) 가난에 굶주린 자들이여, 머리 하나 둘 곳 없이 굶주린 배를 동여매고 구멍 난 누더기를 걸친 채 하루 종일 비바람을 맞았겠구나. 그동안 나는 이런 일에 전혀 신경을 쓰지 않았지! 부유한 자

들이여, 이 일을 교훈으로 삼고 남는 게 있다면 그들에게 나
눠주어라. 신이 공평하다는 것을 보여주어라.

광대, 오두막에서 뛰쳐나온다.

광대 들어가지 마세요, 아저씨. 도깨비예요. 사람 살려, 사람 살려!
켄트 도와주마. 거기 누가 있느냐?
광대 도깨비야, 도깨비라고. 자기 이름이 가엾은 톰이래.
켄트 짚더미에 숨어 중얼거리는 놈은 누구냐? 어서 나와라.

미치광이로 변장한 에드거, 밖으로 나온다.

에드거 썩 물러가라! 악마가 뒤쫓아온다! 흥, 이 악마야! 차가운
  잠자리로 들어가 네 몸뚱이나 녹여라.
리어 자네도 두 딸에게 모든 것을 주었는가? 그래서 그렇게 되
  었는가?
에드거 그 더러운 악마가 나를 여기저기로 끌고 다녀요. 그놈은
  베개 밑에 단검을 넣어두고, 의자에는 목을 매달 밧줄을 걸
  어놓고, 내 그림자를 보며 반역자라고 했어. 톰은 추워요. 악
  마에게 붙들려 있는 가엾은 톰에게 적선하세요. 이번엔 그
  놈을 잡을 수 있었는데. 저기, 아니, 저기에서! (폭풍우 계속
  된다)
리어 뭐야! 저자도 딸년들 때문에 저렇게 되었다고? 한 푼도 안

남기고 몽땅 주었소?

광대 천만에요, 담요 한 장은 남겼죠.

리어 머리 위를 떠도는 온갖 재앙들이여! 네 딸년들 머리 위에 떨어져라!

켄트 저 사람은 딸이 없습니다.

리어 (켄트에게) 뒈져라, 배신자 놈아! 불효를 저지르는 딸년들 때문이 아니라면 어떻게 저렇게까지 비참한 지경이 될 수 있겠느냐? 아비들이 자식에게 버림받고 헐벗은 몸으로 학대당하는 것이 요즘 풍속이더냐? 하긴 벌을 받아 마땅하다! 아비의 피를 빨아먹는 펠리컨 같은 딸년들을 낳았으니 말이다.

에드거 필리콕(펠리컨)은 필리콕 산에 앉았구나. 허이, 허이, 허어이, 허어이!

광대 이렇게 추운 밤에는 다들 바보가 되거나 미쳐버리겠지.

에드거 악마를 조심하세요. 부모님 말씀을 잘 들으세요. 약속은 꼭 지키세요. 맹세를 하지 마세요. 톰은 추워요.

리어 자넨 무슨 일을 하며 살아왔나?

에드거 교만이 넘치는 여주인 밑에서 살았어요. 온갖 머리 모양으로 치장해 주고, 모자에 장갑을 붙이고 다니는 부인의 욕망을 한껏 채워주었죠. 여주인과 재미도 봤죠. 입 밖으로 나오는 대로 맹세를 하고 하느님 앞에서 그 약속을 어겼죠. 술을 꽤 좋아했고 노름도 즐겼어요. 여자에 있어서는 터키 왕 못지않았답니다. 마음은 거짓으로 꽉 차 있고, 귀는 얇고, 손은 잔인하고, 돼지처럼 게을러빠졌고, 여우처럼 약고, 이리처럼 탐욕스럽고, 개처럼 정신이 나갔고, 사자처럼 남을 헐뜯었지요. 창녀들의 집에는 출입을 금하고, 허리춤 사이로 손을 넣지 말고, 빚쟁이 장부에 이름을 남기지 마세요. 산사나무 덤불 사이로 계속 찬바람이 부는군요. 쏴아, 쏴아, 이봐, 돌고래 같은 놈아, 그 사람은 통과시켜다오. (폭풍우 여전하다)

리어 이렇게 추운 날 맨몸뚱이로 비바람을 맞고 있느니 차라리 너는 무덤 속에 있는 게 낫겠다. 여기 있는 우리 세 사람은 모두 자신의 모습을 감추느라 옷을 걸치고 있는데, 너는 태어날 때의 모습 그대로구나. 옷을 입지 않는다면 인간은 너처럼 두 발 달린 벌거숭이 짐승과 다를 바 없지. 그래 벗어던지자. 빌려 입은 옷 따위는 벗어던지자. 여봐라. 이 단추를 풀어다오. (리어 왕, 옷을 찢는다)

광대 제발 부탁이니 아저씨, 진정하세요. 오늘 밤은 수영도 못할 날씨라고요. 이 허허벌판에 있는 등불은 음탕한 늙은이의 열정만큼이죠. 한 번 타올라도 그때뿐이라고요. 그 후에는 온몸이 차가워지죠. 보세요, 불덩이 하나가 오고 있네요.

글로스터가 횃불을 들고 등장.

에드거 저것이 사악한 악마 플리버티지빗이로구나. 놈은 통금 때 나타났다가 첫닭 울 때까지 쏘다니는 놈이죠. 눈은 사팔뜨기로, 입은 언청이로 만드는 놈이지. 밀에 곰팡이가 슬게 하고 땅 위의 불쌍한 생명을 해치는 놈이야.

성인 위솔드가 들판을 세 번 돌다가
아홉 시종 거느린 잠귀신을 만나
어서 내려오라 명령하고
나쁜 짓 그만하라 말했죠.
'악귀야, 물러가라, 썩 물러가!'

리어 저놈은 대체 누구냐?

켄트 (글로스터에게) 누구요? 누굴 찾는 것이오?

글로스터 너는 누구냐? 이름을 말하라!

에드거 가엾은 톰이에요. 헤엄치는 개구리, 두꺼비, 올챙이, 도마뱀, 물에 사는 도롱뇽을 먹고 살아요. 파랗게 이끼 끼고 구정물 고인 연못을 통째로 마시고, 이곳저곳 끌려 다니며 사람들에게 매를 맞고, 차꼬를 차고 감옥에 갇히기도 하지요.

글로스터 폐하, 저런 놈들을 거느리고 계셨습니까?

에드거 염라대왕은 신사입니다. 그의 이름은 모도죠. 마후라고도 불러요.

글로스터 폐하, 한 핏줄인 우리 자식들까지 사악해져 자기를 낳아준 부모들까지 증오하는 세상입니다.

에드거 가엾은 톰은 추워요.

글로스터 자, 제가 안내하겠습니다. 폐하의 신하로서, 저는 따님들의 그 몰인정한 명령을 받아들일 수 없습니다. 성문을 걸어 잠그고, 폭풍우 몰아치는 이 밤에 폐하께서 고생하시도

록 내버려두라는 따님의 엄명을 저는 따를 수 없습니다. 제
가 폐하를 온기가 있고 따뜻한 식사가 준비된 곳으로 안내
하겠습니다.

리어 잠깐, 저 철학자와 얘기를 나누고 싶다. 천둥이 치는 이유
는 무엇이냐?

켄트 폐하, 저분의 권유대로 하시지요.

리어 나는 이 테베의 학자와 얘기를 나누고 싶다. 너는 무엇을
연구하고 있느냐?

에드거 악마보다 앞서 나가서 이 근처엔 접근도 하지 못하게 하
는 일이죠. 또한 빈대를 죽이는 일도 연구하고요.

리어 하나만 더, 조용히 묻고 싶구나.

켄트 (글로스터에게) 한 번만 더 권해 보십시오. 폐하가 제정신
이 아니신 것 같습니다.

글로스터 그럴 만도 하지 않겠소? 딸들이 노왕의 목숨을 노리고
있으니 말이오. 아, 착한 켄트여! 그는 이런 사태가 벌어질
것을 미리 알고 경고했었는데. 당신은 폐하께서 제정신이
아니라고 했는데, 실은 나도 마찬가지라오. 내겐 아들이 하
나 있었소. 그런데 얼마 전, 그놈이 나를 죽이려고 했소. 나
만큼 아들을 사랑한 아비는 없었을 것이오. 나는 정말 슬퍼
서 미칠 것 같소. 끔찍한 밤이구나! 폐하, 제발…….

리어 오, 용서하시오. 철학자 선생, 같이 갑시다.

에드거 톰은 추워요.

글로스터 다들 오두막 안에서 몸을 좀 녹입시다.

리어 함께 들어가자.

켄트 이쪽입니다.

리어 나는 저 사람하고 함께 가겠다.

켄트 (글로스터에게) 백작님, 폐하의 뜻대로 하십시오. 저 사람도 함께 데려가도록 합시다.

글로스터 당신이 데려가시오.

켄트 (에드거에게) 이봐, 따라오너라.

리어 갑시다, 아테네에서 온 선생.

에드거 컴컴한 성에 다다르니 여전히 그의 외침이 들리네. 흥, 흥, 흥, 브리튼인의 피 냄새가 진동을 하네. (모두 퇴장)

제5장 글로스터의 성 안 어느 방

콘월과 에드먼드 등장.

콘월 이 집을 떠나기 전에 내 반드시 원수를 갚고 말겠다.

에드먼드 부자간의 천륜을 어기면서까지 공작님께 충성을 바쳤다는 소문이 퍼질 텐데, 저는 두렵습니다.

콘월 네 형이 꼭 사악했기 때문에 백작의 목숨을 노린 것은 아니었어. 네 아버지에겐 비난받아 마땅한 결점이 충분히 있었던 거지.

에드먼드 옳은 길로 가면서도 뉘우쳐야 하는 운명이라니 참으로 지독하군요! (편지를 꺼내면서) 여기, 아버지가 말씀하시던 밀서가 있습니다. 이것으로 인해 아버지가 프랑스군에게 충성한 첩자라는 게 밝혀졌습니다. 오, 신이시여! 이 편지의 내용이 사실이라면 공작님께도 불행이 닥칠 테니 부디 몸조심하십시오.

콘월 사실 여부를 떠나 너는 이제 글로스터 백작이 되었다. 네 아버지를 찾아라. 서둘러 체포해야겠다.

에드먼드 (방백) 아버지가 국왕을 돕고 있는 모습이 현장에서 발각되면 혐의는 더욱 확실해지겠지. (콘월에게) 충성과 효성 사이에서 괴로운 갈등을 하게 되었지만, 저는 충성의 길을 가겠습니다.

콘월 난 너를 믿는다. 넌 내게 네 아버지보다 더 큰 총애를 받을 것이다. (두 사람 퇴장)

제6장 성 부근에 있는 농가의 방

글로스터와 켄트 등장.

글로스터 들판보다는 여기가 훨씬 나으니 다행입니다. 저는 잠시 나갔다 오겠습니다.

켄트 국왕의 모든 판단력은 극한 분노와 더불어 사라졌습니다. 백작님의 호의에 대해서 깊은 감사를 드립니다. (글로스터 퇴장)

에드거 악마 프라테레토가 나를 부른다. 그가 말하길, 황제 네로가 지옥에서 낚시질을 하고 있다는군. (광대에게) 너는 착한 사람이지? 악마가 들러붙지 못하도록 해라.

광대 아저씨, 미치광이는 도시 신사인가요, 시골 신사인가요?

리어 왕이다, 왕!

광대 아냐, 아들을 도시 신사로 만든 사람은 시골 신사야. 왜냐하면 그가 자기보다 먼저 아들을 신사로 만들었으니까.

리어 수천 명의 악마들이 쇠꼬챙이를 불에 달궈 그년들한테 달려들었으면…….

에드거 악마가 내 등을 깨물었어요.

광대 이리가 순하다고 믿고, 말의 건강을 믿고, 소년의 사랑이나 창녀의 맹세를 믿는 사람은 미치광이야.

리어 내 곧 그년들을 법정에 세울 테다. (에드거에게) 박식한 재판장님, 여기 앉으시오. (광대에게) 현명한 당신은 이곳에. 요 여우 같은 년들아! 너희들은 여기 앉아라.

광대 (노래한다)

그녀의 배에 물이 새는구나.

그대에게 가고 싶어도 갈 수가 없는데,

차마 그 이유를 밝히지 못하네.

켄트 어떠십니까, 폐하. 잠시 자리에 누우시지요.

리어   저년들의 재판부터 봐야겠다. 증인을 불러라. (에드거에게) 법관복을 입으신 재판관님, 착석해 주십시오. (광대에게) 너는 배석 재판관이니 그 옆에 착석하라. (켄트에게) 너는 재판 위원 중 한 명이니 거기 앉아라.

에드거   공정한 재판을 하자.

리어   우선 고네릴, 저년을 심문하라. 저명하신 모든 분들 앞에서 맹세하건대, 저년은 가엾은 자기 아비를 발로 걷어찬 년입니다.

광대   이리 나오너라. 네 이름이 고네릴이냐?

리어   아니라곤 못 하지. 저년의 찌그러진 낯짝을 보면 저년 심보가 얼마나 고약한지 알 수 있을 겁니다. 그년을 잡아두시오! 무기를, 칼을 빼라, 불을 켜라! 이 법정은 부패했다! 부정한 재판관들이여, 왜 그년을 놓친 것이오?

에드거   부디 제정신으로 돌아오시기를!

켄트   아, 슬프구나! 그토록 자부심을 갖던 인내심은 어디로 간 것인가.

에드거   (방백) 눈물이 앞을 가려 더 이상은 속일 수 없겠다.

리어   강아지들마저 나를 향해 짖어대는구나.

에드거   머리에 쓴 것을 벗어던지고, 톰이 강아지들을 쫓아버리겠소. 개새끼들아, 썩 물러가라! 춥구나, 추워. 자, 가자. 밤샘하는 잔치에 가자, 장터로 가자. 가엾은 톰, 네 뿔잔이 텅 비었구나.

리어   이제 리건을 해부해 주시오. 그년의 심장에 대체 무엇이

자라고 있는지 봅시다. 창조주께서 그렇게 몰인정한 년을 만든 이유가 있었을 것 아니오. (에드거에게) 너를 내 100명의 시종 중 하나로 임명하마. 헌데 네 옷차림이 마음에 들지 않는다. 넌 페르시아 복장이라 우길 테지만 갈아입는 게 좋겠다.

켄트 폐하, 잠시 누워서 쉬시지요.

리어 조용히 하라. 커튼을 쳐라. 저녁 식사는 아침에 먹겠다.

광대 나는 점심 때 자러 갈 테야.

글로스터 다시 등장.

글로스터 이보시오, 폐하께선 어디 계시오?

켄트 여기 계십니다. 그러나 제정신이 아니시니 말을 걸진 마십시오.

글로스터 폐하를 안아 일으키시오. 암살의 음모가 있다는 소문이 있소. 들것을 준비해 놓았으니 폐하를 태우고 서둘러 도버로 가시오. 거기에 가면 환영과 보호를 받을 수 있을 것이오. 어서 폐하를 안고 오시오.

켄트 지쳐서 편히 잠드셨습니다. 한잠 푹 주무셔야 정신을 차리고 기력이 회복되실 텐데. (광대에게) 폐하를 안아 일으키자. 좀 도와다오. 지체할 시간이 없다.

글로스터 자, 갑시다. (켄트, 글로스터, 광대, 국왕을 부축하고 모두 퇴장, 에드거만 남는다.)

에드거 지체 높으신 분께서 우리처럼 고통받는 것을 보니 내 불
행을 탓할 수만은 없구나. 같이 슬퍼하며 고생하는 동료가
있다면 괴로운 마음은 훨씬 가벼워진다. 내가 느끼는 고통
을 국왕도 겪고 있는 걸 보니 내 고통이 한결 가볍고 견딜
만한 것처럼 느껴지는구나. 톰, 꺼져라! 너를 망쳐버린 누명
이 벗겨지고 네가 정당하다는 것이 밝혀져 네 자리를 찾을
수 있을 때 네 정체를 드러내라. (에드거 퇴장)

제7장 글로스터의 성

콘월, 리건, 고네릴, 에드먼드, 그리고 시종들 등장.

콘월 반역자 글로스터를 찾아라. (시종들 일부 퇴장)
리건 찾는 즉시 교수형에 처하라.
고네릴 그의 두 눈을 뽑아버려라.
콘월 내가 알아서 처치할 테니 나한테 맡기시오. 에드먼드, 처
형을 부탁하오. 우리가 반역자인 그대의 부친을 처단하는
모습은 차마 볼 수 없을 것이오. 그리고 알바니 공작 댁에
도착하면 즉시 전투 준비를 하시오. 우리도 곧 준비하겠소.
안녕히 가십시오, 처형. 잘 가시오, 글로스터 백작.

오스왈드 등장.

어떻게 되었느냐? 왕은 어디 있는 것이냐?

오스왈드 글로스터 백작이 왕을 모시고 나갔습니다. 왕의 기사 서른대여섯 명과 백작의 시종 몇 명과 함께 도버로 갔다고 합니다. 그곳에서 군대가 그들을 기다리고 있다고 합니다.

콘월 공작부인이 타실 말을 준비하라.

고네릴 안녕히 계십시오, 공작님. 그리고 리건, 잘 있거라.

콘월 에드먼드, 조심히 가시오. (고네릴, 에드먼드, 오스왈드 퇴장) 반역자 글로스터를 잡아와라. 도둑놈처럼 포박해서 끌고 오너라. (다른 시종들 퇴장) 재판의 형식을 갖추지도 않고 교수형에 처하긴 꺼림칙하지만, 극한 분노 때문에 휘두른 권력을 비난할 수는 있어도 막을 수는 없을 것이다. 누구냐? 반역자를 끌고 왔느냐?

글로스터를 체포한 시종들 몇 명 등장.

리건 이 배은망덕한 여우 같은 놈아!

콘월 저놈의 말라빠진 양팔을 포박하라.

글로스터 이게 무슨 일입니까? 당신들은 우리 집의 손님입니다. 주인인 제게 이런 행패를 부려도 되는 겁니까?

콘월 묶어라! (시종들, 그를 묶는다)

리건 단단히, 꽉 묶어라. 이 더러운 반역자!

글로스터 무자비한 부인이시여, 저는 반역자가 아닙니다.

콘월 의자에 묶어라. 이 사악한 놈, 어디 두고 보자. (리건, 글로스터의 턱수염을 잡아 뽑는다)

글로스터 오, 하느님, 살펴주소서! 수염을 뽑다니, 참으로 잔인하오!

리건 백발이 성성한데 반역 행위를 하다니!

글로스터 부인은 참으로 지독하군요. 당신이 뽑은 이 턱수염이 살아나서 당신에게 저주를 내릴 것이오.

콘월 이봐, 최근 프랑스에서 무슨 편지가 왔느냐?

리건 솔직히 말해! 이미 다 알고 있으니까.

콘월 최근에 이 나라에 상륙한 반역자들과 무슨 계략을 꾸몄느냐?

리건 미친 왕을 누구한테 보냈느냐? 사실대로 말해!

글로스터 추측으로 쓰인 편지를 받았습니다만, 그것은 중립의 입장에 선 제삼자에게서 온 것입니다.

콘월 교활한 놈이군. 국왕은 어디로 보냈느냐?

글로스터 도버로 보냈습니다.

콘월 왜 도버로 보낸 것이냐? 어서 말하라.

글로스터 (중얼거린다) 이렇게 말뚝에 묶여 있으니 개떼의 공격을 피할 수 없겠구나.

리건 왜 도버로 보냈느냐?

글로스터 왜냐고? 네가 잔인한 그 손톱으로 가엾은 노왕의 눈을 후벼파는 것을 차마 볼 수 없으니까. 사악한 네 언니가 산돼지 같은 어금니로 고결한 옥체를 물어뜯는 것을 볼 수 없으니까 말이다. 복수의 신이 너희들에게 천벌을 내릴 것이다.

콘월 못 보게 만들어주지. (시종들에게) 여봐라, 의자를 꽉 잡고 있어라. 이놈의 눈알을 짓밟아버리겠다.

글로스터 오래 살고 싶다면 나를 도와주시오! 아, 이렇게 잔인할 수가! 오, 신이시여!

리건 한쪽 눈만 없으면 다른 한쪽 눈이 보고 놀랄 테니 나머지 도 뽑아버리세요.

시종1 공작님, 진정하세요. 저는 어려서부터 공작님을 모셔왔습 니다. 그러나 지금은 공작님을 말리는 것이 제 의무라고 생 각합니다.

리건 뭐라고? 이 개 같은 놈이!

시종1 부인에게도 턱수염이 있다면 그 수염을 잡아 흔들어서라 도 싸움을 걸겠습니다. (콘월에게) 공작님, 왜 이러십니까?

콘월 이놈이!

시종1 그럼 저도 어쩔 수 없습니다. 어디 한 번 해봅시다. (칼을 빼들고 싸운다)

리건 (다른 시종에게) 칼을 다오. 종놈이 감히 대들다니! (리건, 칼 을 들고 시종을 등 뒤에서 찌른다)

시종1 아, 칼을 맞았구나! (글로스터에게) 백작님, 남은 눈으로 제가 저자를 찌른 상처를 보십시오. 윽! (죽는다)

콘월 더 이상 아무것도 볼 수 없게 해주마. 나머지도 뽑아버리 겠다. 이젠 아무것도 볼 수 없을 것이다.

글로스터 아, 세상이 온통 암흑이구나. 내 아들 에드먼드는 어디 있느냐? 에드먼드, 남은 효성을 다하여 이토록 잔혹한 일에 복수하라.

리건 입 닥쳐라, 반역자야! 너를 증오하는 아들을 찾아서 무엇 하겠느냐! 너를 반역자라고 밀고한 자가 바로 에드먼드다.

글로스터 오, 내가 어리석었구나! 에드거가 모략을 당했던 거야. 자비로우신 신이여, 용서해 주소서. 에드거에게 행운을 주소서!

콘월 저놈을 쓰레기장에 내버려라. 리건, 피가 많이 나는구려. 좀 부축해 주시오. (리건에게 부축을 받으며 콘월 퇴장)

시종2 저런 사악한 놈들이 잘산다면 나는 어떤 나쁜 짓이라도 저지를 테다.

시종3 저런 여자가 남들만큼 오래 산다면 여자들은 죄다 괴물이 될 거야.

시종2 글로스터 백작을 따라가세. 그리고 미친 거지를 찾아가 백작님이 원하는 곳으로 모셔다 드리도록 부탁하세. 그 미친 거지는 늘 떠돌아다니니 어디든 모셔다 드리겠지.

시종3 그러세. 나는 달걀 흰자위와 삼베를 얻어와 피투성이가 된 저 얼굴에 발라드려야겠네. 하느님, 저분을 보살펴주소서! (따로따로 퇴장)

제4막

제1장 거친 들판

에드거 등장.

에드거 속으로는 무시하면서 겉으로 아첨을 받느니 차라리 바
보 취급을 당하는 게 낫지. 불행의 바닥까지 떨어지면 다시
올라가는 일만 남지 않겠는가. 보이지 않는 바람아, 나는 너
를 안고 가겠다! 나는 너로 인해 불행의 나락으로 떨어졌다.

글로스터가 노인의 안내를 받으며 등장.

내 아버지시구나. 가여우신 아버지, 노인에게 부축을 받고
오시잖아? 세상아, 오, 세상아! 갑작스러운 너의 혼돈 때문
에 우리는 너를 미워할 수밖에 없다.

노인 오오, 백작님, 저는 지난 팔십 년 동안 백작님의 하인이었
을 뿐만 아니라 또한 백작님 선친의 하인이었습니다.

글로스터 날 그냥 두고 가게. 제발 가주게. 나 때문에 자네까지
해를 입을지도 모르니.

노인 하지만 시력을 잃으셨는데······.

글로스터 꼭 가야 할 곳도 없으니 눈도 필요 없네. 눈이 보였을 때 발을 헛디뎌 넘어지곤 했지. 하지만 의지할 게 없으니 방심하지 않게 되는군. 사랑하는 내 아들 에드거, 속아서 생긴 아비의 분노 때문에 희생되었구나! 내 생전에 너를 만져볼 수만 있다면 다시 눈을 얻은 거나 마찬가지일 텐데!

노인 누구요! 거기 누구요?

에드거 (방백) 아, 신이여! 누가 '나는 지금 최악의 상태다.' 라고 말할 수 있을까? 나는 지금, 조금 전보다 더 최악의 상태가 되었다.

글로스터 거지냐?

노인 미치광이입니다.

글로스터 구걸을 할 수 있다면 정신이 조금은 남아 있나 보구나. 폭풍우 치던 간밤에 네놈을 만났을 때, 난 인간과 벌레가 별반 다를 게 없다는 생각이 들었지. 그때 마음속에 아들의 얼굴이 떠오르더군. 하지만 그땐 아들과 화해할 생각이 없었어. 아이들이 파리를 다루듯, 신은 우리 인간을 다루고 있어. 신은 인간을 장난으로 죽이지.

에드거 (방백) 어쩌다 저렇게 되신 걸까? 슬픔을 억누르며 바보인 척하는 것도 괴롭구나. (글로스터에게 큰 소리로) 안녕하세요, 아저씨!

글로스터 저 벌거숭이 녀석에게 입을 옷을 좀 갖다 주게. 나는 저 녀석에게 길 안내를 부탁할 테니.

노인 세상에나! 저 녀석은 미치광이입니다.

글로스터 미치광이가 맹인을 안내하는 것이 이 시대의 저주다. 내가 시키는 대로 하게. 어서 돌아가.

노인 제가 가진 옷 중에서 가장 좋은 걸 갖고 오겠습니다. (퇴장)

글로스터 이 녀석아, 이 벌거숭이 녀석아.

에드거 가엾은 톰은 추워요. (방백) 계속 속일 수밖에 없다. 아아, 저 눈에서 피가 흐르네.

글로스터 도버로 가는 길을 알고 있느냐?

에드거 계단과 좁은 통로, 말을 타고 가야 하는 길, 걸어서 가는 길을 모두 잘 알고 있습니다. 가엾은 톰은 악마에게 혼이 나 제정신이 아니지만, 아저씨는 명문가의 자손이니 악마에게 당하지 않게 조심하세요.

글로스터 자, 너에게 돈주머니를 주마. 하늘이 내린 고통을 꿋꿋하게 잘 참아내고 있구나. 내가 이렇게 비참한 꼴이 되니 오히려 네 신세가 행복해 보이는구나. 신이시여, 호의호식하는 자들, 하늘의 뜻을 무시하는 자들, 인간의 아픔에 등을 돌리는 자들에게 하늘의 힘을 보여주소서. 그렇게 된다면 세상은 공평해질 것입니다. 도버를 아느냐?

에드거 네, 알고 있어요.

글로스터 그곳에 절벽이 있다. 그 절벽까지만 나를 안내해 다오. 그러면 내가 가진 귀한 물건으로 네 가난을 구제해 주겠다. 그 이상은 안내할 필요 없다.

에드거 제 손을 잡으세요. 가엾은 톰이 안내할게요. (두 사람 퇴장)

제2장 알바니 공작의 저택 앞

고네릴과 에드먼드 등장.

고네릴 백작, 어서 오세요. 그런데 참 이상하군요. 다정한 우리 남편이 마중을 안 나오시다니.

오스왈드 등장.

공작님은 어디 계시지?

오스왈드 마님, 안에 계십니다만 아주 다른 사람이 되셨습니다. 적군이 상륙했다는 소식을 들으시고도 웃기만 하시고, 마님께서 돌아오셨다고 해도 '소용없어'라고만 말씀하십니다. 글로스터의 배신과 그의 아들이 충성을 바쳤다는 말씀을 드렸더니, 저에게 멍청한 녀석이라고 호통치셨습니다.

고네릴 (에드먼드에게) 이제 그만 돌아가세요. 그분은 용기가 없어서 늘 두려움에 떨고 있죠. 멸시를 당해도 복수할 생각을 하지 않는다고요. 에드먼드, 콘월 공작한테 가서 군대를 소집하고 통솔하세요. 남편에게는 길쌈할 실패를 주고, 내가 대신 칼과 창을 들겠어요. 당신이 출세를 원한다면 당신 연인의 명령을 따르세요. 그리고 이걸 지니세요. (사랑의 선물을 준다) 이 키스가 당신에게 용기를 줄 거예요.

에드먼드 당신을 위해서라면 이 한 목숨 아깝지 않소.

고네릴 아아, 나의 사랑스러운 글로스터! (에드먼드 퇴장) 같은
남자인데 저렇게 다르다니!! 여자의 사랑을 받을 가치가 있
는 사람은 바로 당신인데, 집에 있는 멍청이가 내 몸을 차지
하고 있으니.

알바니 공작 등장.

알바니 오, 고네릴! 당신은 거센 바람 속에 섞여 얼굴로 날아온
먼지보다 못한 사람이오. 당신은 인자하신 아버지를 미치게
만들었소. 이보다 더 야만스럽고 잔혹한 짓이 어디 있소?

고네릴 겁쟁이 바보! 프랑스 왕은 깃발을 휘날리며 군대를 몰고
쳐들어오고 있는데 당신은 성인군자처럼 '저 사람은 왜 그
러는 것인가?' 하고 있을 뿐이라고요.

알바니 악마야, 네 모습을 봐라! 악마는 본래 흉측하지만, 계집
의 탈을 쓰니 더 끔찍하구나.

사신 등장.

무슨 일이냐?

사신 콘월 공작님께서 돌아가셨습니다. 글로스터 백작님의 눈
을 빼려다 시종의 칼에 찔리셨습니다.

알바니 글로스터 백작의 눈이라니!

사신 어릴 때부터 백작님을 모시던 시종이 콘월 공작님을 말리다가, 칼을 뽑아 공작님을 찌른 것입니다. 그러다 공작부인께서 시종을 찔러 죽였습니다.

알바니 이는 하늘이 공평하다는 증거다. 아, 가엾은 글로스터 백작, 한쪽 눈을 잃었단 말인가!

사신 양쪽 다 잃으셨습니다. 그리고 이건 공작부인께서 보내신 편지인데, 즉시 회답을 주셔야겠습니다.

고네릴 (방백) 오히려 잘 된 걸지도 몰라. 하지만 동생이 과부가 되었는데, 나의 에드먼드가 곁에 있다가는 내 공든 탑이 무너질지도 모르겠군. 그래도 어쨌든 나쁜 소식은 아니야. (사신에게 큰 소리로) 읽고 난 뒤 답장을 주겠소. (퇴장)

알바니 글로스터의 아들은 이 일에 대해서 알고 있는가?

사신 알고 있을 뿐만 아니라 밀고한 사람이 바로 그 아들입니다. 그래서 아버지에게 마음껏 벌을 내리라는 의미로 집을 떠나 있던 겁니다.

알바니 글로스터, 폐하를 향한 그대의 충성심에 감사하고 있소. 그대의 눈에 대해 내 반드시 복수해 주리라. (사신에게) 나한테 좀 더 상세하게 말해 주게. (두 사람 퇴장)

제3장 도버 근처의 프랑스군 진영

변장한 켄트와 기사 한 사람 등장.

켄트 편지를 보시고 왕비님께서 매우 슬퍼하시던가요?

기사 네, 왕비님께서는 제 앞에서 편지를 읽으시며 하염없이 솟아 흐르는 눈물을 왕비의 위엄으로 억누르시는 것 같았습니다.

켄트 오, 저런, 마음이 몹시 동요되셨나보군요.

기사 그렇게 심하진 않았습니다. 햇빛이 비추면서 비가 내리는 것을 보신 적이 있으시죠? 왕비님께서 미소를 지으시며 눈물을 흘리시는 모습은 그보다 훨씬 더 아름다웠습니다. 그 눈물은 마치 다이아몬드에서 진주가 떨어지는 듯했습니다. 슬픔도 그렇게 잘 어울리는 사람이 있다면, 그것은 참으로 사랑스럽고 귀중한 것이라 생각합니다.

켄트 다른 말씀은 없으셨나요?

기사 있었지요. '아버님!' 하고 몇 번 소리 내어 부르셨어요. 그러고 나서 '언니들! 여자로서 수치스러운 일이에요! 언니! 켄트! 아버님! 폭풍우 치는 한밤중에! 자비도 없는 세상이여!' 라고 외치며 눈물을 흘리셨습니다.

켄트 별, 하늘의 별이여, 인간의 성품을 지배하는 것은 저 별이다. 그렇지 않고서는 어떻게 한 부모에게서 그렇게 다른 자식이 나오겠는가! 알바니와 콘월의 군대에 관한 소식은?

기사 그들의 군대가 출전했다고 합니다.

켄트 자, 당신을 폐하께 안내할 테니 함께 있어주시오. 나는 사연이 있어 신분을 감춰야만 합니다. 부탁입니다, 나와 함께 갑시다. (두 사람 퇴장)

제4장 같은 장소, 천막 속

북이 울리며 기수들과 코델리아 등장. 의사와 군사들이 뒤따른다.

코델리아 아아, 그분이 바로 아버님이세요. 그분을 만나셨다는 분이 말씀하시길, 아버님은 거센 바다처럼 노래를 부르시며 머리에는 잡초로 만든 관을 쓰고 계셨답니다. 병사들을 보내서 잡초가 무성히 자란 들판을 모두 찾아 그분을 모셔오세요. (장교 한 명 퇴장) 대체 어떤 의술로 폐하의 잃어버린 정신을 되찾을 수 있을까?

의사 방법이 있습니다. 사람의 목숨을 유지해 주는 것은 오직 안정뿐입니다. 다행스럽게도 마음이 병든 사람에게 숙면을 취할 수 있게 해주는 효험 좋은 약초가 많이 있습니다.

코델리아 이 땅에 숨어 있는 고마운 약들, 내 눈물로 이 땅에 숨겨진 모든 약초들을 적셔줄 테니 잘 자라라! 그리하여 훌륭하신 그분의 아픔을 치유해 주어라!

사신 등장.

사신 브리튼 군대가 들어오고 있다고 합니다.
코델리아 알고 있다. 이미 반격할 준비는 되어 있다. 오, 가엾은
아버님, 이 전쟁은 오직 아버님을 위한 것입니다. 훌륭하신
프랑스 왕께서는 슬픔에 빠져 눈물 흘리는 저를 가엾게 여
기셨습니다. 어서 아버님의 목소리를 듣고, 만나 뵙고 싶구
나. (일동 퇴장)

제5장 글로스터의 성 안, 어느 방

리건과 오스왈드 등장.

리건 알바니 공작님께서는 직접 출전하셨나요?
오스왈드 마지못해 출전하셨는데 마님께서 더 대담하십니다.
리건 실은 에드먼드가 중요한 일로 급히 자리를 비웠어요. 글로
스터의 눈을 뽑고 나서 그 늙은이를 죽이지 않은 것이 큰 실
수였어. 그가 가는 곳마다 민심이 흔들려 사람들이 우리의
뜻을 거스르고 있어요. 아마도 에드먼드는 불행한 부친의
눈먼 인생을 끝내주려고 떠난 것 같아요. 게다가 적군을 염
탐할 목적도 있었을 테고.

오스왈드 그럼 이 편지를 갖고 그분을 찾아가야겠군요.

리건 언니가 왜 에드먼드에게 편지를 보낸 걸까? 사례는 충분히 할 테니 편지 내용을 좀 보여줘요.

오스왈드 마님, 그건⋯⋯.

리건 당신의 마님은 남편을 사랑하지 않아요. 확실해요. 지난번 언니가 에드먼드에게 이상한 눈빛을 보내며 묘한 표정을 짓는 것을 봤어요. 당신은 언니의 심복 아니었던가요?

오스왈드 제가요, 마님?

리건 다 알고 있어요. 당신은 언니가 믿고 있는 사람이라는 것도요. 그러니 명심하세요. 내 남편은 운명했어요. 에드먼드와 나는 한마음이고요. 그러니 그 사람도 언니와 있는 것보다는 나와 지내는 것이 훨씬 편하겠죠. 그분을 만나거든 이 얘길 전하세요. 그리고 언니에게도 이 얘기를 전하고, 잘 판단하라고 하세요. 잘 가요. 눈먼 반역자를 찾아내 그자의 목이라도 베어 온다면 출세하게 될 거예요.

오스왈드 그 늙은이를 만나고 싶군요. 그럼 제가 어느 편인지 알 수 있을 테니까요.

리건 잘 가요. (두 사람 퇴장)

제6장 도버 근처의 들판

글로스터와 농부 차림의 에드거 등장.
에드거가 글로스터의 손을 잡고 안내하고 있다.

글로스터 언덕 꼭대기에 언제 도착하느냐?

에드거 올라가고 있습니다. 보세요, 이렇게 힘들잖아요?

글로스터 길이 평평한 것 같은데.

에드거 매우 가파른 길입니다. 들어보세요, 파도 소리가 들리
잖아요?

글로스터 전혀 안 들리는데.

에드거 눈이 안 보이니 다른 감각도 둔해진 듯합니다.

글로스터 그런 것 같구나. 그런데 네 목소리가 변한 듯하구나.
말투도, 내용도 훨씬 나아졌어.

에드거 아니에요. 변한 건 입고 있는 옷뿐입니다. 자, 드디어 도
착했어요. 움직이지 마세요. 저 아래는 눈알이 핑핑 돌 만큼
무섭습니다! 그리고 저 아래 하늘을 나는 까마귀나 갈매기
는 딱정벌레만 하고 바닷가에 있는 어부는 생쥐 같아요.

글로스터 네가 서 있는 곳에 나를 데려다 다오.

에드거 손을 주세요. 한 발자국만 더 움직이시면 바로 절벽 끝
입니다. 이 세상을 다 준다 해도 저는 더 이상 앞으로 나아
갈 수 없습니다.

글로스터 내 손을 놓아라. 자, 여기 돈주머니가 있다. 그 안에는 거지가 감당하기 힘든 만큼의 보석이 들어 있다. 그것으로 요정들과 신들이 너를 도와 유복하게 해줄 것이다! 자, 이제 가거라. 네가 가는 기척을 들려다오.

에드거 안녕히 계십시오.

글로스터 그래, 잘 가거라.

에드거 (방백) 아버님의 절망을 이렇게 우롱하는 것은 오직 그 절망으로부터 아버님을 구하기 위해서다.

글로스터 (무릎을 꿇고) 전지전능하신 신이시여! 저는 이 세상을 떠나려 합니다. 위대하신 당신 앞에서 저는 이 모든 고뇌를 떨쳐버리고 싶습니다. 만일 에드거가 살아 있다면, 그에게 축복을 내려주십시오! (앞으로 쓰러졌다가 고꾸라진다)

에드거 저는 여기까지 왔습니다, 그럼 안녕히. 이곳이 아버님께서 생각하시는 그 장소라 믿고 계시다면 아마 의식을 잃으셨을 거야. (목소리를 바꾸어서) 여보세요, 어르신! 말씀을 해보세요! (방백) 이러다 돌아가시겠군. 앗! 깨어나셨다. 당신, 대체 누구시오?

글로스터 저리 가라. 그냥 죽게 내버려둬.

에드거 거미줄이오, 새털이오, 공기요? 그게 아니라면 기나긴 절벽 끝에서 떨어졌으니 계란처럼 산산조각이 나야 될 텐데 아직도 숨을 쉬고 있지 않소. 이렇게 살아 있다는 것은 기적이오. 자, 뭐라고 말을 좀 해보시오.

글로스터 정말 내가 떨어졌소?

에드거 떨어졌소. 무시무시한 절벽 꼭대기에서 굴러 떨어졌소. 위를 올려다보시오.

글로스터 아, 슬프게도 나는 눈이 없소. 불행한 자는 고통스런 목숨조차 마음대로 끊을 수 없는 것인가?

에드거 팔을 이리로 주십시오. 이제, 일어나 봅시다. 다리는 괜찮소? 일어날 수 있겠소?

글로스터 물론, 물론이지. 정말 아무렇지도 않군.

에드거 기적이군요. 절벽 꼭대기에서 함께 있던 자는 누구였습니까?

글로스터 신세가 처량한 거지였소.

에드거 이 밑에서 올려다보니 그놈은 눈알이 보름달만 하고, 콧구멍이 수천 개이며, 뿔이 여러 개 달린 악마 같았소. 아마도 모든 일에 공평하신 하느님께서 당신을 구한 듯하오.

글로스터 이제야 정신이 드는군. 지금부터는 제발 그만하라고 고통이 소리치다가 지쳐 사라질 때까지 참고 버티겠소.

에드거 아무 걱정 마시고 마음 편히 계십시오. 저기 누가 오고 있군.

들꽃으로 괴상하게 치장한 리어 왕 등장.

제정신이라면 저러고 다닐 수 없지.

리어 그래, 내가 가짜 돈을 만들었다고 해서 그놈들이 나를 건드릴 순 없어. 나는 이 나라의 왕이니까.

에드거 아, 가슴이 찢어지는 것 같구나!

리어 그러한 면에서는 인위적인 것보다 자연이 낫지. 오, 저 생쥐 좀 봐! 쉿, 조용히 해. 이 구운 치즈 한 조각이면 잡을 수 있을 거야. 아, 잘 날았구나. 새야! 과녁에, 과녁에 맞았구나. 홋! 암호를 말하라.

에드거 향기로운 박하꽃.

리어 통과.

글로스터 익숙한 목소린데.

리어 (글로스터를 보고) 핫 고네릴이군! 흰 수염이 났구나! 저들은 내 비위를 살살 맞추면서 내가 검은 수염이 나기도 전에 흰 수염이 났다고 했지. 내 말이라면 무조건 맞장구치면서 말이야! 하지만 비바람에 온몸이 흠뻑 젖던 날, 나는 그들의 실체를 알게 되었지. 그들은 내게 만물박사라 했지만 그건 거짓말이야.

글로스터 저 말투를 나는 알고 있다. 국왕 폐하 아니십니까?

리어 그렇다. 나는 틀림없는 왕이다. 내가 한 번 노려보면 신하들은 몸서리를 쳤지. 나는 저놈의 목숨만은 살려주겠다. 네 죄는 무엇이냐? 간통죄냐? 죽이지는 않겠다. 간통죄로 사형시킬 순 없으니까! 저기 억지웃음을 짓고 있는 부인을 봐라. 허리 위쪽은 여자지만 그 아래는 반인반마이며, 허리까지는 신의 소유물이지만 그 아래는 악마의 것이다. 그곳은 지옥이고 암흑이며 유황이 타오르는 구렁텅이다. 불길이 타올라 끓어대며 악취를 풍기며 썩고 있지. 더러워, 더러워! 퉤, 퉤, 퉤!

약제사, 사향 1온스만 갖고 오너라. 기분이 좋지 않구나.

글로스터 부디 그 손에 입맞춤할 수 있는 영광을 주소서!

리어 우선 손부터 씻어야지. 송장 냄새가 나는구나.

글로스터 아, 부서지는 한 조각의 자연이여! 이 거대한 세상도 닳아 없어질 테지. (리어 왕에게) 저를 기억하시겠습니까?

리어 자네 눈동자를 잘 기억하고 있지. 곁눈질로 몰래 나를 보고 있구나, 눈먼 큐피드! 사악한 짓을 해도 좋다. 나는 절대 상사병에 걸리지 않을 테니, 이 결투장을 읽어봐라.

글로스터 글자 하나하나가 모두 태양일지라도 저는 볼 수 없습니다.

에드거 (방백) 이 일을 누군가에게 들었다면 도저히 믿을 수 없었겠지. 그러나 사실이니 내 가슴은 찢어질 것 같구나.

리어 읽어라.

글로스터 아니, 눈알도 없는 껍데기로 말입니까?

리어 헛! 정말이냐? 머리에는 눈이 없고, 지갑에는 돈이 없다는 얘기나 마찬가지군. 그러나 세상이 어떻게 돌아가고 있는지는 알고 있겠지?

글로스터 육감으로 알고 있습니다.

리어 그럼, 넌 미치광이란 말이냐? 사람은 눈이 없어도 세상이 어떻게 돌아가는지는 볼 수 있는 법이지. 귀로 세상을 보는 거야. 저 재판관이 신분이 천한 도둑놈을 혼내는 걸 봐라. 저 둘이 자리를 바꾸면 누가 도둑놈이고 누가 재판관이지? 아무도 죄가 없다. 없어, 없다고. 내가 복권시켜주마. 넌 유리 눈이라도 해서 박지 그래. 천박한 모사꾼처럼 비록 보이지 않아도 보이는 척하는 거야. 자, 자, 이 장화를 좀 벗겨라. 좀 더 세게, 좀 더. 옳지.

에드거 (방백) 광기 속에서도 현명함을 잃지 않으시는군!

리어 내 불행을 그대가 슬퍼해 준다면 내 눈을 주겠다. 나는 그대를 잘 알아. 이름이 글로스터지? 그대는 견뎌야 해. 우린 모두 울면서 세상에 태어났지.

글로스터 아아, 슬프구나!

리어 우리가 세상에 나올 때 이곳이 거대한 바보들의 무대라는 것을 깨닫고서 그렇게 우는 것이지. 이 모자는 괜찮군! 사위 녀석들이 있는 곳에 몰래 다가가서 그놈들을 죽여, 죽여, 죽여, 죽여, 죽여, 죽이라고!

여러 명의 시종들과 함께 기사 등장.

기사 아, 여기 계셨구나. 이분을 붙들어라. 폐하, 폐하의 따님께서…….

리어 도망갈 순 없는가! 아니, 내가 포로가 된 것이냐? 나를 함부로 대하지 마라. 보상금을 주겠다. 외과의를 불러라. 머리가 깨질 것 같다.

기사 분부대로 하겠습니다.

리어 나는 당당하게 죽을 것이다. 뭐냐! 난 유쾌해질 것이다. 자, 나는 왕이다. 네놈들은 그 사실을 알고 있느냐?

기사 폐하께서는 한 나라의 왕이십니다. 저희들은 그저 명령에 복종할 뿐입니다.

리어 그렇다면 아직 희망은 있구나. 원하는 게 있으면 쫓아와서 가져가라. 어서, 어서, 어서! (리어 왕, 뛰어나간다. 시종들이 그 뒤를 따른다)

기사 천한 종놈들이라도 저렇게 된다면 가여운 법인데 하물며 국왕께서 저렇게 되셨으니 할 말이 없구나! 그래도 그 따님이 있으니 천륜을 되찾으시겠지. (퇴장)

글로스터 항상 자비로운 신이시여, 당신이 원하실 때 제 목숨을 거두어주십시오.

에드거 아저씨, 훌륭한 기도군요.

글로스터 이봐, 너는 누구냐?

에드거 하찮은 몸이지요. 불행이 계속되고 온갖 슬픔을 겪었기에 남의 불행에 동정할 수 있게 되었습니다. 손을 잡아드릴게요. 쉴 곳을 찾아 모셔다 드리겠습니다.

글로스터 정말 고맙구나. 수많은 은총과 축복이 함께하기를!

오스왈드 등장.

오스왈드 현상범이군! 운이 아주 좋구나! 눈알 없는 네 머리는 내 출세를 위해 만들어진 것 같구나. 불행한 이 늙은 반역자야, 각오해라. 칼을 뽑았으니 이제 넌 죽은 목숨이다.

글로스터 친절하기도 하지. 힘껏 쳐라. (에드거가 끼어든다)

오스왈드 이 겁 없는 촌뜨기 같으니, 왜 반역자의 편에 서는 것이냐? 너도 같이 죽고 싶은 것이냐?

에드거 내가 그런 협박에 죽을 운명이었다면 벌써 보름 전에 죽었을 테지. 이 노인에게서 당장 떨어져라. 그렇지 않으면 네놈의 머리통과 이 몽둥이 중 어떤 게 더 단단한지 시험해 볼 테니까.

오스왈드 닥쳐라, 이 하찮은 놈아!

에드거 자, 덤벼라. 그 칼로 찔러봐라. (두 사람 싸운다. 에드거가 오스왈드를 때려눕힌다)

오스왈드 이놈, 내가 네놈한테 죽다니. 앞으로 편히 살고 싶거든 내 시체를 묻어다오. 그리고 이 편지를 글로스터 백작, 에드먼드님에게 전해라. (오스왈드 죽는다)

글로스터 그놈이 죽었느냐?

에드거 어르신, 그냥 거기에 계세요. 어쩌면 이놈이 부탁한 편지가 우리한테 도움이 될 수도 있어요. 어디 보자. (편지를 읽는다)

서로 굳게 맹세한 우리의 언약을 잊지 마세요. 당신이 그이를 죽일 기회는 얼마든지 있을 테니까요. 그이가 개선장군으로 돌아오는 날에는 모든 게 끝이라는 것을 명심하세요. 그렇게 되면 저는 죄인이 되고 제 침대는 감옥이 될 것입니다. 지긋지긋한 그 잠자리에서 저를 구해 주세요. 그 보답으로 그 잠자리를 당신께 드리겠습니다.

당신의 아내가 되고 싶은 고네릴

아, 대체 여인의 욕정은 어디까지인가! (오스왈드의 시체를 보면서) 네놈을 이 모랫더미 속에 묻어주겠다. 살인미수, 간통, 온갖 더러운 심부름에 앞장섰던 녀석. 이 더러운 편지를 공작에게 보여주어 그를 깜짝 놀라게 해줘야겠다. 네놈의 죽음을 알리고, 네가 무슨 짓을 하려 했는지 공작에게 알릴 수 있어서 정말 다행이다. (글로스터를 향해) 손을 이리 주세요. 멀리서 북소리가 들리는 것 같군요. 자, 가시지요. (일동 퇴장)

제7장 프랑스군 진영의 천막 속

코델리아, 켄트, 의사, 기사 등장.

코델리아 오, 훌륭한 켄트님! 켄트님의 은혜에 어떻게 보답해야 할까요?

켄트 저를 인정해 주시는 것만으로도 제겐 과분한 일입니다.

코델리아 좀 더 나은 옷으로 갈아입으세요. 부탁입니다.

켄트 용서하십시오, 왕비님. 지금 제 신분이 밝혀지면 모든 계획이 무너집니다. 때가 될 때까지 그냥 모른 척해 주십시오.

코델리아 그렇게 하세요. (의사에게) 국왕 폐하는 좀 어떠시오?

의사 아직도 주무십니다.

코델리아 신이시여, 시련을 겪으신 마음의 상처를 치유해 주소서. 불효자식 때문에 잃어버린 정신을 되찾게 도와주소서!

의사 깨우시는 게 어떻습니까? 숙면을 취하신 듯합니다.

코델리아 의사 선생의 판단에 따르기로 합시다. 그런데 폐하께서 옷은 갈아입으셨소?

기사 네, 왕비님. 폐하께서 깊은 잠이 드셨을 때 새 옷으로 입혀드렸습니다.

의사 왕비님, 폐하께서 깨어나실 때 옆에 계셔주십시오. 분명 정신을 되찾으실 겁니다.

코델리아 그렇게 하죠. (음악 소리)

　　　　리어 왕, 침대에 잠든 채 시종에 의해 운반되어 등장.

아, 사랑하는 아버님! 제 입술에 건강을 되찾을 묘약이 묻어 있다면, 두 언니들로 인해 깊은 상처를 입은 옥체를 제 키스로 치유해 드리고 싶습니다!

켄트 착하고 효성이 깊으신 왕비님!

리어 무덤 속에서 나를 끌어내는 건 무례한 짓이지. 넌 축복받은 영혼이지만 난 지옥의 불수레에 묶여 있는 몸이라 내가 눈물을 흘리면 납처럼 녹아 흘러 화상을 입게 되지.

코델리아 저를 알아보시겠습니까?

리어 너는 망령이지? 언제 죽은 것이냐?

코델리아 아직 회복이 안 되셨구나!

의사 잠에서 완전히 깨어나신 것이 아닙니다. 혼자 계실 시간이 필요합니다.

리어 지금 여기는 어디냐? 아름다운 햇살이로구나. 나는 어리석게 속았다. 다른 사람이 나 같은 일을 겪었다면 나는 죽고 싶을 만큼 그가 가여웠을 것이다. 이게 내 손인지 아닌지도 잘 모르겠구나.

코델리아 제게 손을 얹고 축복해 주세요. 아니에요, 무릎 꿇지 마세요.

리어 제발 부탁이오. 나를 놀리지 마시오. 나는 지극히 못난 어리석은 늙은이요. 벌써 여든이 넘었지. 솔직히 말하면 나는 제정신이 아닌 것 같소. 당신도, 저 사람들도 다 알 듯한데 확실하진 않소. 만일 내가 진짜 살아 있는 것이라면, 이 부인은 내 딸 코델리아인 듯한데.

코델리아 맞습니다, 확실합니다.

리어 울고 있는 것이냐? 그렇구나, 눈물을 흘리고 있구나. 제발 울지 마라. 네가 독약을 준다면 그걸 마시겠다. 네 언니들은 나에게 큰 고통을 주었으니 할 말이 없겠지만 코델리아, 너는 나를 미워해도 될 이유가 있지 않느냐?

코델리아 아닙니다, 아버지를 미워할 이유가 전혀 없습니다.

리어 과거를 잊고 날 용서해 주렴. 난 어리석은 늙은이야. (켄트와 기사만 남고 모두 퇴장)

기사 공작의 부하들을 지휘하는 자는 누굽니까?

켄트 글로스터 백작의 서자라고 하던데. 지금 적군이 빠른 속도로 진격하고 있으니 조심해야 하오.

기사 피비린내 나는 전쟁이 될 것 같소. 그럼 잘 있으시오. (퇴장)

켄트 오늘 전투에서 승리하느냐 마느냐에 따라 내 계획의 달성
여부도 판가름이 나겠지. (퇴장)

제5막

제1장 도버 근처의 브리튼군 진영

북과 군기를 든 병사들, 에드먼드, 리건, 부대장, 장교들,
그리고 그 밖의 사람들 등장.

에드먼드 (부대장에게) 변경된 사항이 없는지 공작에게 가서 확
　실히 알아보고 오너라. (부대장 퇴장)

리건 언니의 시종한테 무슨 일이 생긴 것 같아요.

에드먼드 아무래도 그런 것 같아 걱정이 됩니다.

리건 에드먼드, 내가 당신에게 호감이 있는 거 아시죠? 진심으
　로, 솔직히 말해 보세요. 언니를 사랑하시나요?

에드먼드 공경하고 있습니다.

리건 혹시 형부만 드나들 수 있는 금지된 처소에 들어가신 적이
　있나요?

에드먼드 아닙니다, 터무니없는 소리입니다.

리건 에드먼드, 언니를 너무 가까이 하지 마세요.

에드먼드 걱정 마십시오. 알바니 공작과 부인께서 오시는군요!

북과 군기를 앞세우고 알바니 공작, 그리고 병사들 등장.

고네릴 (방백) 동생이 에드먼드와 나 사이를 갈라놓을 바엔 차라
리 전쟁에 지는 게 나아.

알바니 사랑하는 처제, 반갑소. (에드먼드에게) 소문에 의하면 국
왕께서는 막내딸에게 갔다고 하오. 또한 프랑스 왕은 전쟁
을 일으킬 명분이 있는 다른 사람들과 합세하여 우리 땅을
침략하려고 하오.

고네릴 다들 힘을 합쳐 적군을 물리칩시다.

알바니 노련한 장군들과 함께 전략을 세워야겠소.

에드먼드 저도 곧 공작님의 진영으로 가겠습니다.

리건 언니, 함께 가죠.

고네릴 (방백) 흥, 그 이유를 알고 있지. (리건에게) 그래, 가자꾸나.

그들이 밖으로 나가려 할 때 변장한 에드거 등장.

에드거 미천한 저와도 얘기를 나눌 시간이 있으시다면 제 말씀
좀 들어주세요.

알바니 곧 갈 테니 먼저들 가시오. (알바니와 에드거만 남고 모두
퇴장, 에드거에게) 말해 보라.

에드거 전쟁을 시작하기 전에 이 편지를 읽어보십시오. 전쟁에
서 승리하신다면, 나팔을 불어 저를 불러주시기 바랍니다.
제 모습은 이렇듯 보잘것없지만 이 편지의 내용은 절대 거

짓이 아님을 이 칼 앞에 맹세합니다. 그리고 만일 전쟁에 패하신다면 공작님의 운명과 더불어 이 음모도 끝이 나겠지요. 그럼, 행운이 있기를 바랍니다! (퇴장)

알바니 잘 가라, 편지는 잘 읽어보겠다.

에드먼드 다시 등장.

에드먼드 적군이 가까이 오고 있습니다. 빨리 서두르셔야 합니다.

알바니 곧 출정하겠다. (퇴장)

에드먼드 나는 두 자매 모두에게 사랑을 맹세했다. 둘이 서로 질투하는 모습은 마치 독사에게 물린 자가 독사를 보듯 서로를 미워한다. 두 자매 중 누구를 골라야 하지? 둘 다? 하나만? 둘 다 살아 있으면 어느 한쪽과도 즐길 수 없어. 과부를 선택한다면 언니인 고네릴이 펄쩍 뛸 테지. 그렇다고 그녀의 남편이 살아 있는 한 내 목적을 달성할 수도 없단 말이야. 일단 전쟁을 치르기 위해서는 그녀 남편의 권력을 이용하기로 하고, 전쟁이 끝나면 그녀에게 남편을 은밀하게 처치할 방법을 찾으라고 해야겠다. (퇴장)

제2장 양 진영 사이의 들판

안에서 경종 소리. 북과 군기를 앞세우고 리어 왕, 코델리아,
병사들이 무대를 가로질러 퇴장한다.
농부 차림의 에드거와 글로스터 등장.

에드거 어르신, 이 나무 그늘을 안식처 삼아 쉬시면서 정의가 승
리할 수 있도록 기도해 주세요. 제가 다시 돌아올 땐 위안을
가져다 드릴게요.

글로스터 하느님의 가호가 있기를! (에드거 퇴장)

안에서 경종 소리, 군인들 후퇴하는 소리, 에드거 등장.

에드거 어르신, 달아나세요! 자, 손을 잡으세요, 어서 도망쳐요.
리어 왕이 패배했어요. 폐하와 코델리아가 잡혔어요.

글로스터 더 이상은 못 가겠다. 여기서 죽어도 어쩔 수 없어.

에드거 왜 그러세요. 사람이 세상에 태어나는 것도 뜻대로 안 되
듯이, 죽는 것도 마찬가지라고요. 자, 어서 가요. (두 사람 퇴장)

제3장 도버 근처의 브리튼군 진영

북소리 들리고, 군기가 휘날리며 개선장군인 에드먼드와
포로인 리어 왕, 코델리아, 장교들, 장병들 등장.

에드먼드 장교들은 이 포로들을 끌고 가라. 그리고 그들을 심판
할 상관의 명이 있을 때까지 철저하게 감시하라.

코델리아 최선을 다했지만 최악의 결과를 얻는 건 우리뿐만이
아닙니다. 학대받으신 아버님을 생각하면 온몸에 기운이 빠
집니다. 언니들을 만나보시는 게 어떠세요?

리어 아니, 아니, 아니다! 우린 어서 감옥에나 가자. 우리 둘이
새장 속의 새처럼 노래를 부르자꾸나. 기도하고 노래하며 옛
날이야기를 하면서 지내자. 세상 돌아가는 신비에 관해서,
마치 신들이 몰래 보낸 정탐꾼처럼 아는 척하며 지내자. 사
방이 벽으로 둘러싸인 감옥이라도 이렇게 시간이 지나면, 흥
망성쇠에 따라 살아가는 사람들보다 더 오래 살 수 있겠지.

에드먼드 저들을 끌어내라!

리어 코델리아, 너처럼 희생당한 제물을 위해 신들은 향을 피워
줄 것이다. 눈물을 닦아라. 우리가 눈물 흘리기 전에 그들이
먼저 병에 걸려 썩어버릴 것이다. 가자. (리어 왕과 코델리아
가 호위를 받으며 퇴장)

에드먼드 부대장, 듣거라. (쪽지를 주며) 이것을 가지고 이들을

따라 감옥에 가거라. 이미 너를 1계급 승진시켰다. 거기에
적힌 대로만 한다면 너는 행운을 얻게 될 것이다.

부대장 분부대로 하겠습니다. (퇴장)

나팔 소리. 알바니, 고네릴, 리건, 장교와 장병들 등장.

알바니 백작은 오늘 용맹한 가문의 출신다운 면모를 여실히 보
여주었소. 또한 이번 전쟁의 적군인 두 사람을 포로로 잡았
으니 겹경사가 아니겠소. 이제 그대가 해야 할 일은 그들이
공정한 판결을 받도록 잘 처리하는 것이오.

에드먼드 늙은 왕을 적절한 곳에 감금하고 감시병을 두어야 한
다고 생각합니다. 고령인데다 또한 국왕이라는 지위를 이용
해 민심을 교란시키고, 혹시라도 장병들이 우리를 향해 창
을 겨눌 수도 있기 때문입니다. 이와 같은 이유로 프랑스 왕
비도 감금시켜야 한다고 생각합니다.

알바니 미안한 얘기지만 나는 이번 전쟁에서 백작을 내 부하로
여겼을 뿐 형제라고 생각하진 않았소.

리건 그건 제가 백작에게 어떤 대우를 하느냐에 따라 달라지겠
죠. 이분은 저의 군사를 지휘하셨으니 저를 대신해 지위와
신분을 위임받으셨어요. 이 정도로 가까운 사이니 형제라
불러도 될 겁니다.

고네릴 흥분하지 마라. 네가 굳이 어떤 자격을 드리지 않아도
이분 자체만으로도 충분히 훌륭하신 분이니까.

리건 내가 권리를 준 만큼 최고의 권력을 얻게 된 거죠.

고네릴 이분이 네 남편이라도 그건 어림없지.

리건 언니, 난 지금 몸 상태가 별로 좋지 않아요. 안 그랬다면 속 시원히 대꾸했을 텐데. (에드먼드에게) 에드먼드, 당신께 나의 군대와 포로와 재산을 모두 드리겠어요. 또한 나 자신도 당신께 드릴게요. 이 세상을 증인으로, 나는 당신을 내 군주이자 남편으로 모시겠어요.

고네릴 이 사람과 재미 좀 보려고?

알바니 고네릴, 당신 마음대로 저들을 막을 순 없소.

리건 (에드먼드에게) 북을 치세요. 내 권리를 당신에게 양도한 사실을 어서 알리세요.

알바니 잠깐 기다려라, 에드먼드. 대역죄로 너를 체포하겠다. 또한 (고네릴을 가리키며) 이 도금한 뱀도 함께 체포하겠다. 처제, 내 아내는 이미 이 사람과 결혼서약을 했소. 그러니 처제의 구혼에 찬성할 수 없소. 에드먼드, 나팔을 불게 하라. 내가 너를 상대해 주마. (도전의 표시로 장갑을 땅에 내던진다) 너의 흉계가 얼마나 끔찍한지 네놈의 가슴을 갈라 증명해 주겠다.

리건 괴롭구나. 아아, 가슴이 답답하다!

고네릴 (방백) 네년이 아프지 않으면 독약도 믿을 수 없다는 거지.

알바니 환자가 생겼다. 어서 내 막사로 데려가라. (리건, 부축을 받으며 퇴장)

전령 등장.

전령, 이리로 오라. 나팔을 불게 하라. 그러고 나서 이것을 큰 소리로 읽어라.

전령 나팔을 불어라! (나팔 소리, 읽는다)

만일 우리 군대에 복무하고 있는 군인 가운데 신분이나 계급이 있는 사람이 글로스터 백작이라 불리는 에드먼드가 대역 죄인임을 증명하겠다면 세 번째 나팔 소리가 울릴 때까지 나서라. 그는 용감히 자신을 변호하고 있다.

안에서 응답하는 나팔 소리가 들린다.

세 번째 나팔 소리에 나팔수를 앞세우고 무장한 에드거 등장.

당신은 누구요? 이름은? 신분은?

에드거 저는 이름을 잃었습니다. 반역이라는 이빨이 물어뜯고 벌레가 파먹었습니다. 그러나 저는 제가 상대하고자 하는 저 사람만큼이나 고귀한 가문 출신입니다.

알바니 누구와 상대하고 싶은 것이냐?

에드거 글로스터 백작, 에드먼드라 불리는 자입니다.

에드먼드 바로 나다. 할 말이 있으면 해봐라.

에드거 어서 칼을 뽑아라. 너는 반역자다. 너는 신과 형제와 부친을 속였고, 여기 계신 공작님의 목숨까지 해치려 했다. 네 놈이 아니라고 한다면 이 칼, 이 무예, 이 용기로써 네 가슴을 갈라 증명해 보이겠다.

에드먼드 현명한 판단을 위해 먼저 네 이름을 묻겠다. 기사도 규칙에 따라 네놈의 정체를 파악할 때까지 이 결투를 지연시켜야겠지만 그러고 싶진 않다. 자, 말해 보라! (나팔 소리, 둘이 싸우다가 에드먼드가 쓰러진다)

고네릴 이건 음모라고요, 글로스터님. 기사도 규칙에 따르면 이름을 밝히지 않은 자와 싸울 의무는 없어요. 당신은 패배한 게 아니라 속은 거예요.

알바니 입 닥치시오. 이 편지로 당신의 입을 틀어막기 전에. (에드먼드에게) 이 편지를 읽고 네 자신의 죄를 알라. (고네릴에게) 찢지 마시오. 편지 내용을 알고 있는 모양이군.

고네릴 안다고 해도 누가 감히 나를 비난하겠어요? (퇴장)

알바니 지독한 여자 같으니! 저 여자를 뒤쫓아가라. (장교 퇴장)

에드먼드 나는 당신에게 비난받아 마땅한 죄를 저질렀소. 또한 그보다 더 많은 죄를 범했소. 때가 되면 다 밝혀질 것이오. 나를 이긴 운 좋은 당신은 대체 누구요? 만일 귀족이라면 내 용서하리다.

에드거 좋다. 서로에게 용서를 베풀자. 내 이름은 에드거, 네 아버지의 아들이다. 음침한 곳에서 너를 만든 벌로 아버지는 양쪽 눈을 모두 잃으셨다.

에드먼드 인과응보의 바퀴가 돌고 돌아 제자리를 찾았군요. 저는 다시 밑바닥이 되었으니까요.

알바니 그대의 품세는 당당하고 귀족적인 면모가 엿보였지. 이리 와서 포옹하세. 그런데 지금까지 어디에 숨어 있었나? 그대 부친이 겪은 시련은 어떻게 알았지?

에드거 제가 계속 모시고 있었습니다. 저를 체포하라는 명령이 떨어졌기에 저는 누더기를 걸치고 미치광이로 변장했습니다. 그리고 그 모습으로 두 눈을 잃은 아버님을 만났습니다. 그러다가 반시간 전에야 비로소 아버님께 제 정체를 말씀드렸습니다. 그동안 제가 어떻게 지냈는지 말씀드리자, 아버님의 허약해진 심장은 그 충격을 버텨내지 못했습니다. 아버님은 기쁨과 슬픔의 극한 감정 속에서 그만 세상을 떠나셨습니다. 그리고 잠시 후, 제가 통곡을 하며 슬퍼하고 있을 때 한 사람이 다가왔습니다. 제 정체를 알게 된 그 사람이 저를 끌어안고 울부짖는 것이었습니다. 그러더니 자기 몸을 던지듯 아버님의 유해를 안고서, 리어 왕과 자신의 인연에 대한 이야기를 들려주었습니다. 세상에 이보다 더 비참한 얘기가 있을지! 이야기를 하는 동안 깊은 슬픔에 빠진 그는 목숨이 위태로워지기 시작했습니다. 그때 두 번째 나팔 소리가 울렸고, 저는 쓰러진 그자를 거기 둔 채 이곳으로 뛰어온 것입니다.

알바니 대체 그 사람은 누구였나?

에드거 켄트 백작, 추방된 켄트 백작이었습니다. 변장을 하고서 원수 같은 국왕을 모시며, 노예도 하지 못할 봉사를 하고 있었던 것입니다.

기사 한 명이 피 묻은 단검을 들고 등장.

기사 큰일입니다, 큰일 났습니다!

알바니 무슨 일인지 말하라.

에드거 피 묻은 칼은 무엇이냐?

기사 가슴에 꽂힌 것을 방금 뽑아왔습니다. 오, 그분께서 돌아
가셨습니다.

알바니 누가 돌아가셨단 말이냐? 어서 말하라.

기사 공작님의 부인이십니다. 부인께서 여동생을 독살했다고
자백하셨습니다.

에드거 켄트 백작이 오십니다.

켄트 등장. 고네릴과 리건의 시체가 운구되어 온다.

켄트 아니, 대체 어찌 된 일입니까?

에드먼드 나는 두 여자의 사랑을 받았죠. 나 때문에 언니가 동생
을 독살하고 자살한 것입니다.

알바니 사실이오. 시체를 덮어라.

에드먼드 가슴이 답답하군. 나는 지금껏 나쁜 짓만 일삼았지. 그
러나 이제라도 착한 일 한 가지만 하고 싶소. 서둘러 성으로
사람을 보내시오. 그리하여 리어 왕과 코델리아의 목숨을
빼앗지 못하도록 하시오. 내 칼을 가져가 대장에게 보여주
면 될 거요.

알바니 서두르시오. 죽을힘을 다해 서둘러 가시오! (에드거 퇴장) 그녀에게 신의 가호가 있기를! 폐하께서 무사하시기를! (에드먼드를 가리키면서) 저자를 잠시 데려가라. (에드먼드, 시종들에게 이끌려 퇴장)

죽은 코델리아를 팔에 안고 리어 왕 등장. 에드거와 부대장 다시 등장.

리어 통곡하라, 통곡하라! 아, 목석같은 인간들 같으니. 이 애는 영원히 가버렸다!

켄트 (국왕 앞에 무릎을 꿇으며) 오, 폐하!

리어 잘 보이진 않지만, 자넨 켄트 아닌가?

켄트 그렇습니다. 폐하의 신하 켄트입니다. 폐하의 신하 카이어스는 어디 있습니까?

리어 꽤 괜찮은 녀석이었지. 그는 죽었어.

켄트 아닙니다, 폐하. 제가 카이어스입니다.

리어 이렇게 다시 찾아와 주다니 반갑구나.

알바니 폐하께서는 지금 자신이 무슨 말씀을 하고 계시는지 모르시오. 우리가 아무리 이름을 말해도 소용없다오.

부대장 등장.

부대장 에드먼드님께서 돌아가셨습니다, 폐하.

알바니 그건 별로 중요한 일이 아니오. 나는 노왕께 나라를 통치하실 권한을 드리고, (에드거와 켄트에게) 두 사람에게는 작위와 영토뿐만 아니라 여러 가지 포상을 내릴 것이오. (리어 왕을 보며) 아, 보십시오, 보십시오!

리어 아, 가엾은 내 딸을 목 졸라 죽이다니! 개나 말이나 쥐에게도 생명이 있는데, 너는 왜 입김조차 없는 것이냐? 부탁이다. 이 단추를 빼다오. 고맙구나. 코델리아를 보라. 내 딸의 입술을. 저걸 봐, 저걸 보라고! (죽는다)

에드거 폐하, 정신 차리십시오!

켄트 아아, 폐하가 그냥 가시도록 내버려둡시다! 폐하를 이 험난한 세상의 형틀 위에 오래 머물게 한다면 오히려 분노하실 거요.

에드거 폐하께서 정말로 돌아가셨습니다.

켄트 그동안 잘 견디셨습니다.

알바니 두 분의 유해를 운구하시오. 다들 그분들을 위해 애도합시다. (켄트와 에드거에게) 내 마음의 벗인 두 사람은 이 땅을 다스리고, 정세를 바로 잡아주길 바라오.

켄트 저는 이제 떠나겠습니다. 제 주인께서 부르시니 가야겠습니다.

알바니 이 비통하고 가혹한 시대에 우리들은 복종해야만 하오. 가장 연로하신 분께서 가장 큰 고통을 겪으셨소. 우리 같은 젊은이들은 그만큼의 고통은 견딜 수도 없을 것이며, 그렇게 오래 살 수도 없었을 것입니다. (장송곡이 울리며 일동 퇴장)

맥베스

❦❦⸺◦❦◦⸺❦❦

모든 일이 헛될 뿐이로다. 원하는 것을 이루었으나 만
족은 얻지 못하였다!

– 맥베스 부인

등장인물

덩컨 – 스코틀랜드 왕
맬컴 / 도날베인 – 덩컨 왕 아들들
맥베스 / 뱅코 – 스코틀랜드 장군들
맥더프 / 레녹스 / 로스 / 멘티스 / 앵거스 / 케이스네스
 – 스코틀랜드 귀족들
플리언스 – 뱅코 아들
시워드 – 노섬벌랜드 백작, 잉글랜드 장군
청년 시워드 – 시워드 아들
시튼 – 맥베스 휘하 장교
소년 – 맥더프 아들
맥베스 부인
맥더프 부인
시녀

그 밖의 헤카테, 세 마녀, 다른 세 마녀, 그 외 귀족들, 장교들, 노인, 병사들, 자객들, 사신들, 시종들, 문지기, 뱅코의 유령, 환영들.

장소 : 스코틀랜드 및 잉글랜드

제1막

❦

제1장 스코틀랜드의 황야

천둥과 번개, 세 마녀 등장.

마녀1 우리 셋은 언제쯤 다시 만날까? 천둥 번개 칠 때, 아니면 비가 올 때?

마녀2 한바탕 소란이 멈췄을 때, 혹은 싸움에 이기거나 졌을 때.

마녀3 해 지기 전이 될 거야.

마녀1 어디에서 만날까?

마녀2 황야에서.

마녀3 거기서 맥베스를 만나게 될 거야.

마녀1 곧 간다니까, 이 늙은 고양이야!

마녀2 두꺼비가 부르네.

마녀3 곧 간다고!

일동 아름다운 것은 더럽고, 더러운 것은 아름답다. 더러운 공기와 안개 속을 뚫고 날아가자. (모두 퇴장)

제2장 포레스 부근의 진영

안에서 경종 소리 들린다. 덩컨 왕, 맬컴, 도날베인, 레녹스가
시종들과 함께 등장, 피 흘리는 장교와 만난다.

덩컨 피투성이가 된 저자는 누구냐?

맬컴 이 사람이 바로, 포로가 될 뻔한 저를 용맹한 군인답게 구해준 그 장교입니다. 잘 왔네! 전장의 상황을 어서 폐하께 말씀드리게.

장교 싸움은 막상막하하였습니다. 마치 물속에서 허우적대던 두 사람이 모두 지쳐 서로 부둥켜안고 힘을 못 쓰듯이 말입니다. 무자비한 맥도널드는 서해의 여러 섬에서 용병과 기병들을 지원받았고, 운명의 여신도 그의 흉악한 계략에 미소를 보내며 그의 창부가 된 것 같았습니다. 하지만 그것도 잠시뿐이었죠. 용감한 맥베스 장군께서 그 명성에 걸맞게 운세 따위에 아랑곳하지 않고 가차 없이 칼을 휘두르며 피비린내 나는 싸움에 뛰어들었기 때문입니다. 마치 용기의 화신과도 같이 적진을 뚫고 돌진해서 역적 놈과 맞닥뜨리자 악수나 작별 인사도 없이 그놈의 배꼽에서 턱까지 단칼에 갈라 그의 목을 성벽에 걸어 놓았습니다.

덩컨 오, 용감한 내 사촌이여! 훌륭한 사나이로다!

장교 아아, 하지만 태양이 비치는 곳에서 폭풍이 밀려오고 천둥

이 치는 것처럼, 행운이 샘물처럼 솟아나던 그곳에서 갑자기 불행이 쏟아져 나왔습니다. 왕이시여! 잘 들어주십시오. 용기로 무장한 정의의 군대가 용병들을 물리치자마자 지금껏 기회만 엿보던 노르웨이 왕이 새 무기와 새로운 병력으로 아군을 공격해 왔던 것입니다.

덩컨 우리의 장군 맥베스와 뱅코가 당황하지는 않았는가?

장교 독수리가 참새에게 놀랄 수 있다면 그랬겠죠. 두 장군께서는 마치 두 배의 화약을 장전한 대포처럼 적에게 갑절의 힘으로 마구 공격했습니다. 피를 뿜어대는 그곳에서 목욕을 하려 했는지 아니면 또 하나의 골고다 언덕을 만들려고 했는지는 알 수 없었지만요. 그런데 전 상처가 욱신거려 더 이상은 견딜 수가 없습니다.

덩컨 그대의 깊은 상처만큼 감동적인 보고로다. 명예로운 일이로다. 자, 어서 의사에게 가서 치료를 받으라. (장교, 부축을 받으며 퇴장) 저 사람은 누구냐?

로스와 앵거스 등장.

맬컴 로스의 영주입니다.

레녹스 몹시 서두르는 눈빛이군! 심상치 않은 일이 벌어진 것 같습니다.

로스 국왕 폐하의 만수무강을 빕니다!

덩컨 로스 영주, 어디서 오는 길인가?

로스 파이프에서 오는 길입니다. 그곳에는 노르웨이 깃발이 하늘을 비웃듯 휘날리고 있기에 백성들이 두려워하고 있습니다. 노르웨이 왕이 친히 군대를 이끌고 반역자 코도 영주의 지원까지 받으며 쳐들어왔기에 아군에게는 몹시 힘든 싸움이었습니다. 하지만 용장 맥베스 장군이 혼신의 힘을 다해 그와 맞서 싸워 마침내 승리하였습니다.

덩컨 경사로다!

로스 그래서 지금 노르웨이 왕 스웨노가 화친을 원하고 있습니다. 하지만 저희들은 세인트 코움스 섬으로부터 1만 달러의 배상금을 받아내기 전까지는 전사자들의 매장조차 허락하지 않을 것입니다.

덩컨 코도 영주를 즉시 사형에 처하고, 그 작위를 맥베스에게 주도록 하라.

로스 분부대로 하겠습니다.

덩컨 반역자가 잃은 것을 훌륭한 맥베스가 차지했도다. (일동 퇴장)

제3장 포레스 부근의 황야

천둥, 세 마녀 등장.

마녀1 동생은 어디 갔다 왔어?

마녀2 돼지 잡으러 갔었지.

마녀3 언니는?

마녀1 뱃사공 마누라가 무릎 위에 알밤을 올려놓고 오도독오도독 씹어 먹기에 '나도 좀 줘.'라고 했더니 '썩 물러가, 이 마녀야!'라고 소리 지르잖아. 그년의 서방은 타이거 호 선장인데 지금 알레포에 가 있어. 난 체를 타고 바다를 건너가, 꼬리 없는 쥐로 변해서 그놈을 혼내줄 테야. 혼내줄 테야, 반드시 혼내줄 테야.

마녀2 내가 바람을 선물해 주지.

마녀1 고마워.

마녀3 나도 하나 선물할게.

마녀1 나머지 바람은 나한테 있으니 바람이 부는 항구들도, 바람이 가는 그 어디라도 다 내 마음대로 할 수 있지. 건초처럼 그놈을 바싹 말려 놓을 테야. 그놈의 배를 침몰시킬 수는 없지만 폭풍우로 뒤흔들어버릴 테야. 이것 좀 봐.

마녀2 어디 보자! 어디!

마녀1 이건 키잡이의 엄지손가락이야. 귀국하는 길에 난파당했어. (안에서 북 소리)

마녀3 북소리다, 북소리! 맥베스가 온다.

일동 손을 잡고 돌고도는 우리 마녀들

　　　바다와 육지 위를 도는 나그네

　　　너도 세 번 나도 세 번,

　　　또다시 세 번 돌면 아홉 번.

쉿! 마법이 걸렸다.

맥베스와 뱅코 등장.

맥베스 이토록 흐렸다 맑았다 하는 날씨는 처음이오.

뱅코 포레스까진 멀었소? 저게 뭐지? 말라빠지고 옷차림도 괴상하여 이 세상 사람 같지는 않은데 땅 위에 서 있다니. 내 말이 들리느냐? 말라붙은 입술에 갈라진 손가락을 갖다 대는 것을 보니 알아듣는 모양이구나. 분명 여자 같은데 수염이 난 걸 보니 아닌 것도 같고.

맥베스 말해 보라. 너희들은 누구냐?

마녀1 맥베스 만세! 글래미스의 영주님!

마녀2 맥베스 만세! 코도의 영주님!

마녀3 맥베스 만세! 훗날의 왕이시여.

뱅코 너희들은 환영이냐, 아니면 보이는 그대로냐? 너희들이 내 동료에게 현재의 신분에 새로운 작위와 훗날의 왕이라는 희망을 주어 이 친구가 어리둥절해하고 있다. 너희들이 시간의 씨앗을 들여다보고, 그것이 자라날지 아닐지 예언할 수 있다면 나에게도 말해 보라.

마녀1 만세! 맥베스보단 못 하지만 위대하신 분.

마녀2 만세! 맥베스보단 못 하지만, 운이 좋으신 분.

마녀3 만세! 왕이 될 순 없어도 자손이 왕이 될 분.

마녀1 뱅코와 맥베스 만세!

맥베스 잠깬! 좀 더 자세히 말하라! 부친 사이늘께서 돌아가셨으니 난 당연히 글래미스의 영주다. 하지만 코도는 무엇이냐? 코도의 영주는 살아 있고, 세력도 왕성하다. 또한 내가 왕이 될 가능성은 코도의 영주가 되는 것보다도 적다. 말도 안 되는 이 정보를 어디서 얻었는지 말하라. 명령이다! (마녀들이 사라진다.)

뱅코 물속의 거품처럼 땅 위에서 사라졌소. 어디로 사라진 거지?

맥베스 공중으로 사라졌소. 입김처럼 바람 속으로 사라졌소.

뱅코 그들이 분명 여기에 있었던 것이오? 아니면 우리가 정신이 이상해지는 나무뿌리라도 먹은 것이오?

맥베스 당신의 후손이 왕이 된다 하였소.

뱅코 당신은 왕이 된다 하였소.

맥베스 코도의 영주가 된다고도 하지 않았소?

뱅코 그랬소. 그런데 저 사람은 누구요?

로스와 앵거스 등장.

로스 맥베스 장군, 폐하께서는 승전 소식에 무척 기뻐하셨고, 반란군과 용맹하게 맞서 싸운 장군에 대해 감탄과 칭찬을 아끼지 않으셨소. 이후 수많은 사신들이 찾아와 장군의 호국 정신에 대한 찬사를 늘어놓았소.

앵거스 폐하께서는 장군에게 고마움을 전하라 하셨습니다. 그래서 장군을 어전으로 모시겠습니다. 전공에 대한 포상은 따로 있을 예정입니다.

로스 그리고 장군을 코도의 새로운 영주로 임명하셨습니다. 축하드립니다. 코도의 영주시여, 이제 그 이름은 장군의 것입니다.

뱅코 악마들의 예언이 맞는 것인가!

맥베스 코도의 영주는 살아 있소. 그런 작위를 왜 내게 주시는 것이오?

앵거스 코도의 옛 영주는 아직 살아 있지만, 대역죄를 저질렀으니 곧 죽게 될 것입니다. 본인이 죄를 자백했으니 그는 이제 끝난 겁니다.

맥베스 (방백) 글래미스, 그리고 코도 영주! 이제 가장 큰 것이 남았군. (로스와 앵거스에게) 수고하셨소. (뱅코에게) 장군의 후손이 왕이 된다는 말도 이제 믿음이 가는구려. 내게 코도 영주라 예언했던 그들이 그러지 않았소.

뱅코 그 말을 다 믿다가는 장군이 코도 영주가 되고 나서도 왕관까지 탐하겠소. 때때로 악마의 시종들이 우릴 파멸시키기 위해 진실을 말하여 소소한 데에 마음을 쏠리게 해놓고 아주 중대한 일에 이르러서는 우리를 배신하는 수가 있소. 여보게, 두 사람에게 할 얘기가 있소. (로스와 앵거스, 그에게 다가간다.)

맥베스 (방백) 두 가지는 실현되었다. 이제 왕위에 오르는 찬란한 연극의 희망찬 서막에 들어선 것이다. 이런 유혹이 나쁠 건 없지. 이게 나쁜 일이라면 왜 내게 성공의 기쁨을 미리 보여주었겠는가? 나는 코도의 영주이다. 이게 좋은 징조라면 왜 내가 예언에 빠져 넋을 잃고, 내 심장이 불규칙하게 갈비뼈를 두드리겠느냐? 눈앞에 보이는 공포보다 마음속의 두려움이 훨씬 더 끔찍하다. 이 공상이 내 모든 기능을 마비시켜 아무것도 할 수가 없구나.

뱅코 저기 좀 보시오. 내 동료가 넋을 잃었소.

맥베스 (방백) 내가 왕이 될 운명이라면 가만히 있어도 왕관을 쓰게 되겠지.

뱅코 새로운 영예는 마치 새 옷처럼 길이 들 때까지는 몸에 맞지 않는 법이지.

맥베스 (방백) 될 대로 되어라, 아무리 궂은 날이라도 그 끝은 있으니까.

뱅코 장군, 모두 기다리고 있소.

맥베스 미안하오. 잊고 있던 일들을 생각하느라 잠시 넋을 잃고 있었소. 자, 어서 폐하께 갑시다. (뱅코에게) 우리에게 있었던 일들을 잘 생각해 보시오. 시간을 두고 생각해 본 뒤에 다시 이야기 나눕시다.

뱅코 그럽시다.

맥베스 그럼 오늘은 이만. 자, 모두들 갑시다. (일동 퇴장)

제4장 포레스 궁전

소리 울리고, 덩컨 왕과 맬컴, 도날베인, 레녹스, 그리고 시종들 등장.

덩컨 코도는 처형되었는가? 집행관은 아직 돌아오지 않았는가?

맬컴 폐하, 아직 오지 않았습니다. 코도의 처형 장면을 본 사람이 말하기를, 그가 자신의 죄를 솔직히 자백하고 폐하께 용서를 빌며 진심으로 뉘우쳤다고 합니다. 마치 죽는 법을 미리 터득한 사람처럼 최후를 맞이하였으며, 가장 귀중한 것을 하찮은 것처럼 내버렸다고 합니다.

덩컨 겉만 보고는 속을 모르겠구나. 내가 그토록 믿었던 자였는데.

맥베스, 뱅코, 로스, 앵거스 등장.

오, 위대한 내 사촌이여! 그대의 공로가 너무 커서 그 어떤 보상으로도 다 갚을 수 없소.

맥베스 소신은 폐하의 분부에 따라 수행하며 그것만으로도 폐하께 은혜를 입는 명예로운 일이라 생각하옵니다. 폐하의 안위를 위한 모든 일은 소신께 맡겨주십시오.

덩컨 환영하오. 내 그대를 심어놓고, 그대가 거목이 될 수 있도록 힘쓸 것이오. 뱅코, 그대의 공도 적지 않으니 내 그대를 포옹할 수 있게 해주오.

뱅코 소신이 자라서 얻게 될 수확물은 폐하께 바치겠습니다.

덩컨 기쁨이 넘쳐흘러 슬픔의 눈물방울을 씻어내는구려. 여기 있는 여러분 모두들 잘 들으시오. 과인은 왕위를 장남 맬컴에게 물려주고, 앞으로 그를 컴벌랜드 왕자라 부르겠소. 이 영예는 그 혼자만의 것이 아니라 공신들 모두에게 별처럼 빛나게 될 것이오. (맥베스에게) 자, 이제 인버네스 성으로 가서 더 얘기를 나눕시다.

맥베스 폐하를 위해 쓰지 않는 휴식은 고통일 뿐입니다. 소신이 먼저 가서 폐하의 행차 소식을 아내에게 전하겠습니다. 그럼 먼저 물러가겠습니다.

덩컨 훌륭한 코도여!

맥베스 (방백) 컴벌랜드 왕자라! 내 앞길을 가로막는 이 장애물에 걸려 넘어지든지 아니면 뛰어넘어야 한다. 별들이여, 몸을 숨겨라! 빛이여, 이 검고 깊은 내 야망을 보지 마라. (퇴장)

덩컨 뱅코 장군, 듣던 대로 맥베스 장군은 용장이오. 그에 대한 찬사는 할수록 기분이 좋아지니 나에게는 잔치와 같소. 우리의 환영 준비를 위해 먼저 떠난 그를 따라가 봅시다. 그는 나무랄 데 없는 인물이오. (나팔 소리. 일동 퇴장)

제5장 인버네스 맥베스 성

맥베스 부인, 편지를 읽으면서 등장.

맥베스 부인 나는 그들을 승전의 날에 만났소. 그들은 인간의 지혜를 뛰어넘는 마력을 갖고 있는 듯했소. 내가 질문을 더 하려 했을 때 그들은 공기 속으로 사라져버렸소. 나는 놀라 넋을 잃고 있었소. 그때 국왕의 사신들이 왔고, 나를 '코도 영주'라고 부르며 환영했소. 그것은 운명의 존재가 이미 내게 알려준 것이었으며, 또한 '훗날에 왕이 되실 분, 만세!' 라고 했소. 당신은 나와 장래의 영예를 나눠 가질 소중한 사람이기에 이 얘기를 전하는 것이오. 앞으로 어떤 영광이 기다릴지 확실치 않기에 이 얘기는 마음 깊이 숨겨두시오. 그럼 이만!

당신은 글래미스 영주님, 코도 영주님. 그 다음은 약속받으신 대로 될 거예요. 하지만 당신의 성격이 걱정되는군요. 당신은 위대한 인물이 되실 만큼 야심이 있지만, 그것을 이루기 위해 필요한 잔인함이 없어요. 당신은 높은 포부를 갖고 있지만 그것을 정당하게 얻으려고만 하지요. 위대한 글래미스 영주여, 당신이 원하는 그것은 '나를 얻고 싶으면 단행하라.' 고 외치고 있어요. 그것은 두려운 일이지만 당신은 그 일을 하게 될 거예요. 운명의 힘이 당신에게 금관을 씌우려는데 방해되는 것이 있다면, 그게 무엇이든 이 혀끝의 힘으로 없애버리겠어요. (사신 등장) 무슨 소식이오?

사신 폐하께서 오늘 밤 이곳으로 오십니다.

맥베스 부인 대체 무슨 소리를 하는 거요? 폐하께선 장군과 함께 계시지 않소? 그런 일이 있으면 미리 알리셨을 텐데.

사신 사실입니다. 영주님도 함께 오고 계십니다. 제 동료가 죽을힘을 다해 말을 달려 간신히 이 소식을 전했습니다.

맥베스 부인 그를 잘 보살펴주시오. 대단한 소식이군. (사신 퇴장) 까마귀도 울어대며 이 성에 들어올 덩컨의 운명을 알리고 있구나. 자, 오라, 악령들이여, 내 온몸이 잔인함으로 가득 넘치도록 해다오! 오라, 어두운 밤이여, 지옥의 검은 연기로 몸을 감싸 내 칼에 찔린 상처가 보이지 않도록 하라!

맥베스 등장.

글래미스 영주님! 코도 영주님! 앞으로 더 위대해지실 분이여! 당신의 편지로 인해 저는 무지한 현재를 뛰어넘어, 지금 이 순간에도 먼 미래 속에 사는 듯합니다.

맥베스 사랑스러운 부인, 오늘 밤 덩컨이 여기에 온다오.

맥베스 부인 그러면 언제 떠나시죠?

맥베스 내일이오, 예정대로라면.

맥베스 부인 아아, 그는 절대로 내일의 태양을 못 볼 거예요! 영주님, 당신의 얼굴은 마치 의심스러운 내용이 들여다보이는

책과 같아요. 세상을 속이려면 세상과 같은 얼굴을 보이세요. 순수한 꽃처럼 보이되, 그 안에 뱀을 숨기세요. 오늘 밤의 일은 모두 제게 맡기세요. 이 일로 인해 앞으로 우리는 어마어마한 권세를 갖게 될 거예요.

맥베스 나중에 더 의논해 봅시다.

맥베스 부인 모두 제게 맡기고 밝은 표정만 지으세요. (일동 퇴장)

제6장 같은 장소, 맥베스의 성 앞

오보에 소리와 횃불. 덩컨 왕, 맬컴, 도날베인, 뱅코, 레녹스,
맥더프, 로스, 앵거스 그리고 시종들 등장.

덩컨 아주 좋은 곳에 자리 잡은 성이군. 공기가 맑고 상쾌해서 마음이 편안해지는구려.

뱅코 여름 길손인 사원을 즐겨 찾는 제비가 사랑의 둥지를 틀었으니, 이곳 하늘의 숨결이 얼마나 향기로운지 알 수 있습니다.

맥베스 부인 등장.

덩컨 이 댁의 안주인이 오시는군! 이 일로 부인에게 폐를 끼치게 되었지만 내 호의를 고맙게 생각해 주시오.

맥베스 부인 그 어떤 수고로운 일이라도 폐하께서 저희에게 하사하신 은총에 비할 수가 없습니다. 예전에 주신 작위에 또 새로운 작위를 주셨으니, 저희들은 폐하의 은혜에 어떻게 보답해야 할지 모르겠습니다. 폐하의 만수무강을 빕니다.

덩컨 코도 영주는 어디 있소? 그가 승마에 능하고 또한 과인에 대한 충성심이 워낙 크다 보니 과인은 그를 앞지를 수가 없었소. 부인, 과인을 댁의 손님으로 머물게 해주시오.

맥베스 부인 폐하의 신하와 하인, 그리고 저희들과 이 모든 재산은 폐하로부터 빌려온 것이며 원하실 때 언제든 되돌려드려야 하는 것입니다.

덩컨 손을 이리 주시고 나를 장군에게 안내하오. 과인은 그를 매우 아끼며 그 마음은 앞으로도 변함없을 것이오. 그럼 부인, 부탁하오. (손을 잡고 성 안으로 들어간다.)

제7장 같은 장소, 성 안의 방

오보에 소리, 횃불. 시종장과 하인들이 무대를 가로질러간다.
뒤이어 맥베스 등장.

맥베스 한 번에 끝낼 일이라면 빠른 편이 좋을 것이다. 왕을 암살해서 후환을 막고 모든 일을 마무리할 수 있다면, 그래서 이번 일이 매우 중요한 것이라면 여기 이곳에서 내세의 모든 걸 걸어보겠다. 그러나 이런 일은 반드시 현세의 심판을 받게 되어 있다. 살인하는 법을 가르쳐주면 배운 자는 다시 돌아와 가르쳐준 자를 괴롭히고, 정의의 신은 독살을 준비한 자에게 그것을 마시라 강요한다. 왕은 나를 신뢰하기에 이곳에 왔다. 나는 그의 친척이며 신하이기에 자객을 막아야 한다. 덩컨 왕은 너무도 온화하고 청렴하기에 사람들은 그를 살해한 암살자에게 무서운 저주를 퍼부으며 세상에 탄원할 것이다. 하지만 내게는 끓어오르는 야심이 있다.

맥베스 부인 등장.

맥베스 부인 왕께서 저녁 식사를 거의 끝내셨어요. 왜 방에서 나가셨죠?

맥베스 폐하께서 나를 찾았소? 이 일은 여기서 끝내기로 합시다. 폐하께서는 최근에 내게 포상을 내리셨고 또한 모든 이들에게 온갖 찬사를 받으며 눈부시게 빛나는 옷을 입게 되었는데, 그것을 빨리 벗고 싶진 않소.

맥베스 부인 당신이 품고 있던 그 희망은 술에 취해 잠들었나요? 당신의 욕망만큼 실천할 용기가 없어 두려워요? 당신이 원하는 것을 갖지 못하는 겁쟁이로 살 건가요?

맥베스 제발 그만! 나는 사내대장부로서 해야 할 일이라면 무엇이든 하오.

맥베스 부인 그럼 이 계획을 내게 알려준 건 어떤 짐승이었나요? 이 계획을 실행하려 했을 때 당신은 사내대장부였어요. 자기 스스로를 뛰어넘을 수 있을 때 더 위대한 남자가 될 수 있죠. 저는 아기에게 젖을 물려본 적이 있어서 젖을 빠는 아기가 얼마나 사랑스러운지 알고 있어요. 그러나 내가 만일 그때의 당신처럼 맹세했더라면, 그 갓난아기가 나를 보며 웃고 있더라도 당장 입에서 젖꼭지를 빼내고 그 머리통을 부숴버렸을 거예요.

맥베스 만약 실패하면?

맥베스 부인 실패라고요? 당신이 용기만 내신다면 실패하지 않아요. 덩컨이 잠들었을 때 시종 두 명에게 포도주를 잔뜩 먹여 쓰러지게 만들 거예요. 무방비 상태인 덩컨에게 당신과 내가 못 할 일이 있겠어요? 대역죄를 만취한 두 시종들에게 뒤집어씌우면 되지 않겠어요?

맥베스 당신은 사내아이만 낳으시오! 당신의 대담한 그 기질은 사내아이를 만드는데 꼭 필요한 것이니. 방에 쓰러져 있는 두 시종에게 피를 묻히고 그들의 단검을 사용한다면 그자들의 소행으로 보이지 않겠소?

맥베스 부인 누가 그걸 의심하겠어요? 우리는 왕의 죽음을 슬퍼하면서 울부짖을 텐데!

맥베스 결심했소. 온 힘을 모아 이 무서운 계획을 실행하리다. 자, 가장 밝은 얼굴로 세상 사람들을 속이고, 흉측한 속마음은 가면으로 감춥시다. (퇴장)

제2막

❧

제1장 같은 곳, 성 안의 뜰

뱅코와 횃불을 든 플리언스 등장.

뱅코 밤이 꽤 깊었는데 몇 시나 되었느냐?

플리언스 (하늘을 보며) 달은 졌고, 종소린 듣지 못했습니다.

뱅코 달은 자정에 지지.

플리언스 자정은 넘은 듯합니다.

뱅코 자, 이 칼을 받아라. 하늘도 절약을 하는구나. 별빛이 모두 다 꺼진 걸 보니. (단도 혁대를 풀면서) 이것도 받아라. 무거운 졸음이 납덩이처럼 나를 누르는구나. 그러나 자고 싶지는 않다. 잠이 들면 떠오를 저주받을 망상들을 억눌러다오! 내 칼을 다오.

맥베스와 횃불을 든 시종 등장.

거기 누구냐?

맥베스 친구요.

뱅코 아직 안 주무셨소? 폐하께선 잠자리에 드셨소. 매우 만족해하셨고 하인들에게도 선물을 하사하셨소. 그리고 부인께도 극진한 대접에 대한 답례로 다이아몬드를 선물하셨소. 아주 흡족하게 오늘 하루를 보내신 것 같소.

맥베스 제대로 준비를 못 해서 부족한 게 많았소. 시간이 있었다면 더 만족스럽게 모실 수 있었을 텐데.

뱅코 다 잘 되었소. 지난 밤 꿈에 세 마녀를 보았소. 장군의 경우, 마녀들의 예언대로 잘 되었구려.

맥베스 그들에 대해선 잊고 있었소. 시간이 되면 그 일에 관해 다시 얘기를 나눕시다. 그럼 편히 쉬시오!

뱅코 고맙소. 그럼 편히 쉬시오. (뱅코와 플리언스 퇴장)

맥베스 마님께 가서 술상이 준비됐으면 종을 울리라고 여쭈어라. 그리고 너는 그만 물러가서 자거라. (시종 퇴장) 지금 내 눈앞에 보이는 이것이 단검인가? 오라, 단검이여. 내가 너를 낚아채마! 바로 눈앞에 보이는데도 잡을 수가 없구나. 참으로 고약한 일이로다. 너는 단지 환영인 것인가? 그저 내 머릿속에서 만들어낸 망상인 것인가? 내 눈이 어떻게 되어버린 것인가, 아니면 눈만 멀쩡한 것인가? 칼자루와 칼날에 보이지 않던 핏자국이 보이는구나. (제정신으로 돌아와서) 그럴 리가 없지. 지금 내 눈에 보이는 것은 피비린내 나는 흉계 때문이다. 지금은 이 세상의 반이 죽은 듯이 고요한 밤, 잠은 장막 속에서 악몽과 사투를 벌이고 있다. 흔들림 없는 대지여, 내 발길이 어느 곳으로 향한다 해도 그 소리를 듣지 마라. 발밑에 밟히는 돌들이 혹시라도 내 소재를 알릴까 두렵다. 그러나 내가 이렇게 협박을 한다 해도 그는 죽지 않는다. 말은 실행의 욕망에 찬바람을 불어넣을 뿐이다. (종소리) 가자, 종소리가 나를 부르고 있다. 덩컨이여, 저 소리를 듣지 마라. 저 소리는 그대를 천국과 지옥으로 불러들이는 조종弔鐘이니. (퇴장)

제2장 같은 장소

맥베스 부인 등장.

맥베스 부인 두 녀석을 만취하게 한 이 술이 내 마음을 대담하게 만들어주었다. 두 녀석은 잠잠해졌지만 내 마음엔 불을 지펴 놓았구나. 저 소리는? 쉿! 나직하게 우는 저 소리는 올빼미로구나! 사형수에게 마지막 작별을 고하는 불길한 소리. 문이 열려 있다. 두 호위병들은 코를 골며 잠들어 있구나. 술에는 약을 타났으니 죽음과 삶의 신이 두 녀석을 죽일까 살릴까 다투고 있을 것이다.

맥베스 (안에서) 누구냐? 게 무슨 일이냐?

맥베스 부인 그들이 깨어난 건 아니겠지? 아직 일을 끝내지도 못했는데. (부인이 계단 쪽으로 가려다 돌아서자 맥베스가 나타난다. 양팔이 피투성이가 되어 왼손에는 두 자루의 단검을 쥐고 있다) 여보!

맥베스 (속삭이며) 해치웠어. 그런데 무슨 소리가 들리지 않았소?

맥베스 부인 올빼미가 신음하고, 귀뚜라미가 울어대더군요. 당신이 소리를 낸 거 아니에요?

맥베스 언제? 쉿! 저 소린? 옆방에서 자고 있는 사람은 누구요?

맥베스 부인 도날베인이죠.

맥베스 이렇게 비참해지다니!

맥베스 부인 어리석은 소리, 비참하다니요?

맥베스 한 녀석은 자면서 웃고 또 한 녀석은 '살인이야!'라고 소리치더군. 그러다 두 놈이 눈을 떴소. 나는 조용히 서서 그들이 하는 소리에 귀를 기울였지. 그들은 기도를 올리더니 다시 잠이 들었소.

맥베스 부인 둘은 함께 잠들어 있었죠.

맥베스 한쪽이 '신이여, 자비를 베풀어주소서!'라고 하자, 다른 쪽이 '아멘!'이라고 말했지. 그들은 마치 살인자인 내 손을 보고 있는 것 같았소.

맥베스 부인 너무 깊게 생각하지 마세요.

맥베스 나는 외치는 소리도 들은 것 같소. '이젠 잠을 잘 수 없다! 맥베스가 잠을 죽여버렸다.' 아, 순진무구한 잠이여, 뒤엉킨 근심의 실타래를 풀어주는 잠이여, 고된 노동 뒤의 목욕이여, 마음의 상처를 치유하는 약이여, 대자연의 준비된 은혜로움이여, 이 세상 향연의 가장 값진 자양분인 잠이여!

맥베스 부인 그게 어떻다는 거죠?

맥베스 계속해서 부르짖고 있었소. '이젠 잠을 잘 수 없다!' 성 안 전체가 떠들썩했지. '글래미스가 잠을 죽였다. 그래서 코도는 영영 잠들 수 없다. 맥베스는 이제 잠을 잘 수 없다!'

맥베스 부인 도대체 누가 그렇게 소리를 질렀다는 거예요? 이제 당신은 위대한 영주님이세요. 그런데 왜 부질없는 생각으로 귀중한 힘을 낭비하고 있는 거죠? 손에 묻은 핏자국이나 빨리 씻으세요. 그리고 어째서 그 단검을 여기까지 들고 오셨어요? 살해 현장에 두고 오셨어야죠. 빨리 갖고 가세요! 잠들어 있는 두 호위병에게 피를 묻히고 오세요.

맥베스 다시는 그곳에 가지 않을 것이오. 도대체 내가 무슨 짓을 한 건지 소름이 끼치오. 다시는 보고 싶지 않소.

맥베스 부인 나약한 사람! 그 칼을 제게 주세요. 잠들어 있는 자와 시체는 그저 그림일 뿐이라고요. 아직도 피를 흘리고 있다면 그걸 호위병의 얼굴에 발라놓아야겠어요. 두 사람이 저지른 일처럼 보이려면 그렇게 해야 되지 않겠어요? (퇴장, 안에서 노크 소리)

맥베스 저 소리는 어디서 들리는 거지? 오, 소리만 들려도 이렇게 깜짝깜짝 놀라다니! 아! 바닷물로 이 손에 묻은 피를 깨끗이 씻을 수 있다면.

맥베스 부인 등장.

맥베스 부인 이제 제 손도 당신의 손과 똑같은 빛깔이 되었어요. 그러나 제 마음속은 당신처럼 하얗게 질려 있진 않아요. (노크 소리) 남쪽 입구에서 문을 두드리는 소리가 들리네요. 우리 방으로 돌아가요. 적은 양의 물로도 이 핏자국을 깨끗이 씻을 수 있을 거예요. (문 두드리는 소리) 들리나요! 누군가 문을 계속 두드리고 있어요. 어서 잠옷으로 갈아입으세요. 우리가 깨어 있었다고 의심받으면 곤란하니까요. 제발 그렇게 멍하니 서 계시지 마세요.

맥베스 내가 저지른 일을 생각할 바에야 차라리 나 자신을 잊어버리는 게 낫겠지. (문 두드리는 소리) 그 소리로 덩컨을 깨우라! 할 수 있다면 그렇게 해보라! (두 사람 퇴장)

제3장 같은 장소

문지기 등장, 안에서 문 두드리는 소리가 점점 요란해진다.

문지기 참 잘도 두드린다! 내가 지옥의 문지기였다면 열쇠를 돌리느라 잠시도 틈이 나질 않았겠군. (문 두드리는 소리) 두드려라, 두드려라, 두드려! 지옥의 대장 나리께서 묻겠다. 도대체 넌 누구냐? 풍년이 들어 곡식 값 떨어질까 봐 목을 매단 농부인가 보구나. 마침 잘 왔다! 손수건이나 잔뜩 준비해

두시지, 여기서 땀 좀 흘리게 될 테니까. (문 두드리는 소리) 두드려라, 두드려! 악마의 이름으로 묻는다, 도대체 넌 누구냐? 양쪽으로 계약을 하고 시치미 떼고 있는 사기꾼이구나. 하느님의 이름을 팔아 반역을 한 놈이지? 네놈, 천당은 꿈도 꾸지 마라! (문 두드리는 소리) 갑니다, 가요! (문을 연다) 제발, 이 문지기를 잊지 마시오.

맥더프와 레녹스 등장.

맥더프 간밤에 늦게 잠들었나 보구먼, 이렇게 늦잠을 자다니.

문지기 그렇습니다, 나리. 닭이 두 번 울 때까지 술을 마셨습죠. 그런데 나리, 술이라는 놈이 세 가지 자극을 주더군요.

맥더프 세 가지 자극이라니?

문지기 코가 빨개지고, 졸음이 오고, 오줌이 마렵다는 얘깁니다.

맥더프 간밤에 술에 흠뻑 취했구먼.

문지기 그렇습니다, 나리. 목덜미를 잡혀 쓰러졌지요, 하지만 저도 그놈의 술에게 보복을 했답니다. 그놈을 죄다 토해내어 넘어뜨렸지요. 때로는 그놈이 내 다리를 붙들고 흔들어대기도 했습니다만.

맥베스, 잠옷을 걸친 채 등장.

레녹스 노크 소리에 깨셨군요. 안녕히 주무셨습니까, 맥베스님?

맥베스 다들 안녕히 주무셨소?

맥더프 폐하께서는 일어나셨습니까?

맥베스 아직 안 일어나셨소.

맥더프 아침 일찍 깨우라고 분부하셨습니다. 하마터면 늦을 뻔했지요.

맥베스 폐하께 안내해 드리겠소.

맥더프 장군에게 이런 일이 즐거운 줄은 알지만 수고임에는 틀림없지요.

맥베스 기쁨으로 하는 일은 고생이 아니지요. 여기가 문이오.

맥더프 깨워도 괜찮겠지요? 그렇게 하라는 명령을 받았으니까요. (퇴장)

레녹스 지난밤엔 정말 어수선했습니다. 우리 숙소의 굴뚝이 바람에 몽땅 날아갔어요. 들리는 소문에는, 비탄의 소리와 괴이한 죽음의 신음이 하늘로 울려 퍼졌다고 합니다. 무서운 혼란과 변란이 일어날 징조를 예언하듯 끔찍한 소리가 들리고, 불길하게도 올빼미 소리가 밤새 들렸다고 합니다. 또, 대지가 열병을 앓는 것처럼 진동했다는 말이 떠돌기도 했지요.

맥베스 끔찍한 밤이었소.

맥더프 등장.

맥더프 아, 끔찍한 참변이다! 참변이야, 참변! 말로 설명할 수 없구나.

맥베스 / 레녹스 무슨 일이오?

맥더프 극악무도한 살인마가 거룩한 신전을 부수고 생명을 앗아갔다!

맥베스 뭐라고 말했나? 생명이라고?

레녹스 폐하의 목숨 말인가?

맥더프 방에 들어가 보시오. 차마 눈뜨고는 볼 수 없는 광경이오. 더 이상 내게 묻지 마시오. (맥베스와 레녹스 퇴장) 깨어라, 깨어나라! 경종을 울려라! 살인이다! 반란이다! 뱅코, 도날베인! 맬컴! 깨어나시오! 편안한 죽음 같은 잠을 떨치고 깨어나시오! 그리고 진짜 죽음을 보시오! 일어나라, 일어나 이 무서운 죽음의 광경을 보시오! 마지막 심판의 장면을 눈을 부릅뜨고 지켜보시오. 경종을 울려라! (종이 울린다)

맥베스 부인 등장.

맥베스 부인 도대체 무슨 일이기에 경종을 울려 온 성 안의 사람들을 깨우는 거죠? 이유가 뭡니까!

맥더프 아, 고매하신 부인이여, 어떻게 이 얘기를 전해 드릴 수 있겠습니까? 여자가 듣기엔 너무도 끔찍한 얘기를요.

뱅코 등장.

뱅코, 뱅코! 국왕께서 살해당하셨소!

맥베스 부인 아아, 이게 무슨 변이오! 더구나 우리 집 안에서!

뱅코 맥더프, 부탁이오. 잘못 전한 거라고 말해 주오. 그런 일은 절대 없었노라고 말이오.

맥베스, 레녹스 그리고 로스 등장.

맥베스 지금 이 순간 이후로 이 세상에 중요한 일은 없다. 남은 것은 그저 부질없는 것들뿐. 명예도 덕망도 사라져버렸다. 생명의 술도 메말라버렸다. 이 술 창고의 둥근 천장 아래 남은 것은 그저 술 찌꺼기들일 뿐이로다.

맬컴과 도날베인 등장.

도날베인 무슨 일이오?

맥베스 전하에 관한 일인데 아직 아무것도 모르고 계시는군요. 왕자님 혈통의 원천이자 시작인 샘이 말라버렸습니다. 그 근원이 아주 멈춰버렸습니다.

맥더프 부왕께서 살해당하셨습니다.

맬컴 뭐요? 누구에게 말이오?

레녹스 호위병의 짓인 듯합니다. 두 사람의 손과 얼굴이 피투성이였고, 그들의 단검에도 핏자국이 남아 있었습니다. 그들은 넋이 나간 채로 멍하니 서로를 쳐다보고만 있었습니다. 도저히 누군가를 호위할 만한 인물들로는 보이지 않았습니다.

맥베스 아, 분노가 치밀어 내가 그들을 죽이고 말았소.

맥더프 어째서 그런 것이오?

맥베스 국왕에 대한 내 열렬한 충심이 이성의 힘을 눌러버렸소. 덩컨 왕은 한쪽에 쓰러져 계셨소. 은빛 살결은 금빛 핏발로 얼룩져 있고, 입을 벌린 상처는 파멸이 무참히 드나드는 통로 같았소. 그리고 반대쪽에는 살인마들이 그들에게 어울리는 핏빛으로 물들어 있었고, 그자들의 단검에는 핏덩어리가 엉겨 있었소. 충성할 용기를 갖고 있는 자라면 그 광경을 보고 어찌 참을 수 있었겠소?

맥베스 부인 (실신하듯이) 누가 저를 좀 부축해 주세요.

맥더프 부인을 돌보시오.

맬컴 (도날베인에게 방백) 왜 우린 아무 말도 하지 않는 거지? 누구보다도 이 일과 가장 관련이 깊은데 말이야.

도날베인 (맬컴에게 방백으로) 우리가 무슨 말을 할 수 있겠어요. 어떤 운명이 날카로운 틈새에 숨어 있다가 언제 우리들의 목숨을 노릴지도 모르는데 말이에요.

뱅코 부인을 돌보아주시오. (맥베스 부인, 부축을 받으며 나간다) 그리고 우리도 옷을 갈아입고 다시 모여 이 극악무도한 사건을 조사하기로 합시다. 공포와 의심으로 온몸이 떨리지만, 하느님의 거룩한 손길을 믿고 있소. 이 대역행위 뒤에 숨어 있는 음모를 내 반드시 밝혀내리다.

맥더프 저도 마찬가집니다.

맥베스 어서 옷을 갈아입고 홀에서 만납시다.

일동 알겠소. (맬컴과 도날베인만 남고 모두 퇴장)

맬컴 어찌할 생각이냐? 그들과 같이 움직일 필요는 없다. 마음에도 없는 슬픔을 드러내는 것은 위선자들에게는 쉬운 일이겠지. 나는 잉글랜드로 갈 것이다.

도날베인 전 아일랜드로 가겠어요. 서로 다른 길을 가는 것이 더 안전하겠죠.

맬컴 살인의 화살은 이미 활시위를 떠나 하늘로 올라가고 있다. 어서 말에 올라라. 작별 인사는 조용히 하고, 슬며시 빠져나가는 것이다. 극한 상황에 처했을 땐 몰래 도망치는 것도 정당한 것이다. (퇴장)

제4장 맥베스의 성 밖

로스와 노인 등장.

노인 저는 칠십 평생을 살아왔기에 많은 일들을 기억하고 있습죠. 이상하고 무서운 일들을 참 많이도 보아왔습죠. 그러나 옛날 일들은 간밤에 일어난 끔찍한 일에 비교하면 아무것도 아닙니다.

로스 (하늘을 올려다보며) 노인장, 보세요. 하늘도 무심치 않은지 아직 대낮인데도 어두운 밤이 태양을 뒤덮으며 위협하고 있습니다.

노인 이번 사건을 돌이켜보면 분명 심상치 않은 일입니다. 지난 화요일엔 하늘 높이 날아가던 매가 갑자기 쥐를 잡아먹은 부엉이의 습격을 받아 죽었답니다.

로스 명마로 유명했던 덩컨 왕의 말들이 갑자기 사납게 난동을 피우며 마구간을 부수고 뛰쳐나와 사람들에게 대든 일도 있었죠. 지켜보던 나도 그저 놀랄 따름이었죠.

맥더프 등장.

일은 어떻게 됐소?

맥더프 아직 모르시오?

로스 참으로 끔찍한 유혈사태를 벌인 자가 누구인지 밝혀졌소?

맥더프 맥베스가 죽인 그 두 사람이었소.

로스 아아, 저런! 무슨 이유로 그랬던 것인가?

맥더프 매수되었다고 하오. 맬컴과 도날베인 두 왕자가 몰래 도망쳤소. 그래서 두 왕자가 혐의를 받고 있소.

로스 그것은 하늘의 뜻을 거스르는 일이오. 제 야심 때문에 핏줄의 원천을 마르게 하다니! 그렇다면 왕위는 맥베스님에게 돌아가겠군.

맥더프 이미 임명되어 대관식을 거행하러 스쿤으로 가셨습니다.

로스 스쿤으로 가실 예정이오?

맥더프 아니오, 파이프로 갈 생각이오.

로스 난 스쿤으로 가겠소.

맥더프 모든 일이 잘 되기를 바랍니다. 헌 옷이 새 옷보다 낫다
  는 소문이 들리지 않도록 합시다.

로스 잘 지내시오, 노인장!

노인 하느님의 축복이 있기를 빕니다. (모두 퇴장)

제3막

❦

제1장 포레스 궁전

뱅코 등장.

뱅코 모두 다 네 손아귀에 쥐어졌구나. 글래미스 영주, 코도 영주, 그리고 왕위, 이 모든 것들이. 마녀들이 예언한 그대로구나. 그러나 왕위는 네 후손에게 계승되지 않고, 왕위를 이어갈 조상은 바로 나라고 하지 않았느냐! 마녀들의 예언이 맞는다면 맥베스, 네 머리 위에 또 다른 예언 하나가 반짝이고 있다는 걸 잊지 마라. 너에 대한 예언이 실현되었으니, 나에 관한 예언도 기대할 수 있지 않겠는가! 쉿, 이쯤 해두자!

나팔 소리. 왕이 된 맥베스, 왕비가 된 맥베스 부인,
레녹스, 로스, 귀족들, 시종들 등장.

맥베스 주빈께서 여기 계셨군요.

맥베스 부인 이분이 오시지 않았다면 이 잔치에 흠이 생길 뻔했습니다.

맥베스 오늘 밤에 공식 만찬회를 열 테니 다들 참석해 주시오.

뱅코 국왕께서는 분부만 내려주십시오.

맥베스 오후에는 말을 타고 어딜 갈 계획이라면서요?

뱅코 그렇습니다, 폐하.

맥베스 멀리 갈 생각이오?

뱅코 아마도 만찬회 때까지는 돌아올 수 있을 겁니다.

맥베스 늦지 않길 바라오. 헌데 들리는 소문에 잔인한 두 살인
마 형제가 잉글랜드와 아일랜드에 머물면서, 부왕 살해와
관련된 이야기는 전혀 하지 않고 괴이한 소문을 퍼뜨리고
다니는 모양이오. 이 일은 내일 의논합시다. 잘 다녀오시오.
플리언스도 함께 갈 예정이오?

뱅코 그렇습니다, 폐하. 이제 출발할 시간입니다.

맥베스 튼튼한 다리로 말이 빨리 달려주길 바라오. 잘 가시오.
(뱅코 퇴장) 모두들 저녁 7시까지는 자유롭게 보내도 좋다.
다들 물러갔다가 그때 다시 모이도록! (맥베스와 시종 한 사람
만 남고 모두 퇴장) 여봐라, 그자들은 기다리고 있느냐?

시종 네, 폐하. 성문 밖에서 기다리고 있습니다.

맥베스 안으로 불러들여라. (시종 퇴장) 마음이 편치 않으니 왕
좌도 좋은 것만은 아니로다. 뱅코에 대한 두려움이 이미 내
마음 깊은 곳에 자리 잡고 있구나. 그의 고매한 성품은 두려
움마저 느껴질 정도지. 그날, 뱅코는 마녀들을 다그쳤었지.
마녀들이 나를 훗날의 왕이라고 하자, 자기에 대해서도 한
마디 하라고 소리쳤어. 그러자 마녀들은 '당신의 후손이 왕

이 될 것'이라고 예언하며 축하를 해주었지. 예언이 맞는다면, 나는 지금 내 자손이 아닌 남의 자손에게 계승될 헛된 황홀을 쥐고 있는 것이지. 결국 난 뱅코의 자손을 위해 내 영혼을 더럽히고 고귀한 덩컨을 죽인 셈이지. 그래, 이렇게 된 이상 좋다, 운명이여 오라! 내가 상대해 줄 테니. 최후의 순간까지 싸울 것이다. 누구냐?

시종이 두 자객을 데리고 다시 등장.

부를 때까지 문 밖에서 기다리고 있으라. (시종 퇴장) 우리가 얘기를 나눈 것이 어제였던가?

자객1 예, 폐하.

맥베스 그래, 내가 한 말은 생각해 봤느냐? 지금껏 너희들을 불행하게 만든 사람이 나라고 오해하고 있었던 것 같은데, 허나 사실은 뱅코 그자였다. 이 문제에 대해선 그때 얘기했던 그대로이다. 난 너희들이 충분히 이해했을 것으로 안다.

자객1 예, 잘 알고 있습니다.

맥베스 그 극악무도한 놈 때문에 사경을 헤맬 만큼의 고초를 겪고, 가족들은 모두 무일푼 거지가 되었으니.

자객1 폐하, 저희도 사내입니다.

맥베스 그래, 너희들도 사람이지. 좋다. 그럼 내 너희에게 은밀히 부탁할 것이 있다. 이 일만 잘 수행하면 너희들은 원수도 갚고, 나의 신임과 총애도 얻는 것이다. 그놈이 살아 있는 한 나는 병자나 다름없다. 그놈이 사라져야 내 건강을 되찾을 수 있어.

자객2 폐하, 저는 세상 사람들한테 얻어맞고, 멸시를 받으며 살아왔습니다. 그래서 제 마음은 울분으로 가득 차 있습니다. 이 세상에 분풀이를 할 수 있다면 어떤 일이든 가리지 않겠습니다.

자객1 저 역시 온갖 재난을 당하고 액운에 시달리며 살아왔습니다. 이 인생을 바꾸지 못할 바엔 세상을 하직하겠습니다.

맥베스 너희들의 적은 뱅코라는 것을 절대 잊지 마라.

자객1 / 자객2 예, 폐하.

맥베스 그는 나의 적이기도 하지. 그와 나는 서로 견제하는 사이라, 그가 살아 있는 한 언제 내 급소를 찌를지 모를 일이다. 내 왕권으로 그를 쫓아낼 수도 있다. 하지만 그와 나 사이엔 공통된 몇몇 친구들이 있기에 그 우정을 지키기 위해선 차마 그럴 수 없다. 내 처지가 그러하기에 너희들의 힘을 빌리려는 것이다. 그리고 그 밖에도 여러 가지 이유가 있으니, 이 일은 아무도 모르게 실행하라.

자객2 분부대로 거행하겠습니다.

자객1 저희의 목숨을 걸고서라도…….

맥베스 너희들의 눈빛에서 굳은 의지가 보이는구나. 한 시간 내로 너희들이 잠복할 장소를 가르쳐주겠다. 오늘 밤에 실행해야 한다. 그리고 일을 처리하면서 장애물이나 증거를 남기지 않아야 한다. 그러니 그의 아들 플리언스도 함께 없애

라. 이 또한 매우 중요한 일이다. 그럼 이만 물러가거라. (자객들 퇴장) 일은 매듭지어졌다. 뱅코여, 오늘 밤 그대의 영혼은 저승에서 헤매게 될 것이다. (퇴장)

※ ※ ※

제2장 같은 장소, 다른 방

맥베스 부인이 시종 한 명을 데리고 등장.

맥베스 부인 뱅코가 궁전을 떠났느냐?

시종 네, 오늘 밤에 돌아오실 예정입니다.

맥베스 부인 잠시 드릴 말씀이 있다고 폐하께 전하거라.

시종 네, 알겠습니다. (퇴장)

맥베스 부인 모든 일이 헛될 뿐이로다. 원하는 것을 이루었으나 만족은 얻지 못하였다! 살인을 하고 불편한 마음으로 사느니 차라리 살해당하는 편이 낫겠다.

맥베스, 생각에 잠긴 얼굴로 등장.

폐하, 무슨 일이십니까? 홀로 깊은 망상에 빠져 계시니, 이제 그런 생각은 버려야 하지 않겠습니까?

맥베스 우리는 뱀에게 상처만 냈을 뿐 죽이지는 못했소. 그 상처가 아물면 우리의 서툰 악행이 독사의 이빨에 물리는 건 시간문제라오. 밥을 먹을 때도 불안에 떨며 심지어 잠을 잘 때조차도 악몽을 꾸게 되니, 이럴 바엔 차라리 죽은 덩컨과 함께하는 것이 낫지 않겠소? 평안을 얻으려던 우리는 이렇 듯 고통 속에서 살고 있는데, 정작 그는 고요하고 평화로운 세계에서 안식을 취하고 있지 않소?

맥베스 부인　이제 그만하세요. 자, 폐하! 굳은 얼굴을 펴고 밝은 모습으로 오늘 밤 손님들을 맞이하세요.

맥베스　내 그렇게 하리다. 당신도 밝은 얼굴을 보이시오. 특히 뱅코를 조심하시오. 국왕의 명예를 유지하기 위해서는 그들 의 아첨과 추종을 받아들이고 진심을 숨겨야 하오. 마음에 가면을 씌우고 감춥시다.

맥베스 부인　폐하, 이제 그런 생각은 그만하세요.

맥베스　아, 내 마음속에는 독충들이 잔뜩 들어 있소! 당신도 알 고 있겠지, 뱅코와 플리언스가 아직 살아 있다는 걸 말이오.

맥베스 부인　그러나 그 두 사람도 평생 살 수는 없죠.

맥베스　그 말을 들으니 좀 안심이 되는구려. 그 두 사람도 칼을 맞으면 죽게 될 테니. 그러니 당신은 기뻐할 준비나 하시오. 잠을 부르는 밤의 종소리가 울리기 전에 끔찍하고도 중대한 일이 생길 테니.

맥베스 부인　무슨 일인데요?

맥베스　당신은 그냥 모른 척하고 있다가 일이 성사되면 환호나 보내시오. 어서 오라, 눈을 감겨줄 밤이여! 자비로우며 부드럽고 따뜻한 낮의 눈을 가려라. 어둠 속에 가려진 피투성이 손으로 나를 위협하는 그의 생명증서를 찢어 없애버려라! 빛은 사라져가고, 까마귀는 음침한 숲을 날고 있구나. 밤의 사악한 악령들은 먹잇감을 찾아 움직이고 있다. 내 말을 들으니 당신 기분이 묘해지는 모양이구려. 그저 당신은 조용히 기다리고 있으시오. 악으로 시작된 일은 악으로 다스려야 하니까! 자, 함께 갑시다. (두 사람 퇴장)

제3장 같은 장소, 궁전에 이르는 길가의 정원

세 자객 등장.

자객1 누가 당신을 우리한테 보냈소?

자객3 맥베스 왕께서 보내셨소.

자객2 그럼 믿어도 되겠군. 우리가 해야 할 일을 자세히 알고 있는 걸 보니.

자객1 자, 그럼 우리와 합세합시다. 조금 있으면 우리의 목표물이 여기로 올 것이오.

자객3 쉿! 말발굽 소리다.

뱅코 (멀리서) 여봐라, 횃불을 다오!

자객2 저놈이다!

뱅코와 횃불을 든 플리언스 등장.

뱅코 오늘 밤에는 비가 올 것 같군.

자객1 그럼, 오고말고! (자객1이 횃불을 *끄*자 다른 자객들이 뱅코를 공격한다)

뱅코 오, 암살이다! 도망가라, 플리언스. 도망가라, 도망가! 너는 살아서 복수를 해야 돼. 아, 사악한 놈! (죽는다. 플리언스, 도망친다)

자객3 한 놈밖에 처치하지 못했어. 아들은 도망쳤어.

자객2 중요한 반 토막을 놓쳐버렸네.

자객1 어쨌든 가세. 가서 상황을 고하세. (모두 퇴장)

제4장 궁전의 홀

연회석이 준비되어 있고 맥베스, 맥베스 부인, 로스, 레녹스, 귀족들, 그리고 시종들 등장.

맥베스 다들 자신의 좌석을 알고 있을 테니 앉으시오. 참석하신 여러분들을 진심으로 환영하오.

귀족들 폐하, 감사합니다.

맥베스 나도 여러분과 어울려 주인 노릇을 해보겠소. (맥베스 부인은 왕후의 옥좌에 앉는다, 자객1 문 앞에 나타난다) 보시오, 부인. 손님들이 당신에게 감사 인사를 전하고 있소. 나는 술잔을 들고 한 바퀴 돌겠소. 자, 한 사람씩 건배를 합시다. (문 쪽으로 간다. 작은 소리로 자객에게) 얼굴에 피가 묻었다.

자객1 (작은 소리로) 뱅코의 피옵니다.

맥베스 그놈의 몸 안에 남아 있는 것보다 차라니 네 얼굴에 묻어 있는 편이 낫겠지. 처리했느냐?

자객1 (작은 소리로) 물론입니다. 목덜미를 찔러버렸습니다.

맥베스 (작은 소리로) 훌륭하구나. 목덜미라! 플리언스도 훌륭한 솜씨로 처리했겠지?

자객1 (작은 소리로) 폐하, 플리언스는 도망쳤습니다.

맥베스 (방백) 불안한 마음이 다시 솟구치는구나. 그 실수만 하지 않았더라면 완벽했을 텐데. 이제 가라, 얘기는 내일 다시 듣기로 하자. (자객1 퇴장)

맥베스 부인 폐하, 대접이 너무 소홀한 듯합니다. 연회장에서 식사할 때는 자주 환대의 뜻을 비쳐야 합니다. 식사만 하러 온 것이라면 각자 자기 집에서 먹는 것이 가장 편하겠죠.

맥베스 맞는 말이오! 자, 마음껏 드시고 다들 건강하시기를 바라오!

레녹스 폐하께서도 옥좌에 앉으시지요.

맥베스 이 나라의 명사들이 여기에 모두 모였소. 고결한 뱅코 장군도 참석했으면 좋았을 것을.

뱅코의 유령이 나타나 맥베스의 좌석에 앉는다.

그의 무성의를 책망하는 편이 낫지, 만일 사고라도 났다면 큰일 아니오!

로스 약속을 해놓고 불참한 것은 비난받아 마땅합니다. 폐하, 옥좌에 앉으셔서 저희 신하들 모두가 폐하의 은혜를 입게 해주십시오.

맥베스 좌석은 이미 꽉 차지 않았소?

레녹스 여기가 폐하의 좌석입니다.

맥베스 어디?

레녹스 여깁니다, 폐하. 헌데 왜 그리 놀라십니까?

맥베스 (뱅코의 유령에게) 누가 너를 이렇게 만들었느냐?

귀족들 무슨 말씀이신지요, 폐하?

맥베스 내가 그랬다는 거냐? 핏빛으로 물든 네 머리카락을 나에게 흔들지 마라. (맥베스 부인, 일어선다)

로스 다들 일어납시다. 폐하의 기분이 좋지 않으신 듯합니다.

맥베스 부인 (아래로 내려와서) 여러분, 다들 자리에 앉아 계십시오. 폐하께서는 때때로 이러십니다. 곧 괜찮아지실 겁니다. 폐하를 너무 지켜보고 있으면 언짢으셔서 발작이 오래갑니다. 그러니 식사를 하시면서 못 본 척하십시오. (왕에게 방백) 당신이 사내대장부예요?

맥베스 (작은 소리로) 그렇소, 나는 용감한 사내대장부요. 악마도 두려워할 저 모습에 꿋꿋하게 맞서고 있질 않소?

맥베스 부인 (작은 소리로) 아아, 정말 못 봐주겠군요! 그건 당신의 두려움이 그려낸 환영이라고요. 부끄러운 줄 아세요! 왜 그런 표정으로 계시는 건가요? 폐하께서는 지금 텅 빈 의자를 노려보고 계시는 거라고요.

맥베스 (작은 소리로) 제발 저길 보시오, 저기를! 뭐? 별 게 아니라고? 고개를 끄덕이니 말도 하겠구나. 묻힌 것을 무덤이 다시 뱉어낸 거라면, 이제 솔개의 위장을 무덤으로 삼아야겠다. (유령 사라진다)

맥베스 부인 (작은 소리로) 무슨 소리를 하시는 거예요! 어리석은 소리 좀 그만하세요!

맥베스 나는 분명히 보았소.

맥베스 부인 (작은 소리로) 정말, 창피하다고요! 여보, 손님들이 기다리고 있어요.

맥베스 깜빡 잊고 있었군. 여러분, 다들 신경 쓰지 마시오. 나는 괴이한 지병이 있소. 나를 알고 있는 사람들은 이 일을 별 거 아니라고 생각하지. 자, 여러분들을 위해 건배를 하고 좌석에 앉겠소. 만찬회에 참석하신 여러분을 축하하고 참석하지 못한 우리의 친구 뱅코를 위하여. 그도 이 자리에 있었으면 좋았을 텐데! 다들 축배를 듭시다.

귀족들 (건배한다) 폐하를 향한 우리의 충성을 맹세하며, 건배!

유령, 다시 나타난다.

맥베스 물러가라! 썩 꺼져라! (잔을 떨어뜨린다) 네놈은 골수가 빠지고 핏줄도 굳어버렸다. 보이지도 않는 눈동자를 번뜩이며 나를 쏘아보면 어쩔 테냐?

맥베스 부인 여러분, 이건 항상 있는 일입니다. 별일 아닙니다. 분위기를 깨뜨려 미안합니다.

맥베스 나는 사람이 할 수 있는 일이라면 뭐든지 할 수 있다. 지금의 그 모습만 아니라면 내 단단한 핏줄은 꿈쩍도 하지 않을 것이다. 물러가라, 소름 끼치는 망령이여! 썩 꺼져라! (유령 사라진다) 그래, 네가 그렇게 사라져주니 이제 나는 정신을 차리겠다. 여러분, 모두 자리에 앉아주시오.

맥베스 부인 폐하께서 이미 흥을 다 깨셨어요. 흥겨워야 할 회합이 모두 엉망이 되어버렸다고요.

맥베스 그것이 한여름의 먹구름처럼 나타나 갑자기 들이닥치는데 놀라지 않을 수가 있겠소? 도대체 뭐가 뭔지 모르겠소. 다른 사람들은 나와 같은 것을 보고서도 아무렇지 않은데 나 혼자만 공포에 떨고 있으니 말이오.

로스 무엇을 보신 겁니까, 폐하?

맥베스 부인 제발, 아무 말도 하지 마십시오. 자꾸 물으시면 상태는 점점 더 악화되실 테니까요. 이만 물러가시는 게 좋을 것 같습니다. 다들 퇴장해 주세요.

레녹스 그럼, 안녕히 주무십시오. 건강 유의하십시오, 폐하!

맥베스 부인 모두들 안녕히 가십시오! (귀족들과 시종들 퇴장)

맥베스 아무래도 피를 봐야 할 것 같소! 피는 피를 부른다고 하지 않소. 밤이 얼마나 깊었소?

맥베스 부인 밤인지 새벽인지 잘 모르겠습니다.

맥베스 어떻게 생각하오? 맥더프는 만찬회에 오라는 내 명을 끝내 거절했다지?

맥베스 부인 하인을 보낸 것은 확실한가요?

맥베스 직접 듣진 못해서 사람을 직접 보낼까 하오. 내가 집집마다 하인을 매수해 놓았으니까. 내일 아침이 밝자마자 마녀들을 찾아가서 얘기를 좀 더 들어볼 생각이오. 최악의 수단을 써서 최악의 말을 듣게 되더라도 말이오. 내 이익을 위해서라면 못할 것이 없지 않겠소. 한 번 피를 본 이상 앞으로 나아갈 수밖에 없소. 지금에 와서 후퇴하는 것은 전진하는 것보다 더 힘든 일이니.

맥베스 부인 폐하께는 지금 운명에 맞설 힘이 필요합니다. 그러니 어서 주무세요.

맥베스 어서 잠자리에 듭시다. 환영을 보고 당황하는 것은 어리석은 공포심 때문일 테지. 아직 우리들은 실행에 미숙하니까. (두 사람 퇴장)

제5장 황야

천둥이 친다. 마녀 셋이 등장하여 헤카테와 만난다.

마녀1 웬일이세요, 헤카테님? 화가 잔뜩 나신 것 같은데.

헤카테 당연하지, 이 뻔뻔스러운 늙은 마녀들아! 왜 너희들 마음대로 맥베스와 왕래하는 거냐? 어째서 그놈에게 생사의 문제를 마음대로 발설하느냐 말이다! 너희들의 마법 스승인 내가 뒤에서 세상의 모든 재앙을 다 조종하고 있는데, 어째서 나를 이토록 무시하느냐! 이제 정신을 차려라. 지금 곧 출발하여 지옥의 아케론 동굴로 가라. 제 운명을 알고 싶은 그놈이 거기로 올 테니까. 나는 하늘로 날아가겠다. 오늘 밤에는 끔찍하고도 치명적인 일이 벌어질 것이다. 운명을 조롱하고 죽음을 비웃는 그놈은 파멸의 쓴맛을 보게 될 테니까. (안에서 노랫소리가 들린다) 들리느냐? 나를 부르는 소리가. 보라, 안개 같은 구름 위에서 어린 정령들이 나를 기다리고 있다. (구름을 타고 날아간다)

마녀1 서두르자, 그녀가 곧 돌아올 테니까. (일동 퇴장)

제6장 포레스 궁전

레녹스와 귀족 한 사람 등장.

레녹스 제가 말씀드리고 싶은 것은, 상황이 묘하게 전개되고 있다는 겁니다. 맥베스는 비통하고 분했던 모양입니다. 분노를 이기지 못하고 결국 두 호위병을 죽이고 말았으니. 어쩌면 당연한 일이죠. 두 놈이 범행을 부인하는데 누가 그걸 참을 수 있겠어요? 그는 교묘하게 일을 처리하고 있어요. 만약 선왕의 두 아들이 체포된다면, 그들은 부친 살해의 벌이 어떤 것인지 알게 될 겁니다. 플리언스 역시 마찬가지겠죠. 이 얘긴 여기까지만 하죠. 하고 싶은 말을 모두 했다가는 맥더프처럼 노여움을 사게 될 테니까요. 그가 어디에 있는지 아십니까?

귀족 맥더프는 잉글랜드로 가서 에드워드 왕에게 도움을 요청할 모양입니다. 노섬벌랜드 백작과 그의 용맹스러운 아들 시워드의 군대 덕분에 우리는 다시 편하게 식사를 하고 잠을 잘 수 있을 것입니다. 그런데 소문에 의하면, 맥베스도 이 소식을 알고 분노하여 전쟁을 준비하고 있다더군요.

레녹스 맥베스가 맥더프에게 사신을 보냈습니까?

귀족 네, 그러나 돌아오지 않겠다고 단호하게 거절했다고 합니다.

레녹스 그런 일이 있었다면 맥더프는 모든 지혜를 발휘하여 맥베스를 멀리해야 할 것입니다. 신이시여, 저주받은 손으로 고통스러워하는 이 나라에 축복을 내려주시길. (두 사람 모두 퇴장)

제4막

제1장 동굴

동굴 중앙에 가마솥이 걸려 있다.

천둥소리 들리고 불길 속에서 세 마녀가 차례로 등장한다.

마녀1 얼룩 고양이가 세 번 울었다.

마녀2 내 고슴도치는 세 번 울고 또 한 번 울었어.

마녀3 괴조(얼굴은 여자, 몸은 새인 괴물)는 '때가 왔다, 때가 왔어.'라며 계속 울어댄다.

마녀1 빙빙 돌자. (모두 가마솥 주위를 왼쪽으로 돌기 시작한다) 차가운 바윗돌 밑에서 서른에 하루를 잠만 자며 독을 만드는 두꺼비 놈아. 너부터 먼저 마법의 솥에 넣고 끓이자.

일동 불어나라, 고통이여. 불꽃이여, 타올라라. 가마솥아 끓어라. (솥 안을 휘젓는다)

마녀2 늪에서 잡은 뱀 토막을 가마솥에 끓여라. 도롱뇽 눈알과 개구리 발가락, 독사의 혓바닥과 독충의 침, 끔찍한 재앙을 부르는 부적이 되도록 지옥의 국물 되어 끓어라.

일동 불어나라, 고통이여, 아픔이여. 불꽃이여, 타올라라. 가마

솥아 끓어라. (솥 안을 휘젓는다)

마녀3 용의 비늘, 늑대 이빨, 굶주린 상어의 내장, 한밤중에 캔 독이 든 당근 뿌리, 신성 모독하는 유대인의 간, 터키인의 코, 타타르인의 입술, 창녀가 낳아 목 졸라 죽여 개천에 버린 아기 손가락, 이것들을 모두 넣고 진하게 끓이자.

일동 불어나라, 고통이여, 아픔이여. 불꽃이여, 타올라라, 가마 솥아 끓어라.

마녀2 원숭이 피로 식히자. 마술의 힘이 커지고 효력이 생기리라.

헤카테와 다른 세 마녀 등장.

헤카테 다들 수고했다. 얻는 것이 있다면 골고루 나눠주겠다. 가마솥 주위를 돌면서 노래 부르자. 요정들처럼 둥글게 돌며, 솥 안에 든 물건에 마술을 걸며. (노랫소리, 헤카테와 다른 세 마녀 퇴장)

마녀2 엄지손가락이 쿡쿡 쑤시는 걸 보니 흉악한 놈이 오고 있나 보다. (문 두드리는 소리) 열려라, 자물쇠야, 그 누가 문을 두드려도.

문이 열리고 맥베스가 나타난다.

맥베스 어둠 속에 몸을 감추고 흉악한 짓을 벌이는 마녀들아, 무엇을 하고 있느냐?

일동 말할 수 없습니다.

맥베스 대자연의 모든 종자가 모조리 흩어져 사라진다 해도 상관없으니 대답해다오. 그리고 너희들의 스승을 만날 수 있게 해다오!

마녀1 자기 새끼를 아홉 마리나 잡아먹은 암돼지의 피와 살인자가 교수대에서 흘린 기름도 불 속에 넣어버리자.

일동 지옥에 있는 마녀들아, 신분에 상관없이 모두 나타나 임무를 수행하라!

천둥, 환영1, 맥베스와 같은 투구를 쓰고 솥 안에서 나타난다.

맥베스 말해다오, 보이지 않는 마법의 힘을.

마녀1 당신 속마음은 다 알고 있어요. 그저 듣기만 하세요.

환영1 맥베스! 맥베스! 맥베스! 맥더프를 조심해. 파이프 영주를 조심해. (사라진다)

맥베스 고맙구나. 내 두려움이 뭔지 정확히 짚었구나. 하나만 더.

마녀1 부탁해도 소용없어요. 또 하나가 나타낼 테니. 첫 번째보다 더 신통한 것입니다.

천둥, 환영2, 피투성이 아이가 나타난다.

환영2 피를 두려워하지 말고 용기 있게 행동하라. 여자의 뱃속에서 태어난 자는 그 누구라도 맥베스를 쓰러뜨릴 수 없다.

(사라진다)

맥베스 살아 있으라, 맥더프여, 내가 너를 두려워할 필요가 있
겠는가? 나약한 공포심에게 말하노라. 나는 이제 천둥소리
에도 편히 잠들 수 있노라고.

천둥, 환영3, 왕관을 쓴 어린이가 손에 나뭇가지를 들고 나타난다.

환영3 사자 같은 용기를 가지고 당당하게 살아라. 누가 화를 내
건, 어디서 반역자가 나타나건 맥베스는 절대 무너지지 않
으리.

맥베스 기분 좋은 예언이구나! 그러나 한 가지 더 궁금한 것이
있다. 뱅코의 후손이 이 나라를 지배하겠느냐?

마녀 일동 더 이상은 알려고 하지 마세요.

맥베스 말해다오. 저 솥은 왜 가라앉고 있는가? 또 이 소리는 무
엇인가? (오보에 소리와 함께 가마솥이 땅속으로 꺼진다)

마녀 일동 보여주어 그의 마음을 슬프게 하라! 그림자처럼 나타
나 그림자처럼 사라져라.

여덟 명의 왕의 그림자가 동굴 안을 가로질러간다.
여덟 번째 왕의 손엔 거울이 들려 있다. 뒤이어 뱅코의 유령이 나타난다.

맥베스 뱅코의 망령과 똑같구나! 썩 꺼져라! 네 왕관이 내 눈을
타버리게 하는구나. 그리고 또 다른 왕관을 쓴 놈, 또 오고

있구나. 일곱 번째! 아, 여덟 번째도 나타났군! 참으로 끔찍한 광경이다! 머리칼이 피투성이가 된 뱅코가 그들을 가리키며 자기 후손들이라고 웃으며 말하고 있군. (환영들이 사라진다) 이게 사실인가?

마녀1 그렇습니다, 사실이에요. 자, 우리가 이분의 마음을 위로해 주자. (음악. 마녀들, 춤을 추다 사라진다)

맥베스 어디로 간 것이냐? 사라졌구나. 밖에 아무도 없느냐?

레녹스 등장.

레녹스 폐하, 무슨 일이십니까?

맥베스 마녀들을 보았는가?

레녹스 못 보았습니다, 폐하. 헌데, 몇 사람이 소식을 전해 왔는데 맥더프가 잉글랜드로 도망쳤다고 합니다.

맥베스 잉글랜드로 도망을?

레녹스 네, 그렇다고 합니다. 폐하.

맥베스 (방백) 시간이여, 그대가 내 계획을 눈치 챘구나. 그래, 지금부터 내 생각을 기필코 행동으로 보여주리라. 맥더프의 성을 습격할 것이다. 파이프를 무너뜨리고 그의 처자와 친척들 모두를 없애버릴 것이다. 이 계획이 수포로 돌아가기 전에 어서 행동해야겠다. 이제 환영 따위는 보기도 싫다! 어서 가자, 그들이 있는 곳으로 안내하라. (퇴장)

제2장 파이프, 맥더프 성의 어느 방

맥더프 부인, 맥더프 아들, 로스 등장.

맥더프 부인 제 남편이 무슨 잘못을 했기에 도망을 쳤나요? 도망을 치다니 제정신이 아니라고요. 아무 잘못 없이 그저 막연한 공포심 때문에 도망을 쳤다 해도 배신자로 낙인찍힐 수 있잖아요?

로스 공포심 때문인지 아니면 현명한 판단이었는지는 아직 모르지요.

맥더프 부인 처자식과 가정을 내팽개치고 지위마저 버렸는데 현명한 판단이라고요? 새 중에서 가장 작고 힘없는 굴뚝새도 제 둥지 안에 있는 새끼를 위해 올빼미와 싸운다는데, 그 사람은 우리에 대한 애정이라곤 눈곱만큼도 없는 거예요. 그저 공포에 떨고 있을 뿐이죠.

로스 형수님, 제발 진정하세요. 형님께서는 현명하시고 분별력이 있으신 분입니다. 긴 말씀은 드리지 않겠지만 세상은 아주 험악합니다. 자신도 모르는 사이에 반역자가 되어 있기도 하니까요. 저는 당분간 이곳을 떠나 있을 생각입니다. 곧 다시 찾아뵙죠. 최악의 상황도 시간이 지나면 잠잠해지는 법입니다. 얘야, 잘 있어라. 그럼 안녕히 계십시오. (퇴장)

맥더프 부인 얘야, 네 아버지는 돌아가셨다. 이제 어떻게 살아야 하나?

소년 새처럼 살아야죠, 엄마. 아무거나 먹으면서. 새들은 그렇게 사니까요. 그리고 아버지는 돌아가신 게 아니에요.

맥더프 부인 아니야, 아버지는 돌아가셨어.

소년 엄마, 아버지는 반역자인가요? 근데 그게 무슨 뜻이에요?

맥더프 부인 맹세를 하고 나서도 거짓말을 하는 사람이지.

소년 그런 사람들은 다 교수형을 받나요? 그럼 누가 목을 매달아요?

맥더프 부인 아마, 정직한 사람들이겠지.

소년 그러면 맹세를 하고서도 거짓말을 하는 사람들은 죄다 멍청이들이군요. 거짓말을 하는 사람들은 아주 많으니, 정직한 사람들을 물리치고 목을 매달 수도 있을 텐데 말이죠.

맥더프 부인 이런! 못 하는 말이 없구나!

사신 등장.

사신 부인! 자제분을 데리고 몸을 피하십시오. 놀라게 해드려 정말 죄송합니다만 끔찍한 일이 벌어지고 있으니 부디 몸조심 하십시오. 지체할 시간이 없습니다. (퇴장)

맥더프 부인 어디로 피하라는 것이냐? 나는 잘못이 없는데. 나쁜 일은 칭찬받고, 좋은 일은 오히려 위험하고 어리석은 일이 되는 현실이라니. 아, 잘못이 없다고 소리쳐 봤자 소용없는 짓일 테지. 헌데 저들은 누구지?

자객들 등장.

자객 남편은 어디 있느냐?

맥더프 부인 너 같은 놈들이 찾아낼 순 없을 거다.

자객 그는 반역자다.

소년 거짓말, 이 머리 긴 악당 놈아!

자객 뭐야, 이놈이! (칼로 찌른다) 새끼 반역자 놈 같으니!

소년 엄마, 도망가세요, 어서요! (죽는다)

'살인자!' 라고 소리치며 맥더프 부인이 뛰어간다.

그 뒤를 자객들이 쫓는다.

제3장 잉글랜드 에드워드 왕궁의 어느 방

맬컴과 맥더프 등장.

맥더프 저는 반역자가 아닙니다.

맬컴 그러나 맥베스는 반역을 했소. 왕이라는 권력 앞에선 선하
고 덕을 갖춘 사람도 변절할 수 있다오. 당신은 그렇지 않겠
지만.

맥더프 조국에 대한 희망이 사라졌습니다.

맬컴 그 말은 믿지 못하겠소. 떠난다는 말도 없이 어째서 사랑의 원천인 처자식을 버리고 온 것이오? 그대를 의심해서 하는 말은 아니오. 내 조국 스코틀랜드가 폭정에 시달리며 매일 피눈물을 흘리기 때문이오. 내가 폭군의 머리를 칼끝에 매단다 해도, 내 불행한 조국은 후계자로 인해 전보다 더 많은 고난을 겪게 될 것이란 말이오.

맥더프 후계자라니, 그게 누구입니까?

맬컴 나 말이오. 내 안에는 수많은 종류의 사악함이 존재하고 있소. 그것들이 제 힘을 발휘한다면 불행한 국민들은 오히려 맥베스를 그리워할 것이오.

맥더프 사악함이라면 아마 맥베스가 지옥의 악마들보다 더할 것입니다.

맬컴 하긴 그놈은 잔인하고 음탕하고 탐욕스러우며 신뢰가 가지 않지. 또한 늘 거짓을 늘어놓고 겉과 다른 속마음을 지니고 있으며, 수많은 죄를 짓고 구린내를 풍기는 놈이지요. 그러나 욕정만큼은 나도 끝이 없다오. 유부녀건 처녀건 가리지 않아도 내 욕정의 독은 좀처럼 채워지지 않으니까. 욕정은, 그것에 걸림돌이 된다면 그 어떤 것이라도 파멸시키려는 힘을 갖고 있소. 그러니 나라를 다스리는 것은 나보다는 맥베스가 나을 거요.

맥더프 그런 일로 걱정하실 필요는 없습니다. 남들 눈에 띄지 않게 쾌락을 즐길 수도 있겠죠. 기꺼이 자신의 몸을 바칠 여자들도 많을 테고요.

맬컴 그게 다가 아니오. 비뚤어진 마음속에는 욕심으로 가득 차 있소. 국왕이 되는 날, 나는 귀족들의 목을 베어 영토를 빼앗은 뒤 어떤 이의 보석과 또 어떤 이의 저택을 소유하려 할 것이오. 그럴수록 탐욕은 커져만 갈 테지.

맥더프 탐욕 때문에 수많은 제왕들이 멸망했지요. 하지만 걱정 마십시오. 스코틀랜드에는 전하가 만족하실 만큼의 충분한 자원이 있습니다.

맬컴 나는 제왕이 갖추어야 할 여러 가지 미덕들이 없소. 공정, 진실, 절제, 지조, 관용 같은 것들이 하나도 없다오. 반면에 죄악의 요소들은 모두 갖고 있어 온갖 악덕한 짓을 저지르고 있을 따름이오. 내가 왕위에 오른다면 이 세상의 평화는 사라지고 질서는 무너질 것이오.

맥더프 아아, 스코틀랜드! 스코틀랜드!

맬컴 나 같은 인간도 나라를 다스릴 수 있겠소?

맥더프 나라를 다스릴 수 있겠느냐 하셨습니까? 오, 살아 있을 자격도 없습니다. 아, 불쌍한 백성들이여! 선왕께서는 왕자님과 비교할 수 없는 어진 왕이셨습니다. 왕자님을 낳으신 후에 왕후께서는 서 계신 시간보다도 무릎을 꿇고 기도하는 시간이 더 많을 정도로 힘든 나날을 보내셨습니다. 그럼 안녕히 가십시오. 왕자님께서 직접 말씀하신 온갖 악덕 때문에 이제 스코틀랜드와의 인연을 끊어야겠습니다. 아, 내 가슴이여, 마지막 희망도 이렇게 사라지는구나!

맬컴 맥더프 경, 그대의 진심 어린 고결하고 열의에 찬 말들로 그대에 대한 의혹이 사라졌소. 악마 같은 맥베스가 흉악한 계략을 꾸미고 있어 누구도 믿지 않으려 했던 것이오. 앞으로 나는 경의 지시를 따르겠소. 조금 전 내가 했던 비난은 모두 취소하겠소. 나는 아직 여자를 알지도 못하고 거짓 맹세를 한 적도 없으며, 내가 소유한 것들에도 욕심을 낸 적이 없고 그 무엇보다 진실을 소중히 여기고 있다오. 그대와 이 불행한 조국을 위해 이 한 몸 바칠 것이오. 이제 위풍당당하게 승리를 거두러 갑시다!

맥더프 반갑고도 절망적인 일이 동시에 벌어지니 저는 어찌해야 할지 모르겠습니다.

시의 등장.

맬컴 (시의에게) 왕께서 행차하셨소?

시의 그렇습니다. 가엾은 백성들이 국왕 폐하의 치료를 애타게 기다리고 있습니다. 워낙 난치병들이라 의술로도 효험이 없습니다. 허나 하느님의 신성한 힘을 전수받은 폐하의 손이 한 번만 닿게 되면 금세 나아버린답니다. (시의 퇴장)

맥더프 어떤 병입니까?

맬컴 연주창이라는 것이오. 나는 이미 잉글랜드의 왕이 행하는 놀라운 기적을 수차례 목격하였소. 어떻게 그 효험이 발휘되는지 그 비밀은 국왕만이 알고 있소. 어쨌든 난치병에 걸려 의사들도 포기한 것을, 국왕께서 환자의 목에 금화 한 닢을 걸고 신성한 기도를 올리면 완치된다는 것이오. 듣자하니 왕의 후손들에게도 이 축복받은 치료법을 전수하셨다 하오. 이는 폐하께서 신의 축복을 받고 계시다는 증거겠지요.

로스 등장.

맥더프 누가 오고 있습니다.

맬컴 의복을 보아하니 우리나라 사람 같은데, 누구지?

맥더프 아, 로스군요. 잘 왔소. 스코틀랜드 상황은 어떻소?

로스 아, 비참한 조국이여! 말씀드리기조차 두렵습니다! 조국이라기보다는 차라리 무덤에 가깝습니다. 제정신이 아닌 사람 빼고는 웃는 사람이 없습니다. 한숨과 신음, 아우성으로 하늘이 찢어질 듯합니다. 허나 이렇게 격렬한 소리에도 사람들은 개의치 않습니다. 모든 이들이 느끼고 있는 감정이기 때문이죠.

맥더프 오, 신이시여!

맬컴 최근에도 끔찍한 사건이 벌어졌소?

로스 1분마다 새로운 사건이 벌어집니다. 한 시간 전의 일은 이미 우스운 과거가 되지요.

맥더프 내 아내는 어떻게 지내고 있소? 애들은 또 어떻소?

로스 작별 인사를 고하러 갔을 땐 무사했습니다. 헌데 소문에 의하면 수많은 사람들이 궐기했다고 합니다. 저도 폭군의 군사들이 움직이는 것을 목격했으니 사실인 듯합니다. 왕자님, 스코틀랜드에 모습만 나타내주소서. 그렇게만 해주신다면 군사들이 구름처럼 모여들 것입니다.

맬컴 동포들은 이제 한숨 돌려도 괜찮을 것이오. 잉글랜드 왕께서, 용맹한 시워드 장군이 통솔하는 1만 명의 군대를 우리에게 허락하셨으니 이제 우리도 출동할 것이오.

로스 아아, 저도 이 같은 희소식에 화답할 수 있다면! 하지만 가장 비통한 소식을 전해 드려야 하다니.

맥더프 흠! 짐작이 가지만 어서 말해 보시오.

로스 성이 습격을 당했습니다. 부인도 아이들도 모두 참살당했습니다.

맥더프 아, 내 귀여운 것들을 모조리 죽였다고? 아, 사악한 마귀 같으니! 정말 내 사랑스런 아이들과 어미의 목숨을 모두 앗아갔단 말이오?

맬컴 사내대장부답게 참으시오.

맥더프 네, 그리할 것입니다. 하지만 아무리 사내대장부라 해도 이 울분을 억누를 순 없습니다. 제겐 너무도 소중한 가족들을 어찌 잊을 수 있겠습니까. 죄 많은 맥더프! 다 내 탓이로다. 내 잘못으로 몰살당한 것이다. 그대들이여, 이젠 편히 잠들라!

맬컴 그 슬픔을 칼 가는 숫돌로 삼고 울분을 분노로 바꾸시오. 그 마음이 무뎌지지 않게 다잡으시오.

맥더프 아! 여자들처럼 눈이 부을 때까지 펑펑 울고, 허풍쟁이처럼 떠들어댈 수 있다면! 그러나 하늘이시여, 지금 당장 스코틀랜드의 악마와 만나게 해주십시오. 이 칼로 그놈을 무너뜨리게 해주십시오.

맬컴 참으로 사내대장부답소. 자, 잉글랜드 왕을 뵈러 갑시다. 이제 맥베스는 흔들면 떨어질 다 익은 과일이오. 하늘도 우리를 돕고 있으니 힘을 냅시다. 제아무리 긴긴 밤이라도 아침은 밝아올 테니까. (일동 퇴장)

제5막

제1장 던시네인, 맥베스 성

시의와 시녀 등장.

시의 이틀 밤이나 지켜보았지만 당신이 말한 증세는 확인할 수 없었소. 왕비님께서는 언제부터 그렇게 배회하신 것이오?

시녀 국왕 폐하께서 출전하신 이후부터입니다. 밤만 되면 침대에서 일어나 벽장문을 열고 종이를 꺼내 무언가를 적으십니다. 그리고 그걸 읽어보신 다음 봉인하시고 다시 잠자리에 드십니다.

시의 심각한 정신착란증 같소. 몽유 상태로 걸어 다니시며 무슨 일인가를 하실 때 말씀하시는 소리는 듣지 못했소?

시녀 말씀드리기 곤란합니다.

시의 나한텐 무슨 얘기든 해도 괜찮소.

시녀 누구에게도 말씀드릴 수 없습니다. 제 말을 보증해 줄 수 없으니까요.

맥베스 부인, 촛불을 들고 등장.

저기 좀 보세요, 오고 계십니다! 평소처럼 깊은 잠에 빠져
계십니다. 숨어서 잘 지켜보세요.

시의 눈을 뜨고 계시는군. 헌데 지금 뭘 하고 계신 걸까? 손을
계속 닦고 계시는데.

시녀 항상 그러고 계십니다. 어떤 날은 15분 동안이나 계속 저
러고 계실 때도 있습니다.

맥베스 부인 아직도 이곳에 흔적이 남아 있군.

시의 들어보시오, 뭐라 말씀을 하시잖소. 확실히 기억하기 위해
서는 적어두어야겠소.

맥베스 부인 사라져라, 이 저주받을 얼룩아! 제발, 사라져버려! 1
시 2시, 아, 이제 실행할 때가 되었다. 지옥은 너무도 컴컴하
구나. 여보, 왜 그러세요! 장군이 겁을 먹다니? 아무도 모를
텐데 왜 그리 겁을 내세요? 하지만 그 늙은이 몸속에 이렇게
많은 피가 들어 있을 줄이야.

시의 저 소리 들었소?

맥베스 부인 파이프 영주 맥더프에게 부인이 있었지. 지금은 어
디로 갔을까? 여기는 아직도 피비린내가 나네. 아라비아의
온갖 향수를 다 써도 이 작은 손에 나는 냄새는 지워지지 않
을 것이다. 아아! 아아!

시의 이런, 이런! 알면 안 되는 것을 알아버렸군.

시녀 하지 말아야 될 말씀을 하신 거죠.

맥베스 부인 여보, 어서 손을 씻고 잠옷을 입으세요. 뱅코는 땅
에 묻혔어요. 무덤 속에서 다시는 나오지 못할 거예요. 이젠

되돌릴 수 없는 일이에요. 침실로 가요, 어서! (퇴장)

시의 흠, 그분도? 이제 잠자리에 드시나요?

시녀 바로 잠드시지요.

시의 왕비님께 필요한 사람은 의사가 아니라 신부님이오. 신이
시여, 무력한 저희를 용서하십시오. 상처를 입게 할 물건은
다 치우고 잘 보살펴드리시오. 잘 있으시오. 왕비님을 보고
있자니 마음이 혼란스럽고 눈앞이 캄캄해지는구나.

시녀 안녕히 가십시오. (두 사람 퇴장)

제2장 던시네인 부근의 촌락

북과 군기를 앞세우고 멘티스, 케이스네스, 앵거스,
레녹스, 병사들 등장.

멘티스 잉글랜드군이 이 근처로 오고 있소. 지휘관은 맬컴 왕자
와 그의 숙부 시워드, 그리고 용맹스러운 맥더프라오. 그들
은 복수심으로 가득 차 있소. 그들의 사무친 원한을 안다면,
땅속에 묻힌 시체도 참지 못하고 합세할 것이오.

앵거스 버넘 숲 부근에서 우리도 그들과 합세할 수 있을 것입니다.

케이스네스 도날베인 왕자님도 계실까요?

레녹스 아니오. 합세한 귀족들의 명단을 내가 가지고 있소. 헌

데 왕자님은 없었소.

멘티스 맥베스 측은 뭘 하고 있을까?

케이스네스 그는 거대한 던시네인 성을 지키는데 힘쓰고 있소. 다들 그가 미쳤다고 생각하고 있지만, 특별히 원한이 없는 사람들은 그에게 용기 있다고도 하오. 허나 분명한 사실은, 그 광기를 묶어버릴 혁대가 없다는 것이오.

앵거스 은밀하게 저지른 수많은 살인의 흔적이 남아 있다는 것을 본인도 느낀 모양이군요. 지금도 계속해서 일어나고 있는 반란은 그의 배신에 대한 비난이지요. 그들도 단지 명령이기에 복종하는 것일 뿐 충성심이라곤 찾아볼 수 없습니다. 왕이라는 칭호는 자신한테 어울리지 않다는 걸 그도 느끼고 있을 겁니다.

멘티스 자기의 몸과 마음이 스스로를 저주하고 있으니, 겁에 질려 발작을 일으킬 만도 하지.

케이스네스 자, 이제 갑시다. 우리의 충성심을 진정한 군주 맬컴에게 바칩시다. 그분은 병든 조국을 치유할 명의名醫십니다.

레녹스 최선을 다합시다. 우리의 피로 군주의 꽃에 이슬을 적셔 주고, 독초를 없애버립시다. 버넘으로 돌진합시다! (일동 진격하며 퇴장)

제3장 던시네인, 성 안의 어느 방

맥베스, 시의, 시종들 등장.

맥베스 더 이상 보고는 필요 없다. 도망갈 녀석들은 모두 가버려라. 세상의 모든 운명을 훤히 들여다보는 마녀들이 내게 말했다. '두려워 마라, 맥베스여. 여자에게서 태어난 자는 그 누구도 그대를 파멸시키지 못하리라.' 그러니 도망갈 녀석들은 모두 가버려라, 배신자 영주 놈들아, 잉글랜드 놈들과 한패가 되겠다면 그렇게 하라. 내 안에 있는 정신과 용기는 결코 흔들리지 않을 테니!

시종 등장.

차라리 악마한테 잡혀가 시커먼 저주라도 받아라. 그 허연 낯짝은 뭐냐! 어디서 그런 거위 같은 낯짝을 얻었느냐?

시종 저쪽에 1만이 넘는…….

맥베스 거위라도 쳐들어온 것이냐, 이놈아?

시종 병사들이 오고 있습니다.

맥베스 제발 그 겁먹은 낯짝에 혈색부터 돌게 만들어라, 이 소심하고 멍청한 녀석아. 병사는 무슨? 썩 꺼져라, 이놈아! 네 녀석의 허연 낯짝을 보면 멀쩡하던 놈도 겁에 질리겠다. 대체 어느 나라 병사들이냐, 이 겁쟁이 녀석아?

시종 잉글랜드 군대입니다, 폐하.

맥베스 꼴도 보기 싫으니 썩 물러가라. (시종 퇴장) 시튼! (생각에 잠겨서) 시튼, 거기 없느냐? 이 전쟁이 내 운명을 판가름할 것이다. 내 인생도 이제 황혼기에 들어섰다. 허나 노년에 맞는 명예나 애정, 순종, 친구 같은 것은 나와 인연이 아닌 듯 싶다. 오히려 그와 반대되는 원한 깊은 저주와 아첨 따위만 이 나를 따라다닐 뿐. 떨쳐버리고 싶지만 나약한 내 마음은 그럴 수가 없구나. 시튼!

시튼 등장.

시튼 무슨 일이십니까?

맥베스 새로 들어온 소식은 없느냐?

시튼 지금까지 보고 드린 내용이 모두 사실임이 입증되었습니다.

맥베스 싸우러 가야겠다. 이 살점이 떨어져 나갈 때까지 싸울 것이다. 갑옷을 다오.

시튼 아직 그러실 필요는 없습니다.

맥베스 입어야겠다. 기병들을 더 보내 순찰을 강화하라. 두려움에 떠는 놈들은 모조리 해치워라. 갑옷을 어서 다오. (시튼, 갑옷을 가지러 나간다) 시의, 환자의 상태는 어떤가?

시의 극한상황은 아닙니다, 폐하. 다만 괴로운 망상 때문에 편히 잠을 못 이루실 뿐입니다.

맥베스 그 병을 치료해 주게. 마음의 병은 치료할 수 없는 것인
가? 깊게 뿌리박힌 근심들을 기억 속에서 지워주게. 뇌리에
새겨진 고뇌를 지워주게. 달콤한 망각의 약으로, 왕비의 무
거운 마음속에 있는 독소를 깨끗이 없애주게.

시의 모든 것은 환자의 마음에 달려 있습니다.

시튼, 갑옷을 들고 등장. 시종이 맥베스에게 갑옷을 입힌다.

맥베스 어서 갑옷을 입혀라. 지휘봉을 다오, 시튼. (시종에게) 빨
리 입혀라. 시의, 그대가 가진 힘으로 이 나라를 진단해서
독을 없애버리고 건강한 나라로 만들 수는 없겠나? 그렇게
할 수 있다면 내 그대에게 메아리가 울려 퍼지도록 찬사를
보내고, 또 그 메아리가 되돌아올 만큼의 칭찬을 해줄 것이
다. (시종에게) 갑옷을 벗겨라. 대황大黃이나 완화제, 아니면
설사약이라도 써서 잉글랜드 놈들을 이 땅에서 쫓아버릴 순
없는 것이냐? 그놈들에 관한 소문은 알고 있겠지?

시의 들어 알고 있습니다, 폐하.

맥베스 (시종에게) 갑옷을 들고 따라오너라! 죽음이든 멸망이든,
버넘 숲을 던시네인으로 옮길 순 없을 테니 나는 두렵지 않
다. (퇴장, 시튼과 시종도 그의 뒤를 따른다)

제4장 던시네인 근처의 촌락, 버넘 숲

북과 군기를 앞세우고 맬컴, 시워드와 그의 아들, 맥더프, 멘티스,
케이스네스, 앵거스, 레녹스, 로스, 그리고 병사들 진군하면서 등장.

맬컴 여러분, 머지않아 우리는 집으로 돌아갈 것입니다.

멘티스 누구도 부정할 수 없습니다.

시워드 폭군은 던시네인의 성 안에 숨죽이고 앉아 우리 측이 공
격하기를 기다리고 있는 것 같소.

맬컴 아마 그럴 것입니다. 부하들은 지위에 상관없이 다들 도망
칠 생각만 하고 있으니까요. 지금 그를 위해 헌신하는 자들
은 어쩔 수 없이 매여 있는 사람들입니다.

맥더프 우리의 예상이 들어맞는지는 결과가 나와 봐야 알 수 있
습니다. 우리는 그저 군인으로서의 임무를 다합시다.

시워드 확실한 결과를 보장하는 건 오로지 진격뿐이오. (행진하
면서 퇴장)

제5장 던시네인 성 안

북과 군기를 앞세우고 맥베스, 시튼, 병사들 등장.

맥베스 성벽에 군기를 달아라. 아무도 이 성을 무너뜨릴 수 없다. 그저 너희들이 가소로울 뿐이다. 네놈들이 굶어 죽을 때까지, 병들어 죽을 때까지 이곳에 내버려두겠다. 우리 군사들이 합세하지만 않았어도 잉글랜드 놈들을 내쫓아버렸을 텐데. (안에서 여자들의 비명) 저 소리는 무엇이냐?

시튼 여자들이 우는 소립니다. (퇴장)

맥베스 (독백) 나는 공포의 맛을 잊고 있었다. 한밤중의 비명이 나를 오싹하게 만들기도 했었지. 나는 이미 공포를 실컷 맛보았다. 이제 살인에 익숙해진 이 마음은 공포 따위에 흔들리지 않는다.

시튼 다시 등장.

시튼 폐하, 왕비님께서 운명하셨습니다.

맥베스 왕비도 언젠가는 죽게 되겠지, 그런 일이 생길 거라고 짐작하고 있었다. 내일, 내일, 내일이 하루, 하루, 하루를 따르며 시간 속에 사라지는구나. 인생은 그저 걸어가는 그림자, 시간이 지나면 영원히 잊히는 가엾은 배우가 아니겠는가.

사신 등장.

사신 폐하, 무슨 말씀을 드려야 할지 모르겠습니다.

맥베스 어서 말하라!

사신 언덕 위에서 정찰을 하다가 버넘 숲이 움직이는 것을 보았습니다.

맥베스 어디서 거짓말을 하느냐!

사신 사실이옵니다. 만일 거짓이라면 어떠한 벌이라도 받겠습니다. 3마일이 채 안 되는 곳에서 숲이 움직이고 있습니다.

맥베스 그 말이 거짓으로 밝혀지면 네놈을 나무에 매달아 굶겨 죽일 것이다. 하지만 네놈 말이 사실이라면 나를 매달아도 좋다. 마녀들이 거짓말을 한 것인가. 칼을 뽑아라, 진격하자! 흔들림 없는 세상의 질서여, 무너져라. 파멸이여, 오라! 갑옷을 입은 채로 죽자. (일동 급히 퇴장)

제6장 던시네인 성 앞 전장

북과 군기를 앞세우고 맬컴, 시워드, 맥더프,
손에 나뭇가지를 든 군사들 등장.

맬컴 이제 다 왔다. 나뭇가지를 버리고 모습을 드러내라. 숙부님은 아드님과 함께 제1진을 맡아주십시오. 저와 맥더프가 나머지 작전을 수행하겠습니다.

시워드 그럼 잘 가시오. 오늘 밤 목숨을 바쳐 싸웁시다.

맥더프 나팔을 불어라, 숨이 차오를 때까지. 전투와 죽음을 알려라. (나팔을 불며 진군하며 퇴장)

제7장 전장의 다른 장소

맥베스 등장.

맥베스 놈들이 나를 말뚝에 매어 놓은 셈이로다. 이제 달아날 수도 없으니 곰처럼 미친 듯이 싸우는 수밖에. 여자의 몸에서 태어나지 않은 자가 누구냐? 나는 단지 그놈만이 두려울 뿐. 그놈이 아니라면 아무 상관없다.

시워드의 아들 젊은 시워드 등장.

젊은 시워드 누구냐? 이름을 말하라.

맥베스 나는 맥베스다.

젊은 시워드 어떤 악마보다도 가증스러운 이름이구나!

맥베스 그렇다. 더 무서운 이름은 없을 것이다.

젊은 시워드 거짓투성이에 끔찍한 폭군! 이 칼이 네놈의 거짓말을 폭로해 줄 것이다. (두 사람, 싸운다. 젊은 시워드, 살해당한다)

맥베스 네놈 역시 여자한테서 태어난 놈이군. 어떤 칼과 무기를 휘두른다 해도 여자에게서 태어난 놈은 두렵지 않다. (퇴장)

격렬히 싸우는 소리. 맥더프 등장.

맥더프 저쪽에서 싸우는 소리가 들렸는데. 폭군이여, 얼굴을 내밀라! 죽더라도 내 칼에 죽어야 내 처자의 망령한테 시달리지 않을 테니. 어쩔 수 없이 네 밑에 고용된 가련한 백성들의 창과 맞서서 무엇하겠느냐. 맥베스, 네놈과 결투하지 않을 바에는 차라리 칼을 칼집에 넣어두겠다. 저기 요란한 소리가 들리는 걸 보니 대단한 놈이 있는 것 같군. 운명의 신이여, 그놈을 만나게 해주십시오! 더 이상 무엇도 바라지 않겠습니다. (퇴장, 나팔 소리)

맬컴과 시워드 등장.

시워드 이쪽입니다, 왕자님. 성은 쉽게 함락되었습니다. 폭군의 부하들은 둘로 나뉘어 싸웠고, 영주들도 용감하게 싸웠습니다. 승리는 이제 왕자님의 것입니다.

맬컴 적병들 대다수가 우리 편이 되어 싸우더군요.

시워드 이제 성 안으로 들어갑시다. (일동 들어간다. 나팔 소리)

제8장 전장의 다른 장소

맥베스 등장.

맥베스 누가 로마의 멍청한 놈들처럼 스스로 목숨을 끊겠는가. 살아 있는 동안 내 눈에 띄는 놈들은 모조리 죽이겠다.

맥더프, 그의 뒤를 쫓아 등장.

맥더프 기다려라, 지옥의 늑대 같은 놈아, 돌아서라!

맥베스 네놈만은 일부러 피해 왔었다. 돌아가라! 내 심장은 네놈 가족들의 피로 가득 차 있으니.

맥더프 하고 싶은 말은 이 칼로 대신하겠다. 네놈은 어떤 말로 도 설명 안 되는 흉악한 놈이다! (둘이 싸운다. 북과 나팔 소리)

맥베스 헛수고 그만하라. 그 칼이 아무리 날카로워도 공기에 상 처를 입힐 수 없듯이 내 몸에 피를 흘리게 할 순 없을 것이 다. 나에겐 마력이 있다. 여자의 몸에서 태어난 자에게는 절 대 지지 않는다.

맥더프 그 마력은 이제 단념하라! 네놈이 지극정성으로 섬기던 마녀한테 가서 물어봐라. 이 맥더프는 어머님의 배를 가르 고 달도 차기 전에 태어났으니 말이다.

맥베스 그 말을 지껄이는 네 혀는 저주를 받으리라. 그 한 마디가 이 사내대장부의 사기를 꺾는구나! 간사한 말로 속이는 악마들을 더 이상 믿을 수 없다. 애매모호한 말로 약속을 지키는 척하더니 결국엔 깨뜨리고 마는구나. 맥더프, 나는 너와 싸우고 싶지 않다.

맥더프 비겁한 놈, 그렇다면 항복하라. 목숨을 부지하며 세상의 조롱거리가 되어라. 네놈의 머리를 장대에 매달고 신기한 괴물이라도 되듯이 그 밑에 '폭군을 보라'고 써 붙일 테다.

맥베스 내 사전에 항복은 없다. 풋내기 맬컴의 발밑에서 바닥을 핥고, 온갖 놈들의 저주를 받을 순 없다. 비록 버넘 숲이 던시네인으로 넘어온다 해도, 여자의 몸에서 태어나지 않은 네놈이 왔다 해도 나는 최후까지 맞서 싸울 것이다. 자, 덤벼라, 맥더프. (두 사람, 성벽 아래서 격전을 벌이다 맥베스가 살해된다)

제9장 성 안

철수를 알리는 나팔 소리. 북과 군기를 앞세우고 맬컴, 시워드, 로스, 영주들과 병사들 등장.

맬컴 생사가 불분명한 그 친구들이 제발 무사히 돌아왔으면 좋겠구나.

시워드 많은 이들이 전사했을 것입니다. 그러나 둘러보니 우리의 손실은 별로 크지 않은 듯합니다. 대승리를 한 것입니다.

맬컴 맥더프와 시워드 자네의 아들도 보이지 않는군.

로스 아드님은 군인답게 최후를 맞이했습니다. 성년이 채 안 된 나이임에도 굴하지 않고 대장부답게 전사했습니다.

시워드 죽었다는 것인가?

로스 그렇습니다. 유해는 전장에서 옮겨왔습니다. 훌륭한 아드님을 잃으셨으니 슬픔이 크시겠습니다.

시워드 정면으로 부상을 당했던가?

로스 네, 이마를 다치셨습니다.

시워드 그렇다면 진정한 군인이 되어 하느님께 간 것이로다. 내 비록 머리카락 수만큼 수많은 자식이 있다 해도 이보다 멋진 최후는 기대할 수 없을 것이오. 이 말로써 그에 대한 애도를 끝내겠소.

맬컴 그것으론 부족하오. 나도 그를 위해 애도하겠소.

시워드 이것으로 충분합니다. 그는 군인으로서 훌륭한 최후를 마쳤습니다. 신의 은총이 있기를! 저기 반가운 소식이 온 것 같군요.

맥더프, 맥베스의 머리를 장대에 꽂고 등장.

맥더프 국왕 폐하 만세! 보십시오, 왕위 찬탈자의 저주받은 머리를. 이제 평화의 시대가 왔습니다. 국왕 폐하 주위에는 훌륭한 인재들이 모여 저와 같은 마음으로 축하 인사를 외치고 있습니다. 그들과 함께 소리 높여 외치고 싶습니다. 스코틀랜드 왕 만세!

일동 스코틀랜드 왕 만세! (나팔 소리)

맬컴 내 그대들의 충성에 보답하겠소. 영주들과 친족들에게는 백작의 작위를 내릴 것이오. 이것은 스코틀랜드 왕이 주는 최초의 명예가 될 것이오. 그리고 폭군의 횡포를 피해 외국으로 떠난 친구들을 다시 불러들이고, 이미 죽은 살인마와 그와 더불어 마녀 같은 왕비의 흉악한 하수인들을 잡아들여야 할 것이오. 이는 새 시대를 여는 우리들의 임무라오. 이 밖에 다른 일들은 하늘의 뜻에 따라 방법과 시간, 장소를 정해서 실행하겠소. 모두에게 다시 한 번 감사의 인사를 전하오. 그리고 스쿤에서 거행될 대관식에 여러분을 초대하니 모두들 참석해 주시길 바라겠소. (요란한 나팔 소리, 일동 행진하면서 퇴장)

작품 해설

1. 셰익스피어의 생애와 작품 경향

윌리엄 셰익스피어 *William Shakespeare*는 1564년 잉글랜드의 스트랫퍼드어폰에이번 *Stratford-upon-Avon*에서 출생하였다. 그의 출생일에 대해서는 정확히 알 수 없지만, 같은 해 4월 26일에 유아세례를 받은 것으로 알려져 있다. 아버지 존 셰익스피어는 부유한 상인이었기 때문에 어린 시절 셰익스피어는 비교적 유복한 생활을 할 수 있었다. 그는 성서와 고전을 통해 라틴어를 배우며 초·중등 교육을 받았지만, 점차 가세가 기울어져 학업을 중단하게 된다. 그는 비록 대학 교육을 받지는 못했지만 타고난 재능과 뛰어난 예술적 감각으로 위대한 작가의 반열에 오른다. 그리고 1582년에 여덟 살 연상인 앤 해서웨이와 결혼한 후 1남 2녀를 두게 된다.

한편, 1585년부터 1592년까지 그의 행적에 관한 기록은 남아 있지 않다. 그가 런던으로 온 시기도 정확하지 않아 1580년대 후반쯤이라고 추측할 뿐이다. 이 시기에 런던으로 진출한 셰익스피어는 시인이자 극작가, 배우, 극장 주주로서 활동하게 된다.

1590년대의 영국은 엘리자베스 1세(1558~1603)가 통치하던 시기였기에 문화나 예술 면에서도 융성하였다. 셰익스피어는 이때부터 극작가로서 주목받기 시작한다. 그는 궁내부장관 극단의 단원이 되어 그곳의 전속 극작가이자 시인으로 활동한다. 하지만 나라에 전염병(페스트)이 돌기 시작하면서 극장이 폐쇄되고 극단도 개편된다. 1603년 제임스 1세가 즉위하면서 그의 후원으로 인해 궁내부장관 극단은 국왕 극단으로 개명되고, 셰익스피어는 그곳에서 조연배우로도 활동하게 된다.

그의 작품들은 창작 시기별로 크게 4단계로 나눌 수 있다.

1기로 볼 수 있는 1590년대 초반(1590~1594)에는 《헨리 6세》, 《리처드 3세》 등 주로 영국사를 중심으로 한 역사극을 썼고, 《실수의 희극》, 《사랑의 헛수고》와 같은 희극 작품을 창작했다. 또한 이 시기에 그는 《비너스와 아도니스》, 《루크리스의 능욕》이라는 장시長詩를 발표하면서 시인으로서도 뛰어난 재능을 보인다.

1590년대 중반(1595~1600)인 2기에는 《한여름 밤의 꿈》, 《대단한 헛소동》, 《뜻대로 하세요》, 《열두 번째 밤》 등과 같은 사랑을 소재로 다룬 로맨스극을 창작하였다. 하지만 셰익스피어가 가장 주목을 받았던 것은 《로미오와 줄리엣》의 상연을 시작으로, 비극을 쓰기 시작한 1600년대부터였다.

3기로 볼 수 있는 1600년대 초반(1601~1607)은 그의 작품성이 절정에 이른 시기였다. 희극 《윈저의 아낙네들》을 비롯하여 《트로일러스와 크레시다》, 《끝이 좋으면 다 좋다》, 《재尺에는 자로》와 같은 비극적 색채가 짙은 희극, 《줄리어스 시저》, 《안토니우스와 클레오파트라》 등과 같은 비극 작품을 주로 창작하였다. 그러다 1606년 이후에 그의 필생의 역작인 4대 비극 《햄릿》, 《오셀로》, 《리어 왕》, 《맥베스》가 탄생된다.

마지막 4기로 볼 수 있는 1608년 이후(1608~1613)에는 《심벌린》, 《겨울 이야기》, 《폭풍우》와 같은 희극적 요소와 비극적 요소가 공존하는 희비극을 창작하며 인생에 대해 심도 있게 조명하였다.

영국이 낳은 세계적인 시인이자 극작가인 셰익스피어는 1613년까지 총 37편의 작품을 발표하였으며, 1616년 4월 23일 52세의 나이로 생을 마감하였다. 그의 작품은 생전에 19편 정도 출간되었고, 사후(1623년)에는 그의 동료들이 뜻을 모아 '2절판 작품집(folio)'을 발간하였다. 현전하는 셰익스피어의 작품은 희곡 37편, 소네트(sonnet, 14행시) 154편과 더불어 장시 몇 편이 있다. 그중 가장 위대한 작품으로 칭송받는 '셰익스피어의 4대 비극'에 대해 간략히 살펴보겠다.

2. 내용 살펴보기

1) 햄릿 *Hamlet*

《햄릿》은 셰익스피어의 4대 비극 중 가장 먼저 쓰인 작품으로, 주인공 햄릿 왕자의 고뇌를 다룬 복수 비극이다.

어느 날, 덴마크의 국왕 햄릿이 갑작스러운 죽음을 맞이한다. 왕비 거트루드는 햄릿 왕이 죽은 지 얼마 지나지도 않아 왕의 동생 클로디어스와 재혼을 하고, 클로디어스는 왕위에 오른다. 선왕을 잃은 슬픔이 채 가시기도 전에 재혼을 한 어머니를 보며 햄릿 왕자는 배신감을 느낀다.

그러던 어느 날 선왕의 유령이 햄릿 앞에 나타나, 자신은 동생 클로디어스에게 독살을 당했다고 말한다. 이에 분노한 햄릿은 복수를 위해 일부러 미친 척 연기를 한다. 그리고 현재의 왕이자 자신의 숙부인 클로디어스의 본심을 떠보기 위해, 숙부가 선왕에게 했던 짓을 그의 앞에서 연극으로 재연한다. 당황한 숙부는 더 이상 연극을 보지 않겠다며 자리를 뜬다. 햄릿은 숙부의 반응을 통해 선왕인 유령의 말이 사실임을 확인하고 복수심을 더욱 불태운다.

그러던 어느 날, 햄릿은 자신의 행동을 주시하며 숨어 있던 재상 폴로니어스를 죽이게 되고, 이 사실을 알게 된 폴로니어스의 딸 오필리아는 정신을 잃고 물에 빠져 죽는다. 한편 클로디어스는 햄릿을 영국으로 보내 죽이려고 하지만 햄릿은 그의 계략을 알아채고 다시 덴마크로 돌아온다.

한편 폴로니어스의 아들 레어티스는 아버지를 죽인 원수인 햄릿을 죽이기로 결심하고 왕의 지시에 따라 햄릿과 검술 시합을 하기로 한다. 왕은 시합 도중에 햄릿에게 먹일 독주를 준비하고, 레어티스는 칼끝에 독을 묻힌다. 경기가 시작되고, 왕비 거트루드가 우연히 독주를 마시고 그 자리에서 죽게 된다. 그리고 햄릿은 레어티스의 칼에 찔린다. 경기 도중에 우연히 서로의 칼을 바꿔 쥐게 되면서 레어티스도 독이 묻은 칼에 찔리게 되어 결국 죽게 된다. 칼에 독이 묻었다는 걸 알게 된 햄릿은 그 칼로 클로디어스를 찌른 후 숨을 거둔다. 이렇게 덴마크의 왕족들은 모두 죽음을 맞이하게 되고, 덴마크의 왕위는 결국 노르웨이 왕자가 계승하게 되면서 막이 내린다.

생각해 볼 문제

햄릿은 클로디어스에게 복수하는 과정에서 실수로 폴로니어스를 죽인다. 그리고 폴로니어스의 죽음으로 인해 그의 아들 레어티스가 햄릿에게 원한을 품게 되고, 햄릿은 레어티스에게 목숨을 잃는다. 결국 복수는 또 다른 복수를 부르며 참혹한 비극을 만든다.

하지만 선왕을 살해하고 그의 아내를 왕비로 맞이한 클로디어스의 행동은 결코 쉽게 용서받을 수 없는 것이다. 클로디어스가 잘못을 실토하고 참회할 수 있도록 설득할 다른 방법은 없었을까? 과연 햄릿의 복수는 올바른 선택이었는지, 만일 여러분이 햄릿이었다면 어떤 선택을 할 것인가?

2) 오셀로 *Othello*

1604년경에 쓰인 작품이다. 베니스의 원로 브라반시오의 딸 데스데모나는 아버지의 반대에도 불구하고 무어인 장군 오셀로를 사랑하게 되어 그와 결혼한다. 그리고 터키 함대가 키프로스 섬으로 진격하고 있다는 보고를 받은 오셀로는 참전하기 위해 데스데모나와 함께 키프로스 섬으로 떠난다.

한편 이야고도 그들과 함께 떠나는데, 그는 오셀로가 절대적으로 신임하는 그의 기수旗手이다. 하지만 이야고는 겉과 속이 다른 인물로, 오셀로가 자신의 아내와 부정한 짓을 했다는 의혹을 품고 그에게 복수하려 한다. 또한 이야고는 카시오에게 부관 자리를 빼앗겼다는 생각에 카시오에게도 원한을 품는다.

키프로스 섬에 도착한 이야고는 술에 약한 카시오에게 술을 먹여 그를 싸움에 휘말리도록 만들고, 결국 이 일로 인해서 카시오는 파면을 당한다. 이야고는 실의에 빠진 카시오에게 접근하여, 데스데모나를 통해서 오셀로에게 복직을 간청해 달라고 시킨다. 착한 데스데모나는 카시오의 안타까운 사정을 듣고 남편 오셀로에게 카시오의 복직을 끊임없이 애원한다.

이야고는 이 틈을 타 오셀로에게 데스데모나와 카시오가 몰래 만나고 있다는 얘기를 꺼내고, 데스데모나의 손수건을 일부러 카시오의 방에 떨어뜨린다. 처음에는 믿지 않던 오셀로도 데스데모나가 카시오의 복직을 진심으로 간청하고, 또 자신이 데스데모나에게 주었던 귀한 손수건을 카시오가 갖고 있는 것을 본 후부터는 마음이 흔들리기 시작한다.

이야고는 계속해서 간계를 꾸미고, 분노에 휩싸인 오셀로 장군은 마침내 카시오와 데스데모나를 죽이기로 결심한다. 오셀로는 자신의 손으로 데스데모나를 목 졸라 죽이고, 카시오는 가까스로 살아남는다. 하지만 로데리고라는 청년에 의해 모든 진실이 밝혀지고, 이 모든 게 이야고의 계략이라는 것을 안 오셀로는 비탄에 잠겨 자결한다.

생각해 볼 문제

사람의 관계는 신뢰가 있어야 유지될 수 있다. 사랑 역시 서로에 대한 믿음 없이는 불가능한 것이다. 오셀로는 데스데모나를 그 누구보다 사랑했고, 절대적으로 신뢰했다. 물론 오해에서 비롯된 것이었지만 오셀로는 아내에 대한 믿음이 강했기에 배신감도 더 컸을 것이다. 하지만 아내의 말은 제대로 들어보지도 않고, 어느 한쪽의 말만 믿고 판단을 한 오셀로의 행위는 과연 용서받을 수 있을까? 여러분이 만일 오셀로였다면 어떤 방법으로 아내에 대한 의혹을 풀 것인가? 또한 사람들 사이를 이간질하며 온갖 흉계를 꾸민 이야고에게 합당한 벌은 무엇이며 어떤 방법으로 처리할 것인가?

3) 리어 왕 *King Lear*

1605년경에 쓰인 작품으로 총 5막으로 구성되어 있다. 브리튼의 노왕인 리어에게는 고네릴, 리건, 코델리아라는 세 명의 딸이 있다. 리어 왕은 노쇠하여 더 이상 국사를 맡을 수 없었기에 모든 권한을 사위들에게 위임하고, 딸들에게 국토를 나눠주려고 그들을 부른다. 딸들에게는 자신을 얼마나 사랑하는지 물으며, 그 사랑의 크기만큼 국토를 나눠주겠다고 한다.

고네릴과 리건은 온갖 과장된 표현을 하며 아첨을 떨어 리어 왕을 흡족하게 만들지만, 막내딸 코델리아는 그저 자식으로서 마음을 다해 섬길 뿐 다른 말은 할 수 없다고 얘기한다. 이를 듣고 몹시 분노한 리어 왕은 코델리아에게 한 푼도 줄 수 없다며 그녀를 쫓아내고, 그녀의 진심을 알고 있는 프랑스 왕은 코델리아와 결혼한다.

리어 왕은 고네릴과 리건의 집에 돌아가며 머물기로 결정한다. 하지만 아버지를 모시는 것에 불만을 품은 두 딸은 아버지를 냉대하고, 이를 참지 못한 리어 왕은 폭풍우 치는 밤에 황야로 나온다. 리어 왕은 딸들에게 버림받은 자신의 비참한 신세를 한탄하며 정신착란 증세를 보인다.

한편 코델리아의 편에 섰다는 이유로 국외로 추방된 충신 켄트는 리어 왕의 곁에 머물기 위해 변장을 하고 나타나 리어 왕을 지킨다. 켄트의 도움으로 리어 왕은 막내딸 코델리아를 다시 만나게 되고, 리어 왕은 코델리아의 진심을 몰랐던 자신의 잘못을 깨닫는다. 언니들에게 버림받은 아버지의 비참한 모습을 본 코델리아는 몹시 가슴 아파한다.

고네릴과 리건은 글로스터 백작의 서자인 에드먼드를 좋아하게 되고 둘은 질투심에 사로잡혀 사이가 틀어지는데, 결국 고네릴이 동생 리건을 독살하고, 자신도 스스로 목숨을 끊는다. 한편 코델리아는 아버지를 위해 남편인 프랑스 왕에게 부탁하여 프랑스 군대를 이끌고 브리튼으로 진격한다. 그러나 프랑스군이 패배하여 그녀는 리어 왕과 함께 포로가 된다. 그러다 코델리아는 브리튼 병사에 의해 교살되고, 이 사실을 알게 된 리어 왕은 충격과 슬픔을 이기지 못하고 죽게 된다. 결국 고네릴의 남편 알바니 공작이 브리튼 왕위를 계승한다.

생각해 볼 문제

흔히 말보다 중요한 것은 마음이라고 한다. 귀를 솔깃하게 만드는 화려한 말보다 상대방을 생각하는 진심이 훨씬 중요하다는 것은 누구나 다 알고 있는 사실이다. 하지만 마음이라는 것은 표현하지 않으면 잘 알 수 없다. 그렇기 때문에 진심은 왜곡되고 오해를 불러일으키기도 하는 것이다. 이렇듯 사람의 마음을 이해하는 것은 결코 쉬운 일이 아니기에, 상대방에게 자신의 마음을 표현하는 일은 진심 못지않게 중요하다. 코델리아의 진심을 몰라주고 고네릴과 리건의 아첨에 현혹된 리어 왕은 분명 어리석은 인물이다. 하지만 리어 왕에게만 잘못이 있는 것일까? 코델리아가 자신의 마음을 조금만 더 구체적으로 표현했다면 어땠을까? 말로 표현하기 힘들다면, 편지라도 써서 리어 왕에게 진심을 전할 순 없었을까? 또 여러분이 만일 켄트였다면, 자신의 진심을 몰라준 왕에게 추방을 당하고서도 다시 그의 곁으로 돌아와 그를 보필할 수 있었을까? 여러분 주변에는 켄트처럼 자신을 끝까지 믿어주는 사람이 있는가? 과연 여러분은 켄트처럼 신의를 지킬 수 있는 사람인가?

4) 맥베스 *Macbeth*

1605~1606년 사이에 쓰인 것으로 추정되는 맥베스는 총 5막으로 구성되어 있다. 스코틀랜드의 장군 맥베스는 자신에게 '장차 왕이 될 분'이라고 예언한 마녀들의 말에 현혹되어 아내와 함께 덩컨 왕을 살해한다. 그리고 맥베스 자신의 자손은 왕이 되지 못하고 친구 뱅코의 자손이 왕위를 계승할 거라는 마녀의 또 다른 예언을 듣고, 그는 뱅코 부자를 암살하려고 계획한다. 계획대로 뱅코는 죽게 되지만 그의 아들은 도망친다.

맥베스의 폭정에 시달린 백성들은 그에게 반기를 들고, 이를 두려워하던 맥베스는 다시 마녀를 찾아가 더 많은 것을 예언해 달라고 부탁한다. 마녀들은 '여자의 자궁에서 태어난 자는 맥베스를 죽일 수 없다.'고 말하며, 또한 '버넘 숲이 그를 공격하지 않는 한 안전할 것이다.'라고 예언한다.

한편 맥베스 부인은 덩컨 왕을 살해한 공포에 시달리며 정신착란 증세를 보이다가 마침내 죽게 된다. 그리고 덩컨 왕의 아들 맬컴과 충신 맥더프가 맥베스를 물리치기 위해 공격을 시도한다. 그들의 부대는 버넘 숲에 몸을 숨기며 맥베스의 성으로 이동하는데, 버넘 숲이 움직이는 것을 본 맥베스는 실의에 빠지고, 맥더프가 달도 차기 전에 어머니의 배를 가르고 나온 자라는 사실을 알고는 절망에 빠진다. 결국 맥베스는 맥더프에게 살해되고 덩컨 왕의 아들 맬컴이 스코틀랜드의 왕위를 계승한다.

맥베스는 누구보다 실력 있고 충직한 장군이었기에, 그가 국왕과 동료를 살해하는 악행을 저지르며 폭군으로 변해 가는 모습은 독자들에게 더욱더 가슴 아픈 비극으로 다가온다. 만일 여러분이 맥베스라면, 지금 자신의 위치에 만족하며 묵묵히 자신의 역할을 할 것인가 아니면 더 큰 목표를 세워 야망을 실현할 것인가? 삶에 있어 목표는 자신의 분수에 맞는 적당한 것이 좋을까 아니면 자신의 능력보다 좀 더 큰 목표를 세우는 것이 좋을까? 두 가지 다 장단점은 있을 것이다. 한 번쯤 생각해 보길 바란다.

3. 마치며

셰익스피어의 작품은 문학과 연극뿐만 아니라 미술, 음악, 영화에도 큰 기여를 하며 수많은 예술작품을 탄생시켰다. 또한 그의 작품 속 언어들은 영어의 위상을 드높이는데 한몫했는데, 그는 언어에 천부적인 재능을 보이며 새로운 언어를 창조하였다. 즉 '살과 피(*flesh and blood*, 인간, 혈육)', '부정한 행실(*foul play*, 반칙)' 등 그가 만들어낸 수많은 신조어는 오늘날 현대 영어에서 관용어로 사용되고 있다.

셰익스피어의 수많은 작품 중에서 특히 '4대 비극'이 주목받는 이유는 무엇일까? 그것은 작품의 완성도와 더불어 이 작품들이 '인간에 대한 깊이 있는 성찰'을 보이며 '인간의 욕망과 어리석음에 대한 한계'를 다루었기 때문이다. 또한 작품 속 인물들의 개성 때문이기도 하다. 당시 희곡에 등장하는 인물들은 대부분 평면적이고 진부한 인물들이었다. 하지만 셰익스피어의 작품 속 인물들(햄릿, 이야고, 맥베스 등)은 입체적이고 개성적인 인물들이다. 수백 년이 지난 지금까지도 그의 작품들이 수많은 언어로 번역되며 전 세계인들의 사랑을 받는 이유가 바로 여기에 있다.

《햄릿》의 '클로디어스'는 권력에 대한 욕망 때문에 자신과 주변 인물들을 파멸시키고, 주인공 '햄릿'은 어머니와 숙부에 대한 배신감으로 고통받으며 복수를 결심하는 인물이다. 하지만 다소 우유부단한 성격으로 실행을 주저하다가 결국엔 죽음을 맞이하게 된다. 오늘날, 나약하고 우유부단한 성격 때문에 실행은 못 하고 고뇌만 하는 사람을 일컬어 '햄릿형 인간'이라고 부르는 것도 여기서 비롯된 것이다. 또한《햄릿》은 명대사를 남긴 작품으로도 유명하다. '죽느냐 사느냐 그것이 문제로다.', '약한 자여, 그대 이름은 여자니라.'와 같은 햄릿의 대사를 통해 삶에 대해 고뇌하는 인간의 모습을 엿볼 수 있다.

《오셀로》의 '오셀로'는 사랑하는 사람을 불신하고, 주변 사람의 말에 휘둘리며 어리석은 질투심에 사로잡혀 분별력을 잃고 파멸하는 인물이다. 오셀로는 용맹하고 우직한 성품이며 아내 데스데모나를 진심으로 사랑하던 장군이었기에 그의 파멸은 더욱더 가슴 아픈 비극으로 다가온다. 이 작품에서 '오셀로'를 파멸로 이끄는 '이야고'는 질투심에서 비롯된 탐욕과 권력욕 때문에 사람들 사이를 이간질하는 악행을 저지르며, 주변 인물들을 파멸시키는 악인 중의 악인이다.

《리어 왕》의 '리어'는 감언이설에 속아 자신을 진정으로 사랑하는 막내딸의 진심을 오해하는 어리석음 때문에 비참한 최후를 맞이한다. 리어 왕의 신하 '글로스터 백작' 역시 권력과 재산에 눈이 먼 서자 '에드먼드'의 말에 속아 무고한 아들 '에드거'를 패륜아로 의심하고 그를 죽이려 한다. 하지만 글로스터 백작은 리어 왕을 도와준 죄로 두 눈을 뽑히게 되고, 에드거는 다른 사람 행세를 하며 아버지 곁에 머물며 그를 보살핀다. 두 눈을 잃고 나서야 진실을 깨닫게 된 글로스터는 에드거 곁에서 숨을 거둔다.

《맥베스》의 '맥베스'는 원래 충신이었다. 하지만 맥베스는 마녀의 예언 때문에 욕심이 생겨 국왕과 동료를 살해하는 악행을 저지르게 된다. '맥베스' 역시 《햄릿》의 '클로디어스'와 마찬가지로 권력에 대한 탐욕 때문에 결국 자기 자신을 죽음으로 이끄는 인물이다.

앞서 언급했듯이 '셰익스피어의 4대 비극'은 '인간의 본성'을 다룬 작품이다. 작품 속 인물들은 우리와 동떨어진 낯선 세계의 인물들이 아닌 바로 오늘을 살아가는 우리의 모습과 너무도 닮아 있다. 그렇기 때문에 독자들은 이 작품을 읽으며, 악행을 저지르는 인물들을 비난하다가도 공감할 수밖에 없는 것이다.

희극이 독자들에게 재미와 유쾌함을 선사해 준다면, 비극은 불편한 진실 속에 감춰진 인간의 나약하고 탐욕스러운 본성을 엿볼 수 있게 해준다. 독자들은 셰익스피어의 비극을 통해 자신을 되돌아보는 계기로 삼을 수도 있을 것이다.

삶의 희로애락喜怒哀樂을 느끼고 싶다면 셰익스피어의 4대 비극과 더불어 그의 다른 작품도 함께 읽어보기를 권한다. 또한 곳곳에서 셰익스피어의 작품이 연극이나 오페라, 뮤지컬로 상연되고 있으니, 무대를 통해 그의 작품을 만나보는 것도 또 다른 즐거움이 될 것이다. 셰익스피어의 작품들을 통해 삶이 좀 더 풍요로워지길 바란다.

작가 연보

1564년	잉글랜드의 스트랫퍼드어폰에이번에서 아버지 존 셰익스피어와 어머니 메리 아든의 장남으로 태어나다.
1568년(4세)	아버지가 스트랫퍼드어폰에이번 읍장이 되다.
1582년(18세)	여덟 살 연상인 앤 해서웨이와 결혼하다.
1583년(19세)	장녀 수잔나 태어나다.
1585년(21세)	쌍둥이인 아들 햄넷(장남)과 딸 주디스(차녀) 태어나다.
1585~1592년 (21~28세)	셰익스피어에 대한 정확한 기록이 존재하지 않기 때문에 이 기간을 '잃어버린 시절'이라고 한다. 셰익스피어는 1580년대 말쯤 런던으로 진출해서 극작가 겸 단역배우로 활동을 시작한 것으로 추정된다. 1592년에 <리처드 3세 *Richard Ⅲ*>가 초연되고, 역병으로 런던 극장이 폐쇄되다. 《비너스와 아도니스 *Venus and Adonis*》를 출판하고 《실수의 희극 *Comedy of Errors*》, 3부작 《헨리 6세 *Henry VI*》를 완성하다.

1593~1594년 (29~30세)	《루크리스의 능욕 *The Rape of Lucrece*》을 출판하고, 로드 챔벌린 극단의 주주가 되다. 《티투스 안드로니커스 *Titus Andronicus*》, 《말괄량이 길들이기 *The Taming of the Shrew*》, 《리처드 3세 *Richard III*》, 《베로나의 두 신사 *The Two Gentlemen of Verona*》를 완성하다.
1595~1597년 (31~33세)	아들 햄넷 사망하다. 셰익스피어의 아버지가 가문의 문장을 받다. 《사랑의 헛수고 *Love's Labours Lost*》, 《로미오와 줄리엣 *Romeo and Juliet*》, 《한여름 밤의 꿈 *A Midsummer Night's Dream*》, 《리처드 2세 *Richard II*》, 《존 왕 *King John*》, 《베니스의 상인 *The Merchant of Venice*》을 완성하다.
1598~1599년 (34~35세)	글로브*Globe* 극장으로 극단을 옮기다. 《헨리 4세 *Henry IV*》, 《뜻대로 하세요 *As you like it*》, 《열두 번째 밤 *Twelfth Night*》, 《대단한 헛소동 *Much Ado about Nothing*》, 《헨리 5세 *Henry V*》, 《줄리어스 시저 *Julius Caesar*》를 완성하다.
1600년(36세)	《햄릿 *Hamlet*》, 《윈저의 즐거운 아낙네들 *The Merry Wives of Windsor*》을 완성하다.

1601~1602년 (37~38세)	아버지 존 셰익스피어 사망하다. 《트로일러스와 크레시다 *Troilus and Cressida*》를 완성하다.
1603년(39세)	엘리자베스 여왕이 사망하고 제임스 1세가 즉위하다. 셰익스피어 극단이 <킹즈맨 *King's Men*>이 되다. 《끝이 좋으면 다 좋다 *All's Well That Ends Well*》를 완성하다.
1604~1606년 (40~42세)	《자[尺]에는 자로 *Measure for Measure*》, 《오셀로 *Othello*》, 《리어 왕 *King Lear*》, 《맥베스 *Macbeth*》를 완성하다.
1607~1608년 (43~44세)	장녀 수잔나가 의사 존 홀과 결혼하다. 《아테네의 티몬 *Timon of Athens*》, 《안토니우스와 클레오파트라 *Antony and Cleopatra*》, 《코리올라누스 *Coriolanus*》를 완성하다. 수잔나의 딸 엘리자베스가 태어나고, 어머니 메리 아든 사망하다.
1609~1611년 (45~47세)	《소네트 *Sonnets*》, 《심벌린 *Cymbeline*》, 《겨울 이야기 *The Winter's Tale*》, 《폭풍우 *The Tempest*》를 완성하다. 셰익스피어 극단이 블랙프라이어즈 극장을 매입하다.

1612~1614년 (48~50세)	동생 길버트와 리처드가 사망하다. 《헨리 8세 *Henry VIII*》를 완성하다. 1613년 화재로 글로브 극장이 소실되었다가 1614년에 다시 열다.
1616년(52세)	차녀 주디스 결혼하고, 4월 23일에 셰익스피어 사망하다.
1623년	셰익스피어 극작품 37편을 실은 작품집이 출간되다. 부인도 사망하다.